Michael Paul

Das Haus der Bücher

Michael Paul

Das Haus der Bücher

Bunte Hunde
Gute Romane

Lektorat: Evelyn Paul, Bettina Wohlert
Korrektorat: Barbara Schlegge
Continuity: Evelyn Paul
Umschlaggestaltung: Melanie Basler
Titelfoto: Thomas Hansmann
Illustration: Ev Tschentschel

Verlag: Bunte Hunde
ISBN: 978-3-947081-01-1

Website des Verlags: **www.bunte-hunde.de**
Website des Autors: **www.michael-paul.eu**

Bibliografische Information der Deutschen Nationalbibliothek: Die Deutsche Nationalbibliothek verzeichnet diese Publikation in der deutschen Bibliografie und ist im Internet über http://dnb.d-nb.de abrufbar.

„Das war ein Vorspiel nur,

dort wo man Bücher verbrennt,

verbrennt man auch am Ende Menschen.“

Heinrich Heine
(1797 - 1856)
»Almansor«, 1823

Vorwort

Arno Surminski, Schriftsteller

Normalerweise sind es Menschen mit ihren guten und schlechten Eigenschaften, die in Romanen die Hauptrolle spielen. Hier nun treten Bücher und eine Buchhandlung an ihre Stelle, die ertragen müssen, was Menschen sich in ihrem Wahn ausgedacht haben. Es geht um das Haus der Bücher, die Buchhandlung Gräfe und Unzer in Königsberg in Ostpreußen, einer der größten Buchhandlungen Europas vor dem Zweiten Weltkrieg. Und um die Bücher von Thomas Mann, Erich Maria Remarque, Stefan Zweig und vielen anderen Autoren, die die neuen Machthaber Deutschlands 1933 für undeutsch oder jüdisch erklärten. Sie sollen am 10. Mai 1933, dem Tag der Bücherverbrennung, den Flammen übergeben werden.

Das Buch schildert das Bemühen des Buchhändlers und der ihm ergebenen Mitarbeiter, zu retten, was zu retten bleibt. Auf der anderen Seite erscheint der Furor der Braunen, die alle auf dem Index stehenden Bücher ausrotten wollen. Der 10. Mai 1933, als nicht nur in Königsberg, sondern in vielen anderen Städten Bücher brannten, ist der Kulminationspunkt des Geschehens. »Bücher ins Feuer werfen musste für ihn sein, als würde er sie töten. Niemand würde ihn abhalten können, für die Bücher zu kämpfen«, so ein Mitarbeiter der Buchhandlung. Bücher sind eine gefährliche Waffe. Deshalb ließen die Braunen sie vernichten.

Die alten Ostpreußen stoßen in diesem Buch auf vertraute Namen, Straßen und Gebäude ihrer Stadt, die durch ein noch größeres Feuer im Sommer 1944 völlig ausgelöscht wurde. Die jetzigen Bewohner (Kaliningrader) erfahren, dass neben Immanuel Kant noch weitere Kulturleistungen aus Königsberg gekommen sind, zum Beispiel Bücher.

Hamburg, im Dezember 2016

Königsberg - 1933

1 Das Haus der Bücher
2 Albertus-Universität
3 Stadttheater (Oper)
4 Schloss
5 »Braune Haus«
6 Palaestra Albertina
7 Regierungsgebäude
8 Trommelplatz
9 Ostmesse
10 Rundrestaurant
11 Polizeipräsidium
12 Wrangelturm
13 Dohnaturm
14 Villa in Maraunenhof
15 Königstor
16 Synagoge
17 Dom
18 Börse

Maraunen-
hof
Laibau
Cranz
Rauschen
Bismarck-
platz
Hertzog-Albrecht-Allee
14
Auguste-Viktoria-Allee
Cäcilienallee
Samitter Allee
Cranzer Allee
Oberteich
13
12
Nordbahn-
hof
Devau
Stresemannstr.
11
9
10
Wallring
Wrangelstr.
Hansaring
Kniprodestr.
8
Steindamm
Deutschordenring
Mitteltragheim
Hintertragheim
Schloßteich
Hinterroßgarten
Vorderroßgarten
Litauer Wallstr.
15
Königstr.
Königs-
tor
Paradeplatz
5
2
3
1
7
6
Oberlaak
Unterlaak
4
Kantstr.
Sackheim
Lastadien
Der neue Pregel
17
16
18
Hauptbahnhof
Kneiph. Langgasse
Kaiserstr.

1

»Remarque, Ringelnatz oder Brecht? Für wen brennt euer Herz mehr? Übergeben wir lieber Mann oder Tucholsky dem Feuer? Oder hier, den hier, den Heine, nur weil er Jude war? Oder lieber diesen hier?« Otto Perlmann schlug mit der Faust auf ein anderes vor ihm liegendes Buch. »Ab damit ins Feuer!« Seine traurige Stimmung wandelte sich langsam in Wut. »Hier, schaut! Wollen wir, dass unsere Kinder das nicht mehr lesen können?« Er hob ›Pünktchen und Anton‹ hoch. »Kästner! Kästner!« Er betrachtete das Buch, als hielte er einen Schatz in Händen und strich sanft darüber. Er liebte die Geschichte von Luise Pogge, der Berliner Göre, und Anton Gast, ihrem Freund. »Und jetzt? Die Kinder! Tot, verbrannt, verboten!«

Otto starrte die Bücher vor sich an. Emma Sittler, die junge anmutige Buchhändlerin überlegte, was sie sagen oder wie sie Otto helfen konnte. Sie mussten es ja tun, egal wie. Und es war ja sogar ihr eigener Plan gewesen. Es gab keinen Ausweg und nun fühlte sie sich schuldig. Hilflos sah sie Konrad an, ihren Freund, den Buchhändler aus der ›Wissenschaft‹ im ersten Obergeschoss. Doch der zuckte auch nur mit den Schultern.

»Eure Kinder werden diese Geschichte nie zu hören bekommen. Weder Mutter noch Vater werden ihnen dieses Buch abends vorlesen. Und später? ›die Buddenbrooks‹, schau hier, was für ein Roman! Das sollen sie dann nicht mehr lesen dürfen? Was wird das für eine Welt sein?«, fragte Otto und schaute Emma an, aber diese wusste nichts zu erwidern. Er hatte auch gar keine Antwort erwartet, eigentlich führte er einen Monolog, dem Emma und Konrad eher zufällig beiwohnten.

»Schaut!«, begann er nach einer Pause wieder. Theatralisch zeigte er mit beiden Händen auf sich. »Ich sitze hier wie der Richter an seinem Richtertisch. Ich soll das Urteil fällen. Ich muss entscheiden. Aber wie? Nach welchen Kriterien? Wie soll das gehen, Emma? Wie?«, schrie er verzweifelt durch den Keller.

Die Kundschaft im Erdgeschoss drehte erschrocken ihre Köpfe zur Kellertreppe. Helene Joswig, die Hauptkassiererin an Kasse fünf, beruhigte die Kunden mit einem verständnisvollen, freundlichen Nicken.

»Alles in Ordnung! Bitte entschuldigen Sie!«

Emma und Konrad schreckten hoch und zischten: »Schhhhht!«

»Entschuldigt. Aber sagt mir, wie soll ich es machen? Wir könnten Punkte vergeben! Wonach? Vielleicht nach Verkaufszahlen? Retten wir die, die sich am besten verkauft haben? Sehr kommerziell, nicht?«

Otto fragte das in zynischem Ton und mit weit aufgerissenen Augen, ohne natürlich Emma und Konrad zu meinen oder gar jetzt eine Antwort zu erwarten. Die beiden sah er gar nicht mehr, nahm sie kaum noch wahr. Es war, als redete Otto mit all den Büchern um sich herum, den Schriftstellern und den unzähligen Figuren zwischen den Buchdeckeln. Als fordere er im Voraus die Generalabsolution für seine Entscheidung, wie immer sie ausfallen würde. Er stand auf und tigerte hinter seinem Richtertisch hin und her. Die Delinquenten zitterten vor ihm und erwarteten ängstlich sein Urteil. Der Ankläger war nicht anwesend und einen Verteidiger schien es nicht zu geben. Otto spürte förmlich, wie der ganze Tisch bebte.

»Oder lieber nach Qualität, literarischem Wert, der gewählten Sprache, ihrem Ausdruck? Nur, wer beurteilt das? Die Kritiker oder die Neunmalklugen im Feuilleton? Die Gelehrten? Oder einfach die Leser? Ich etwa? Ihr? Wir sollten eine Umfrage oben bei unserer Kundschaft machen. Die Bücher mit den meisten Stimmen überleben, der Rest ... tut mir leid, ihr seid es nicht wert. Immerhin geben sie ein schönes Feuer und brennen lange!«, lachte er verzweifelt, zog die Schultern hoch und breitete seine Arme vor den Büchern aus.

Emma sah Otto besorgt an. Doch eine Antwort hatte sie auch nicht. Es war absurd, die Situation war absurd. Würde Emmas Plan daran scheitern? Otto ahnte ihre Gedanken.

»Dann müssen wir doch wie befohlen alle Bücher verbrennen! Nicht aus Gehorsam gegenüber denen da.« Er deutete einen Hitlergruß an. »Sondern aus Solidarität der Bücher untereinander. Und wir können nichts tun. Wir können Unrecht nicht mit Unrecht verbessern, oder?« Er sah Emma und Konrad fragend an. So hatten sie ihn noch nie erlebt. Zwei, drei Minuten saßen sie stumm und ratlos da, unfähig, einen klaren Gedanken zu fassen.

»Oder was hältst du davon, Emma?«, unterbrach Otto die Stille, »wenn wir den Zufall entscheiden lassen? Glück haben die in der linken Kiste. Wollen wir würfeln oder Streichhölzer ziehen? Immer zehn, eins gewinnt.« Otto tastete mit beiden Händen seine Taschen ab, fast so, als würde er nach Streichhölzern suchen.

»Wir könnten es auch nach der Seitenzahl entscheiden. Dicke und große Bücher zuerst! Wie Frauen und Kinder auf dem Schiff. Dann retten wir mehr Text.« Wieder lachte er und den beiden jungen Buchhändlern schauerte es.

»Oder wir nehmen ein beliebiges Kriterium. Vielleicht, die Bücher mit den kürzesten ersten Sätzen oder den längsten oder die mit den meisten Vokalen im Titel.« Otto liefen Tränen über die Wangen. Die ihnen gestellte Aufgabe war methodisch nicht zu lösen. Gerechtigkeit konnte scheinbar kein Maßstab sein. Emma musste allmählich wieder nach oben und rutschte nervös auf der Bank hin und her. Gleichzeitig konnte sie Otto nicht alleine zurücklassen.

»Es ist wie auf einem Schiff, das absäuft. Wie bei der Titanic damals. Die große Menge weiß, dass sie untergehen wird, keine Chance hat. Neun zu eins, Konrad, was für eine lausige Quote. Da wäre ich lieber Passagier auf dem Dampfer gewesen als ein Buch hier bei Otto Perlmann!«

Bei Konrad drehte sich alles im Kopf. Er wusste überhaupt nicht mehr, was er sagen sollte. Otto tat ihm unendlich leid.

»Wollen wir nur grau und schwarz retten? Oder lieber die fröhlichen Farben? Braune gar?« Er nahm einen Roman mit braunem Einband in die Hand, betrachtete ihn theatralisch von allen Seiten. „Durch und durch braun, Konrad! Was sagst du, wollen wir etwas Braunes retten?« Wieder lachte er, wobei das Lachen immer mehr einen wahnsinnigen Unterton annahm. »Das würde ihnen sicher am Ende noch gefallen! Und uns mildernde Umstände bringen. Dann werden wir vielleicht nur erschossen statt erhängt!«

Jetzt erschauderten die beiden jungen Buchhändler endgültig und standen auf.

Otto nahm das Buch mit dem braunen Einband und warf es in die rechte Kiste.

»So, ein Anfang ist gemacht. Hiermit verurteile ich alle braunen Bücher zum Tode!« Er äffte dabei die Stimme Wegners nach, des ihm so verhassten SA-Mannes.

Emma kam die Situation immer aussichtsloser vor und sie überlegte, ob sie nicht ihren Onkel holen sollte. Sollte er doch einfach bestimmen. Doch noch im gleichen Moment wurde ihr klar, dass es ihrem Onkel nicht besser gehen würde als Otto. So verwarf sie den Gedanken gleich wieder.

»Tod durch das Feuer! Verbrennen auf dem Scheiterhaufen!«, sprang Otto mit aufgerissenen Augen auf und zeigte mit ausgestrecktem Arm auf eines der Bücher und sein Kopf zitterte dabei ganz leicht. »Seht ihr, die anderen Bücher werden ruhiger. Hörst du etwas? Die Quote hat sich gerade verbessert, nur noch acht zu eins!« Otto atmete schwer, sank langsam von seinem Stuhl auf den Boden und lehnte mit glasigem, leerem Blick an der Kellerwand.

Otto schien dem Wahnsinn nahe oder zumindest einem Nervenzusammenbruch. Hörte er wirklich Stimmen, redeten die Bücher mit ihm? Emma sprang auf ihn zu und packte Otto an den Schultern, hielt ihn fest, schüttelte ihn.

»Otto! Hör auf!«

Otto verstummte und schaute die junge Frau an. Emma zog ihn an sich und nahm ihn fest in ihre Arme. Sie ließ ihn nicht los, bis sie spürte, dass Otto wieder ruhiger wurde. Bald hörte sein Körper auf zu zittern und sein Atem neben ihrem Ohr wurde wieder langsam und gleichmäßig. Lange blieben sie wortlos bei ihm.

Dann mussten Emma und Konrad wieder nach oben.

»Die Kundschaft wartet sicher schon«, entschuldigte sich Emma und fühlte sich dabei, als würde sie Otto im Stich lassen. Otto schaute nur kurz auf.

Als sie die Treppe erreichten, ergriff Emma kurz Konrads Hand. Otto sah es und ein kurzes Lächeln erhellte sein Gesicht. Er freute sich für Konrad, denn er mochte diesen ruhigen, schüchternen Kerl und Emma sowieso. Die Leidenschaft für Bücher verband die drei miteinander wie niemand anderen im ›Haus der Bücher‹.

Als er wieder alleine war, blieb Otto Perlmann eine Weile weiter stumm und bewegungslos vor den Büchern sitzen und starrte sie einfach nur an. Eigentlich stand er um diese Tageszeit an der Makulaturpresse, an der er das Papier der Verpackungen zu großen Papierballen presste. Dies konnte anschließend als Brennstoff genutzt werden. ›Berta‹ nannte er die wuchtige Papierpresse liebevoll. Alles würde er in dem Moment dafür geben, einfach wie jeden Tag jetzt unbeschwert an seiner ›Berta‹ stehen zu können und an den großen gusseisernen Hebeln zu ziehen. Diese Aufgabe hatte er nur übernommen, weil er sowieso im Keller arbeitete. Denn in erster Line war er für das große, beeindruckende Buchlager gleich nebenan verantwortlich, zweifelsfrei eine elementare Abteilung in dem großen Haus. Jedes Buch, das am Paradeplatz ankam, ging durch seine Hände, wenn es im

Wareneingang geprüft worden war. Dort wurde danach getrennt, welche Bücher bestellt waren, welche in die Sortierräume der Stockwerke weitergegeben wurden und wie viele ins Buchlager zu Otto kamen. Diese fanden erst später ihren Platz in einem der Verkaufsregale und blieben so zunächst in der Obhut Ottos.

Es liefen mit den Jahren unendlich viele Bücher durch seine Hände und er hütete jedes einzelne wie seinen Augapfel. Er kannte sie alle. Er konnte auswendig sagen, ob es den Titel oder den Autor schon einmal im Verkauf gegeben hatte. Oder in welchem Monat es geliefert worden war. Er war ein wandelndes Archiv. Da machte ihm niemand etwas vor. Und was niemand wusste: Er lagerte die Bücher nicht nur ein! Er sprach mit ihnen, den ganzen Tag. Er liebte sie. Und fast täglich nahm er heimlich ein Buch mit nach Hause. Das las er dann in kürzester Zeit durch und behandelte es dabei wie ein rohes Ei. Er trug sogar weiße Handschuhe, wenn er las, damit die Seiten des Buchs keine Flecken bekommen konnten. Er klappte sie nur so weit wie unbedingt notwendig auf. So sah später niemand, dass sie schon einmal aufgeschlagen worden waren. Auf dem kleinen Tisch, der nur für diesen Zweck neben seinem Bett stand, lag ein weißes Laken. Seine Frau Hannah durfte nicht einmal in die Nähe des Tisches kommen, wenn ein Buch darauf lag. Sie bezeichnete den Tisch deshalb spöttisch immer als ›Ottos Altar‹. Am darauf folgenden Tag legte er es in den Bücheraufzug und schickte es in die entsprechende Abteilung. Oder er sortierte es in seinem Buchlager wieder an passender Stelle ein. Auf der Karteikarte des Buches, auf der der Lagerort eingetragen war, machte er hinter dem

Buchtitel einen kleinen Punkt mit seinem Bleistift, kaum erkennbar. So wusste er, und nur er ganz genau, welches Buch er gelesen hatte. Und es war schwierig, Karteikarten ohne Punkt zu finden.

Vermutlich hatte niemand in diesem angesehenen Haus in Königsberg so viele Bücher gelesen wie Otto Perlmann. Er konnte so viel darüber erzählen. Er kannte all die Helden und die Mörder, die Feen, Zauberer, die Könige, die glücklichen und die tragischen Lieben. Bisweilen las er auch Sachbücher, über Geschichte, Geografie, Politik, die Tier- und Pflanzenwelt. Er verschlang alles, was ihm in die Hände fiel und interessant erschien. Er hatte nur die einfache Volksschule besucht. Doch mittlerweile war er ein stiller, aber sehr kluger Mann. Er arbeitete in dem einsamen Keller, seinem persönlichen Bunker, in der aus den Fugen geratenen Welt.

Oft kamen die jungen Lehrlinge, aber auch gestandene Verkäufer in den Keller hinab, um Otto nach Rat zu fragen, welches Buch der Kunde suchte, wenn dieser nur etwas von einem blauen Segel und einem Hund gesagt hatte, aber den Titel oder Autor nicht wusste. Otto kannte den Titel bestimmt und schon huschten sie mit einem »Danke Otto!« wieder die Treppe hinauf. Nach draußen ging er nur in seinen Pausen, die er im Hinterhof verbrachte. Dort rauchte er eine oder zwei Juno und aß zuvor das Brot, das ihm Hannah morgens liebevoll geschmiert hatte. Aber von all dem bekam die Kundschaft nichts mit. Sie wusste nichts von dem Mann mit den traurigen Augen und dem großen Herzen im Keller unter ihnen.

Irgendwann begann er wie in Trance, die Bücher vor sich zu sortieren, nach rechts, nach links, nach rechts, nach rechts, ab und zu nach links. Links Rettung, rechts Tod. In jedes Buch für den linken Stapel trug er auf den Schmutztitel unten rechts eine fortlaufende Nummer ein. Dahinter setzte er sein Kürzel ›O.P.‹. Dann trug er die gleiche Nummer, den Buchtitel und den Autor in ein in Leder eingeschlagenes Notizbuch ein. Es war ein altes Notizbuch, das er einmal von seinem Vater zu Weihnachten bekommen hatte. Mit einem Lederriemen ließ es sich zubinden. Otto hatte es immer in Ehren gehalten, aber nie benutzt. Sein Vater war damals zwei Wochen nach dem Weihnachtstag überraschend gestorben. Er hatte es sich die ganze Zeit aufgehoben, um etwas ganz Besonderes hineinzuschreiben. Jetzt war es soweit. Otto würde dieses Buch und sein Geheimnis, das es nun tragen sollte, mit seinem Leben beschützen. Nachdem der Anfang gemacht war, wurde die Liste erschreckend schnell länger.

2

Wenige Tage zuvor hatte ein Dokument die Welt im ›Haus der Bücher‹ aus den Fugen geraten lassen. Doch nicht nur das. Es war der erste Versuch, es zum Einsturz zu bringen.

»Dieses verdammte braune Pack!«, schallte es von unten.

»Onkel?«, rief Emma erschrocken, als sie in den Keller kam. Sie schaute in drei kreidebleiche Gesichter.

Onkel nannte Emma Sittler den Direktor normalerweise nur, wenn sie alleine waren. Ansonsten war er für sie - wie für jeden anderen der einhundertdreißig Angestellten ›Herr Direktor‹. Schließlich war ihr Onkel ein angesehener Verleger, Sortimenter und Inhaber Europas größter Buchhandlung. Und fast so etwas wie ihr zweiter Vater, nachdem ihre Eltern seit einer Forschungsreise nach Indonesien vor zwölf Jahren verschollen waren. Ihr Vater war Biologe gewesen und hatte die Affenarten in Südostasien erforscht. Ausgerechnet diese Expedition auf Java war damals die erste Reise gewesen, bei der ihn Emmas Mutter, Wilhelm Kirchners Schwester, begleitet hatte.

Ihr Onkel hatte seine junge Nichte damals nach Königsberg geholt und sich um sie gekümmert. Bis vor drei Jahren hatte sie noch bei ihm gewohnt. Dann war sie ausgezogen und hatte ein Zimmer bei einer älteren Dame bezogen.

Als Sortimenterin in der ›Abteilung für schöne

Literatur‹ hatte Emma es für ihre dreiundzwanzig Jahre schon sehr weit gebracht. Kein Zweifel, dass ihr Onkel sie protegierte, was ihr auch bei mancher Kollegin Neid einbrachte. Aber sie konnte mit hervorragendem Wissen und viel Geschick überzeugen. Insbesondere bei der weiblichen Kundschaft war sie sehr geschätzt. Viele Mitarbeiter bewunderten sie für dieses besondere Geschick im Umgang mit Kunden. Sie war wie geschaffen für diesen Beruf.

Und es schien eine erfreuliche Laune des Schicksals gewesen zu sein, dass ihr Onkel Inhaber der größten Buchhandlung Europas war. Regelmäßig überraschte Emma schwierige oder unschlüssige Kunden mit einem literarischen Geheimtipp und spätestens mit einem Klassiker konnte sie auch die letzte unentschlossene Kundin glücklich machen und zur Kasse begleiten. Sie war stolz, dass ihr Onkel in ihr seine mögliche Nachfolgerin sah. Die erste Frau in Europa, die eine der bedeutendsten Sortimentsbuchhandlungen führen sollte! Das war Wilhelm Kirchners Vision und Emmas großes Ziel. Bücher waren, solange sie denken konnte, ihre große Leidenschaft. Schon als kleines Mädchen war sie durch die Gänge, die vielen herrlichen Räume und Treppen der Buchhandlung geschlendert. Dann hatte sie sich ein stilles Eckchen gesucht, um in einem Buch zu versinken. Mit ihren blonden, schulterlangen Naturlocken war sie eine attraktive Erscheinung, was im Geschäft durchaus von Vorteil war. Mit einer schönen, klugen Frau an der Spitze des Unternehmens würde das ›Haus der Bücher‹ wieder einmal in der Branche für Aufsehen sorgen.

Am Tisch rechts neben ihrem Onkel saß Konrad Gallinat, der junge Buchhändler aus der ›Wissenschaft‹, der wissenschaftlichen Abteilung. Seit zehn Monaten waren er und Emma ein Paar. Er war eher zufällig in dem Moment im Keller gewesen, als der Direktor herunter gekommen war. Konrad wollte sich von Otto Perlmann einige Bücher aus dem Buchlager geben lassen. Das Anatomieregal musste nach einer Auslieferung an die Universität wieder aufgefüllt werden. In der wissenschaftlichen Abteilung war Konrad perfekt eingesetzt. Emotionen und Dinge, die man nicht genau berechnen oder messen konnte, verunsicherten ihn. Wenn er aufgeregt war, setzte sein Stottern ein, das ihn seit der Kindheit plagte, auch wenn es mittlerweile besser geworden war. Deshalb mied er Situationen, die ihn in Stress versetzten oder große Emotionen auslösten. Nur auf die Liebe zu Emma hatte er sich eingelassen. Er hatte lange gar nicht glauben wollen, dass die schöne Nichte des Inhabers sich ausgerechnet in ihn verliebt hatte, den stotternden Buchhändler aus dem ersten Stock. Auf der anderen Seite des Tischs saß Otto Perlmann, einer der dienstältesten Mitarbeiter. Die Ellenbogen hatte er auf den Tisch gestützt und das Gesicht in den Händen vergraben.

»Onkel! Um Gottes willen, was ist denn geschehen?«, fragte Emma und ging auf Kirchner zu. Jeder, der den Kellerraum betreten hatte, spürte sofort, dass etwas Schreckliches passiert sein musste. »Hat es etwas mit dem Besuch dieses SA-Manns und den Studenten eben bei dir zu tun?«

»Ja«, antwortete Wilhelm Kirchner. »Sie nennen es ›Aktion wider den undeutschen Geist‹, fauchte er. Hier, schaut euch das an!«

Emma sah, wie seine Hand zitterte, als er eine mehrseitige Liste auf den Tisch legte. Sie murmelte die Namen auf der Liste vor sich hin. »Marx, Kästner, Freud, Remarque, Tucholsky, Heine, Wedekind, Zuckmayer. Onkel, was ist das für eine Liste? Was soll das?« Dann entrollte Kirchner das gelbe Plakat auf dem Tisch und las es vor:

»Pflegt deutsche Kultur und zerstört minderwertiges und zersetzendes Schrifttum undeutscher Schriftsteller. Die Studentenschaft veranstaltet in diesen Tagen einen Feldzug gegen jedes undeutsche Schrifttum. Es ist die Pflicht jedes Deutschen, diesen Kampf zu unterstützen!«

Kirchner machte eine kurze Pause, als müsse er sich von den Worten erholen. Dann las er weiter:

»Reinigt eure Büchereien! - Schreiberlinge wie ...«, es folgte eine längere Liste bekannter Schriftsteller, deren Werke unter anderem als ›schändliches und unerwünschtes Schrifttum‹ bezeichnet wurden. Sie reichte von Alfred Döblin und Heinrich Mann über Erich Kästner und Kurt Tucholsky bis zu Stefan Zweig und endete mit dem Satz »...dürfen darin keinen Platz mehr finden. - Die Bücher werden in wenigen Tagen feierlich verbrannt! - Die Abgabestelle befindet sich im ›braunen Haus‹, Zweite Fließstraße 4.«

Er hielt kurz inne. »Das Plakat wird gerade überall in der Stadt aufgehängt. Die Studentenverbindungen verteilen überall Flugblätter, stecken sie in jeden Briefkasten. Unsere Studentenschaft macht sich gerade sehr verdient um das deutsche Volk. Morgen steht es in allen Zeitungen. Ausgerechnet unsere klügsten jungen Köpfe sind an vorderster Front!«, fluchte Kirchner. Der Verleger drohte die Fassung zu verlieren, riss Emma die Liste wieder aus der Hand und zerknüllte sie in der Faust.

»Hast du das gelesen? Thomas steht darauf! Und Heinrich!«, schrie er nun fast und sein Gesicht färbte sich rot. Thomas Mann war mit Kirchner befreundet und regelmäßig zu Gast in der Buchhandlung. Oft saßen sie in Manns Sommerhaus in Nidda mit Blick auf das weite Haff. Dann sinnierten sie bei Rotwein die ganze Nacht über politische, gesellschaftliche und kulturelle Fragen. Kirchner schleuderte die in der Zwischenzeit zu einer Papierkugel zerquetschte Liste gegen die Wand. Noch nie hatte Emma ihn so unbeherrscht erlebt.

Otto hob den Kopf und Emma sah die Tränen, die ihm über die Wangen liefen.

»Das ist eine schwarze Liste«, sagte er leise.

Otto Perlmann war seit fast 30 Jahren bei ›Gräfe und Unzer‹ in Königsberg beschäftigt, dem im ganzen Reich bekannten ›Haus der Bücher‹. Wilhelm Kirchner kam ab und zu in den Keller und sie unterhielten sich über ein neu geliefertes Buch oder eine im Feuilleton erschienene Rezension. Kirchner wusste Ottos Gespür für gute Bücher sehr zu schätzen. Öfter hatte er, nachdem er aus dem Keller in sein Kontor zurückkehrt war, die Bestellmenge erhöht. Ottos Instinkt für gute Bücher hatte noch nie daneben gelegen. Nach seiner Lehre war Otto zunächst als Kutschenfahrer und Lagerist eingesetzt gewesen. Dann kam der schreckliche Unfall. An den Hafenspeichern der Lastadie war ein kleines Mädchen zwischen seine Pferde gelaufen und zu Tode gekommen.

Seit diesem Tag weigerte er sich konsequent, wieder mit Pferden zu arbeiten oder einen Kutschbock zu besteigen. Obwohl ihn bei dem Unfall keine Schuld getroffen hatte, ging es einfach nicht mehr. Die Bilder sah er oft noch nachts, wenn ihn die Albträume schweißgebadet hochschrecken ließen. Dann lag das tote Mädchen in ihrem bunten Kleidchen plötzlich wieder vor ihm. Er hörte sie kreischen, sah sie voller Blut und mit zerschmetterten Armen und Beinen. Diesen Schicksalsschlag hatte er nie überwunden. Und das sah man ihm auch an. Trotz seiner 45 Jahre wirkte er alt und leidgeprüft. Er hatte traurige kleine Augen, unter denen tiefe Tränensäcke hingen. Nur wer genau hinsah, erkannte, dass seine Augen von unterschiedlicher Farbe waren: ein blaues und ein grünes Auge – denn diese Besonderheit ging in dem Bild des Jammers unter. Das Gesicht war von Falten und Furchen durchzogen, als wäre die Haut wie Leder gegerbt. Der immer etwas wild aussehende Schnauzer unter der breiten Nase war seit Jahren ergraut. Seit dem Unglück damals arbeitete Perlmann an der Makulaturpresse und verwaltete das Buchlager im Untergeschoss. So sah er tagsüber das Sonnenlicht nur durch kleine vergitterte Kellerfenster. ›Bei Otto‹ nannten alle Mitarbeiter liebevoll den Keller. Es hörte sich an, als würden sie von einer beliebten Kneipe sprechen. Er mochte es, alleine zu arbeiten und nicht ständig von vielen Menschen umgeben zu sein. Gleichzeitig freute er sich, wenn jemand ihn in seinem Reich besuchte, um nach neuen Bestellungen zu fragen. Und die Lehrlinge gingen gerne zu ihm hinunter, denn er war ein liebenswerter Mensch mit einem großen Herzen. Wenn die jungen Mädchen Liebeskummer oder die

Lehrjungs etwas angestellt hatten, saßen sie bei ihm auf den Papierballen und erzählten Otto von ihren Sorgen. Er hatte immer ein offenes Ohr für sie, einen guten Rat oder konnte sie trösten. Nur über sein eigenes Leid sprach er nie.

»Alle Bücher dieser Schriftsteller sind jetzt verboten. Wir dürfen sie nicht mehr verkaufen«, sagte Kirchner. Er ging auf Emma zu und packte sie an beiden Armen.

»Emma, verstehst du, sie wollen unsere Schriftsteller vernichten und die Literatur gleichschalten. Sie bestimmen, was das Volk lesen darf und was nicht. Das ist Zensur der schlimmsten Art!« Er sah in Emmas schockiertes Gesicht. »Diese Liste bedeutet für diese Autoren ein Berufsverbot, der Entzug ihrer Existenzgrundlage. Und noch schlimmer: Alle ihre Bücher sollen verbrannt werden! Sie wollen ein Fest daraus machen, eine Demonstration ihrer neuen, verdammten Macht.« Kirchner holte kurz tief Luft.

»Sie zwingen mich zum Verrat. Jeder in Königsberg, ach, im ganzen Reich soll sehen, dass ich der Partei folge. Ich soll die eigenen Bücher verbrennen und deren Politik über unsere Kultur stellen! Sie werden denken, ich unterstütze sie. Das ist genau das, was dieser von Wehlau erreichen will. Er will mich demontieren, meine Reputation vernichten. Eine Katastrophe! Ich kann doch meinen Beruf nicht verraten, die Schriftsteller, die davon leben, meine Überzeugung! Verbrannte Bücher, verfemte Dichter: Sie machen mich zum Mittäter, zum Verräter!« Kirchner klang verzweifelt.

»Aber das können die doch nicht ma-ma-machen!«, mischte sich nun erstmals Konrad ein. Alle im Raum waren sein Stottern gewohnt und ignorierten es. Das half ihm in diesen Situationen, nicht noch nervöser zu werden.

»Doch, Konrad, das können sie«, erwiderte Otto niedergeschlagen.

»Aber das lassen wir doch nicht zu, oder?«, fragte Emma entrüstet. Sie wusste nicht, ob sie sich gerade mehr über die Liste aufregte oder das, was diese Leute ihrem Onkel damit antaten. Und sie konnte Otto nicht leiden sehen. Emma liebte Bücher, doch für Otto waren sie sein Leben. Seit er in der Schule lesen gelernt hatte, hatte er keinen Tag ohne Lesen verbracht. Er war schlecht im Rechnen gewesen, in Sport eine Niete. Aber beim Lesen hatte ihm niemand etwas vormachen können. Lesen war seine große Leidenschaft, seit er denken konnte. Die Vorstellung, dass seine Bücher ins Feuer geworfen werden sollten, musste er deshalb nun empfinden, als würden seine eigenen Kinder hingerichtet.

»Niemals! Da machen wir nicht mit!«, sagte Emma wütend. »Wir brauchen einen Plan!« Dann drehte sie sich energisch um und stampfte die ersten Stufen der Treppe hinauf. Konrad rannte ihr hinterher und fing sie am Ende der Treppe ab.

»Ab-ab-aber Emma.« Er sah sie ängstlich an. »Was willst du denn tun? Diese Leute sind gefährlich, hörst du! Wir können uns nicht mit denen anlegen.« Konrad schaute ihr direkt in die Augen und sah das Feuer, das in ihr entfacht war. Genau das war es, was ihm solche Angst machte.

»Konrad, überlege doch! Wir können das nicht einfach so hinnehmen. Niemand hat das Recht, diese wundervollen Bücher zu verbieten, zu verbrennen und unsere Schriftsteller umzubringen. Verstehst du, worum es geht?« Sie nahm ihn mit beiden Armen an den Schultern und schüttelte ihn leicht.

»Ja, natürlich,« gab Konrad nach. »Aber ich habe Angst um dich. Hörst du? Angst! Ich will nicht, dass du in Gefahr gerätst. Das alles hier gerät in Gefahr!« Konrad schaute sich um, als würde er in einer großen Kathedrale stehen und das hohe Kirchenschiff bewundern.

»Ach, Konrad, wir haben doch gar keine Wahl. Und du passt doch auf mich auf, versprochen?« Sie lachte. Konrad war ihrem positiven, einnehmenden Wesen einfach nicht gewachsen. Auch jetzt nicht, da er sich Sorgen um sie machte.

»Versprochen«, sagte er. Emma strich ihm mit der Hand unauffällig zart über die Wange und huschte davon. Sie betrat den Verkaufsraum als brave Sortimenterin, als wäre nichts geschehen. Doch ihre Welt hatte sich gerade für immer verändert.

3

Wenige Monate zuvor war die Welt in der Buchhandlung noch in Ordnung gewesen.

»Was will der deutsche Arbeiter?, Mittwoch, den 22. Februar 1933«, hämmerte Hans Zach in seine schwarze Triumph Typ 10. Er schrieb an einem Artikel für die Königsberger Volkszeitung. Das sozialdemokratische Blatt saß mit einem kläglichen Rest von Redakteuren im Dachgeschoss des Otto-Braun-Hauses in der Zweiten Fließstraße. Es gab noch eine ebenso kurze Erste Fließstraße und eine lange Dritte. Doch an dem Tag sollte die Zweite Schauplatz des Tagesereignisses in Königsberg werden. In den unteren Etagen war die Parteizentrale der Sozialdemokraten angesiedelt.

Die Redaktion war in den Wochen seit Hitlers Ernennung zum Reichskanzler Ende Januar personell stark ausgeblutet. Redakteure und ihre Familien waren bedroht, verprügelt und verschleppt worden. Die SA schreckte vor nichts zurück. Die Zeiten, seine Meinung offen sagen zu dürfen, waren vorbei. Familienväter verließen zuerst die Redaktion und arbeiteten lieber als Hafenarbeiter in der Werft oder der Zellstofffabrik am Pregel. So hofften sie, wenigstens sich und ihre Familien vor Repressalien oder Schlimmerem schützen zu können. Manche verließen die Stadt und zogen nach Masuren oder zu Verwandten auf die

Nehrung und halfen bei der Fischerei.

Hans, der Chefredakteur, war geblieben. Er hatte keine Familie, aber eine Meinung. Und die war ihm wichtig. Er und seine verbliebenen Kollegen wollten schreiben, solange es möglich war. Er war überzeugter Sozialdemokrat, ein Kämpfer für den kleinen Mann. Die Männer brauchten Arbeit zu einem fairen Lohn, um ihre Frauen und Kinder ernähren zu können. Das war wichtiger als alles andere und die notwendige Grundlage für Frieden und Demokratie. Den markigen Versprechungen Hitlers, die sechs Millionen Arbeitslose zügig von der Straße zu holen, traute er nicht. Die Mittel und Wege, wie er das erreichen wollten, überzeugten ihn nicht. Er benutzte weder Knüppel noch Gewehr, um für seine Überzeugung einzutreten, sondern kämpfte mit Worten. Es schmerzte ihn, dass auch seine Partei das in den schweren Jahren zuvor nicht geschafft hatte.

Hans war nicht so leicht einzuschüchtern. Seine Größe, die breiten Schultern und das kantige Kinn zeugten von Stärke und der Leidenschaft, für seine Überzeugung einzutreten. Die mit grauen Strähnen durchzogenen Haare ließen ihn älter und reifer als 39 aussehen. Gleichzeitig verrieten seine schmalen Augen und sein warmer Blick eine innere Verletzlichkeit und Sensibilität. Doch die zeigte er nur selten, schon gar nicht in diesen Zeiten.

Als er seinen Artikel beendet hatte, drückte er zufrieden den Stummel der Zigarette im überquellenden Aschenbecher aus. Mit einem lauten »Ratsch« zog er die letzte Seite aus der Maschine. Plötzlich wurde es laut im Treppenhaus.

Hans und seine zwei Kollegen sprangen auf und stürzten zur Tür. Sie sahen im Treppenhaus nach unten und erblickten im Erdgeschoss eine Gruppe Braunhemden, die mit lautem Gebrüll in das Haus stürmten. Sie kamen die Treppe herauf und nahmen sich offenbar Stockwerk für Stockwerk vor. Aus den Räumen der Parteizentrale hörte man Schreie. In Kürze würden sie auch im Dachgeschoss angekommen sein, alles durchsuchen und sie mitnehmen, dachte Hans.

Er sah nach unten. Für einen winzigen Moment kreuzte sich sein Blick mit dem des NSDAP-Kreisleiters Horst von Wehlau. Sie kannten und hassten sich. Mit vielen Artikeln hatte Hans in den vergangenen Jahren die NSDAP und von Wehlau heftigst attackiert. Doch seit Januar hatte sich das Blatt zugunsten des Kreisleiters gewendet. Das Ende der Sozialdemokratie galt als beschlossene Sache.

»Dort, unter dem Dach!«, brüllte von Wehlau und zeigte nach oben. »Da sind Zach und seine Schmierfinken, holt sie runter!«

Hans wich zurück und schob die beiden Kollegen wieder in das kleine Büro.

»Was machen wir jetzt, Hans?«, fragte Peter Kugland, der junge Redakteur in Panik.

»Los, helft mir!«, rief Hans. Sie warfen die Tür zu und schoben mit größter Anstrengung den schweren Schrank davor. »Das hält sie nicht ab, aber zumindest etwas auf.« Hans riss das Fenster auf. »Los, raus, über die Dächer, in eines der anderen Häuser, so weit weg wie möglich. Jeder in eine andere Richtung.« Sie schauten sich kurz an.

»Viel Glück, meine Freunde! Wir sehen uns wieder!«,

sagte Hans.

Schon im nächsten Moment waren die Eindringlinge vor der Tür angekommen. Sie schrien und schlugen mit den Knüppeln heftig gegen die Tür. Der Schrank begann bei jedem Schlag zu wanken. Hans stemmte sich dagegen.

»Los, los, schnell raus! Raus!«, rief er, während der nächste Schlag das Türblatt unter lautem Krachen zum Splittern brachte.

Peter kletterte durch das Fenster hinaus und hangelte sich nach rechts das Dach entlang. Doch er rutschte auf den leicht feuchten Ziegeln ab. Gerade noch konnte er sich mit den Füßen in der Regenrinne abfangen, um nicht abzustürzen. Langsam schob er sich, flach auf dem Dach liegend, weiter. Friedrich versuchte es links. Kaum war er durch das Fenster, krachte die Tür in Stücke und Hans konnte dem Druck nicht mehr standhalten. Mit dem nächsten Schlag würde auch der Schrank ihn nicht mehr schützen. Er ließ los, sprang zum Fenster und hangelte sich geschickt hindurch. Er ergriff die Kante unter dem First des kleinen Erkers und zog sich nach oben. So konnten sie ihn zumindest nicht gleich entdecken, wenn sie aus dem Fenster sahen. Dann zog er sich an den Firstziegeln hoch und robbte vorsichtig weiter. Er schaute sich um, denn nun hörte er die schreiende SA-Meute am Fenster.

Dann geschah etwas Entsetzliches. Einer der Verfolger nahm sein Messer und warf es nach Friedrich. Hilflos musste Hans mit ansehen, wie sich die Klinge in den Hals seines Kollegen bohrte. Das Blut aus der Schlagader ergoss sich sprudelnd auf das Dach. Es strömte die Ziegel hinab zur Regenrinne. Zitternd und mit weit aufgerissenen Augen rutschte der junge Reporter die Dachschräge nach unten, bis er über die Kante nach unten stürzte und mit einem dumpfen Krachen auf dem Kopfsteinpflaster aufschlug. Der andere Redakteur beobachtete die Szene geschockt und übersah die ihm drohende Gefahr. Das Fenster vor ihm wurde aufgerissen. Schon ergriffen ihn vier kräftige Arme und zogen ihn ins Haus zurück.

Hans hangelte sich weiter an den Firstziegeln entlang und drohte ebenfalls mehrfach abzurutschen. Dann erreichte er das Dach des nächsten Hauses. Noch hatte ihn keiner der Verfolger entdeckt. Er ließ sich auf der anderen Hausseite zum Innenhof hin vorsichtig herunter rutschen. Dann sprang er geschickt auf das Flachdach des Nachbarhauses. Er rannte quer darüber und legte sich, am anderen Ende angekommen, flach auf den Bauch. Vorsichtig schaute er über die Regenrinne nach unten. Er beobachtete, wie Männer in Handschellen von SA-Schergen auf die Pritsche eines Lastwagens verladen wurden. Neben dem Lkw lag der zerschmetterte Körper seines Kollegen. Niemand kümmerte sich darum. Hans schaute sich um und suchte nach einem Fluchtweg. An dieser Stelle kam er nicht weiter, ohne sofort entdeckt zu werden. Über die Metallstiegen an einem Schornstein konnte er in dessen Deckung nach unten klettern. Von dort gelang es ihm, auf einen drei Meter darunter liegenden Balkon zu springen. Doch bei der harten Landung knickte er mit dem Fuß um, versuchte verzweifelt Halt zu finden. Er griff erst ins Leere, dann erfasste er ein schmales Holzregal, das zusammenstürzte und ihn unter sich und den herabstürzenden Gläsern und Blumentöpfen begrub. Einer der Blumentöpfe daraus traf ihn hart am Kopf.

Noch bevor er wahrnahm, dass er auf eine große Glasscherbe fiel, die sich in seinen Oberschenkel bohrte, verlor er das Bewusstsein.

Von Wehlau tobte, war außer sich und schlug dem nächstbesten SA-Mann seine Faust ins Gesicht.

»Ihr Idioten, ihr Versager! Findet diesen Hurensohn! Wagt es nicht, ihn entkommen zu lassen! Ausgerechnet Zach!« Er marschierte wütend in den Hof hinaus. Dann drehte er sich um und suchte die Fassaden und die Dächer ab. »Da oben muss er doch sein! Hier unten ist er schließlich nicht rausspaziert! Und fliegen kann er ja wohl nicht«, brüllte er Wegner zynisch an. Seine Augen funkelten diesen an, als würden sie im nächsten Moment tödliche Blitze schleudern.

Der SA-Sturmbannführer, der die Aktion ›Braunes Haus‹ leitete, bebte innerlich. Sein mondrundes Gesicht mit dem parteikonformen Kurzhaarschnitt und einem Bärtchen unter der Nase war feuerrot. Der Schmiss auf seiner rechten Wange zuckte. Hektisch schrie er seine Männer zusammen und brüllte Befehle nach oben.

»Auch die Nachbarhäuser! Er muss noch auf dem Dach sein. Durchsucht alles! Wir finden das Loch, in dem sich diese Ratte verkrochen hat!« Erneut rannten mehrere Männer ins Haus und die Treppen hinauf. Sie klingelten an den Türen der Nachbarhäuser und verlangten Zugang.

Horst von Wehlau war überzeugter Parteifunktionär. Schon der Putschversuch 1923 in München hatte ihn seinerzeit beeindruckt. Als Adolf Hitler im Dezember 1924 aus der

Haft in Landsberg am Lech entlassen worden war und die Partei neu gegründet hatte, war von Wehlau unverzüglich in die NSDAP eingetreten. Er war der Sohn des Adelsgeschlechts von Wehlau, einer im Süden Ostpreußens sehr angesehenen Familie, die auf der Wehlauburg residierte. Ihre Ländereien und den Reichtum hatte die Familie in vier Jahrhunderten angehäuft.

Niemand in Königsberg wusste genau, warum Horst keinen Kontakt mehr zu seiner Familie hatte. Zum Zerwürfnis mit dem Vater war es vor vielen Jahren gekommen. Einer der beiden jüngeren Brüder war, wenige Wochen nach seinem Dienstantritt, in der Offiziersschule erschossen in seiner Stube aufgefunden worden. Gerüchten zufolge soll es einen Unfall beim Hantieren mit einer Waffe gegeben haben. Und der ältere Bruder soll bei ihm gewesen sein. Kameraden hatten von einem Streit berichtet. Ob es ein Unfall war oder eine Auseinandersetzung, konnte nie abschließend geklärt werden. Doch der Patriarch der Familie machte seinen Sohn verantwortlich, enterbte ihn und verwies ihn der Burg.

Daraufhin tauchte Horst von Wehlau schwer gedemütigt einige Jahre in Berlin und Potsdam unter. Dann erschien er plötzlich wieder als Adlatus des Gauleiters in Königsberg. Von Wehlau hatte sich in dieser Zeit zu einer sehr zwiespältigen Persönlichkeit entwickelt. Einerseits war er ein äußerst charmanter, gut aussehender, einflussreicher Frauenheld aus Berlin. Er nutzte jede Gelegenheit bei schönen Frauen aus, tanzte großartig, wusste sich zu benehmen und einige Mütter hätten sich ihn als Schwiegersohn gewünscht. Bei einem Ball in Potsdam hatte er seine Frau Hedwig kennengelernt, die Tochter einer einflussreichen Parteigröße. Überraschend schnell hatte er sie geheiratet und mit ihr eine Tochter und einen Sohn gezeugt. Die Partei erwartete schließlich geordnete Verhältnisse, bevor sie ihn zum Kreisleiter beförderten. Doch die Familie war in Berlin geblieben, als er nach Königsberg ging.

Vordergründig ging es Horst von Wehlau prächtig und er konnte mit seinem Aufstieg mehr als zufrieden sein. Auf der anderen Seite war er der tief verletzte, gedemütigte Sohn geblieben. Eine Wunde in ihm, die nie heilen würde. Sie ließ ihn in seinem Amt hart und gnadenlos werden. Für seine Ziele ging er buchstäblich über Leichen. Er wollte Karriere machen, koste es, was es wolle. Königsberg sollte nur eine Etappe sein. Hier würde er Berlin beweisen, dass er für höhere Aufgaben berufen war. Ernst Röhm hatte ihm ein höheres Amt in Aussicht gestellt, wenn er in Ostpreußen ordentlich ›aufräumen‹ würde. Und so nahm er sich die Kommunisten, die Demokraten und die Juden vor.

Doch sein besonderer Hass wandte sich gegen erfolgreiche Kaufleute und Großgrundbesitzer, die hohes Ansehen und Privilegien in der Gesellschaft genossen. Er setzte sie mit seinem Vater gleich. Ein besonderes Augenmerk warf er auf Unternehmen, die er in den Händen der Partei für nützlich erachtete. Von Wehlau beschlagnahmte schon in den ersten beiden Monaten nach der Regierungsübernahme durch die NSDAP mehrere Betriebe. Die Inhaber wurden vertrieben oder verhaftet. So auch eine Druckerei in Vorderhufen, die nach der Beschlagnahme ausschließlich Plakate, Flugblätter und

Formulare für die Partei druckte. Der jüdische Eigentümer war verschwunden und wurde nie wieder gesehen.

Von Wehlau dachte strategisch und kümmerte sich Schritt für Schritt um die Feinde des deutschen Volkes. Die Kommunisten hatte er sich schon vorgenommen, jetzt würden die Sozialdemokraten erledigt. Er ging dabei präzise und erfolgreich vor. Genau deshalb hielt man ihn in der Parteiführung für den besten Mann für diese Aufgabe. Er war zudem der Verbindungsmann zwischen der Gauleitung und der SA. Diese Schlägertruppe war der Partei dienlich und erledigte die Drecksarbeit mit paramilitärischer Gründlichkeit und absolutem Gehorsam. So wie die Räumung und Beschlagnahmung des Hauses der SPD. Ab diesem Tag gab es die Zeitung nicht mehr. An diesem Morgen war sie verboten worden. Den Beschluss hatte er von Oskar Wegner, dem SA-Anführer, an den Türrahmen der Eingangstür des Hauses nageln lassen.

Wegner war kriegserfahren. Nach monatelangen Stellungsschlachten war er 1917, zwei Tage nach seinem 26. Geburtstag, in der Nähe von Straßburg in französische Gefangenschaft geraten. Vier Jahre später kam er mit einem verkrüppelten Bein zurück. Niemals hatte er davon gesprochen, was ihm widerfahren war. Als Invalide hatte er keine Arbeit gefunden, hatte gesoffen und sich regelmäßig in Kneipen geprügelt. Mehr als einmal hatte ihn die Polizei abgeholt und verwarnt. Nächte in der Zelle waren damals für ihn keine Seltenheit gewesen.

Dann kam die Partei und brauchte Schutzkräfte für ihre Veranstaltungen. Wegner hatte seine Aufgabe gefunden und diente sich hoch. Das Hinken konnte er nie verbergen. Das machte den kleinen, dicken Mann verletzlich und damit gefährlich und unberechenbar wie ein angeschossenes Raubtier.

Er konnte mit seinem steifen Bein nie bei Paraden mitmarschieren und lief deshalb alleine voraus. Die Buben auf der Straße verspotteten ihn als ›Sturmhinkeführer‹ und äfften ihn nach, indem sie ihr rechtes Bein steifhielten und kichernd humpelten. Wo und wann immer es ging, fuhr Wegner mit dem Wagen.

»Von wegen ›Otto-Braun-Haus‹! Das ist jetzt das ›braune Haus‹«, lachte Wegner hämisch und trollte sich, als er von Wehlaus Blick sah. Solange Hans Zach noch frei herumlief, ging er dem NSDAP-Mann lieber aus dem Weg. Doch das gelang ihm nicht.

»Weeeeeeeeegner!«, brüllte dieser über den Hof. »Wenn Sie diesen Zach nicht finden, sind Sie erledigt, ist das klar? Dann sorge ich dafür, dass Sie wieder in dem Loch verschwinden, aus dem die Partei Sie geholt hat«, zischte er ihn an.

»Ich muss zum Gauleiter. Führen Sie die Aktion hier erfolgreich zu Ende. Ich erwarte Vollzugsmeldung heute Abend um achtzehn Uhr. Wir treffen uns in der Fabrik. Sollten Sie Zach nicht erwischen, werden uns seine Kameraden schon sagen, wo wir ihn finden. Verlassen Sie sich drauf«, tobte von Wehlau und drehte sich um, ohne auf eine Reaktion von Wegner zu warten. Dieser riss den Arm hoch und rief ihm ein »Heil Hitler« hinterher, was der Kreisleiter mit einem wortlosen Winken quittierte.

4

Konrad kam am darauffolgenden Vormittag von seiner Auslieferung an die Universität zurück. Regelmäßig überquerte der junge Mann mit einem Handwagen voller Bücher und Lehrmaterial den Paradeplatz. Auf dem Weg kam er an den Denkmälern von Immanuel Kant und Friedrich Wilhelm III. auf seinem Pferd vorbei. Dann hielt er meist noch ein kurzes Schwätzchen mit dem Pförtner und nahm eine Liste neuer Bestellungen mit. Die Professoren schätzten den schüchternen Bücherwurm wegen seiner Verlässlichkeit sehr. Vor Kasse fünf im Erdgeschoss stand eine Dame im eleganten grauen Kostüm und einem gefiederten Etwas in ihrem feuerroten Haar. Die Dame lamentierte mit der sichtlich angestrengt lächelnden Kassiererin.

»Die Missu«, dachte Konrad, »natürlich!« Niemand in der Stadt hatte so feuerrote Haare wie die Operndiva Rosemarie Missuweit. Konrad sprang der Kollegin zur Seite, obwohl er ja eigentlich hier unten nicht zuständig war.

»Frau Missuweit! Wie schön, Sie bei uns begrüßen zu dürfen. Gi-gi-gibt es ein Problem? Wie kann ich Ihnen helfen?«

›Jetzt nicht aufregen, bleib ruhig, nicht stottern‹, dachte Konrad. Die Diva drehte sich zu ihm um. Konrad sah in ihr wunderschönes Gesicht, ihre großen Augen, den aufreizenden, feuerrot geschminkten Mund.

»Hören Sie, junger Mann!«, begann die Dame mit aufdringlichem Ton, »seit einer Woche warte ich auf meine Bücher. Soll ich etwa die Bibel lesen aus Verzweiflung?« Sie lachte laut. Es machte ihr nichts aus, dass alle Leute im Raum sie empört ansahen. Sie war ›die Missu‹, immer auf der Bühne, immer spielend und sich selbst inszenierend. Schon im nächsten Satz säuselte sie verführerisch:

»Junger Mann, Sie kümmern sich doch darum, dass ich meine Bücher schnellstens bekomme, ja?« Sie kraulte Konrad unter dem Kinn wie einen kleinen Jungen. Konrad war einen Moment sprachlos. Aber das fand er in dem Moment auch besser, denn er würde sicher nicht viel rausbekommen.

»Ja, ja, natürlich«, sagte er.

»Gut, dann bringen Sie mir persönlich die Bücher hinüber in die Oper, sobald sie da sind. Ich verlasse mich auf Sie!« Konrad wurde rot. Sie lächelte ihn an, bedachte die Kassiererin mit einem verächtlichen Blick und stolzierte zur Tür hinaus.

Zur gleichen Zeit führte Emma eine Gruppe Besucher durch das Haus. Der prunkvolle Eingang der Buchhandlung am Paradeplatz war vermutlich der einzige Laden der Stadt ohne Glöckchen über der Tür. Es war einfach unvorstellbar, dass hier etwas über dem Kopf klingelte, wenn man in diese einzigartige Welt eintrat. Das wäre geradezu würdelos und albern gewesen. Die edle Einrichtung aus dunklen Hölzern, die verkleideten Wände und Bücherregale gaben den Räumen die Anmutung einer vornehmen Bibliothek, nicht einer Buchhandlung. Dazu trugen neben den Lesetischen auch die vielen geschmackvollen Bilder und Skulpturen bei. So wie der weiße Engel in der Eingangshalle oder die große Madonna an der Treppe zum Zwischengeschoss, über deren Geschichte Emma genau zu berichten wusste. Trotz der Größe hatte die Kundschaft nie das Gefühl, in einem Kaufhaus zu sein, obwohl es genau dies letztlich war. Die Einrichtung und die Mitarbeiter strahlten auch bei dem oft lebhaften Betrieb stets eine außergewöhnliche Ruhe aus, die die Bücher auf besondere Weise in den Mittelpunkt stellte. Trotzdem war es eine Buchhandlung für alle. Hier kauften sich die Jungen und Mädchen für ein paar Dittchen ein Heft, die Herren das eine oder andere Fachbuch und die Damen neue Liebesromane. Die feinen Herren und die, die sich dafür hielten, ließen sich Zeitungen aus Berlin kommen. Was natürlich, ausgebreitet im Café an der Schlossteichpromenade oder unter dem Kant-Denkmal auf dem Paradeplatz, sehr gut aussah. Eine stilvolle Treppe führte hinauf auf die Galerie in der Eingangshalle. Dort wurde das komplette Programm der Heftchen von Reclam und der Sammlung Göschen präsentiert. Oft standen Kunden mit zur Seite geneigtem Kopf vor den Regalen. Dann fuhren sie mit dem Finger an den Heftchen entlang, um den gesuchten Titel zu finden. Emma meinte einmal, so würden sie wie bei einem Daumenkino in wenigen Minuten einen Streifzug durch die Literatur unternehmen. Der große Aufzug war ausschließlich der Kundschaft vorbehalten. Er brachte sie auch zum kleinen hauseigenen Firmenmuseum. Die Ausstellung zeugte von der beeindruckenden Firmengeschichte. Durch die vielen spannenden Ausstellungsstücke war das Museum natürlich auch Ziel unzähliger Schulklassen.

»Unser Haus wurde 1722 gegründet und ist heute die größte Buchhandlung Europas«, erklärte Emma den interessiert zuhörenden Besuchern. »Zugleich sind wir der älteste Verlag Deutschlands. Auf den sechs Etagen arbeiten derzeit rund einhundertdreißig Mitarbeiter.« Schon viele Male hatte Emma den Vortrag gehalten und trotzdem liebte sie es immer wieder.

»Ja, und die Jungs auf der Straße nennen Gräfe und Unzer frech ›Der Grunzer‹«, sagte einer der Besucher und die Gruppe kicherte.

»Bitte folgen Sie mir in das erste Obergeschoss«. Über die große Treppe folgte die Gruppe Emma. Auf halber Höhe kam ihnen Horst von Wehlau und drei Gefolgsleute in Uniform entgegen. Das »Heil Hitler« quittierten die Besucher mit einem eher unverständlichen Gemurmel. Für eine ordentliche Grußerwiderung war die Zeit aber auch zu kurz, so schnell eilten die vier Männer die Treppe hinunter. Emma war kurz irritiert. Dieser von Wehlau musste bei ihrem Onkel gewesen sein.

»Unser Haus verfügt über 4.500 laufende Meter Bücherregal, in denen rund 300.000 Exemplare Platz finden. Da ist unser Buchlager im Untergeschoss noch nicht einmal eingerechnet. Würde man die Bände übereinanderstapeln, hat ein schlauer Lehrjunge mal ausgerechnet, wäre der Bücherturm 85 mal so hoch wie der Turm unseres Schlosses.«

Wie gewohnt ging ein kurzes anerkennendes Raunen durch den Raum. In der wissenschaftlichen Abteilung zwinkerte sie Konrad unauffällig zu und erklärte ihren

Zuhörern die enge Zusammenarbeit mit der Universität schon seit der Zeit Immanuel Kants. Schließlich lag die alte Albertina in unmittelbarer Nähe zur damaligen Buchhandlung im Kneiphof an der Schmiedebrücke. Die Abteilung ›wissenschaftliche Bücher‹ versorgte Lehrende wie Lernende der Albertina mit der notwendigen Fachliteratur, während die ›Lehrmittelabteilung‹ für die Ausstattung der Hörsäle und Laboratorien sorgte. Hier reichte das Angebot vom Globus bis zum puzzleartig nach Organen zerlegbaren Torso, vom Glaskolben bis zur Zentrifuge und vielem mehr.

Bevor sie ins nächste Geschoss weitergingen, sah Emma ihren Onkel mit finsterem Gesicht aus seinem Kontor kommen. ›Von Wehlau‹, dachte sie, ›er muss bei ihm gewesen sein. Das kann nichts Gutes bedeuten.‹ Sie beschloss, nach der Führung sofort bei ihrem Onkel vorbeizuschauen. Dann führte sie die Gruppe routiniert und mit Charme durch die Abteilung für Jugendschriften und Bilderbücher mit den kleinen Tischen und Stühlen. Es waren die ersten Leseecken für Kinder in deutschen Buchhandlungen.

»Unser Unternehmen ist sehr fortschrittlich!«, erklärte Emma stolz. »Wir waren die Ersten, die Bücher mit dem Titel frontal sichtbar präsentierten, nicht nur mit dem Buchrücken im Regal. Auf den schräg gestellten Bücherbrettern an den Wänden finden unsere Kunden die letzten Neuerscheinungen. Da gibt es laufend Neues zu entdecken.«

»Sehr hübsch«, murmelte eine Dame mit großem schwarzem Hut und strich im Vorbeigehen über die Bücher.

Dann wedelte sie mit der Hand vor dem Gesicht. »Riechen Sie das?«, fragte sie ihren Nachbarn, der sie verdattert ansah. »Na, riechen Sie doch mal! Dieser Geruch hier, Holz, Papier, Bücher, Druckerschwärze, das ist der Duft der Literatur«.

»Also, ick riech nur Bohnerwachs«, entgegnete der Mann mit Berliner Dialekt und ließ sie stehen. Sie hob beleidigt den Kopf, hauchte ihm ein »Crétin« hinterher und drängelte sich durch die Gruppe wieder in die Nähe von Emma, um deren Ausführungen besser folgen zu können.

»Bei uns kann sich die werte Kundschaft die Bücher selbst aus den Regalen nehmen und an Lesetischen ausgiebig ansehen, ob es denn gefällt.« Anerkennend nickten die Besucher und folgten Emma weiter bis zum Ende der Führung im ›Museum‹. Im Raum hinter dem Antiquariat waren wertvolle Sammelstücke aus der über zweihundertjährigen Firmengeschichte ausgestellt, unter anderem der hölzerne Adler mit dem aufgeschlagenen Buch und dem Signet ›G & U‹, der seit dem 18. Jahrhundert über dem Kundeneingang angebracht war. Vor zwei Jahren war er abgehängt und etwas restauriert worden. Seither war er hier ausgestellt. Hier übernahm ein anderer Mitarbeiter die Gruppe. Emma bedankte sich höflich, wünschte den Herrschaften noch einen schönen Tag und eilte das Treppenhaus hinunter.

5

Zur gleichen Zeit, als Emma die Gruppe durch das Haus führte, grübelte Kirchner, wie er auf die Schwarze Liste reagieren sollte. Außer ihm, Emma und den beiden Mitarbeitern wusste bisher noch niemand etwas davon. Niemals würde er ›seine‹ Autoren verraten. Doch so einfach würden es ihm die Nazis nicht machen, das war ihm sehr wohl bewusst. Das Risiko war groß, sich ihnen entgegenzustellen. Das enorme Tempo, mit dem die Nazis seit dem 30. Januar das Land umgestalteten und die Macht an sich rissen, wurde von einem Großteil der Bevölkerung mitgetragen. Das war für ihn fast das Unerträglichste daran. Kirchner stand in Gedanken versunken am Fenster und paffte eine Zigarre. Er schaute über den Paradeplatz hinüber zum Stadttheater und der Universität. So sah er eher zufällig nach unten auf die Straße und von Wehlau mit drei Männern auf die Buchhandlung zugehen. Die Eingangstür der Buchhandlung wurde schwungvoll aufgestoßen. Von Wehlau marschierte in den prachtvollen Verkaufsraum im Erdgeschoss. Nach einigen Schritten blieb er in der Mitte des Raumes breitbeinig stehen. Mitarbeiter und Kunden wichen angesichts des beeindruckenden Auftritts irritiert zur Seite.

Es war plötzlich still im ganzen Raum. Drei Braunhemden folgten ihm. Die Uniformen wirkten wie Fremdkörper in diesen Räumen. Von Wehlau rief eine junge Angestellte zu sich und herrschte sie an, umgehend zu

Herrn Kirchner gebracht zu werden. Sie ging eingeschüchtert zum Personenaufzug und drückte, nachdem die vier Uniformierten eingestiegen waren, den Knopf des ersten Obergeschosses. Mit einem Surren setzte sich der Aufzug in Bewegung.

Langsam begann wieder das die Buchhandlung stets einnehmende, wohltuende Gemurmel, nur etwas aufgeregter. Die junge Angestellte schaute verängstigt zu Boden, als die Aufzugtür sich öffnete. Ohne sie weiter zu beachten, marschierte von Wehlau vorbei am Ausgabeschalter für bestellte Bücher und den Gang entlang. Dann riss er, ohne anzuklopfen, die Tür des Eckbüros des Verlegers auf. Kirchner saß zurückgelehnt in seinem Schreibtischstuhl und hielt die Hartungsche Zeitung vor sich. Nach dem Verbot der Volkszeitung war er auf das liberale Blatt umgestiegen. Als er aufsah und den Eindringling über den Zeitungsrand erblickte, legte er das Blatt langsam auf den Schreibtisch vor sich. Noch bevor von Wehlau etwas sagen konnte, ergriff der Verleger hinter dem großen, reichlich verzierten Eichenschreibtisch das Wort.

»Herr von Wehlau«, begrüßte er ihn betont freundlich. Damit nahm er seinem ungebetenen Gast zumindest für den ersten Moment den Wind aus den Segeln. Von Wehlau hasste diese unfassbare Souveränität, sie provozierte ihn. Doch er behielt die Fassung.

»Heil Hitler«, begann von Wehlau und hob den Arm. Seine drei Schatten taten es ihm nach wie Pawlowsche Hunde. Kirchner ignorierte den Gruß, für ihn ein lächerliches Gehabe.

»Was kann ich für Sie tun, Herr Kreisleiter?«, begann

Kirchner das Gespräch gelassen. Er wies auf den Stuhl vor seinem Schreibtisch. »Vielleicht können die drei Herren draußen warten?« Er würdigte die drei Begleiter dabei keines Blickes.

Grimmig winkte von Wehlau mit der Hand und setzte sich. Die drei SA-Männer verließen den Raum und bauten sich im Gang vor der Tür auf.

»Kaffee oder eine Zigarre?«

Von Wehlaus Augen begannen zu funkeln.

»Lassen wir diese Spielchen. Sie wissen genau, warum ich hier bin«, grinste von Wehlau und lehnte sich demonstrativ entspannt zurück.

»Aber ja, ich habe Sie schon erwartet«, antwortete Kirchner, nahm betont gelassen die Zigarre aus dem Ascher und paffte eine dicke blaue Wolke über den Tisch. »Ich habe diese Liste bekommen. Aber was soll das, von Wehlau? Was hat dieser Goebbels vor? Was wollen Sie damit erreichen?«

»In Deutschland weht ein neuer Wind, mein verehrter Kirchner! Es ist Schluss mit der Demütigung von Versailles! Die Leute brauchen Arbeit und Adolf Hitler ist der Mann, der Deutschland wieder dahin aufsteigen lassen wird, wo es hingehört.«

Kirchner runzelte die Stirn und brummelte ein ungläubiges »So, so.«

»Für Kommunisten und diese nutzlosen Demokraten ist kein Platz mehr in diesem Land! Und natürlich hat das Einfluss auf die Literatur und das, was Sie hier anbieten. Diese Schundliteratur, Entartung und Hetze können wir nicht weiter dulden. Das verstehen Sie doch, oder?«, fragte von Wehlau süffisant. Er war sicher, dass dies ein Stich ins

Herz des Verlegers war. Kirchner gab keine Antwort, erhob sich und ging zum Fenster. Er wusste nicht, was er diesem Nazi entgegnen konnte. Im Moment hatte sein Gegenüber die Macht und er konnte gefährlich werden.

»Ich habe gehört, Sie haben die Druckerei Hirsch in Vorderhufen beschlagnahmt. Hat der gute Mann etwas mit der falschen Farbe gedruckt?«, spottete Kirchner, obwohl ihn die Nachricht damals schwer getroffen hatte. Er kannte Isaak Hirsch gut, einen aufrechten, fleißigen Mann mit Frau und vier Kindern. Er hatte für den Verlag auch schon öfter bei ihm drucken lassen.

»Nein,« lachte von Wehlau, »Der Mann hatte eher die falsche Rasse. Juden sollten nun wirklich nichts in Deutschland zu Papier bringen, finden Sie nicht auch?«, fragte er süffisant.

Kirchner drehte sich um, sah den Nazi an und antwortete nicht.

»Aber lassen wir das, mein lieber Kirchner. Reden wir über das hier!« Von Wehlau breitete seine Arme weit auseinander und schwang sie durch den Raum. »Diese Buchhandlung würde mir in der Partei gut gefallen. Jetzt, da wir sowieso das Sortiment bestimmen. Und das ›Haus der Bücher‹ als Vorzeigebetrieb in Deutschland, was sage ich, in ganz Europa! Das wäre doch ein Zeichen.«

Kirchner stürzte zum Tisch, stützte sich mit beiden Armen auf und beugte sich zu seinem Gegenüber.

»Niemals! Unser Haus ist seit 1722 unabhängig und eine Heimstätte geistigen Lebens, nur der Literatur und dem Schrifttum verpflichtet. So wird es auch bleiben! Was auch immer ihr euch ausdenkt!«, fauchte er.

Von Wehlau stand auf und lachte. »Aber Kirchner, um Gottes Willen. Das liegt doch gar nicht in Ihrer Macht.« Er ging um den Tisch herum auf den Verleger zu. Ihre Gesichter kamen sich nah. »Ich weiß doch, dass Sie und das Haus unter besonderem Schutz stehen. Ihre Freunde in Berlin werden Sie aber nicht ewig schützen können. Nur ein kleiner Fehler von Ihnen und ich bekomme, was ich will!«, lachte er. »Und,« er machte eine genüssliche Pause, »ich werde Ihnen Gelegenheiten geben, Fehler zu machen.«

Kirchner drehte sich weg. Es war schlimmer, als er befürchtet hatte. Es ging nicht nur um die Bücher und gegen ihn. Es ging um die Existenz des Hauses. Von Wehlau nahm seinen Hut und ging zur Tür.

»Heil Hitler!«, rief von Wehlau. Kirchner atmete auf. Doch bereits in der Tür stehend drehte sich der NSDAP-Mann noch einmal um:

»Ach ja, das hätte ich fast vergessen. Die Verbrennung dieses Schunds findet am 10. Mai auf dem Trommelplatz statt. Überall in der Stadt sammeln unsere treuen deutschen Studenten die Bücher bereits ein. Sie hier dürfen das aber selbst machen. Sortieren Sie alles aus und packen Sie es in Kisten.« Er zeigte mit dem Finger auf Kirchner. »Und verlassen Sie sich drauf, dass ich das kontrollieren werde. Finde ich dann nur ein einziges Buch von der Liste«, wieder ließ er eine Pause dazwischen und genoss es sichtlich, »in den Regalen, unter den Tischen oder im Keller, sind Sie dran wegen Verrats.«

Kirchner sah in die bösartig funkelnden Augen des adligen Parteimanns. Der spürte die Überlegenheit, die er dank seines Amtes jetzt ausspielen konnte und legte nach.

Jetzt erst griff er den Verleger richtig an:

»Und Sie bringen die Bücher persönlich zum Trommelplatz und werfen sie selbst ins Feuer!« Von Wehlau lachte triumphierend und wandte sich ab. Im Hinausgehen sprach er weiter, so, als spräche er zu sich selbst. »Das wird wunderbare Bilder auf den Titelseiten geben. Der Inhaber von Europas größter Buchhandlung übergibt seine Bücher den Flammen! Herrlich!«.

Er lachte zynisch und zog die Tür hinter sich ins Schloss. Kirchner hörte, wie sich die Schritte entfernten und ließ sich in den Sessel fallen. Auf dem Paradeplatz unter seinem Fenster marschierte eine Gruppe SA-Männer vorbei und sang das Horst-Wessel-Lied. Am Straßenrand jubelten ihnen Passanten zu. Kaum hatten die Männer um von Wehlau das Haus verlassen, zog wieder Normalität in der Buchhandlung ein. Normalität, so gut es in diesen unruhigen Zeiten eben ging. Doch das Haus am Paradeplatz war eine Insel, ein einzigartiger Ort der Literatur und des Geistes. Die Kundschaft konnte hier jedes gewünschte Buch erhalten. Und so sollte es auch bleiben, beschloss Kirchner. Doch vielleicht würde die Kundschaft bestimmte Bücher schon bald gar nicht mehr nachfragen, vielleicht die Bücher auch aus dem Gedächtnis verschwinden. Diese Gedanken machten ihm Angst.

6

Vorsichtig drückte Emma ihr Ohr an die Tür. Von drinnen hörte sie Musik. Das Grammofon ihres Onkels kratzte ein melancholisches Stück der Comedian Harmonists aus dem Schellack. Kein gutes Zeichen. Ihr Onkel hörte normalerweise nur spät abends Musik, wenn er sich alleine im Haus wusste. Oder aber, wenn es etwas sehr Ernstes gab, über das er nachdachte. Dann waren alle Mitarbeiter gewarnt, und »Der Chef hört Musik!« verbreitete sich wie ein Lauffeuer im Haus.

Emma klopfte vorsichtig. Als das gewohnte »Herein!« nicht ertönte, klopfte sie besorgt ein zweites Mal, diesmal energischer. Als wieder keine Reaktion erfolgte, drückte sie die Klinke nieder und öffnete die Tür. Wilhelm Kirchner stand vor dem Grammophon, drehte sich langsam zu ihr um. Emma blickte in ein ernstes und nachdenkliches Gesicht.

»Emma! Komm rein, bitte schließe die Tür. Setz dich«.

»Onkel Wilhelm, was ist denn los? Was wollte dieser von Wehlau von dir?«

»Weißt du, dass man letzte Woche zwei Konzerte der Herren verboten hat?«, begann Wilhelm Kirchner und zeigte auf das Grammofon. »Goebbels hat sie wohl im Visier, weil drei von ihnen Juden sind. Wer weiß, wie lange er sie noch singen lässt.«

Emma setzte sich auf einen der Sessel am Kamin.

Niemand außer seiner Nichte durfte sich ungefragt in diese Sessel setzen. Der Verleger nutzte sie nur für längere Gespräche mit Kunden, Lieferanten oder Mitarbeitern.

»Sie graben alles um. Man erkennt unser Land nicht mehr. Maler, Musiker, Schriftsteller!« Kirchner fuhr sich durchs Haar. »Emma, stell dir vor, in Berlin haben sie erste Bilder aus den Museen verbannt. Sie nennen es ›entartete Kunst‹! Stell dir das vor!« Er klang nur noch traurig, die Wut in seiner Stimme verschwand. Er nahm die Nadel von der Schellackplatte und setzte sich zu ihr.

»Onkel Wilhelm. Ich habe über diese Liste nachgedacht. Und wir haben eine Idee«, versuchte Emma, ihren Onkel etwas zu beruhigen.

»Wir?«, fragte Kirchner und runzelte die Stirn. Jetzt hatte Emma seine volle Aufmerksamkeit.

»Ich habe mit Otto Perlmann gesprochen. Wir werden einen Teufel tun und diese Wunderwerke den Nazis ausliefern!«

»Ach Emma, es ist noch viel schlimmer. Von Wehlau führt einen persönlichen Krieg gegen mich. Und er will sich die Buchhandlung unter den Nagel reißen. Er wartet nur auf eine passende Gelegenheit, damit er hier alles beschlagnahmen kann. Und von mir verlangt er, dass ich persönlich die Bücher ins Feuer werfe. Stell dir das vor! Dieser elende Verbrecher!« Wütend fegte Kirchner mit dem Arm den Aschenbecher vom Tisch, der krachend an der Wand neben dem Kamin landete.

Emma zuckte zusammen. So schlimm hatte sie es sich nicht vorgestellt. Das ganze Unternehmen, die gesamte Existenz, die Tradition, die Mitarbeiter, die Autoren und die

Familie, alles war in Gefahr. Emma blieb sprachlos sitzen und versuchte, ihre Gedanken neu zu fassen. Sie saßen einen Moment wortlos beisammen. Dann durchbrach Kirchner die Stille.

»Was für eine Idee?«

»Hm?«, schreckte Emma aus ihren Gedanken hoch.

»Na, was ist das für eine Idee?«

»Nein,« begann Emma, »unter den Umständen ist es einfach zu gefährlich. Wir können das nicht riskieren.«

»Was denn? Raus mit der Sprache!«

»Wir haben im Lager unten noch viele Kisten alter, aussortierter oder beim Transport beschädigter Bücher. Unverkäufliche Exemplare. Die haben sich über Jahre dort angesammelt und sollten längst weggebracht werden, aber Otto hat das immer vor sich hergeschoben. Du kennst ihn ja. Er wirft doch kein Buch weg. Das bringt er nicht übers Herz.«

Kirchner lachte kurz.

»Nein, niemals.«

»Genau! Und diese Tatsache nutzen wir jetzt! Wir tauschen die Bücher aus. Wir liefern den Nazis die alten Bücher. Und wenn wir sie selbst ins Feuer werfen, werden sie es nicht merken.« Erwartungsvoll sah sie Kirchner an. Sein Gesicht zeigte keine Regung, er überlegte.

»Hm, klingt interessant.« Kirchner beugte sich nach vorne und legte die Hand anerkennend auf Emmas Hand. »Meine Nichte!« Er bemühte sich, zu lächeln, um Emma nicht noch mehr zu beunruhigen.

»Aber sie werden uns sehr genau kontrollieren. Von Wehlau wird uns seinen Kettenhund, diesen Wegner, auf den Hals hetzen. Wenn sie nur ein einziges verbotenes Buch von der Liste im Haus finden, sind wir geliefert! Und sie werden die Kisten bestimmt auch aufmachen und nachsehen. Von Wehlau wartet doch nur darauf, uns zu erwischen, mich zu erwischen. Und er ahnt, dass wir nicht tun können, was er verlangt. So wird er mich sicher einschätzen.«

»Natürlich, aber daran haben wir auch gedacht. Wir werden die Schutzumschläge tauschen und oben auf den Kisten werden auch richtige Bücher von der Liste liegen müssen. Wir werden sie nicht alle retten können, aber sicher einige.« Erwartungsvoll sah Emma den Verleger an. »Konrad und Otto werden uns helfen.«

Kirchner erwiderte den Blick und überlegte. Konnte der Plan, den sich seine schlaue Nichte ausgedacht hatte, gelingen? Auf Otto Perlmann war Verlass und auch Konrad Gallinat war ihm als Helfer willkommen, ein tüchtiger und loyaler junger Mann. Natürlich war ihm die junge Liebe zwischen den beiden schon vor Monaten aufgefallen, aber er hatte nichts gesagt. Emma würde es ihm erzählen, wenn sie bereit dazu wäre. Und Wilhelm Kirchner brauchte eine Lösung, nicht nur wegen der Bücher.

»Gut. Aber außer den beiden darf niemand etwas davon erfahren! Wir würden die Mitarbeiter nur in Gefahr bringen. Und uns selbst.« Emma nickte. »Und wir wissen nicht, wem wir trauen können,« fuhr Kirchner fort, »auch nicht innerhalb der Belegschaft. Es werden mit Sicherheit Spitzel im Haus sein. So wie ich das wahrnehme, sympathisieren leider genug Mitarbeiter mit der neuen Regierung. Und wir können nicht mit der Loyalität aller rechnen. Wenn sie uns erwischen, ist alles verloren und wir landen am Galgen. Ist dir das klar, Mädchen?«

Emma sah ihn mit großen Augen an. Natürlich hatte sie daran gedacht. Aber als ihr Onkel es jetzt so klar und direkt aussprach, machte es ihr doch Angst.

»Ist es dir das wert?«, fragte Kirchner mit besorgtem, zweifelndem Blick. Er überlegte selbst, welchen Preis er bereit war zu bezahlen. Und Emma wusste bis jetzt ja noch nicht, worum es in Wirklichkeit auch noch ging. Niemand wusste das, außer ihm.

Emma überlegte nur kurz.

»Onkel, wie kannst du das fragen! Natürlich ist es das wert, für unser Haus, für unsere Autoren, und letztendlich auch für unsere Freiheit!«

»Meine Nichte!«, lächelte Kirchner stolz und bewunderte den Mut und die Entschiedenheit, mit der die junge Frau sich engagierte. Er war unsicher, ob er selbst den Mut aufgebracht hätte. Doch jetzt war auch er entschlossen.

»Gut, dann gehen wir es an.« Er stand auf, öffnete die Tür und ging zu einer der Sekretärinnen im Kontor nebenan.

»Fräulein Pietsch, bitte holen Sie doch Otto Perlmann und Konrad Gallinat. Ich möchte sie sofort sprechen.« Er sagte das in einem Ton, der im Unklaren ließ, ob das etwas Gutes oder Schlechtes für die beiden bedeuten würde. Kirchner bedankte sich und ging zurück in sein Kontor.

Kurz darauf klopfte es und die zwei Mitarbeiter kamen herein.

Kirchner informierte sie über das Gespräch mit von Wehlau und Emma erläuterte nochmals ihren Plan. Kirchner erklärte, dass er sie dann auch auf dem Trommelplatz brauchen werde, damit der Schwindel nicht auffliegt.

»Wollen Sie wirklich dieses Risiko eingehen, meine Herren?«, fragte Kirchner. »Sie wissen, dass das lebensgefährlich wird, wenn sie uns erwischen.«

Konrad sah Otto an, dann Emma. Der kurze Blick blieb Kirchner nicht verborgen. Konrad nickte und Otto Perlmann sagte:

»Herr Direktor, niemals lasse ich zu, dass diese Leute unsere Bücher verbrennen. Auch wenn wir nicht alle retten können, so doch zumindest so viele wie möglich. Und wenn wir weiter unter dem Tisch welche an vertrauenswürdige Kunden verkaufen, können wir vielleicht damit auch den einen oder anderen Autor unterstützen. Für die wird es ja verdammt schwer werden.« Man hörte an seinem Ton, wie sehr ihn die Sache getroffen hatte, ›seine Bücher‹ dem Feuer übergeben zu müssen. »Ich bin dabei«, sagte Otto entschlossen und legte seine rechte Hand flach auf den Tisch.

Emma sah ihn kurz verwirrt an, dann legte sie ihre Hand darauf und Konrad folgte etwas zögerlich. Kirchner legte seine Hand zuletzt darauf.

»Un-un-und jetzt? Einer für alle, alle für einen?«, lachte Konrad.

»Genau!«, sagte Otto.

»Gut, meine Herren«, sah Kirchner Emma an, »und meine junge Dame. Dann gehen wir es an. Bereiten Sie alles vor, aber bitte sehr unauffällig. Morgen früh informiere ich alle Mitarbeiter, dann können Sie einigermaßen offen agieren und die Bücher einsammeln. Was im Keller geschieht, Herr Perlmann, darf niemand zu Gesicht bekommen, das ist sicher klar. Konrad, bitte fertigen Sie von dieser verdammten Liste Abschriften an, eine für jede Abteilung. Die werden wir morgen ausgeben. Das wird das Aussortieren der Bücher aus den Verkaufsregalen beschleunigen.« Konrad nickte und Emma ergänzte:

»Konrad, ich helfe dir bei den Listen. Lass uns das zusammen im Kontor nebenan machen, wenn hier alle gegangen sind.« Konrad lächelte kurz und nickte.

»Und ich werde die Bücher katalogisieren. Damit auch die Registratur weiß, welche und wie viele Bücher den Bestand verlassen«, sagte Otto und grinste, »also offiziell!«

Nun konnte auch Wilhelm Kirchner trotz der schwierigen Entscheidung und gefährlichen Situation kurz lächeln.

»Wir müssen los. Auf uns kommt viel Arbeit zu«, sagte Otto Perlmann unruhig und erhob sich aus dem Sessel. Mit Grauen dachte er an die Aufgabe, die er nun vor sich hatte. Entschlossen verließen die drei das Kontor des Verlegers. Der setzte sich an seinen Tisch, nahm die dicke HACIFA wieder auf und begann nachdenklich, sie erneut anzuzünden.

Am nächsten Morgen öffnete die Buchhandlung eine Stunde später als üblich. Das hatte es zuletzt vor neunzehn Jahren gegeben, als Kaiser Wilhelm den Krieg erklärt hatte. Ein Schild an der Eingangstür bat die Kunden um Verständnis für eine kurzfristig einberufene Betriebsversammlung. Wilhelm Kirchner hatte alle Mitarbeiter in den großen Verkaufsraum im Erdgeschoss zusammenrufen lassen.

»Meine Damen, meine Herren!«, eröffnete der Inhaber des Hauses mit ernstem Gesichtsausdruck seine Ansprache an die Belegschaft. Er stand auf der Galerie, sodass ihn jeder gut sehen konnte. Mit der rechten Hand hielt er eines der gelben Plakate hoch, die mittlerweile überall in der Stadt angeschlagen worden waren.

»Haben Sie das gelesen? NSDAP-Kreisleiter von Wehlau hat mir gestern einen Besuch abgestattet. Einige von Ihnen werden ihn gesehen haben. Die NSDAP, die SA und die Studentenverbindungen, allen voran die Taskonia Königsberg, haben sich für diese Aktion verbündet. Wir, wie alle anderen Bibliotheken und Buchhandlungen in der Stadt, wurden aufgefordert, bis zum 10. Mai alle Bücher von Schriftstellern, die sie jetzt für ›undeutsch‹ erachten, herauszugeben. Ihr Verkauf ist ab sofort verboten und wir müssen mit sehr ernsthaften Folgen rechnen, wenn wir dies nicht beachten.«

Ein Raunen ging durch den Raum. Kirchner hatte das Wort ›undeutsch‹ überhöht betont, sodass jeder wusste, was er davon hielt. Trotzdem hielt er sich mit politischen Aussagen zurück, denn er wusste, dass von den rund einhundert anwesenden Mitarbeitern sehr viele begeisterte Anhänger der neuen Führung waren. Er hatte deshalb schon im Februar in einem Rundschreiben politische Äußerungen und das Tragen von entsprechenden Symbolen an der Kleidung in der Buchhandlung untersagt. Er sah hinab in die Gesichter seiner Mitarbeiter und fragte sich, wer von ihnen wohl hinter ihm stand und wer sich im Ernstfall gegen ihn wenden würde. Für Wegner würde es leicht sein, einige Mitarbeiter als Spitzel zu gewinnen.

»Am Abend des 10. Mai halten sie auf dem Trommelplatz eine Veranstaltung ab. Dort wollen sie die Bücher von den folgenden Autoren auf dieser Liste verbrennen.« Er bemühte sich, ruhig zu bleiben, obwohl er innerlich bebte. Dann verlas er langsam die Liste der Schriftsteller, einen nach dem anderen. Und seine Stimme klang dabei so, als würde er die Namen der Toten nach einer Schiffskatastrophe verlesen. Und genauso fühlten er und viele im Raum sich in diesem Moment.

Als er zum Ende kam, zitterten seine Hände und niemand im Raum sagte etwas oder bewegte sich. Es war eine unheimliche Stille, bis Kirchner sich gefangen hatte.

»Alle Abteilungsleiter holen sich bitte nach dem Mittag eine Abschrift dieser Liste am Schalter der Zeitschriftenausgabe ab und gehen im Laufe der nächsten zwei Tage ihre Ausstellungsware durch. Ausnahmslos alle, ich betone alle Bücher oder Werke dieser auf der Liste aufgeführten Schriftsteller sind auszusortieren. Ich erwarte, dass dies mit absoluter Gründlichkeit geschieht. Meine Nichte wird Sie im Erdgeschoss und Konrad Gallinat in den anderen Stockwerken unterstützen, die Listen prüfen und mir regelmäßig Bericht erstatten. Bitte helfen Sie alle mit, damit wir das schnell und möglichst ohne Aufsehen für unsere Kundschaft bewerkstelligt bekommen. Alle diese Bücher kommen hinunter ins Bücherlager zu Otto Perlmann. Vielen Dank, liebe Mitarbeiter! Lassen Sie uns nun an die Arbeit gehen.«

Damit hatten Emma, Konrad und Otto einen offiziellen Auftrag bekommen. So konnten sie nun die Bücher einzusammeln, in Kisten verpacken und für den Abtransport bereitstellen. Nichts daran würde ab jetzt verdächtig erscheinen, hoffte Kirchner. Mit einem Raunen gingen die Mitarbeiter nach dem Ende der kurzen Versammlung wieder an ihre Arbeitsplätze zurück. Die Tür wurde für die Kundschaft geöffnet, als sei nichts geschehen.

7

Hans Zach kam wieder zu sich, als es bereits dunkel war. Nur allmählich erinnerte er sich daran, wie er auf diesen Balkon gekommen war. Er griff sich ans Bein, das höllisch schmerzte. Erst jetzt spürte er die große Glasscherbe, die in seinem Oberschenkel steckte. Er wischte durch das Blut, das seine Hose rund um die Wunde durchnässt hatte. Er horchte, aber alles war still.

Wie lange hatte er hier bewusstlos gelegen? Er vernahm nur die üblichen Geräusche der Stadt. Es schien, als wäre keine SA mehr vor den Häusern, als wäre er ihnen entkommen. Er biss die Zähne zusammen, um nicht zu schreien, als er sein Bein langsam unter dem Regal herauszog. Er sah nun, wie die Scherbe in seinem Bein steckte. Fast rechtwinklig war sie wie ein Sägeblatt tief in seinen Oberschenkel eingedrungen. Er hatte großes Glück gehabt, dass die Arterie nicht getroffen war. Sonst wäre er sicher längst verblutet. Er richtete sich schwer atmend auf und lehnte sich mit dem Oberkörper gegen die Wand. Er versuchte in die Fenster der Wohnung zu schauen, zu denen der Balkon gehörte. Alles war dunkel, nichts zu hören. Aufstehen konnte er nicht, aber hier liegen bleiben auch nicht. Und er würde dringend einen Arzt brauchen. Während er überlegte, was er tun konnte, wurde ihm wieder schwarz vor Augen.

»Hallo«, hörte Hans plötzlich jemanden rufen. Es kam ihm vor, als käme die Stimme aus großer Entfernung. Doch dann kam die Stimme näher und jemand rüttelte an seiner Schulter. Er öffnete langsam die Augen und sah in das runde Gesicht eines besorgt aussehenden alten Mannes. Hinter ihm in der Tür stand eine Frau in einer geblümten Schürze, offensichtlich seine Frau.

»Entschuldigen Sie«, murmelte Hans mit kraftloser Stimme.

»Bleiben Sie liegen«, sagte der Mann zu ihm. »Sie sind schwer verletzt. Martha, bitte hole ein Glas Wasser und meine Tasche, schnell.« Die Frau verschwand in der Wohnung und Hans sah den Mann beunruhigt an.

»Alles ist gut. Ich heiße Josef Mandelbaum. Ich kenne sie. Sie sind Hans Zach, der Chefredakteur der Volkszeitung, ein paar Häuser weiter, nicht wahr? Machen Sie sich keine Sorgen. Ich bin Arzt. Hier sind Sie erst einmal in Sicherheit.«

Hans atmete erleichtert auf. Die Frau brachte ihm das Glas Wasser und ihrem Mann die Arzttasche.

»Sie haben Glück im Unglück. Die Scherbe war recht sauber, wenig Dreck dran. Das rettet Ihnen vermutlich das Leben, mit Glück auch noch das Bein«, lachte er und schnitt vorsichtig das Hosenbein auf.

Hans schaute ihn ungläubig an. Er fand nicht, dass es Zeit für Witze war. Der Arzt reinigte die Wunde und band das Bein mit einem Gürtel fest ab. Dann gab er Hans ein herumliegendes Holz, damit er darauf beißen konnte.

»Das kann ich Ihnen jetzt leider nicht ersparen«, sagte der Arzt und zog langsam die spitze Scherbe aus seinem

Bein. Hans wurde fast ohnmächtig und hinterließ einen deutlichen Abdruck seines Gebisses im Holz.

»Oh, ich hatte recht, Sie werden wirklich überleben«, kicherte der Arzt und betrachtete das lange, spitze Glasstück in seiner Hand.

»Wie meinen Sie das? Sie haben doch eben gesagt ...?«, fragte Hans irritiert.

»Na, was weiß man schon wirklich?«, lächelte er. „Wenn das Glas Ihre Arterie erst beim Herausziehen verletzt hätte, hätten wir jetzt hier einen schönen roten Springbrunnen und in zwei Minuten wären Sie tot. Aber Sie sind ein Glückspilz, mein Freund, Sie werden es überleben, mit zwei Beinen.«

Der Mann kicherte wieder. Er hatte eine sehr ungewöhnliche Art, mit dieser ernsten Situation umzugehen. Hans war dafür letztendlich dankbar. Dabei war ihm seine besondere Aussprache nicht entgangen.

»Sie sind Jude?«, fragte er noch etwas geschwächt, während der Arzt die Wunde reinigte.

»Ja, Dr. Josef Mandelbaum steht unten an der Tür. Und darüber ist in Gelb ›Jude‹ geschmiert. Ich habe eine kleine Praxis im Erdgeschoss dieses Hauses.«

»Es ist Unrecht, was da geschieht«, sagte Hans irritiert. Woher nahm der Mann nur seinen Humor?

»Ja, seitdem kommen viele Patienten nicht mehr zu mir, die ich vorher jahrelang behandelt habe.«

»Das ist schlimm«, meinte Hans teilnahmsvoll.

»Na ja, schauen Sie nicht so mitleidig, mein Freund. Haben Sie über Ihr Klingelschild auch ›Sozialdemokrat‹ geschmiert? Nein, wohl eher nicht, ist zu lang.«, kicherte Josef wieder, als würden sie über ein witziges Thema reden,

»Sie sind Sozialdemokrat. Das ist wohl nicht viel besser in diesen Zeiten. Ich glaube, dieser Hitler mag uns beide nicht besonders.«

»Da haben Sie recht«, antwortete Hans, während der Arzt Nadel und Faden ansetzte.

»Also für eine besonders schöne Narbe kann ich leider keine Garantie übernehmen«, sagte der Arzt und setzte den ersten Stich an, der Hans zusammenzucken ließ. Einige Minuten später war die Wunde versorgt, genäht und ein fester Verband angebracht.

»Die nächsten zwei Wochen dürfen Sie das Bein auf keinen Fall belasten, nicht laufen. Sonst bricht die tiefe Wunde wieder auf und blutet«, riet der Arzt seinem Patienten.

»Aber ...« Hans schaute ihn und seine Frau an.

»Machen Sie sich keine Sorgen«, sagte Martha. »Wenn Ihnen unser Sofa hier reicht, können Sie so lange hierbleiben, bis Sie wieder auf dem Damm sind. Ich denke, hier werden die Kerle Sie auch nicht suchen, sonst wären sie schon da gewesen.« Sie schaute ihren Mann an, der seine Sachen zusammensuchte und dieser nickte ihr zu.

»Sie sind großartig, vielen Dank«, hauchte Hans, den seine Kräfte nun wieder verließen.

»Schnell Martha, hilf mir, wir bringen ihn aufs Sofa«. Langsam halfen sie Hans beim Aufstehen und stützten ihn, sodass er es auch nur auf einem Bein zu dem Sofa schaffte. Auf das hatte Martha bereits Decken und Kissen gelegt. Er ließ sich vorsichtig nieder und bedankte sich noch einmal mit leiser Stimme. Dann legte er sein Bein auf zwei Kissen hoch und schlief nach kurzer Zeit ein.

In den ersten Tagen war Hans wohl der gesuchteste Mann der SA in der Stadt. Verstärkt patrouillierten Männer der SA durch die Straßen, Tag und Nacht. Von Wehlau machte enorm Druck, den er selbst angeblich auch von »ganz oben« bekam. Doch nach zehn Tagen wurden die Suchaktionen aufgegeben. Die Nazis hofften, Zach würde bei einer Straßenkontrolle früher oder später ins Netz gehen.

Über drei Wochen versteckten die Eheleute Mandelbaum Hans in ihrem Wohnzimmer, bis sein Bein fast vollständig verheilt war. Josef Mandelbaum und seine Frau waren liebevolle Menschen und optimistisch, obwohl ihnen das Leben immer schwerer gemacht wurde. In die Praxis kamen kaum noch Patienten. Wer nicht durch die Propaganda von dem Besuch einer jüdischen Arztpraxis abgehalten wurde, den schreckten die finsteren SA-Schergen ab, die vor dem Praxiseingang herumlungerten. Dr. Mandelbaum berichtete Hans regelmäßig, was in der Stadt passierte und brachte jeden Tag eine Zeitung mit. Er las, dass die SA das Haus der Redaktion und SPD zu ihrem Hauptquartier umfunktioniert hatte. Hans sorgte sich um seine verhafteten Kollegen, dachte an Peter und wollte nicht mehr länger warten.

»Hör, Josef«, nahm er seinen Gastgeber an dem Abend zur Seite. »Deutschland wird gefährlich für euch! Es ist besser, du nimmst deine Frau und gehst ins Ausland, solange es noch geht.«

»Ach, guter Freund! Meine Patienten brauchen mich doch. Ich bin ein alter Mann. Mein ganzes Leben habe ich in dieser Stadt verbracht, hier sind unsere Wurzeln, ist unsere Heimat. Was soll ich denn in einem fremden Land?«.

Diesmal war er traurig, ernst, ohne das kratzige Kichern, an das sich Hans gewöhnt hatte. »Hoffen wir, dass es nicht so schlimm wird.«

»Na gut. Aber dann passt auf euch auf. Und denk an meine Worte, wenn es gefährlich werden sollte, ja? Versprich mir das!«, appellierte Hans.

Josef nickte und legte sich den Zeigefinger auf die Lippen. Er wollte nicht, dass Martha sich mehr Sorgen machte als unbedingt notwendig.

»Ich muss gehen, Josef. Es wird Zeit. Meinem Bein geht es soweit wieder gut und ich bin dir, bin euch sehr dankbar«, sagte Hans.

»Wo willst du denn hin?«, fragte Josef.

»Besser, wenn du das nicht weißt. Ich habe Freunde, die helfen mir weiter«, antwortete Hans.

»Ach, Hans«, kam Martha herein. »Jetzt hatte ich mich richtig an dich gewöhnt. So einen starken, schönen Mann im Haus«, lachte sie. Josef musste kichern, nahm seine Frau in den Arm und gab ihr einen Kuss auf die Wange.

»Na dann ist ja gut, dass dieser attraktive Kerl endlich geht!«, feixte er.

»Schau, ich habe dir einen Mantel besorgt, der ist warm. Und die Schiebermütze müsste dir passen.« Sie legte ihm die Kleidung über die Stuhllehne. Martha hatte ihm die Haare kurz geschnitten und ein junger Vollbart verbarg nun sein Gesicht.

»Wann willst du denn gehen?«, fragte Josef.

»Gleich morgen«, antwortete Hans. Obwohl er in Gedanken bereits auf der Suche nach seinen Kollegen war, fiel ihm der Abschied von diesen lieben, alten Leuten schwer.

»Passt auf euch auf, ja?«, sagte Hans und nahm beide in den Arm. »Ich schulde euch mein Leben!«

»Na, wer weiß, vielleicht kannst du ja auch mal was für uns tun. Unsere Wege kreuzen sich bestimmt irgendwann wieder, hoffentlich in besseren Zeiten«, sagte Josef und Martha rollte eine Träne über die Wange.

Josef und Martha schliefen noch, als Hans leise die Wohnungstür hinter sich zuzog, die Treppen hinunterstieg und im Schutz der Morgendämmerung verschwand.

8

Etwas später an diesem Vormittag marschierte eine Gruppe Studenten am ›Haus der Bücher‹ vorbei. Die Taskonia Königsberg war eine der vier schlagenden Verbindungen in der Stadt. Sie gab sich betont rechtsnational. In den letzten zwei Jahren war sie zur führenden Verbindung aufgestiegen und spürte politischen Rückenwind. Man sah sie nur noch in ihren violetten Uniformen und der blau-weiß-roten Schärpe, den Farben des Corps. Die jungen Studenten fühlten sich berufen, den Stolz des deutschen Volkes an vorderster politischer Front wieder herzustellen. Mit Flugblättern und Plakaten unterstützten sie die Propaganda der Partei und ihres Führers. Sie verstanden es als ihre Aufgabe, sich federführend bei der Reinigung der deutschen Buchhandlungen und Bibliotheken hervorzutun.

Seit dem 30. Januar marschierten sie oft an der Seite der SA und der Partei. Kleinere Gruppen fuhren auf Lkws durch die Straßen, schwenkten Fahnen, riefen ihre Parolen und ließen sich bejubeln. Kleine und größere Marscheinheiten waren Teil des Stadtbildes geworden.

Die Männer der SA marschierten unter ihren rot-weiß-schwarzen Hakenkreuzfahnen. Diesmal führte der Zug vom Kaiserplatz über die Brücken des Kneiphofs die Langgasse entlang. Direkt vorbei an Buchhandlung und Universität zog sich ihr Weg über den Paradeplatz bis zum Trommelplatz vor der Artilleriekaserne.

Wilhelm Kirchner hatte vom Fenster seines Büros aus mit Sorge das braune Schauspiel beobachtet.

»Schau dir das an, Liselotte!«, sagte er zu Baronin von Strehlau.

Er nannte sie nur dann beim Vornamen, wenn sie alleine waren. Offiziell war sie immer nur eine sehr gute und anspruchsvolle Kundin. Andere hingegen sprachen von seiner Liebschaft. Die Wahrheit lag dazwischen. Bei ihren Besuchen in der Buchhandlung ließ es sich der Verleger nicht nehmen, sie stets persönlich zu bedienen. Das führte natürlich zu Gerüchten und Tuscheleien in der Belegschaft. Schließlich war Kirchner ein sehr vermögender, angesehener und lediger Unternehmer. Die Baronin war, soweit das bekannt war, seit einigen Jahren Witwe und immer noch sehr attraktiv. Keine Mitarbeiterin, die nicht zu gerne Mäuschen gewesen wäre, wenn er sich mit der Baronin in sein Büro zurückzog.

Kirchner war ein feiner Mensch. Er schätzte und achtete seine Mitarbeiter, verlangte von ihnen aber großen Eifer und absolute Loyalität. Er wusste genau, was er an seinen Mitarbeitern hatte. Ohne sie war Gräfe und Unzer nichts. So hatte er Anfang des Jahres eine Erfolgsbeteiligung für seine Mitarbeiter eingeführt. Vor einigen Jahren stiftete er sein privates Ferienhaus in Rauschen den Mitarbeitern der Buchhandlung. Der schöne Kurort lag an der Nordküste des Samlands, vierzig Kilometer von Königsberg entfernt. Rauschen hatte er dem mondänen Cranz vorgezogen, das von der feinen Gesellschaft eigentlich bevorzugt wurde. Doch wenn er sich selbst in das Haus zurückzog, wollte er davon verschont bleiben. Das romantische Haus mit den vielen Erkern und dem Ecktürmchen stand in einem Park, umgeben von herrlichen Linden. Es war ein ganz besonderer Ort. Oft traf er sich hier mit ostpreußischen Schriftstellern wie Ernst Wiechert oder Agnes Miegel. Dann diskutierten sie nächtelang über Deutschland, die Literatur und ihre neuesten Manuskripte.

Seit der Gründung der Stiftung konnten auch die Mitarbeiter ihre freien Tage oder Wochenenden oder mit ihren Familien sogar den Urlaub dort verbringen. Die anderen Kaufleute Königsbergs hatten Kirchner deshalb für verrückt erklärt. Einige hielten ihn gar für einen Sozialisten. Doch alle beneideten ihn für seinen Mut, sein Geschick bei der Unternehmensführung und seine immer wieder neuen Konzepte im Verkauf.

»Ja, das ist nicht gut für unser Land. Aber das Volk wollte wieder einen starken Mann. Sie haben Versailles nicht verwunden. Sie haben ihn gewählt«, antwortete die Baronin, während die am Straßenrand stehenden Passanten zum hundertsten Mal »Heil Hitler« grölten. Alle rechten Arme blieben eifrig steil nach oben gestreckt.

»Ja, nachdem sie mit der verdammten SA die Opposition ausgeschaltet haben. Liselotte, sie werden unser Land in den Untergang führen, das kann nicht gut gehen.«

»Aber Wilhelm, sie wollen einen starken Mann, wieder Nationalstolz verspüren, und das verspricht ihnen dieser Kerl. Er verspricht dem Volk Arbeit, das ist für die einfachen Leute das Wichtigste. Das hat deine geliebte Demokratie in den letzten Jahren nicht geschafft, sondern nur Chaos im Land hinterlassen. Die Bolschewisten standen schon bereit. Jetzt verspricht er ihnen etwas, an das sie glauben können.«.

»Du hast ihn doch letztes Jahr gehört, als er hier in Königsberg war!«, erwiderte Kirchner und legte seine Hand auf ihre Schulter. »Es wird nicht gut enden, glaube mir.«

»Ich verstehe dich gut, aber ich bin nicht ganz so skeptisch. Unter dem Kaiser ging es uns auch lange gut. Dann kam der verdammte Krieg und hat alles zerstört.«

»Ach, ihr Adelsleute«, lachte Kirchner und lief um den Schreibtisch herum. Er zündete sich eine neue HACIFA an und blies eine dicke blaue Wolke unter die Decke des Büros. »Ich habe heute Morgen mit meinem Freund Thomas Mann telefoniert. Er arbeitet im Moment in seinem Haus auf der Nehrung an einer großartigen Trilogie, eine spannende Geschichte. Aber er will nicht weiter zusehen, was hier geschieht. Er wird wohl in die Schweiz ziehen. Das ist doch eine Schande!«

Er betrachtete die Baronin, wie sie am Fenster stand und das Treiben auf der Straße vor dem Haus beobachtete. Sie war eine wunderschöne Frau. Niemand hätte sie auf vierundfünfzig geschätzt. Ihr Gesicht war scharf gezeichnet, edel, vornehm und ihre Haltung stets aufrecht und stolz. So wie es die Damen der höheren Gesellschaft schon als kleine Mädchen anerzogen bekamen. Sie war schlank und immer perfekt gekleidet, trug nur teure, feine Kleider. Dabei hatte sie das Schwarz, das zu tragen sich für eine Witwe gebührte, schon nach wenigen Monaten wieder abgelegt. Sie achtete sehr auf ihr Äußeres.

Ihre Sprache war klar, gewählt und frei von Dialekt. Das alles machte sie für viele unnahbar und gleichzeitig geheimnisvoll. Niemand wusste so genau, woher sie stammte. Auch Kirchner nicht, er hatte sie nie danach gefragt. Erst nach dem rätselhaften Tod ihres Mannes vor sechs Jahren war sie in die Stadt gezogen. In Maraunenhof hatte sie am Oberteich eine prachtvolle Villa gekauft. Sie erzählte nie etwas über ihr früheres Leben. Sie war in den feinen Kreisen der Stadt angesehen und die Menschen zeigten sich gerne mit ihr. Es gab kein Bankett und keine kulturelle Veranstaltung, zu der die Baronin nicht eine Einladung bekam. Die Geheimnisse, die sie umgaben und die sie selbst geschickt pflegte, trugen sicher dazu bei.

In Wilhelms Augen war sie die perfekte Frau. Aber er war seiner Arbeit und der Verantwortung für das Unternehmen verpflichtet. Er konnte sich die Freiheit nicht nehmen, bei ihr einmal nur Mann zu sein. So sehr er sich das auch wünschte. Zumal sie eine Witwe war, um die sich zu viele Gerüchte rankten. Einen gesellschaftlichen Skandal konnte Wilhelm Kirchner jetzt nicht gebrauchen. Die Baronin war intelligent und wusste das genau. Auch sie hielt diese letzte Distanz zwischen ihnen aufrecht, obwohl sie sich ebenfalls sehr zu ihm hingezogen fühlte. Beide spürten die Hoffnung, dass der richtige Zeitpunkt kommen würde, sich ihren Gefühlen zu stellen. So blieb es einstweilen bei Achtung, Respekt und einer innigen Freundschaft.

»Liselotte, ich habe ein Problem. Ich brauche deine Hilfe«, sagte Kirchner und nahm in einem der Sessel vor dem Kamin Platz. Die Baronin setzte sich ihm gegenüber. Dann berichtete er ihr von den Vorkommnissen der letzten Tage.

»Warte lieber, bis der Zirkus da draußen vorbei ist«, riet er ihr, als sie alles besprochen hatten. »Bist du sicher, dass du mir helfen willst? Es kann gefährlich werden!«

»Aber ja, absolut sicher.«

»Ich danke dir«, sagte Kirchner, nahm ihre Hand und platzierte einen Kuss darauf, während sich ihre Blicke trafen.

»Ich werde mich noch nach einigen Büchern unten umsehen. Ich dachte, ich nehme einmal etwas von diesem Amerikaner, diesem Hemingway, was meinst du?«

»Ja, warum nicht? Oder vielleicht doch lieber einen Tucholsky, Mann oder Kästner. Die haben wir gerade im Ausverkauf«, sagte Kirchner mit ironischem Unterton. »Soll ich dich begleiten?«

»Danke, das ist nicht nötig. Gehe du mal hier deinen Geschäften nach, mein Lieber! Ich komme schon zurecht«, antwortete sie lächelnd, beugte sich über ihn und hauchte ihm einen Kuss auf die Wange. Er ging zur Tür und öffnete ihr.

»Dann herzlichen Dank für Ihren Besuch, werte Baronin. Beehren Sie unser Haus bitte bald wieder«, sagte Kirchner etwas lauter.

»Sehr gerne, Herr Direktor. Es war mir wie immer ein Vergnügen«, verabschiedete sie sich und ging zum Aufzug. Dabei lief sie an zwei jungen Lehrlingsmädchen vorbei. Sie standen vor einer geöffneten Schranktür. Als die Baronin an ihnen vorüber ging, begrüßten sie die Dame höflich im Duett mit einem Knicks.

»Guten Tag, Frau Baronin.«

Als sich die Aufzugstür hinter der feinen Dame geschlossen hatte, kicherten sie. Dann hoben sie aussortierte Bücher von dem Stapel hinter sich auf und ließen sie mit einem »Grüßt Otto!« in dem Bücheraufzug hinunterfahren.

9

Zur Mittagszeit war es auch auf dem Paradeplatz etwas ruhiger. Die Wagen der Linie 7 hielten wie gewohnt planmäßig am Stadttheater.

»Paradeplatz - Steindamm - Nordbahnhof - dann weiter bis Juditten«, rief der Schaffner in seiner blauen Uniform. Die Bahn in der Gegenrichtung nach Maraunenhof hielt gerade auf der anderen Seite des Platzes am Hauptzollamt.

Während die Sonnenstrahlen gegen die immer noch kalten Tage ankämpften, lief Konrad über den Paradeplatz. In der einen Hand seine Stulle, in der anderen ein Buch. Normalerweise setzte er sich hin, aber dazu war es zu kalt. Also lief er, in das Buch vertieft, langsam vor sich hin. Ab und zu biss er in sein Brot und murmelte den Text mit. Mit der Zeit kannte er alle Rundwege und Kombinationsmöglichkeiten auf dem Platz. Er wusste, wie er es so hinbekam, pünktlich nach einer halben Stunde Pause wieder in der Buchhandlung zu sein. Über seinem Buch stieg der Hauch seines Atems auf. Immer, wenn es ihm möglich war, verbrachte er hier seine Mittagspause. Wenn Emma zur selben Zeit Pause machen konnte, saßen sie gemeinsam auf einer der Parkbänke. Doch heute nicht. Eine Gruppe Studenten der ›Taskonia‹ kam ihm entgegen. Sie diskutierten aufgeregt miteinander, natürlich über Politik. Konrad nahm nur Wortfetzen wahr wie »Judenpack«, »Aktion« und »Aufräumen in Deutschland«. Dann waren sie schon weiter und Konrad war froh, dass sie ihn nicht angesprochen hatten. Viele Studenten kannten ihn ja durch seine Buchauslieferungen.

Er lief auf dem kleinen runden Platz um das Kant-Denkmal. Aus dem Augenwinkel beobachtete er, wie ein alter Mann in zerlumpter Kleidung getrocknete Kornblumen unter der Kant-Statue ablegte. Schon oft hatte er den Mann gesehen, der am Stock ging und mit niemandem ein Wort sprach. Jeden Freitag, immer zur Mittagszeit, tauschte er die Blumen der Vorwoche durch neue mit schönen violetten Blüten. Jedes Mal legte er sie an der gleichen Stelle nieder. Niemand wusste, warum er das tat. Keiner beachtete ihn weiter. Er schien aus dem Nichts zu kommen und im Nichts zu verschwinden. Ab und zu hatte jemand versucht, ihn anzusprechen, doch der alte Mann war nur wortlos davongelaufen. Viele glaubten, der Alte sei ein bisschen verrückt. Konrad sah zu dem Mann auf. So sah er die schnellen Schrittes kommende junge Dame nicht und prallte mit ihr zusammen. Sie stürzte mit einem schrillen Schrei zu Boden und lag schimpfend vor ihm. Ihr Hut war im hohen Bogen davongeflogen. Als Konrad erfasste, was passiert war, stammelte er ein »En-en-en-tschuldigung! Ich habe Sie nicht gesehen«, und streckte ihr die Hand entgegen, um ihr beim Aufstehen zu helfen.

»Wie auch?«, fragte die Dame empört, «wenn man sich ein Buch vor das Gesicht hält!« Sie setzte sich auf und zog sich an seiner ausgestreckten Hand hoch. Jetzt erst erkannte Konrad, wen er da vor sich hatte.

»Si-Si-Sie?«, stotterte er, »Oh, es tu-tu-tut mir so leid.« Er bekam rote Flecken im Gesicht. Vor ihm stand Rosemarie

Missuweit, der Star der Oper, die Diva, ›die Missu‹.

»Nu stotter ma nicht rum, Jungchen!«, antwortete sie spitz. »Wer denn sonst?«

Sie strich sich den Staub vom Kleid, während Konrad ihr den Hut aufhob. Sie zupfte an den Federn und platzierte ihn wieder leicht schräg auf ihren feuerroten Locken. Konrad starrte sie an. Sie war aus der Nähe noch schöner, als man sich das in der Oper vorstellte, wenn sie auf der Bühne stand.

Schon zweimal war Konrad in der Oper gewesen und hatte sie gesehen. Als Micaëla in Bizets Carmen und als Mimi in La Bohème von Puccini. Ihr Mezzosopran war einzigartig, ihre Stimme klar und stark. Wenn sie eine der Arien sang, war der halbrunde, wunderschöne Saal der Oper mit ihrer Stimme gefüllt. Bei beiden Opern war er von ihr begeistert gewesen. So wie fast alle Männer in Königsberg, denn sie war nicht einfach nur eine großartige Sängerin, sie war eine verzaubernde Erscheinung.

Doch hinter der herrlichen Fassade eines bildhaft schönen Gesichts und den provozierenden Kurven eines perfekten Frauenkörpers saß ein durchtriebener, raffinierter Charakter. Schon einige angesehene Herren hatten dies nach einem nächtlichen, heimlichen Techtelmechtel feststellen müssen. Von denen hatte sich die Missu ein Fortkommen ihrer Karriere erhofft. Der Star in Königsberg zu sein, war schön, es ging ihr gut, doch sie wollte mehr! Sie wollte nach Berlin, nach Paris, nach Mailand, nach New York, auf die Bühnen der Welt. Sie war achtundzwanzig und fest entschlossen, ihrem Talent entsprechend die nächsten Stufen der Karriereleiter zu erobern. Konnte sie sich von einem

Mann nichts versprechen, ließ sie ihn fallen wie eine heiße Kartoffel. »Männer liebt man nicht, Männer benutzt man!«, hatte sie mal vollmundig in einem Interview nach ihrer ersten, groß gefeierten Premiere verlautbaren lassen. Da war sie zweiundzwanzig. Die Männer hatten damals gelacht, hielten sie für jung, frech und kokett.

»Nicht auszudenken, wenn mir etwas passiert wäre! Ich hätte mir das Bein brechen können. Weißt du, was das bedeutet hätte?«, fauchte sie Konrad an. Seine Verunsicherung war ihr nicht entgangen.

»Na ja«, säuselte sie plötzlich, »ist ja nichts passiert, Jungchen«. ›Jungchen‹ benutzte sie gerne, selbst bei gleichaltrigen Männern. So stellte sie klar, wer hier zu wem hochzuschauen hatte. »Du bist doch Buchhändler da drüben, oder?« Sie zeigte auf die Buchhandlung. »Wir haben uns gesehen, als ich meine Bücher abholen wollte«.

»Ja, ja, das stimmt«, versuchte Konrad, sich langsam wieder zu fangen. Die Operndiva erkannte, dass der Zusammenstoß vielleicht eine Fügung des Schicksals war, um sich bei ihrem Liebhaber einzuschmeicheln.

»Na, ihr habt es auch gerade nicht leicht, was?«, begann sie Konrad einzuwickeln.

»Wieso?«, fragte er unsicher.

»Sicher muss die Buchhandlung doch auch alle Bücher rausrücken und verfeuern, die sie jetzt ›undeutsch‹ nennen, oder?«

Konrad nickte verwundert, dass die Missu sich so lange mit ihm unterhielt und auch noch dieses Thema ansprach.

»Das ist echt unmöglich, oder? Wir Künstler und Kunstliebhaber müssen doch zusammenhalten!« Sie kam näher auf ihn zu, um seine Verunsicherung zu steigern.

»Ja, na-na-natürlich«, stammelte Konrad.

»Aber sicher lasst ihr euch das nicht gefallen? Ich bekomme doch sicher auch zukünftig noch jedes Buch, oder? Dann halt ›unter dem Tisch‹«, zwinkerte sie ihm zu.

Gerade wollte Konrad antworten, als er aus der Ferne Emma kommen sah.

»Ah, meine Freundin kommt. Ha-ha-hat mich wirklich gefreut. Und noch einmal Entschuldigung wegen eben.«

Rosemarie Missuweit verzog enttäuscht das Gesicht.

»Schon gut, aber du kannst deinen Fauxpas wieder gut machen!« Sie öffnete die kleine schmucke Handtasche und holte ein Stück Papier heraus. »Hier, diese drei Bücher habe ich bestellt. Bring sie mir später rüber in die Oper, ja? Wir proben, dann kommst du durch den Eingang im Café rein.«

Noch bevor Konrad etwas sagen konnte, hatte er den Zettel in der Hand. Sie drehte sich um und ließ ihn wortlos stehen.

»Konrad!«, rief Emma und kam auf ihn zu. »War das nicht ...?« Konrad wirkte auf sie etwas durcheinander.

»Ja, das war sie«, antwortete er deprimiert. »So eine eingebildete Ziege!«

»Ach?«, lachte Emma, »Und ich dachte, alle Männer finden sie so toll! Was war denn los?«

Konrad brummte etwas Unverständliches vor sich hin. Er war froh, dass Emma da war. Wer weiß, wozu ihn die Missuweit gebracht hätte. Am Ende hätte er sich verplappert. Er konnte den Gedanken nicht ertragen, dass Emma etwas geschehen könnte. Doch jetzt sah er sie an: Emma, seine Freundin, fast seine Verlobte! Wie schön sie war, wie stark, wie leidenschaftlich! Er hatte sich noch nicht getraut, um ihre Hand anzuhalten. Dabei hatte er schon mehrfach Anlauf genommen, doch entweder verließ ihn im letzten Moment der Mut oder sie wurden gestört. Dabei war er sich sicher, dass sie »Ja« sagen würde.

»Du, ich hab jetzt leider gar keine Zeit mehr, ich muss zurück. Es gibt noch einige Kartons, die ich zu Otto in den Keller bringen muss. Habt ihr bei euch schon alle Bücher aussortiert?«, fragte er bei Emma nach.

»Wir sind noch dran«, antwortete sie. »Bis morgen Abend haben wir es geschafft. Das betrifft uns mit den Romanen ja am härtesten. Es ist eine Schande! Und du glaubst nicht, dass einige bei uns das auch noch gut finden.« Konrad schaute sie überrascht an. Emma zählte die Namen der Kolleginnen auf, die die Anordnung der Nazis richtig fanden.

»Das kann ich kaum glauben. Das ist doch verrückt!«, empörte sich Konrad. »Wirst du die Namen deinem Onkel geben?«

»Nein, im Moment noch nicht. Ich will niemanden anschwärzen und gerade wir wollen doch, dass jeder eine politisch freie Meinung hat, oder?«

»Ja, das stimmt schon«, antwortete Konrad, »aber wir behalten sie im Auge!« Er drückte ihr einen zarten Kuss auf die Wange und eilte davon.

»Und lass dich nicht wieder von fremden Frauen ansprechen, ja?«, rief ihm Emma hinterher.

Er lachte und winkte, ohne sich noch einmal umzudrehen.

Emma setzte sich auf eine Bank und sah ihm lächelnd nach. Sie hatten sich in der Buchhandlung kennengelernt. Er hatte seine Lehre dort gerade beendet, als Emma zu ›Gräfe und Unzer‹ gekommen war. Wilhelm Kirchner hatte seine Nichte zunächst nach Leipzig geschickt, zu einer befreundeten Buchhandlung. »Damit sie auch noch anderen Stallgeruch schnuppern kann«, wie er das nannte. Ein Jahr arbeiteten sie dann gemeinsam in der Buchhandlung. Doch außer netten Blicken war zunächst nichts geschehen. Konrad war für sie nur der schüchterne, stotternde junge Kollege aus der wissenschaftlichen Abteilung gewesen.

Verliebt hatten sie sich dann bei einer Bootsfahrt im Frühling auf dem Schlossteich. Konrad war mit einem Freund unterwegs, Emma mit zwei Freundinnen. Sie waren kurz nach dem Ablegen mit ihren Ruderbooten leicht kollidiert. Da hatten sie sich das erste Mal für einen kleinen Augenblick auf ganz andere Weise angeschaut. In diesem einen Moment war es geschehen. Während dieser Stunde auf dem Wasser hatten sie beide immer wieder Ausschau gehalten, wo das andere Boot war. Heimlich beobachteten sie sich. Irgendwann hatte er sie dann aber aus den Augen verloren.

Am nächsten Tag suchte Konrad jede Gelegenheit, im Erdgeschoss etwas zu tun zu haben, um Emma zu sehen. Doch außer einem kurzen Blickkontakt passierte nichts. Bis er nach der Mittagspause einen Zettel von Emma an seinem Tisch fand. So trafen sie sich abends auf dieser Parkbank, auf der Emma jetzt saß.

10

Konrad hatte sich, kaum dass er zurück in der Buchhandlung war, wieder seiner Sonderaufgabe gewidmet. Bücher wurden nach der schwarzen Liste zusammengestellt und auf einem Wagen gestapelt. Dann brachte er sie zu Otto in den Keller. Als er ein weiteres Mal von Otto zurückkam, fiel sein Blick eher zufällig auf den Zettel aus der Mittagspause, der unter einem Buch auf seinem Tisch hervorschaute.

»Mist, das habe ich ja fast vergessen«, murmelte er. Er faltete den Zettel auseinander. Darauf stand in schöner weiblicher Handschrift ›der Regenbogen‹ und ›Lady Chatterley - D. H. Lawrence‹.

»Oho«, dachte Konrad schmunzelnd, »erotische Literatur vom Feinsten, sieh an.« Dazu kam noch ›Effi Briest‹. »Sehr schön. Fontane, große Liebe, großes Drama«, murmelte er und ging hinunter in die Abteilung für schöne Literatur. Er hoffte, Emma zu treffen, doch sie war mit einer Kundin im Gespräch. So fragte er die Mitarbeiterin an der Kasse nach der Bestellung. Die Bücher waren am Morgen eingetroffen und bereits zur Abholung für die Kundin bereitgelegt. Die Kassiererin vermerkte die Auslieferung an Konrad und ließ sich von ihm die Ausgabe auf Kredit quittieren.

Er zog seinen Mantel an und lief über den Paradeplatz hinüber zur Oper, dem früheren Stadttheater. Er ärgerte sich über den zusätzlichen Auftrag.

»Für die Sperenzchen dieser blöden Ziege habe ich eigentlich gar keine Zeit«, dachte er. Sie hatten jetzt wirklich Wichtigeres zu tun, Otto brauchte seine Hilfe. Aber nach außen musste der Betrieb ja möglichst normal weiter gehen. Er betrat das Café im Foyer und ging zu dem Mann hinter dem Tresen, der gerade Gläser polierte.

»Ich habe eine Buchauslieferung für Frau Missuweit«, sagte er und zeigte auf das Päckchen unter seinem Arm.

Der Barmann brummte etwas Unverständliches und nickte in Richtung der Tür neben dem Durchgang zur Küche. Konrad ging durch den langen Gang und eine Treppe hinauf. Dann sah er ein Schild mit der Aufschrift »Bühne rechts«, ging dort entlang und stand plötzlich im Rampenlicht.

Er schaute überrascht und beeindruckt in den großen Zuschauersaal. Von hier oben sah es ganz anders aus, wunderschön und mächtig, aber auch einschüchternd. Vor ihm waren zwei Darsteller in der Mitte der Bühne in einen Dialog vertieft. Er hörte ihnen zu. In den leeren Rängen saß ein einzelner Mann hinter einer kleinen Lampe, der nun erbost aufsprang, als er Konrad sah.

»Was soll denn das? Stop! Stop!«, forderte er die beiden auf der Bühne auf. »Wer sind Sie, was wollen Sie? Warum stören Sie uns?«

»I-I-Ich …«, begann Konrad und erntete Gelächter von der Bühne.

»Das musst du mir beibringen, das ist gut«, veralberte ihn einer der Schauspieler. Konrad brachte daraufhin gar keinen Ton mehr heraus.

»Jungs, lasst das«, rief der Regisseur und fragte noch einmal, »Was wollen Sie?«

»Entschuldigung. Man sagte mir, ich solle hier hochgehen. Ich habe eine Li-Li-Lieferung für Frau Mi-Mi-Missuweit.«

»Die ist in ihrer Garderobe, Gang runter, letzte Tür links!«, bekam Konrad mit einem Wink als unmissverständliche Aufforderung zu hören, die Bühne zu verlassen und nicht weiter zu stören.

Konrad ging wie ihm geheißen und klopfte an die Tür. Er spürte ein Ziehen in der Magengegend und wartete auf das »Herein« ihrer Stimme. Er betrat die kleine Garderobe.

»Ah, das ungeschickte Jungchen aus dem Park!«, begrüßte die Missu ihn.

»Ich, ich …«, stammelte Konrad.

»Schon gut, Jungchen, komm rein, leg die Bücher da hin und mach die Tür zu«, unterbrach sie ihn und deutete auf eine kleine Kommode an der Seite.

Konrad legte die Bücher dort ab und schloss die Tür hinter sich. Er empfand es beklemmend, in so einem engen Raum mit der großen ›Missu‹ zu sein. Sie war ihm überlegen, konnte mit ihm spielen und das behagte ihm nicht. Er war ihr nicht gewachsen.

›Aber welcher Mann in der Stadt ist das schon‹, machte er sich in Gedanken Mut und krampfte die Hand zusammen.

»Ich be-be-bekomme …«, wollte Konrad nach dem Geld für die Bücher fragen. Er war schließlich bei der Kasse in der Schuld.

»Ja, später!«, fiel sie ihm ins Wort. „Kennst du Lady

Chatterley?«, fragte sie süffisant und Konrad schaute etwas unbeholfen zur Seite.

»Es gefällt dir, was sie so macht, oder?« Sie lachte und spürte, dass sie den unsicheren jungen Buchhändler genau dahin brachte, wo sie ihn haben wollte.

»Gut, dass du gekommen bist, du kannst mir helfen«, säuselte sie, drehte sich um und hob ihre roten Locken hoch. »Mach mir doch bitte das Kleid auf«, forderte sie ihn auf. Sie sagte das so selbstverständlich, als hätte sie ihn gebeten, ihr ein Glas Wasser zu reichen. Konrad wurde warm und kalt. Er sah kurz in den Spiegel, aber rote Flecken hatte er nicht im Gesicht, noch nicht.

Er ging langsam zu ihr und öffnete die ersten Knöpfe oben am Hals. Er zog den Stoff mit spitzen Fingern von ihrem Körper, damit er sicher nicht ihre Haut dabei berühren würde.

Knopf für Knopf klappten die beiden Seiten des Kleides zur Seite und gaben den Blick auf ihren Rücken frei. Konrad schloss kurz die Augen und öffnete die letzten drei Knöpfe, die bis weit hinunter an ihre Taille reichten. Dann ging er drei Schritte zurück.

Bevor er sich versah, schüttelte sie vor ihm das Kleid von den Schultern. Es sank an ihrem Körper entlang zu Boden und sie stand splitternackt vor ihm. Konrad erstarrte. Er konnte nicht glauben, dass die berühmte Missu hier gerade nackt vor ihm stand, mit ihm alleine in dieser kleinen Garderobe. Sie präsentierte ihren wundervollen, weiblich reizenden Hintern. Er starrte die zarte Haut der Schenkel an und sein Blick wanderte unsicher die schön geformten Beine hinab und wieder hinauf. Er war bewegungs- unfähig und ihm wurde heiß und flau. Oder lag es an dem Ofen in der Ecke? Die Missu beobachtete ihn im Spiegel und verkannte nicht die Wirkung, die sie erzielte, erzielen wollte. Sie schmunzelte diebisch, wartete den richtigen Moment ab und drehte sich um.

Konrad starrte genau auf ihre Brüste. Er hatte natürlich schon Brüste gesehen, er war vierundzwanzig! Und natürlich hatte er, obwohl er ein Spätzünder gewesen war, auch schon Freundinnen vor Emma gehabt! Aber diese Brüste! Sie hatte ihn vollkommen überrumpelt. Er spürte den Widerstand in sich, das zu tun, was er tat, aber er konnte den Blick nicht abwenden.

Die Brüste der schönen Diva waren von mittlerer Größe, fest, rund, und ihre Brustwarzen standen keck empor, eingefasst in kleine, helle Vorhöfe. Ihr Schoß leuchtete in etwas dunklerem Rot als ihre Haarpracht auf dem Kopf. Jetzt war Konrad ebenso rot im Gesicht. Er brachte kein Wort heraus. An ihr war einfach alles aufregend, pures Gift. Und sie wusste das.

»Nu schau nich so, Jungchen! Noch nie eine nackte rote Frau gesehen?«, lachte sie amüsiert und nestelte in ihren Haaren. Sie wusste genau, dass sie den jungen Mann damit in schwere Nöte brachte. Sie genoss das teuflische Spiel.

»Willste ma anfassen?«, kam sie ihm entgegen und griff nach seiner Hand. Konrad fühlte sich wie ein Pennäler, der durch ein Astloch der Umkleide im Strandbad das erste Mal eine nackte Frau sah. In dem Moment, als sie seine Hand ergreifen und offensichtlich zu ihrem Busen führen wollte, zuckte Konrad zurück.

»Ha«, lachte sie laut, »keine Sorge, Jungchen! Ich mach

doch nur Spaß!« Sie ließ von ihm ab und schlüpfte in den weißen Bademantel, der neben dem Spiegel hing. »Spaß muss doch auch mal sein, oder?«

Konrad wollte nur noch weg. Er war sich unsicher, ob er stehen blieb, weil er den Anblick nicht aus dem Kopf bekam oder auf das Geld wartete.

»Sag mal, wie ist das jetzt?« Sie setzte sich auf ihren Garderobenstuhl und verschränkte die Beine unter dem Bademantel. »Ihr versteckt doch hoffentlich die guten Bücher, statt sie ›denen‹ ins Feuer zu werfen? Das wäre doch eine Schande. Und ich will zu Weihnachten sicher welche davon an gute Freunde verschenken!«

Noch bevor Konrad sich eine Antwort überlegen konnte, stellte die Missu ihre Beine wieder nebeneinander. Dann spreizte sie sie, sodass der Bademantel den Blick auf ihre Oberschenkel und ihren feurigen Schoß freigab.

Konrad ergriff den Türknauf, riss die Tür auf und stürzte den Gang entlang davon. Hinter sich hörte er ihr schallendes, verhöhnendes Gelächter.

»Keine Sorge, Jungchen, ich erzähle deiner Freundin schon nichts davon!« Der Satz hallte in Konrads Kopf nach, bis er zum Kant-Denkmal gerannt war. Keuchend stützte er sich an einen Baum und japste nach Luft. »Wenn das Emma erfährt«, ging ihm durch den Kopf. Dabei ärgerte er sich. Er hatte ja gar nichts gemacht. Oder vielleicht doch? Er hatte hingesehen, zu lange, zu genau. ›Schuldig!‹, schoss ihm durch den Kopf. Und er war sich sicher, dass dieses Weibsbild es Emma bestimmt ganz anders erzählen würde.

Nach einigen Minuten hatte er sich wieder beruhigt, ordnete seine Kleidung und ging zurück. Das Geld für die drei Bücher nahm er nach der Rückkehr in die Buchhandlung aus seinem eigenen Portemonnaie. Nur nicht mehr daran denken, sie nicht wiedersehen müssen. Immer noch sah er in Gedanken die Bilder vor sich, ihre Schönheit, ihre Brüste, ihre Schenkel, ihren Schoß. Dafür schämte er sich. Wenn sie Emma was erzählen würde? Er versuchte, die Bilder und Gedanken zu verdrängen, sich mit Arbeit abzulenken und beschloss, Emma nichts davon zu sagen.

Zur gleichen Zeit ging Emma nach oben zu ihrem Onkel und klopfte an die halb offen stehende Tür.

»Onkel Wilhelm, gibt es etwas Neues?«, fragte sie, als sie den Kopf herein streckte.

»Oh, hallo Emma, ja komm rein! Mach die Tür bitte zu. Setz dich!« Kirchner setzte sich neben sie. »Wie kommt ihr voran? Schafft das Otto Perlmann?«

»Ja, alles gut, Konrad hilft ihm und viele Kisten sind schon sortiert.«

»Gut, ich werde später bei ihm vorbeischauen. Den ganzen Tag hatte ich Termine. Und ich muss sehr vorsichtig sein.« Kirchner stand auf und winkte Emma zu sich ans Eckfenster. »Schau, dort unten!« Er zog die Gardine etwas zur Seite und zeigte auf einen schwarzen Mercedes, der in einer der Parklücken vor dem Haus stand. Zwei finster wirkende Gestalten saßen drin. Man erkannte nur ab und zu kleine Leuchtpunkte, wenn sie an ihren Zigaretten zogen.

»Sie stehen schon den ganzen Tag da, sie beobachten uns. Ich vermute, das sind von Wehlaus Männer. Wegner ist nicht so dezent. Dann stünden die Typen in brauner Uniform demonstrativ vor der Tür.« Kirchner lachte kurz und wirkte gleichzeitig ungewöhnlich nervös. »Wir müssen höllisch aufpassen, Emma, hörst du?«

»Aber Onkel Wilhelm, hast du Zweifel an unserem Plan?«, frage Emma unsicher. Sie spürte, dass Kirchner Angst hatte.

»Es steht so viel auf dem Spiel!« Er ließ sich in seinen Sessel fallen und wirkte angeschlagen. »Ich weiß es auch nicht.« Dann blieb er eine Weile stumm sitzen. Emma sah ihn an und wartete, dass er wieder etwas sagen würde.

»Aber du hast Recht, Emma!«, begann er wieder. »Bücher und die Freiheit des Geistes sind unser Leben. Dafür steht auch die Tradition unseres Hauses. Wir müssen dafür einstehen, dürfen nicht nachgeben. Der Fortbestand unseres Unternehmens ist oberstes Gebot, aber wir müssen sehr vorsichtig sein. Versprich mir das!«

»Aber ja, Onkel Wilhelm, natürlich. Ich weiß das doch. Und auf Konrad und Otto ist absolut Verlass.« Sie gab ihm einen Kuss auf die Wange.

»Wir haben übrigens noch ein Problem«, sagte sie dann. Kirchner sah sie fragend an. »Die Bücher müssen ja irgendwo hin, aus dem Haus raus. Das ist viel zu gefährlich hier. Wir brauchen ein sicheres Versteck. So müssen wir die Bücher wohl für eine längere Zeit an einem anderen Ort einlagern, wie es aussieht.«

Nun lächelte Kirchner für einen kleinen Moment und Emma schaute irritiert.

»Daran habe ich auch gedacht. Und ich habe auch schon einen passenden Ort.«

»Die Baronin, oder?«, fragte Emma etwas spitz.

»Ja, genau. Ihr können wir vertrauen und sie bietet uns

ihre Villa in Maraunenhof an. Sie ist unverdächtig. An sie wagt sich auch die SA und von Wehlau nicht heran. Dort wird auch niemand die Bücher vermuten oder suchen. Und da ist noch für mehr Platz als nur für die Bücher.«

»Das ist gut. Aber du musst wissen, ob wir ihr vertrauen können! Ich weiß nicht so recht, was ich von ihr halten soll. Man hört so viele Geschichten«, sagte Emma.

»Hör nicht darauf, was die Leute sagen. Ich vertraue ihr. Reicht dir das als Sicherheit?«

»Aber ja, Onkel Wilhelm, natürlich.« Emma ging zur Tür, drehte sich aber noch mal um. »Was meintest du eigentlich eben mit ›mehr Platz als nur für die Bücher‹?«

»Später, Emma, später«, bekam sie zur Antwort.

11

Otto Perlmann hatte sich mit seiner Aufgabe abgefunden, so gut es ging. Auch wenn ihm bei jedem Buch, das er nicht retten konnte, das Herz blutete. So erfreute ihn jedes umso mehr, das er mit einem anderen Schutzumschlag versah und in eine Kiste legte. Er kam an diesem Nachmittag schneller voran, als er es erwartet hatte. Sobald eine Kiste zu zwei Dritteln bestückt war, füllte er den Rest mit zwei Lagen tatsächlich veralteten, beschädigten oder wertlosen Büchern auf. Genau anders herum machte er es bei den Kisten, die für den Trommelplatz vorgesehen waren. Der untere Teil wurde mit alten Büchern gefüllt, nur obendrauf musste er dann lieb gewordene Schätze opfern.

Jedes einzelne Buch nahm er sich vor. Er besah sie, zupfte an den eingerissenen Ecken, las ihre Titel.

»Platon, Heraklit, Aristoteles, Sokrates. Oh, da wurde wohl bei den großen Denkern ausgemistet«, lachte Otto bitter und stapelte die ausgemusterten griechischen Philosophen gleich neben den ausgemusterten Soziologen und Humanisten. Es waren unzählige alte Fachbücher, die die Universität zurückgebracht hatte.

»So wie ihr ausseht, befassen sich unsere Studenten wohl mehr mit Mathematik, Physik und Chemie als mit euch«, brummte Otto und strich mit der Hand über einen der zerfledderten Buchrücken. »Und so benehmen sie sich dann auch. Habt ihr diese Affen von der Taskonia gesehen?

Führen sich auf wie die Allergrößten. Elende Maulhelden!«, schimpfte er. Auch diesen ganzen Tag verbrachte er damit, Bücher in Kisten zu sortieren. Und Emma und Konrad lieferten ständig Nachschub von oben, während Otto Regal für Regal des Buchlagers durchging. Dabei murmelte er die ganze Zeit vor sich hin und führte dabei unterhaltsame Gespräche mit Platon und Sokrates. Zufrieden hatte er festgestellt, dass auch die beiden Herren die Entwicklung in Deutschland mit großer Sorge beobachteten. Auch Diogenes hatte sich zwischendurch aus dem Regal hinten rechts eingemischt. Doch er war irgendwann nach einem kurzen Zwist mit Aristoteles beleidigt wieder zwischen den beiden Buchdeckeln verschwunden.

Es war gegen drei Uhr nachmittags, als es an der Kellertür klopfte, die vom Hinterhof in den Keller führte. Erst leise, dann lauter.

»Ja, ja, ich komme ja«, rief Otto und schloss die Tür auf. »Hans!«, rief er überrascht, als er das Gesicht unter dem hochgeklappten Kragen und der ins Gesicht gezogenen Mütze erkannte. »Verdammt, wo kommst du denn her?« Otto sah sich im Hof um und schob seinen Freund durch die Tür in den Keller. Dann schloss er die Tür schnell wieder hinter sich.

Otto nahm seinen alten Freund in den Arm. »Wie gut, du lebst! Ich hatte mir schon Sorgen gemacht.«

»Mir geht es gut. Ich war verletzt und musste erst einmal untertauchen, um mich auszukurieren. Aber jetzt muss ich endlich etwas tun. Und dort konnte ich nicht bleiben«, erklärte Hans.

»Komm hier durch«, sagte Otto und sie setzten sich auf

zwei Holzkisten im hinteren Raum. Die Ecke war vom Gang und der Treppe nicht direkt einsehbar, doch sie würden hören, falls jemand kommen sollte.

Otto stellte zwei Becher auf den Tisch. Dann holte er seine Thermoskanne aus der Tasche und goss den Rest des nur noch lauwarmen Kaffees ein.

»Immer noch schwarz, nehme ich an?«, fragte Otto.

Otto und Hans kannten sich schon seit der Kindheit, hatten sich dann aber für viele Jahre aus den Augen verloren. Irgendwann vor ein paar Jahren hatten sie sich zufällig bei einem Feuerwehrfest getroffen. Otto hatte ihm damals Hannah vorgestellt. Warum sie so lange keinen Kontakt gehabt hatten, konnte keiner der beiden erklären.

»Vermutlich in der Zeit, als ich nach Berlin zur Morgenpost ging«, mutmaßte Hans. Seit ihrem Wiedersehen trafen sie sich mindestens einmal im Monat auf ein Bier oder zwei. Meist saßen sie in einer der Kneipen in der Altstadt oder auf dem Kneiphof. An diesen Abenden wusste Hannah, dass es spät werden konnte. Das gönnten sich die Männer natürlich nur vor dem heiligen Sonntag. Im Gottesdienst am nächsten Morgen konnte man ja notfalls mal die Augendeckel zufallen lassen. Hans begann zu berichten, wie er aus der Redaktion geflüchtet war und Otto erzählte von der schwarzen Liste. Von ihrer Verschwörung sagte er kein Wort.

»Verdammt, Otto, sie treiben es immer weiter. Sie haben einen großen Plan. Die Diktatur duldet keine Freigeister, keine Jüdischen und auch keine Deutschen. Verstehst du?«, sagte Hans mit bedrückter Stimme. »Ich muss unbedingt herausfinden, wo meine Genossen sind. Die haben sie alle verhaftet. Weißt du etwas? Hört man was, wohin die Leute gebracht werden? Das ist ja die verdammte SA, nicht die Polizei.«

»Nein, leider nicht. Aber man kann niemandem mehr trauen. Die Polizei schaut einfach nur zu und lässt die SA gewähren«, antwortete Otto. »Und jetzt? Wo willst du hin, was hast du vor?«

»Ich weiß es noch nicht. Irgendwo muss ich mich verstecken können. Gleichzeitig muss ich von dort aus herausfinden, wohin sie meine Kollegen und Genossen verschleppt haben«, antwortete Hans, während er sich den Oberschenkel rieb.

»Was ist?«, fragte Otto.

»Die Wunde ist immer noch nicht ganz verheilt. Sie hatte sich entzündet, und das Laufen heute hat mir nicht gerade gutgetan«, antwortete Hans mit schmerzverzerrtem Gesicht.

»Pass auf, Hans. Du musst vor allem hier weg. Es ist viel zu gefährlich hier. Und dann ...« Weiter kam Otto nicht.

»Herr Perlmann?«, rief plötzlich eine Stimme aus dem Gang und sie hörten Schritte näherkommen. Otto zuckte zusammen und Hans Zach sah ihn besorgt an.

»Alles gut. Hier, Herr Direktor!«, rief er. Schon im nächsten Moment kam Wilhelm Kirchner um die Ecke.

»Ich wollte noch einmal …«, doch dann stockte er, als er sah, dass Otto nicht alleine war.

»Herr Zach? Hans Zach, richtig?«, fragte er überrascht.

»Ja, bitte entschuldigen Sie, Herr Kirchner. Ich möchte Sie nicht in Schwierigkeiten bringen.«

»Na«, antwortete Kirchner gefasst, »in denen stecken Sie

ja offensichtlich. Ich habe natürlich verfolgt, was in der Fließstraße passiert ist. Ich kann nicht sagen, dass es mir leidtut, dass Sie entkommen konnten. Es ist unfassbar, was dieses braune Gesindel sich erlaubt.« Er setzte sich ihm gegenüber auf einen Papierballen. Otto Perlmann war erstaunt, wie gelassen der Direktor das plötzliche Erscheinen Hans Zachs nahm. Dieser war immerhin ein von der SA gesuchter Mann.

»Was machen Sie hier?«, fragte Kirchner und Hans Zach schilderte ihm in kurzen Worten, was ihm in den letzten drei Wochen widerfahren war.

»Das ist gut«, sagte Wilhelm Kirchner, als Hans Zach seine Schilderung beendet hatte. Der sah ihn irritiert an.

»Nein, nein, daran ist natürlich nichts gut. Aber es ist gut, dass Sie zu uns gekommen sind. Wir können Ihnen helfen, und Sie uns.«

Otto sah seinen Chef fragend an.

»Na, Otto, wir brauchen jemanden, der uns außerhalb der Buchhandlung helfen kann, ohne dass es auffällt. Und er braucht einen sicheren Unterschlupf.«

Kirchner weihte Zach in ihren Plan ein. »Sind Sie dabei?«

»Sind Sie sicher, dass Sie mir helfen wollen? Ich möchte wirklich niemanden in Gefahr bringen!«, fragte Hans nochmals nach.

»Nein, nein, alles gut, machen Sie sich keine Gedanken. Ich weiß schon, was ich tue. Ich habe auch schon eine Idee, wo wir Sie sicher unterbringen. Otto, behalten Sie ihn bis heute Abend noch hier, dann sind die Straßen leer. Konrad wird meinen Wagen später rückwärts in der Nähe der

Kellertür parken.« Wie gewohnt plante Kirchner Vorhaben akribisch durch. »Otto, Sie schließen hier die Tür ab, damit wir nicht noch eine böse Überraschung erleben.«

»Danke«, sagte Hans und nickte dem Verleger zu. Damit hatte er nicht gerechnet. Jetzt war er froh, von den Mandelbaums auf kürzestem Weg zu Otto in den Keller der Buchhandlung gegangen zu sein. Lange Wege auf der Straße wollte er sowieso noch nicht riskieren und sein Bein vertrug noch keine größere Belastung. Er spürte, dass die Wunde an einer Stelle offenbar wieder leicht blutete. Der Verband musste bald gewechselt werden.

12

Kirchner nahm sich vor, die nächsten zwei Stunden ungestört zu arbeiten und die Papiere auf seinem Schreibtisch durchzusehen. Trotz der Herausforderung musste der normale Geschäftsbetrieb weiter gehen. Doch schon nach einer halben Stunde klopfte es an der Tür.

»Herr Kirchner«, fragte die Sekretärin, doch bevor er antworten konnte, wurde die Tür schon aufgerissen.

»Wegner! Was erlauben Sie sich!«, sprang der Verleger erzürnt von seinem Sessel auf und stemmte seine Arme auf die Schreibunterlage. Wegner und zwei seiner Gefolgsleute drängten sich an der Sekretärin vorbei. Diese sah den Direktor verunsichert an.

»Ist schon gut, Fräulein!«, sagte Wegner zu ihr, »lassen Sie uns alleine und machen Sie die Tür zu!«

Sein Ton war scharf und präzise. Das dominante Auftreten hatte er gleich zu Beginn seiner SA-Karriere gelernt, als er merkte, dass er damit Menschen einschüchtern und dazu bringen konnte, zu tun, was er wollte.

»Zach!«, war Kirchners erster Gedanke. Jetzt galt es, Ruhe zu bewahren. Konnten sie wissen, dass er sich hier im Haus versteckte? Hatte Zach ihm eine Falle gestellt? Vielleicht waren weitere SA-Leute auch schon dabei, das ganze Haus zu durchsuchen. Man hörte von draußen aber keine verdächtigen Geräusche. Kirchner wusste, wie gefährlich die SA werden konnte. Er hatte gehofft, dass die Bedeutung des Hauses ihn vor diesen Einflüssen etwas mehr schützen würde. Doch diese Hoffnung erhielt nun einen herben Rückschlag.

»Schickt Sie von Wehlau? Was soll dieser unverschämte Auftritt? Was wollen Sie hier?«, fauchte Kirchner, um seinen Unwillen über das Eindringen in sein Büro zum Ausdruck zu bringen.

Wegner setzte sich Kirchner gegenüber an dessen Schreibtisch. Seine beiden Begleiter hatten sich links und rechts der Tür aufgestellt, so als würden sie den Ausgang bewachen. Der SA-Mann beugte sich vor und stützte seinen Ellenbogen auf dem Schreibtisch ab. Es war unschwer zu erkennen, dass er die Situation genoss.

»Herr Direktor, wir haben etwas zu besprechen!«, begann er mit betont überheblichem Tonfall. »In Deutschland weht jetzt ein anderer Wind! Und das betrifft alle Bereiche, alle!« Die Wiederholung des letzten Wortes brüllte er fast, ballte die Faust dabei und sein Kopf erzitterte.

Es erinnerte Kirchner an die übertriebenen Gesten, die auch Hitler bei seinen Reden verwendete. Da musste sich dieser Schwachkopf das abgeschaut haben, dachte er. Bei Hitlers Wahlkampfreise ein Jahr zuvor hatte er ihn in Königsberg genau so erlebt.

»Was soll dieses Theater?«, fragte Kirchner und versuchte, gelassen zu bleiben. Wegner grinste.

»Kirchner, ich muss doch nachsehen, ob unserer Aufforderung Folge geleistet wird. Gauleiter Koch und Kreisleiter von Wehlau haben hier ganz klare Befehle erteilt.

Und auch Sie wollen sich doch verdient machen am deutschen Vaterland, oder etwa nicht?«

Kirchner hatte nicht die Absicht, sich provozieren zu lassen. Er hielt ihn einfach nur für einen Emporkömmling, dem die Entwicklung im Land eine unsägliche Chance geboten hatte. Er überging einfach die Frage.

»Gehen Sie davon aus, dass wir selbstverständlich der Anordnung Folge leisten werden.« Seine Stimme war bei diesem Satz so klar und kalt, dass Wegner es hinnehmen musste. Natürlich wusste Kirchner, dass Wegner ihm nicht glaubte. Der würde alles daran setzen, ihm auf die Schliche zu kommen, egal, was sie vorhatten.

»Wissen Sie, ich muss mich auf Sie verlassen können. Sonst kann ich Ihnen die Studenten nicht vom Hals halten. Die nehmen Ihnen den ganzen schönen Laden hier sonst gnadenlos auseinander. Die sind kaum zu bändigen in ihrer Vaterlandsliebe«, lächelte Wegner hinterhältig.

Der Verleger verstand die subtile Drohung genau.

›Jetzt hat also selbst Wegner schon seine eigenen Helfershelfer‹, dachte Kirchner. ›Ausgerechnet die Studenten.‹ Das konnte er nur schwer ertragen, lag ihm die Lehre und die Universität doch sehr am Herzen. Obwohl die nationalistische Gesinnung in diesen Kreisen stark verbreitet war.

»Aber Sie haben ja noch eine ganze Woche Zeit. Dann wollen wir doch mal einen Blick auf den Stand der Arbeiten werfen«, kündigte Wegner an. Als Kirchner aufstehen wollte, um ihn in den Keller zu begleiten, hielt ihn Wegner zurück.

»Nein, nein, Herr Direktor. Bleiben Sie bitte hier im

Büro. Wir finden den Weg. Und Sie haben sicher genug andere wichtige Sachen zu tun, schätze ich.« Wegners Augen funkelten.

Der SA-Sturmbannführer salutierte mit einem zackigen Hitlergruß, drehte sich um und ging zur Tür. Einer seiner Begleiter hielt ihm die Tür auf. Draußen standen besorgte Mitarbeiter und warteten darauf, zu erfahren, was geschehen war. Sie hatten gesehen, wie die drei SA-Leute durch den Laden marschiert und im Büro des Direktors verschwunden waren.

In der geöffneten Tür drehte sich Wegner unerwartet noch einmal um. »Ach, was ich ganz vergessen habe. Sie kennen doch diesen Zach, den Schmierfink von der Volkszeitung?« Kirchner ließ sich den Schreck nicht anmerken, als er den Namen hörte. Er blieb sitzen, ohne eine Regung erkennen zu lassen.

»Ich glaube, ich habe ihn einmal getroffen. Er hat über uns geschrieben, wie jede andere Zeitung auch. Aber kennen wäre zu viel gesagt«, antwortete er.

»So, so, interessant. Sie wissen also nicht, wo er sich derzeit aufhält?«, fragte Wegner scheinheilig.

»Nein, wie sollte ich?«, blieb Kirchner äußerlich gelassen. Wusste Wegner schon, dass Zach sich hierher geflüchtet hatte? Hatte die SA alle Ein- und Ausgänge überwacht? Tappte er gerade in die Falle?

»Nun denn«, antwortete Wegner, der den Buchhändler bei seiner Antwort sehr genau beobachtet hatte. Er drehte sich um und lief ohne ein weiteres Wort den Gang entlang zur Treppe. Die Mitarbeiter, denen er begegnete, schauten meist verunsichert zu Boden. Doch einige hoben auch schüchtern den Arm und murmelten ein »Heil Hitler«.

Otto Perlmann hörte an dem Klappern der Stiefelabsätze auf der Treppe, dass die SA zu ihm in den Keller kam. Über ihre Ankunft und den Besuch beim Direktor hatte eine Mitarbeiterin Otto gleich informiert. Er hatte damit gerechnet, dass ihm noch Besuch ins Haus stand.

»Schnell, Hans, hinter die Kisten dort!«, flüsterte er. Hans Zach kletterte hinter die Stapel und duckte sich, sodass Otto Perlmann eine weitere Holzkiste über ihn ziehen konnte. Dadurch war der Hohlraum, in dem Hans Zach kauerte, weder zu vermuten noch zu sehen. Jedenfalls solange die Kisten so stehen blieben.

Als Wegner hereinkam, saß Otto schon wieder an seinem Tisch. Er stapelte gerade zwölf Exemplare von ›im Westen nichts Neues‹ von Remarque vor sich.

Als Otto Perlmann aufblickte und erkannte, wer ihm da ein »Heil Hitler!« entgegen rief, fühlte er sich wie vom Blitz getroffen. Innerhalb dieser Schrecksekunde wurde ihm heiß und kalt. Die letzten zwei Bücher glitten ihm aus den Händen, sodass sie zu Boden fielen. Wegner bückte sich und hob sie auf.

»Schau an: ›im Westen nichts Neues‹«. Er lachte. »Na, da lag der Mann ja wohl falsch! In Deutschland gibt es jetzt so richtig viel Neues! Oder?«

»Vielleicht sollten Sie es einmal lesen!«, fauchte Otto ihn an. Vom ersten Schreck hatte er sich schnell erholt. »Sie können doch lesen, Herr Sturmbannführer?«, stichelte er hinterher.

Wegners Gesichtszüge versteinerten und seine Augen zogen sich zu kleinen Schlitzen zusammen. Innerlich jubelte er, als er sein Gegenüber in dem etwas schummrigen Licht erkannte. Jetzt hatte er ihn endlich vor sich und diesmal hatte er die Oberhand. Die Chance zur Rache war gekommen!

»Perlmann! Otto Perlmann. Hier hast du dich also verkrochen, in diesem verdammten Kellerloch! Das ist ja interessant.«

Äußerlich bemühte sich Otto, ruhig zu bleiben, doch er spürte, wie der Schweiß Hände und Stirn feucht werden ließ.

Es war nicht das erste Mal, dass sich ihre Wege unheilvoll kreuzten. Doch bis zu diesem Moment war Wegner Otto immer nur als Saufbold begegnet, nie nüchtern. Und das letzte Treffen war Jahre her.

Vor vielen Jahren hatte Otto seine Hannah kennengelernt und sich sofort verliebt. Es war für beide Liebe auf den ersten Blick gewesen. Nur hatte sie einen nicht ganz glücklichen Beginn gehabt. Hannah war zu dieser Zeit noch mit Oskar Wegner befreundet. Wenige Tage nach ihrem Kennenlernen hatte sie Oskar dann den Laufpass gegeben. Das hatte Wegner nie verwunden. Monatelang hatte er Hannah und Otto terrorisiert, hatte ihnen aufgelauert und Hannah nachgestellt. Er hatte sich mehrfach mit Otto Schlägereien geleistet und mehrere Nächte unter Hannahs Fenster gepöbelt. Dafür hatte die Polizei ihn schließlich für vier Monate aus dem Verkehr gezogen.

Das war der Anfang von seinem vorläufigen Ende. Er versank im Alkohol, verlor seine Arbeit, wurde kriminell und saß insgesamt fast vier Jahre im Gefängnis. Mit der Zeit verlor er Hannah und Otto aus den Augen. Erst nachdem er bei der Sturmabteilung der NSDAP untergekommen war, hatte er wieder Fuß gefasst. Und er erkannte seine Chance, endlich jemand zu werden, der etwas zu sagen hatte. Seine Uniform verlieh ihm Macht. Er genoss das, stieg dank rücksichtsloser und gewalttätiger Aktionen in der Truppe schnell auf. Heute war er froh, dass das mit Hannah nichts geworden war. Undenkbar, jetzt mit einer Jüdin verheiratet zu sein! Doch die Kränkung von damals hatte er nicht verwunden. Otto war für ihn verantwortlich für die verlorenen Jahre.

Wegners Augen funkelten. Vielleicht war jetzt die Stunde der Abrechnung gekommen. Er sah Perlmann schon hinter einer Zellentür verschwinden. Vergammeln würde er ihn lassen, in der hintersten Ecke eines vergessenen Kerkers! Doch gegenüber seinen SA-Leuten ließ Wegner sich nicht weiter anmerken, dass er den Mitarbeiter der Buchhandlung kannte.

»Ich muss kontrollieren, ob die Bücher ordnungsgemäß aussortiert werden. Das verstehst du doch sicher?«, fragte Wegner, ohne darauf von Otto eine Antwort zu erwarten. Das „du“ kam dabei immer spitz und scharf formuliert, nicht als Zeichen des persönlichen Kennens, sondern als überhebliches Zeichen seiner Überlegenheit in der Situation, die er fühlte.

Er ging auf einen Stapel Kartons zu und warf einen Blick hinein. Ottos Herz pochte bis hinauf zur Schädeldecke. Trotzdem versuchte er, möglichst ruhig zu bleiben und sich nicht provozieren zu lassen.

Wegner nahm die obersten Bücher heraus. »Tucholsky, Ringelnatz, Feuchtwanger«, las Wegner die Namen der

Autoren der ersten Bücher vor, die ihm in die Hände fielen. »Sehr gut. So soll es sein!«

Er sah Otto Perlmann an, sah den Angstschweiß auf seiner Stirn und begann zu grinsen. Er war also nah dran, Perlmann zu überführen. Irgendwas lief hier, auch wenn er noch nicht wusste, was. Die Bücher, die er sah, standen ausnahmslos auf der Liste. »Brecht, Döblin, Schnitzler«, zählte er die Namen der weiteren Delinquenten auf. Für ihn waren es nur Namen, wie die von Juden am Klingelschild einer Wohnkaserne. Er wusste nichts über diese Menschen, die hinter den Namen standen. Aber das interessierte ihn auch gar nicht.

Seine Hand bohrte sich an den Boden der Kiste. Erwartungsvoll zog er das erste Buch heraus, das ihm dort zwischen die Finger kam. »Asch«, las er. Das Grinsen verschwand aus seinem Gesicht, auch wenn er den Namen des Schriftstellers noch nie gehört hatte. Der Vorname ›Schalom‹ ließ keinen Zweifel daran, dass das Buch zu Recht in der Kiste gelandet war. Enttäuscht ließ er es in die Kiste zurückfallen. Er sah Otto wütend an, ging durch den Raum und durchsuchte zwei andere Kisten. Doch auch hier wieder mit dem gleichen Ergebnis. Otto war Emma so dankbar. Sie hatte genau vorhergesagt, wo die Kisten stehen sollten, die zuerst kontrolliert würden. Und diese Kisten sollten bis zum letzten Moment komplett mit den richtigen Büchern der Liste gefüllt sein.

Doch Wegner wollte sich so leicht nicht geschlagen geben. Er ging von Raum zu Raum, sah sich um. Otto folgte ihm. Dann näherte sich Wegner dem Kistenstapel, unter dem sich Hans Zach versteckte.

»Was sind das für Kisten?«, raunzte Wegner Otto an und trat gegen eine der untersten Kisten. Dahinter zuckte Hans zusammen und hielt den Atem an.

»Das sind aussortierte alte Bücher, vor allem Rückläufer aus der Universität. Veraltetes, wertloses Zeug.«, antwortete Otto und winkte ab.

»Na, das ist doch guter Brennstoff, oder?«, lachte Wegner und winkte seine Männer zu sich. »Los, Männer, da nehmen wir gleich mal ein paar Kisten mit. Die stapeln wir dann schon mal auf.«

Otto blieb das Herz stehen. Hans Zach machte sich bereit, aufzuspringen und sich auf den ersten der Männer zu stürzen, als derjenige die Kiste vom Stapel zog, unter der er saß. Doch wegen des schummrigen Lichts in dieser Kellerecke blieb er unentdeckt. Und da Wegner die Kisten zu schwer waren, ließ er seine Begleiter nur jeweils eine Kiste mitnehmen.

Wegner baute sich vor Otto auf.

»Ich kriege dich noch!«, drohte er ihm mit ausgestrecktem Finger direkt vor dessen Gesicht. Otto sah den Hass, der immer noch in seinen Augen funkelte. »Und dann landest du am Galgen, das verspreche ich dir!« Er beugte sich vor, dicht an Ottos Ohr und flüsterte: »Und grüß mir deine Judenschlampe!«

Otto erschauderte. Das sagte ihm der Mann, der Hannah selbst einmal geliebt hatte? Wie groß musste sein Hass immer noch sein, nach all den Jahren. Das machte ihn gefährlich. Doch Otto sagte nichts und wich zwei Schritte zurück. Mit dem Führergruß salutierte Wegner. Die Stiefel schlug er dabei so laut zusammen, dass man den Knall bis ins Erdgeschoss wahrnahm. Dann verließen die Uniformierten mit den beiden Kisten demonstrativ die Buchhandlung durch den Hauptausgang.

In der Parteizentrale knallte die Tür so laut zu, dass die Wände wackelten. Das Türschild mit der Beschriftung »Kreisleiter - Horst von Wehlau« krachte zu Boden. Drinnen brüllte von Wehlau den kleinen dicken SA-Mann an wie einen Schuljungen, der seine Hausaufgaben nicht gemacht hatte.

»Nichts? Nichts! Wie kann es sein, dass Sie nichts finden? Wir wissen doch genau, dass sie versuchen werden, uns reinzulegen«, brüllte er und Wegner zuckte zusammen.

»Ich dulde kein Versagen! Verstehen Sie das?«

Wegner nickte wortlos.

»Und ich will, dass Sie was finden! Ist das klar? Irgendwas!«

»Jawohl, Herr Kreisleiter!«, gab Wegner kleinlaut zur Antwort.

»Bringen Sie mir diesen Kirchner, hören Sie! Nach der Bücherverbrennung ist er dran! Dann schnappen wir uns den ganzen verdammten Laden. Und dann räumen wir da richtig auf. Der Führer wird nach Königsberg kommen, um unsere neue, deutsche Buchhandlung wiederzueröffnen.« Er kam Wegner nahe. »Stellen Sie sich das mal vor, Mann!«

Wegner blieb stumm und nickte.

»Kontrollieren Sie unauffällig, setzen Sie Spitzel ein, und erhöhen Sie verdammt noch mal den Druck auf die Leute. Dann machen die Fehler. Klar?«

»Jawohl, Herr Kreisleiter.«

»Gut!« Langsam regte sich von Wehlau wieder ab. Ausgerechnet für diese ihm persönlich so wichtige Aktion muste er sich auf so einen Halbkriminellen wie Wegner verlassen. Das passte ihm überhaupt nicht. Wegner ekelte ihn an. Aber er hatte im Moment keine Alternative, noch nicht. Schließlich baute von Wehlau darauf, sich mit der Beschlagnahmung der berühmten Buchhandlung endlich für einen höheren Posten in Berlin zu empfehlen.

»Heil Hitler!«, brüllte Wegner, riss den Arm hoch, schlug die Hacken zusammen und ging hinaus.

»Heil Hitler«, brummte von Wehlau ihm hinterher, als die Tür schon wieder ins Schloss gefallen war.

Wegners Hirn begann fieberhaft zu arbeiten, als er das Braune Haus verließ. Er musste Kirchner eine Falle stellen und Otto Perlmann unter Druck setzen. Der würde dann vielleicht seinen Direktor ans Messer liefern. Und er würde endlich die Rache für damals bekommen. Schon bald machte sich ein breites, fieses Grinsen in seinem runden Gesicht breit. »Ich werde sie da packen, wo sie wehrlos sind und am tiefsten getroffen werden«, dachte er. Schon hatte er die Demütigung beim Kreisleiter vergessen und war wieder mit sich zufrieden. Sie würden keine Chance haben.

13

Es war acht Uhr abends und schon lange dunkel draußen, als Wilhelm Kirchner sein Büro verließ. Er hatte die aktuellen Bestellungen gesichtet und eine Verkaufsstatistik geprüft. Doch er war nicht konzentriert bei der Sache, in Gedanken war er bei Otto Perlmann im Keller. Er sah noch einmal hinunter auf die Straße. Die dunkle Limousine stand immer noch am selben Platz. Das Licht schaltete er nicht aus. Als Direktor war er oft der Letzte, der ging. Es war also nicht ungewöhnlich, dass das Licht bis spät in die Nacht brannte. Dann streifte er noch einmal durch die Verkaufsräume. Das tat er jeden Tag, bevor er ging.

Er entdeckte einen Stapel Bücher am Boden, über die am nächsten Morgen ein Mitarbeiter oder gar Kunde stolpern könnte. Er blieb stehen und legte die Bände auf einen der Tische. Er liebte die absolute Ruhe in seiner Buchhandlung, die Leere, die Stille, nur er und die leisen Stimmen der Bücher. Dabei blieb er immer wieder wie zufällig vor einem Regal stehen und sah aus dem Augenwinkel heraus, dass Bücher nicht richtig einsortiert waren. Es war gerade so, als würden diese Bücher nach ihm rufen. Dann nahm er sie heraus und tauschte sie in der Reihenfolge. Niemand beherrschte die Ordnung der Bücher in den Regalen so sehr wie er. Schon sein Vorgänger hatte ihn dafür bewundert.

Doch heute geschah dies nicht. Alle Bücher waren perfekt platziert für die Kundschaft. Und die durch das

Aussortieren entstandenen Lücken waren längst mit anderen Werken aufgefüllt. Kirchner blieb stehen und betrachtete das raumhohe Regal mit den Romanen im Erdgeschoss. So sollte es also zukünftig aussehen. Die Bücher, die Autoren, nicht mehr lieferbar. Aber der Buchhandel würde weiterlaufen, als sei nichts vorgefallen. Der Gedanke gab ihm einen Stich ins Herz, tief ins Herz. In Gedanken versunken lief er die Treppe zum Keller hinunter.

Er klopfte an die Tür und Otto öffnete ihm. Hans hatte sich sicherheitshalber in dem kleinen Raum dahinter versteckt und kam nun hervor.

»Das mit Wegner gefällt mir nicht«, sagte Kirchner besorgt, »sie müssen etwas ahnen, einen Verdacht haben. Als sie gingen, hat mich Wegner gezielt nach Ihnen gefragt, Herr Zach. Das war schon merkwürdig.«

Hans überlegte.

»Eigentlich könnten sie nur einen Tipp von Peter Kugland haben, meinem Kollegen, den sie geschnappt und mitgenommen haben. Aber der kann ja nicht wissen, dass ich hier bin. Ich habe ihm mal erzählt, dass ich nach Jahren einen guten Freund in der Stadt wieder getroffen habe, der ein echter Bücherwurm ist.« Er sah Otto an. »Aber ob sie das wissen?«

»Hm, das könnte natürlich sein«, stimmte Kirchner zu. »Ich nehme an, dass sie Ihren Kollegen kräftig in die Mangel nehmen. Ich kenne diesen von Wehlau. Ein ekelhafter, skrupelloser Kerl. Wir müssen leider davon ausgehen, dass es Ihrem Kollegen gerade nicht gut geht.«

Hans sah ihn mit nachdenklicher Miene an.

»Sie haben wohl recht. Ich muss herausfinden, wohin sie

ihn gebracht haben.«

»Und dann", fragte Otto, »willst du zur Polizei gehen?«

»Nein, natürlich nicht, aber ich muss doch etwas tun. Ich bin verantwortlich für meine Männer!«, antwortete Hans.

»Ja, und von Wehlau führt einen Privatkrieg gegen mich. Wir sind schon seit Jahren keine, sagen wir mal, Freunde. Und er will sich hier alles einverleiben, enteignen, für die Partei und deren Propaganda nutzen. Das müssen wir mit aller Macht verhindern.«

»Na, prima«, reagierte Otto. »Und mich hat wiederum dieser Wegner auf dem Kieker. Der hasst mich, weil er meint, ich hätte ihm mal die Frau ausgespannt. Der sinnt auf Rache, der ist richtig besessen davon. Ich mache mir um Hannah Sorgen. Er kennt sie ja und weiß, dass sie Jüdin ist.«

»Ja, da müssen wir gut aufpassen«, antwortete Kirchner, »von Wehlau hat zumindest Format und ist intelligent. Das macht ihn aber besonders gefährlich. Er wartet natürlich nur auf einen Anlass, den wir ihm als Rechtfertigung liefern. Und ich bin sicher, er wird es nicht nur beim Warten belassen. Er wird uns eine Falle stellen.«

»Dieser Prolet Wegner ist auch richtig gefährlich«, sagte Hans Zach, »der ist von Wehlaus Kettenhund und geht über Leichen.«

»Nun sind Sie erst mal für sich selbst verantwortlich und müssen in Sicherheit gebracht werden«, antwortete Kirchner. »Kommen Sie, lassen Sie uns keine Zeit verlieren. Ich gehe hoch, ganz normal durch den Ausgang aus dem Haus wie jeden Abend auch. Wir müssen aufpassen, wir werden überwacht. Ich sorge dafür, dass jemand Sie mit dem Wagen im Hof abholt. Ich stoße dann irgendwann wieder dazu. Warten Sie, bis Sie den Wagen mit laufendem Motor hören. Dann kommen Sie nach oben in den Hof und springen hinein. Von der Straße aus kann das niemand sehen. Die Typen vor dem Haus hänge ich vorher ab«, erläuterte Kirchner seinen Plan.

»Und wo bringen Sie mich hin?«, fragte Hans.

»Lassen Sie sich überraschen, dort sind Sie auf jeden Fall sicher! Ich habe das heute schon geklärt«, wich Kirchner aus und verschwand durch die Tür.

Kirchner telefonierte von einem Apparat im Propagandabüro hinter der Zeitschriftenausgabe im Erdgeschoss mit Emma. Anschließend verließ er seine Buchhandlung durch den Vorderausgang, damit seine beiden geheimnisvollen Schatten davon auch ganz sicher Notiz nahmen. Er ging zu seinem Wagen, der vor dem Haus parkte, und fuhr los.

Im Rückspiegel konnte er sehen, dass sie ihm wie erwartet folgten. Er fuhr nur ein paar Straßen weit und parkte den Wagen am Gesekusplatz, unweit des Schlosses. Dann ging er zu Fuß weiter, immer darauf achtend, dass ihm die beiden Männer, ebenfalls zu Fuß, folgten. Er lief über den Kaiser-Wilhelm-Platz um das Schloss herum und betrat durch das Tor auf der Ostseite den Schlosshof. Schummriges Licht schien nur noch aus den Fenstern des »Blutgerichts«, des berühmten Weinlokals in den Kellergewölben des Nordflügels.

Kirchner betrat das Lokal. Im Windfang stand Emma. Er gab ihr unauffällig den Schlüssel für seinen Wagen. Sie sprachen kein Wort miteinander und schon nach wenigen

Sekunden war Emma wieder durch die Tür verschwunden, noch bevor die beiden Verfolger sie sehen konnten. Kirchner setzte sich an einen Tisch, wo er gut zu sehen war. Er bestellte ein ›Ochsenblut‹, dieses ungewöhnliche und nur hier in den Gewölben der Schlossschänke erhältliche Getränk, das aus Champagner und einem guten Schuss Burgunderwein gemischt wurde. Er liebte diesen eigentümlichen Geschmack. Auch wenn ihm in diesem Moment nicht nach Genuss zumute war.

Zur gleichen Zeit ging Emma zum Wagen, startete ihn und fuhr über die Theaterstraße zurück zur Buchhandlung in den Hof. Nun bewährte sich, dass ihr Onkel darauf bestanden hatte, dass sie das Fahren mit Kraftfahrzeugen frühzeitig erlernt hatte. Nur sehr selten sah man in Königsberg auch Frauen am Steuer.

Hans Zach hörte den Wagen draußen im Hof halten.

»Otto, du hast mir sehr geholfen, vielen Dank, mein Freund!«, verabschiedete er sich.

»Mach es gut, Hans, lass dich nicht erwischen. Wir sehen uns wieder«, rief Otto ihm nach. Hans lief vorsichtig die Stufen hinauf und verschwand auf der Rücksitzbank des Wagens, einem schwarzen BMW.

»Nehmen Sie die Decke und verstecken Sie sich darunter am Boden vor den Sitzen. Ich vermute, sie kontrollieren an den Ausfallstraßen«, gab Emma ihm Anweisung.

Zach schaute sie überrascht an. Mit einer Frauenstimme hatte er nicht gerechnet, aber das gehörte wohl zu Kirchners Plan. Wie immer dachte er an alle Möglichkeiten. Nicht umsonst war er ein so erfolgreicher und angesehener Unternehmer.

Otto löschte das Licht und ging ebenfalls durch die Tür zum Hof hinaus. Hannah wird wie jeden Abend fragen, wie sein Tag war oder ob es etwas Besonderes gegeben hatte. Und sicher auch, warum er so spät kam. Er würde ihr nicht die Wahrheit sagen.

»Ich bin Emma Sittler, die Nichte von Wilhelm Kirchner«, stellte sich Emma vor.

»Angenehm, Hans Zach«, kam unter der Decke hervor. „Ich würde Sie gerne angemessen begrüßen, aber das ist wohl gerade keine gute Idee.« Emma lachte. »Nein, nicht wirklich.«

Dann bekam Hans einen leichten Schlag auf den Kopf.

»Au«, rief er leise.

»Verzeihung«, lachte Emma, »ich habe nur Ihr Versteck noch etwas mehr getarnt.«

»Na, dann ist ja gut«, murmelte Hans und rieb sich den Kopf.

Emma startete den Wagen und fuhr durch die Toreinfahrt in die Theaterstraße ein und bog in nördlicher Richtung ab.

»Wo fahren wir hin?«, fragte Hans.

»Lassen Sie sich überraschen, Herr Zach!«

»Oh, sagen Sie bitte Hans zu mir.«

»Gerne, Herr Hans«, lachte Emma.

Trotz der brisanten Situation gab sie sich gut gelaunt. Damit versuchte sie, die große Angst, die sie empfand, zu überspielen. Wenn man sie erwischen würde, wäre alles verloren.

»Mein Onkel weiß schon, was er tut.«

»Na, daran habe ich keinen Zweifel.«

»Sie sind eingeweiht, habe ich gehört. Und gehören jetzt zu uns?«, fragte Emma.

»Ja, scheint so«, gab Zach zur Antwort. Irgendwie passte es Emma nicht, dass es bei ihrer Verschwörung jetzt noch einen Mitwisser mehr gab.

»Wo sind wir?«, fragte Hans Zach, der sich unter der Decke denkbar unwohl fühlte.

»Am Hansaplatz.« Kurz darauf wurde die Beifahrertür geöffnet und jemand stieg in den Wagen.

»Hallo, Herr Zach, alles in Ordnung?«

Hans Zach erkannte die Stimme Kirchners und war beruhigt.

»Wie hast du sie abgeschüttelt?«, fragte Emma.

»Es war leicht, diese Idioten abzuhängen. Wenn man sich auskennt, ist es einfach. In dem Getümmel des Blutgerichts kann man jemanden durchaus unauffällig abschütteln«, lachte Kirchner. »Und dann mit der Linie 7 bis zum Nordbahnhof. Die rechnen doch nicht damit, dass Herr Direktor Straßenbahn fährt.«

Er lachte und Emma hatte das Gefühl, ihrem Onkel machte die Sache auch noch richtig Spaß. Doch sie spürte, dass auch er damit seine Beklommenheit nur überspielte. Es war unübersehbar, dass er unter großer Anspannung stand. Es durfte ihnen kein Fehler unterlaufen. War das Risiko vielleicht doch zu groß? War es das wert? Sie riskierten ihr Leben. Doch ihr Leben waren die Bücher. Wortlos saßen sie nebeneinander und dachten über diese Fragen nach. Und kamen wortlos, jeder für sich, zur selben Antwort.

»Emma, fahr mich bitte erst nach Hause, ich muss mich kurz umziehen«, bat Kirchner seine Nichte.

Emma schaute ihn überrascht an, fragte aber nicht nach. Ihr Onkel wusste, was er tat. So bog sie in die Stresemannstraße ab. Direkt am Polizeipräsidium ging es vorbei und durch ein paar Nebenstraßen zur Beeckstraße 1 hinter dem Tiergarten. Sie hielt einige Meter vor dem Haus, da sie nicht sicher sein konnten, ob hier gegebenenfalls nicht jemand auf sie wartete. Doch die beiden Verfolger hatten wohl für diese Nacht aufgegeben.

In der Eingangstür des Hauses traf Kirchner Dr. Rohde. Er wohnte im selben Haus in der Wohnung unter ihm. Rohde war der Direktor der städtischen Kunstsammlungen im Königsberger Schloss. Viele Abende schon hatten sie gemeinsam bei einer Flasche Wein verbracht, im Blutgericht oder in einer der beiden heimischen Wohnungen und dem Wein zugesprochen. Dann pafften sie eine Zigarre, spielten Schach und redeten über Politik, Gesellschaft, Kunst, Gott und die Welt.

Jetzt gingen sie gemeinsam die Treppen des prunkvollen Treppenhauses hinauf und Dr. Rohde fragte nach der Bücherverbrennung. Wilhelm Kirchner schilderte in kurzen Worten, dass auch Gräfe und Unzer dieser Weisung nachkommen müsse. Der Museumsdirektor runzelte die Stirn. Er kannte ihn zu gut, um nicht zu ahnen, dass sein Freund sicher nicht widerspruchslos den Nazis Folge leisten würde. Die Liebe zur Kunst verband sie. Für Wilhelm Kirchner waren es die Schriften und Bücher. Für Dr. Rohde waren es vor allem Bilder und historische

Gegenstände der Prussia-Sammlung, sowie Kunstgegenstände aus Bernstein. Er war ein anerkannter Experte und hatte über dieses Spezialgebiet bereits verschiedene Fachbücher geschrieben.

Als Kirchner wieder ins Automobil stieg, trug er unter einem langen Mantel, Fliege und Frack.

»Onkel, was hast du vor?«, fragte Emma, als er einstieg.

»Oh, ich gehe heute Abend in die Oper. Sie geben ›La Bohème«‹, sagte er, so als hätte er nichts anderes vor. Emma schaute ihn irritiert an.

»Die Karten haben wir schon lange und ich muss mich ja schließlich auch in der Gesellschaft sehen lassen.«

»Wir?«, fragte Emma, doch ihr Onkel reagierte nicht darauf.

»Du riechst übrigens ganz schön nach Wein«, bemerkte Emma, nachdem sie losgefahren war. »Hast du getrunken?«

Kirchner lächelte. Schon bald sollte Emma merken, dass auch das zum ausgetüftelten Plan ihres Onkels gehörte. Er hatte den Mantel nicht umsonst reichlich bespritzt.

Als sie in die Cäcilienallee Richtung Maraunenhof abbogen, tauchte eine Straßenkontrolle vor ihnen auf. Kirchner bat den geheimen Fahrgast, sich ganz ruhig zu verhalten. Emma schaute ihren Onkel unsicher an.

»Bleib ganz ruhig«, antwortete der Verleger.

Langsam hielt Emma hinter den wartenden Autos. Sie beobachtete das Geschehen. Das Herz schlug ihr bis zum Hals, als sie sah, dass die Fahrer aussteigen mussten und die Fahrzeuge durchsucht wurden. Mit Taschenlampen wurden die Innenräume der Wagen ausgeleuchtet.

Am Straßenrand standen zwei weitere Männer mit Gewehren. Wagen für Wagen näherten sie sich quälend langsam der Kontrolle. Emma hielt den Wagen vor den Uniformierten an, die ihre Gesichter anleuchteten. Es waren Polizisten, nicht die SA. Aber auch der Polizei war nicht mehr so zu trauen wie früher.

Kirchner gab seiner Nichte seinen Ausweis und sie hielt ihn dem Polizisten hin. Doch als der Polizist sie gerade auffordern wollte, auszusteigen, nahm ihn der andere Polizist zur Seite. Sie traten drei Schritte vom Wagen zurück und redeten leise miteinander. Einer der Polizisten am Straßenrand nahm seine Pistole aus dem Halfter und kam einige Schritte auf sie zu. Irgendetwas stimmte nicht. Waren sie aufgeflogen? Emma wunderte sich, wie ihr Onkel seelenruhig neben ihr sitzen bleiben konnte. Dann spürte sie seine Hand auf ihrem Knie.

»Ganz ruhig, alles ist in Ordnung«, sagte er leise.

Sie beobachteten die beiden Wachtmeister. Dann kam einer der beiden zurück. Er hatte Wilhelm Kirchner auf dem Beifahrersitz erkannt. Ihn ließ man natürlich als bekannte Persönlichkeit passieren. Sie hätten nur zu gerne gewusst, wer die attraktive junge Dame neben dem alten Herrn war. Eine unanständige Bemerkung hatte sich einer der beiden bei der Diskussion nicht verkneifen können. Er hatte sich zudem über die Unordnung in dem Wagen gewundert. Denn überall auf der Rücksitzbank waren Bücher verstreut. Der Polizist ging um den BMW herum und deutete Kirchner mit einer Handbewegung an, dass er das Fenster herabkurbeln solle.

»Herr Direktor Kirchner, bitte verzeihen Sie, ich habe Sie nicht sofort erkannt.«

»Danke sehr. Wissen Sie,« begann Kirchner etwas undeutlich zu reden, »ich habe etwas zu viel Ochsenblut genossen. Meine Nichte bringt mich nach Hause.« Der Polizist nickte. Der Champagnerduft, der ihm durch das geöffnete Fenster entgegenkam, erklärte alles.

»Bitte erzählen Sie das niemandem, ja? Das ist mir etwas unangenehm«, spielte Kirchner seine bühnenreife Vorstellung.

»Selbstverständlich, Herr Direktor.« Der Polizist trat zurück, salutierte und mit einem »Weiterfahren« winkte er den nächsten Wagen zu sich.

Durch die Kontrolle hatte die Fahrt fast eine Stunde gedauert. Und das für eine Strecke, die man mit der Straßenbahn bequem in zwanzig Minuten schaffen konnte.

»Kommen Sie nach oben. Wir sind da«, sagte Kirchner und kurz darauf saß Hans hinter seinen Helfern und beugte sich nach vorne.

Das Licht der Gaslaterne beleuchtete nur schwach die Straße. Da Emma so angehalten hatte, dass die Laterne hinter dem Wagen stand, konnte man von außen ihre Gesichter nicht sehen. Hans sah sich um und erkannte an den schönen, prachtvollen Stadtvillen links und rechts der Straße, wohin sie gefahren waren.

»Wallenrodstraße, Maraunenhof. Donnerwetter, eine feine Gegend«, stellte er fest. »Und wohin gehen wir?«

Kirchner zeigte mit einem Nicken auf die große, gelbe Villa auf der anderen Straßenseite vor ihnen.

»Was, da wollen Sie mich unterbringen?«, sagte Hans überrascht. »Ich weiß, wer da wohnt. Ausgerechnet bei der feinen Baronin von Strehlau?«

»Eine noble Herberge für jemanden, der sich vor allen möglichen Leuten verstecken muss, finden Sie nicht?«, schmunzelte Kirchner. »Glauben Sie, dort wird man Sie vermuten?«

»Hm,« überlegte Hans, »das wohl nicht. Aber Sie wissen, was man über die Baronin so erzählt? Und über ihre Beziehungen vermutet?«

»Ach, die Leute reden viel. Ich kenne sie gut, sehr gut. Wir können ihr vertrauen und sie wird Sie für die nächste Zeit bei sich aufnehmen.«

Hans runzelte die Stirn.

»Ja, wenn sie mich nicht morgen ausgeliefert hat.«

»Machen Sie sich keine Sorgen,« versuchte Kirchner ihn zu beruhigen.

Natürlich kannte er die vielen Gerüchte. Am stärksten hielt sich das Gerücht einer angeblichen Liebschaft mit einem ranghohen Regierungsmitglied aus Berlin. Auch verschiedene Geschichten über ihre Ehe mit dem Baron und ihr offensichtliches Vermögen machten regelmäßig die Runde. Wilhelm Kirchner hatte sie einmal danach gefragt, aber sie hatte nicht darüber sprechen wollen.

»Aber es ist nur ein Vorschlag. Sagen Sie mir, wo ich Sie absetzen darf?«, sagte Kirchner und schaute Hans an.

»Nein, Sie haben ja recht. Ich kann nicht wählerisch sein und ich vertraue Ihnen natürlich. Und damit auch dieser Hoheit da drin.« Hans nickte in Richtung der Villa. Er hatte nichts gegen die Baronin persönlich. Doch mit ›Hoheit‹

brachte er seine Abneigung gegen die alten Gesellschaftsstrukturen zum Ausdruck. Diese hatten sich in Ostpreußen wie in kaum einem anderen Landstrich des Reichs erhalten. Dem meist adeligen Großgrundbesitzer stand der einfache Mann gegenüber, der froh war, wenn er Arbeit fand und seine Familie ernähren konnte. Während in den Gutshäusern und Schlössern weiterhin dekadente Feste gefeiert wurden, hatten andere kaum genug zu Essen. Mit mehreren scharfen Artikeln und Kommentaren in der Volkszeitung hatte er sich reichlich politische Feinde in der einflussreichen Gesellschaft gemacht.

»Täuschen Sie sich nicht, Hans«, nahm Kirchner die Bemerkung auf. »Viele Adelige leben seit Jahren über ihre Verhältnisse. Sie sehen ihr Heil und ihre Rettung in Hitler. Sie brauchen für ihre Stellung einen starken Mann an der Spitze. Viele trauern immer noch der Monarchie nach, in der es ihnen gut ging.«

»Sie sind auf jeden Fall keine Demokraten«, stellte Hans fest. »Danke für Ihre Hilfe. Lassen Sie uns reingehen, ich werde das schon überleben«, grinste er.

Sie gingen über die Straße zur Villa. Als sie die Stufen zum Eingang hinauf gingen, öffnete die Baronin ihnen bereits die Tür.

»Kommen Sie bitte schnell herein!«, sagte sie und schloss die Tür gleich wieder hinter ihren Besuchern.

»Guten Abend, meine Herren«, begrüßte sie ihre späten Gäste.

Emma fiel das elegante lange Kleid auf, das die Baronin trug. Jetzt wurde ihr das »wir« ihres Onkels klar und sie lächelte ihn an. Dann sah sie sich um und bestaunte die prunkvoll gestaltete Eingangshalle mit einer großen geschwungenen Holztreppe, die ins obere Geschoss führte. Links von ihnen war ein großer Kamin aus weißem Marmor, der wohl schon länger nicht mehr angefeuert worden war. Die Wände zierten große Gemälde, einige waren Porträts von Herren in prunkvollen Uniformen mit einer Dame an ihrer Seite, andere stellten Szenen der Jagd dar. An einer Wand hingen prächtige Elch- und Hirschgeweihe, unzählige kleine Geweihe junger Böcke, aber auch einige präparierte Köpfe von Wildschweinen. Emma schauderte es, sie mochte das nicht.

»Oh, Herr Zach, den Mantel nehmen Sie nachher besser mit auf Ihr Zimmer. Wir wollen ja keine anderen Besucher neugierig machen. Das sind die Leute auch so schon genug«, lächelte die Baronin vornehm und ging voraus in den Salon. Durch eine hohe Doppeltür mit fantasievoller Bleiverglasung betraten sie den Raum mit feiner Stuckdecke und einem prasselnden Feuer im Kamin.

„Bitte, nehmen Sie Platz“, wies die Baronin auf eines der beiden breiten, eleganten Sofas vor dem Kamin und setzte sich ihnen gegenüber. Hans sah sich um. Die Front nach hinten heraus war halbrund und führte durch die Terrassentür auf eine Veranda. Von dort führte eine breite Treppe hinunter in die parkähnliche Gartenanlage. Rund um das Grundstück grenzten Straßen an. Die Baronin bewohnte praktisch ein ganzes Straßenviertel alleine. Rundum war der Park mit hohen Hecken eingefasst, der vor neugierigen Blicken schützte. Durch die alten Linden am anderen Ende des Gartens sah man auf den Oberteich. Ein kleines verschnörkeltes Gartentor ermöglichte den Zugang zum Ufer. Auf der anderen Straßenseite begann der Steg der hölzernen weißen Fußgängerbrücke. Sie führte quer über den Teich ans andere Ufer. Sonntags wurde die Brücke von Spaziergängern als Teil der schönen Uferpromenade rund um den See genutzt. Unter der Woche war sie bei arbeitslosen Männern ein beliebter Platz, um ein paar Fische aus dem Teich zu ziehen.

Hans war der vornehme Auftritt der Baronin nicht entgangen.

›Die Leute haben recht‹, dachte er, während sein Blick durch den Garten streifte. ›Sie ist wirklich eine außergewöhnliche Frau. Ihre Ausstrahlung, die Wärme trotz des kühlen Auftretens und eine Art von reizvoller, vornehmer Weiblichkeit‹. Aber er wollte sich davon nicht beeinflussen lassen. Schließlich waren die Adligen alle genau dafür erzogen worden, andere zu beeindrucken und so zu unterdrücken.

»Ich habe für Sie eine Kammer unter dem Dach hergerichtet. Dort wohnten früher die Küchenhilfen. Sie haben ein Bett und eine Waschmöglichkeit. Ich dachte, da sind Sie sicherer untergebracht als hier unten im Haus,« lächelte die Baronin.

»Aber ja«, antwortete Hans brummig, »sicher, vielen Dank. Ich denke, ich komme klar und will keine Umstände machen. Ich bin Ihnen wirklich dankbar dafür.«

Er kam sich vor, als würde er ein Almosen annehmen müssen. Kirchner und der Baronin entging sein gequälter Gesichtsausdruck dabei nicht.

»Na, Sie werden sehen, dass manche Adligen gar nicht so schlimm sind, wie Sie meinen«, beruhigte ihn die Baronin.

»Ach, Sie werden sich schon aneinander gewöhnen«, sagte Kirchner, »Und für interessanten Gesprächsstoff ist bei Ihnen beiden sicher gesorgt. Aber übertreiben Sie es nicht, ja?«, lachte er.

»Ich hoffe, ich muss Ihre Gastfreundschaft nicht zu lange in Anspruch nehmen«, versuchte Hans, die Situation zu retten.

Die Baronin goss aus einem Krug auf dem Tisch Wasser in die vorbereiteten Gläser. Hans wunderte sich. Er hatte kein Personal gesehen und schaute sich danach um.

»Sie vermissen mein Personal, Herr Zach?«, erstaunte die Baronin ihren Gast.

»Hm«, brummte dieser und fragte sich, wie sie seine Gedanken erahnt hatte.

»Ich habe kein Personal«, lächelte sie ihn an. »Nur Maria, meine Zugehfrau, die kocht, Staub wischt, putzt und die Wäsche macht. Und an zwei Tagen die Woche ist ein Gärtner da, der sich um den Garten rund ums Haus kümmert. Eigentlich ein Möbelschreiner, der aber seine Liebe zu den Blumen und Bäumen hier ausleben kann. Der Park ist weitgehend sein Werk. Sie hätten sehen sollen, wie heruntergekommen das alles war, als ich hier einzog. Die anderen Tage baut er unten am Hafen Holzkisten zusammen oder hilft seinem Bruder bei der Fischerei am Haff.«

„So, so,« schmunzelte Hans, »kein Personal, ja?«

Die Baronin musste sein Schmunzeln erwidern.

»Gut«, unterbrach nun Emma das Geplänkel der beiden.

»Entschuldigung, aber wir sind schließlich nicht zum Spaß hier.« Sie sah Hans und die Baronin ungeduldig an.

»Oh, bitte verzeihen Sie«, reagierte die Baronin. »Sie haben natürlich recht.«

»Wie können wir vorgehen?«, fragte Emma in die Runde. »Wie viele Bücher können wir denn hier überhaupt verstecken? Es ist ja auch gefährlich und niemand darf sie entdecken! Wir sprechen schließlich nach der letzten Liste von gut zwanzigtausend Bänden. Da hoffe ich, dass wir möglichst viele davon retten können.«

Sie sah Hans Zach an, denn nun war er an der Reihe. Otto hatte ihn im Keller zuvor ausführlich über ihre Pläne informiert.

»Ich werde mir gleich morgen früh anschauen, was hier machbar ist«, antwortete Hans. »Dann rechne ich aus, wie viele wir verstecken können. Überlegen Sie in der Zeit, wie wir die Bücher unauffällig hierher bekommen. Wenn der Transport entdeckt wird, fliegt alles auf.«

»Ja«, antwortete Kirchner, »da müssen wir uns noch was einfallen lassen. Ich rede mit Otto Perlmann darüber. Morgen sehen wir dann weiter.« Er sah Emma an.

»Ich schlage vor, wir treffen uns hier morgen wieder zur gleichen Zeit. Otto und Konrad sollen auch kommen, dann können wir alles Weitere durchsprechen. Und wir nehmen einen anderen Weg, damit wir nicht wieder in die Kontrolle geraten«, übernahm Emma die Planung.

Das Geplänkel zwischen Zach und der Hausherrin hatte sie genervt. Sie waren schließlich gerade unter Todesgefahr her gekommen. Wilhelm Kirchner und die Baronin nickten zustimmend.

»Und Frau von Strehlau, sind Sie sicher, dass Sie uns dabei wirklich unterstützen wollen? Wenn von Wehlau oder Wegner dahinterkommen, kommen wir alle ins Gefängnis!«, sagte Zach und schaute sie fragend an.

»Oder an den Galgen, ich weiß. Keine feine Art zu sterben, oder?«

Sie sah Wilhelm Kirchner neben sich an und legte die Hand auf sein Knie. Er legte seine Hand auf ihre. Emma entging diese Geste nicht.

»Gut, dann machen wir es so«, sagte Emma zufrieden.

Kirchner nahm seine Taschenuhr aus der Westentasche und klappte sie auf.

»Nun, Frau Baronin, wir sollten gehen. Sonst kommen wir zu spät in die Oper.«

Sie nickte und Emma musste sich ein Lachen verkneifen. Sie freute sich für ihren Onkel, doch diese Heimlichtuerei fand sie eher kindisch. Auch wenn ihr klar war, dass es vermutlich einen gesellschaftlichen Skandal gäbe, wenn ihre Liebe bekannt würde. Dafür kursierten einfach zu viele Gerüchte um die Vergangenheit der Baronin. Sie standen auf, verabschiedeten sich von Hans Zach und gingen zur Tür.

»Ach, da ist noch etwas«. Kirchner drehte sich in der Eingangshalle zu Hans Zach um. »Es gibt im ›Haus der Bücher‹ eine, sagen wir, kleine Geheimbibliothek. Sie ist von unschätzbarem Wert und jetzt natürlich auch nicht mehr sicher. Dafür sollten wir auch einen Platz vorsehen.« Alle schauten ihn überrascht an. »Morgen weiß ich, wie viel Raum wir dafür benötigen.«

14

Die schönen Ziegelgebäude der ehemaligen Seifenfabrik mit ihren vielen Türmchen, Erkern und Bogenfenstern waren von einer hohen Mauer umgeben. Jahrzehntelang war die Fabrik für den nordöstlichen Teil der Stadt ein guter Arbeitgeber gewesen. Doch in der Wirtschaftskrise von 1929 hatte sie schließen müssen, stand seitdem leer und war in Vergessenheit geraten. Dabei roch es immer noch überall stark nach Seife und Lauge. Die SA nutzte sie offiziell als Kaserne. Von Häftlingen war in der Stadt nichts bekannt. Nun hatten die Gebäude eine neue, grausame Funktion bekommen. Von Wehlau stampfte mit wütendem Gesichtsausdruck den langen Gang entlang. Die zwei im Gang vor einem der hinteren Büros postierten Wachen der SA beachtete er nicht. Er betrat den Raum. Wegner sprang auf und grüßte.

»Lassen Sie das, Wegner, verdammt noch mal!«, fluchte der Kreisleiter und warf seine Mütze auf den Schreibtisch.

»Was ist jetzt mit diesem Zach? Wo ist der Kerl? Er kann doch nicht vom Erdboden verschwunden sein! Wissen Sie, was ich mir deswegen vom Gauleiter anhören muss? Verdammt, Wegner!«

»Wir vermuten, dass er sich irgendwo verkrochen hat. Eigentlich kann er Königsberg nicht verlassen. Die Passagierlisten des Seedienstes lassen wir überwachen, ebenso alle Bahnhöfe. Es gibt Straßenkontrollen an allen

Ausfallstraßen. Wir suchen mit Hochdruck, Herr Kreisleiter, aber bisher leider noch ohne Erfolg. Wir haben im Moment keine Spur«, gab Wegner kleinlaut zu.

»Was denken Sie eigentlich? ›ohne Erfolg‹ ist keine Option, Wegner! Merken Sie sich das«, brüllte von Wehlau ihn an. »Und wo ist der Kerl, den wir bei der Festnahme in der Fließstraße auf dem Dach erwischt haben?«

»In einer der Kellerzellen. Soll ich ihn holen lassen?«, antwortete Wegner dienstbeflissen in der Hoffnung, dass der Parteifunktionär sich wieder etwas beruhigen würde. Doch der wollte sich gar nicht beruhigen.

»Bringen Sie ihn in den Verhörraum! Ich übernehme das persönlich«, raunzte er den SA-Mann an, der daraufhin salutierte und umgehend den Raum verließ. Von Wehlau griff zum Telefon. Als sich eine Frauenstimme am anderen Ende der Leitung meldete, verwandelte sich von Wehlaus Stimme schlagartig.

»Hallo, schöne Frau. Meinen Sie nicht, wir sollten uns heute nach Ihrer Vorstellung treffen? - Ja. - Ja, gerne. - Sehr gut. - Dann am gewohnten Ort, der Champagner wird schon kalt gestellt sein, Chérie«, hauchte er in den Hörer.

Er legte selbstzufrieden lächelnd auf. Umgehend verfinsterte sich seine Miene wieder und er ging hinunter in die Kellergewölbe. Dort hatte man einen alten Lagerraum als Verhörraum eingerichtet. Er war perfekt für seinen neuen Zweck geeignet. Keine Fenster, eine schwere Eisentür, Leitungen und Rohre unter der Decke, an denen so einiges befestigt werden konnte, sowie ein Wasserhahn. Peter Kugland hing kraftlos in der Mitte des Gewölbes. Seine Hände waren über seinem Kopf zusammengebunden und an einer Kette so weit nach oben gezogen, dass er sich recken musste, um mit den Fußspitzen den kalten, nassen Boden gerade noch zu berühren. Sein Oberkörper war nackt und verdreckt.

In der Ecke stand ein Tisch mit zwei Stühlen. Die Schreibtischlampe darauf strahlte ihn an. Drei Meter vor ihm kauerte eine junge Frau in jämmerlichem Zustand am Boden. Ihre Hände waren mit Handschellen auf den Rücken gefesselt. Die Wachleute hatten sie damit an einem der vielen Metallringe am Boden fixiert, die im Raum in regelmäßigen Abständen aus dem Boden ragten. Früher waren daran die bis zur Decke gestapelten Seifenfässer mit Gurten gesichert worden.

Über den Kopf hatte man ihr einen Jutesack gezogen und am Hals das Seil fest zugezogen. Ihr leises Wimmern drang durch den Knebel. Ihre kleinen Füße waren nackt und blutverschmiert. Der Zustand der verdreckten Bluse und des Rocks ließ keinen Zweifel daran, was die Frau in den letzten Tagen durchgemacht hatte. Der Rock war hochgeschoben und gab den Blick frei auf ihre nackten, von Striemen überzogenen Schenkel. Eine ihrer kleinen Brüste lag frei und war von mehreren Schnitten entstellt.

Kuglands Gesicht zeugte von unzähligen Fausthieben. Sein rechtes Auge war stark geschwollen und Nase, Mund und Kinn waren von Blutkrusten überzogen. Ein eiskalter Schwall Wasser holte ihn aus seinem Dämmerzustand zurück.

»Gut, du Bastard! Du sagst mir jetzt, wo wir diesen Zach finden!«, raunzte von Wehlau den Redakteur an. Er griff nach einem Holzknüppel, der neben der Tür an der Wand gelehnt hatte und klopfte damit auf den Boden. Das Geräusch hallte durch den Raum und ließ den jungen Mann zusammenfahren. Die Frau krümmte sich vor Angst noch mehr zusammen.

»Aber ich weiß es nicht!«, röchelte Kugland. »Wir haben nie darüber gesprochen«, stammelte er, so gut seine geschwollenen Lippen es zuließen.

»Lüg - mich - nicht - an!«, zischte von Wehlau und kam dem Gesicht seines Opfers bis auf wenige Zentimeter näher.

»Aber, aber«, stammelte Kugland, »ich weiß es nicht! Ehrlich, ich lüge nicht«. Er begann zu weinen und die Tränen liefen über sein blut- und dreckverschmiertes Gesicht.

»Na, na, na«, säuselte sein Peiniger scheinheilig, ohne einen Zentimeter von seinem Gesicht zu weichen. »Wir werden es doch sowieso rausbekommen. Also mach es dir doch nicht so schwer. Stell dir vor, deine Familie würde dich hier so sehen.« Von Wehlau ließ von ihm ab. »Was bist du nur für ein Waschlappen! Schau die Frau an. Du hast es in der Hand, jetzt ein Leben zu retten!« Von Wehlau grinste hämisch und zeigte mit dem Knüppel auf die junge Frau am Boden vor ihm. »Ist das nicht ein großartiges Gefühl? Du kannst Gott spielen!«, brüllte er auf einmal mit starrem Blick, so als würde er auf der Bühne die Rolle eines Wahnsinnigen spielen. Kugland sah auf und verstand nicht.

»Mein junger Freund«, heuchelte der Parteimann Freundlichkeit und drückte mit dem Knüppel das Kinn des jungen Mannes hoch. »Wenn du mir jetzt sagst, wo wir Zach finden, bedeutet das Leben für das Weib und Unschuld für dich. Eine großartige, einmalige Chance, oder?«, fragte er zynisch.

»Aber ich weiß es doch nicht!«, jammerte Kugland. Verzweifelt überlegte er, was er tun oder sagen könnte, um sich und die Frau von der Folter zu erlösen.

»Er hat einen Freund, irgendwas mit Kunst, Bilder, Bücher oder so. Vielleicht da«, keuchte der junge Mann.

Wegner wurde hellhörig.

»Name, Adresse? Komm schon!«, brüllte von Wehlau und stieß ihm den Knüppel in den Magen.

»Ich weiß es nicht«, wiederholte der Geschlagene und japste nach Luft.

»Schade«, antwortete von Wehlau mit säuselndem, fast amüsierten Ton und ergriff das Gesicht seines Opfers mit der linken Hand am Kinn, drückte es brutal zusammen und riss seinen Kopf nach links. »Du hattest eine faire Chance!«

Noch bevor der junge Mann verstand, was passierte, ließ von Wehlau von ihm ab, holte mit dem Knüppel aus und schlug mehrfach brutal auf den Jutesack, sodass die junge, wehrlose Frau tot zusammensackte. Man hörte bei jedem Schlag, wie ihr Schädel erneut barst. Dann lag sie reglos da und der Jutesack färbte sich rot.

»Damit musst du jetzt leben«, brüllte er, so als wäre Kugland daran schuld. »Wir sehen uns wieder, versprochen!«, fauchte er den Gefolterten an, der vor Verzweiflung und Schmerz kaum noch wahrnahm, was um ihn herum passierte. »Und stell dir vor, beim nächsten Mal liegt da deine Frau oder deine Tochter«. Kugland schüttelte es am ganzen Körper und die Ketten über ihm rasselten.

»Lassen Sie ihn die Nacht da hängen und das Licht an. Alle dreißig Minuten kippen Sie einen Eimer Wasser über ihn. Er soll sehen, was er angerichtet hat«, befahl er dem Wachmann an der Tür.

Dieser nahm den Eimer, der neben der Tür stand, und schüttete das kalte Wasser auf den wehrlosen, fast ohnmächtigen Mann an der Kette. Kugland stöhnte und schüttelte den Kopf, als das Wasser an ihm herunterlief. Es vermischte sich am Boden mit dem Blut der vor seinen Füßen liegenden Toten.

Von Wehlau und der Wachmann verließen den Raum und ließen Kugland in der wässrigen Blutlache stehen. Das Letzte, was Peter Kugland wahrnahm, war das kratzende Geräusch der Riegel und des Schlüssels im Schloss der schweren Eisentür.

15

Wie jeden Abend hatte sich der Vorhang im Opernhaus geöffnet und die ersten Takte von Puccinis ›La Bohème‹ klangen durch den Saal. Von Wehlau saß in der Loge gleich rechts neben der Kaiserloge, die immer noch so hieß, obwohl es schon lange keinen Kaiser mehr gab. Er hatte an dem Abend einige Parteigenossen mit Karten zur Vorstellung bedacht. Er grüßte mit gehobenem Arm nach unten ins Publikum. Kirchner und die Baronin saßen in einer Loge schräg über ihm, sodass er sie nicht sehen konnte.

Wie so oft war das Haus auch an diesem Abend fast ausverkauft. Dafür war der Name ›Rosemarie Missuweit‹ auf den Plakaten ein Garant. Für Urlaubsgäste aus dem Reich gehörte es zum Pflichtprogramm, den Provinzstar auf der Bühne zu erleben. Und dabei überzeugte die Missu Abend für Abend nicht nur mit ihrer Stimme und großartigen Arien. Ihr Tod im vierten Bild war in der Tat ein spektakulärer Abgang. Er gab regelmäßig zu stehenden Ovationen Anlass. Mit Bravo-Rufen, auf die Bühne geworfenen Rosen und schier endlosem Applaus endete jeden Abend die Vorstellung. Für geladene Gäste und das Publikum aus den Logen gab es hinterher im oberen Foyer noch einen Empfang.

Böse Zungen behaupteten, man könnte den Teil auf der Bühne für die Nazis weglassen. Sie kämen sowieso nur wegen des kostenlosen Champagners. Das war zumindest insoweit richtig, als dieser Besucherkreis die Kontakte und Gespräche hinterher besonders zu schätzen wusste. Gleichzeitig konnten sie sich als kulturliebend präsentieren.

So war es auch an diesem Abend nach der Vorstellung. Nur Horst von Wehlau hatte andere, ganz persönliche Absichten im Kopf. Die Parteigrößen standen beieinander, prosteten sich zu und erzählten sich ein paar rüde Männerwitze. Dann gingen sie zu Themen der aktuellen Politik und der besonderen Situation in Ostpreußen über. Applaus brandete auf, als die Darsteller die Treppe herunterkamen und sich zu ihren Gästen gesellten. Quer durch die Menschenmenge hinweg trafen sich für einen kurzen Moment die Blicke von Kirchner und die von Wehlaus. Während Kirchner hoffte, dass er ihn nicht gesehen hatte, kam dieser umgehend mit einem Lächeln auf ihn zu. Unterwegs nahm von Wehlau einer Bedienung zwei Gläser Champagner vom Tablett.

»Baronin, meine Verehrung«, begrüßte er Liselotte von Strehlau und hielt ihr eines der Gläser hin. Die Baronin nickte und hielt ihm die Hand entgegen, die von Wehlau ergriff und gekonnt einen Handkuss andeutete.

»Herr Kirchner, schön, Sie hier zu treffen«, heuchelte er.

»Nun, die Freude liegt wohl nur auf Ihrer Seite«, begrüßte ihn Wilhelm Kirchner mit kaltem Blick.

Von Wehlau überging die Bemerkung und wandte sich der Baronin zu:

»Ich hoffe, es hat Ihnen gefallen. Auch wenn mir Wagner ja viel eher zusagt.«

Die Baronin wollte gerade darauf antworten, als

Applaus aufbrandete und Bravo-Rufe ertönten. Sie drehten sich zur großen Treppe.

Die Missu hatte wie jeden Abend ihren eigenen Auftritt und wartete stets einige Minuten, bis alle anderen Darsteller längst zwischen den Operngästen verschwunden waren. Schließlich warteten ja alle nur auf sie! Sie schritt langsam in ihrem wallenden, hellblauen Kleid die Treppe herab und ließ sich feiern. Wie immer war sie bester Laune, lachte laut, warf jemandem einen Handkuss zu. Dann zog sie lasziv an ihrer Zigarettenspitze und zwinkerte dem einen oder anderen zu. Sie verstand es perfekt, die Männer so zu umgarnen, dass sie ihr zu Füßen lagen.

Nach dem Austausch von Höflichkeiten hier und da entdeckte die Aktrice von Wehlau. Er verabschiedete sich betont höflich von Kirchner und der Baronin und ging dem Star des Abends entgegen.

»Chérie, du warst wieder umwerfend!« Er gab ihr den gebührenden Handkuss, hob sein Glas und rief durch den Saal: »Nicht wahr, meine Herrschaften? Ein dreifaches Hoch auf die große Missu! Sie lebe hoch! Hoch! Hoch!«

Es war unverkennbar, dass von Wehlau angetrunken und bester Laune war. Niemand im Saal hätte sich vorstellen können, dass er zuvor einer jungen Frau brutal den Schädel eingeschlagen hatte.

Nach einem weiteren Glas Champagner flüsterte er der Missu etwas ins Ohr und sie kicherten beide dabei. Wenige Minuten später waren sie verschwunden. Nach zwanzig Minuten kam er wieder aus ihrer Garderobe. Der offene Hosenstall, an dem er noch herumnestelte, ließ erahnen, was sich in der Garderobe gerade abgespielt hatte. Er bemerkte nicht, dass die Baronin ihn dabei zufällig beobachtete.

Auf dem Weg zum Paradeplatz stellte Emma fest, dass die Straßen fast leer waren, kaum ein Passant war noch unterwegs. Sie konnte auch die schwarze Limousine vor der Buchhandlung nicht mehr entdecken. Auf dem Parkplatz, an dem der Wagen die letzten Tage gestanden hatte, stand ein anderes Automobil.

Emma vermutete, dass die beiden Herren nach Hause gegangen waren, nachdem sie Wilhelm Kirchner im Blutgericht verloren hatten. Sie war allerdings überzeugt, dass sie am nächsten Morgen wieder ihren Beobachtungsposten einnehmen würden. Alle Parkplätze rund um den Platz waren besetzt von den Wagen der Besucher der Oper. Deshalb parkte Emma im Hinterhof der Buchhandlung.

Von der anderen Seite des Paradeplatzes schien das Licht herüber. Die Oper war hell erleuchtet. Die Vorstellung war seit über einer Stunde zu Ende und viele Besucher bereits nach Hause gegangen. Nur im Foyer wurde noch heftig gefeiert. Emma stieg in die fast leere Straßenbahn ein und fuhr nach Hause. So spät alleine unterwegs hatte sie ein mulmiges Gefühl in der Magengegend. Sie war erleichtert, als sie, zuhause angekommen, die Tür hinter sich schließen konnte.

Als die Baronin wieder in ihre Villa zurückkehrte, stand Hans Zach mit einem leeren Wasserglas in der Hand am Kamin. Er betrachtete die Fotos, die auf dem Kaminsims platziert waren. Allesamt waren es Fotos von der Jagd, meist

Gruppenfotos von Männern in Uniformen. Sie präsentierten sich stolz mit dem Gewehr in der Hand über ihrer am Boden liegenden Trophäe. Hans deutete auf das große Foto in der Mitte.

»Hermann Göring? Sie kennen ihn?«

»Flüchtig«, wich die Baronin aus. »Ich habe ihn ein, zwei Mal bei den Jagdgesellschaften getroffen, zu denen ich meinen Mann begleiteten durfte. Ach, ich hasse die Jagd.«

Hans spürte, dass sie auswich und nicht wirklich darüber sprechen wollte. Er deutete auf die vielen Trophäen in der Villa:

»Hm, so sieht es hier aber gar nicht aus«, grinste er.

»Ja, das stimmt wohl«, antwortete die Baronin, »alles adeliger Firlefanz, Schlösserdekoration, was?«

Hans merkte, dass ihr das Thema unangenehm war. Trotzdem hakte er nach.

»Und wer von den Herren auf dem Bild ist Ihr verstorbener Gatte?« Doch die Baronin winkte ab.

»Sie halten die Jagd sicher ebenso für eine dekadente und überflüssige Veranstaltung, wie den Adel an sich, oder sehe ich das falsch?«

»Darauf können Sie wetten«, gab er zur Antwort.

»Nun, Herr Sozialdemokrat«, meinte sie provokant, aber charmant lächelnd. »Würden Sie von einer Frau meines Standes dann trotzdem ein Gläschen Rotwein annehmen?«

Hans schmunzelte.

»Auch zwei, Madame«, antwortete er gespielt vornehm und ergriff ihre Hand, um einen Handkuss anzudeuten. Sie lachten kurz und trotz ihrer so gegensätzlichen Haltungen zu Politik und Gesellschaft reizte sie beide diese spielerische

Auseinandersetzung miteinander. Denn es verband sie der Hass gegen die neue, Deutschland einnehmende Macht. Die Baronin reichte Hans eine Flasche Rotwein und den Korkenzieher, damit er sie öffnete.

Hans erzählte von den Ereignissen der letzten Wochen, der Besetzung der Redaktion, dem Tod und der Verhaftung seiner Mitarbeiter. Dann sprach er von dem jüdischen Ehepaar, das ihn gerettet hatte und dem er so dankbar war. Er sprach über Josefs bewundernswerte Herzlichkeit und seine Leidenschaft zu seinem Beruf als Arzt. Beim zweiten Glas Wein sprach er von seiner langjährigen Freundschaft zu Otto.

Die Baronin erzählte von ihrer behüteten Kindheit auf dem elterlichen Gut in der Nähe von Goldap. Doch von der jüngeren Vergangenheit und ihrem Mann sprach sie nicht. So lernten diese beiden gegensätzlichen Menschen sich und ihre so unterschiedlichen Weltanschauungen besser kennen.

Schließlich kam die Sprache auf die Bücherverbrennung, das Verbot der Bücher, die Autoren auf der schwarzen Liste. Hans Zach konnte gut nachvollziehen, wie es Thomas Mann, Kurt Tucholsky oder Erich Kästner gehen musste. Auch ihm selbst hatte man schließlich gerade die Existenzgrundlage entzogen, ihn mundtot gemacht. Und noch schlimmer, er wurde gejagt, würde verhaftet und vermutlich umgebracht, wenn man ihn erwischen sollte.

»Ich muss herausfinden, wo meine Genossen sind«, sagte Hans. »Irgendwo müssen sie doch sein. Und ich muss ihnen helfen. Nur wie kann ich sie finden? Von Wehlau können wir wohl kaum danach fragen«, meinte er ratlos.

»Nun«, antwortete die Baronin, »sicher nicht direkt. Aber ich habe da vielleicht eine Idee.«

16

Am Paradeplatz schien es ein Tag zu werden wie jeder andere. Studenten eilten über den Platz in die Universität, Geschäftsleute richteten die Auslagen vor ihren Schaufenstern her. Passanten waren eilig auf dem Weg zur Arbeit und volle Straßenbahnen kreuzten den Platz entlang der Häuserfront der Buchhandlung. Nur die Oper schien noch zu schlafen und sich nach einer langen Nacht zu erholen. Und die Limousine mit den zwei rauchenden Gestalten stand auch wieder auf ihrem Platz.

Für die Studenten begann der Tag mit der Vorlesung von Professor Julius Stern. Philosophie, die Paradedisziplin der Universität in der Kant-Stadt. Als Stern den Hörsaal betrat, fiel ihm auf, wie ungewöhnlich gut besucht seine Vorlesung an diesem Morgen war. Stern war ein bei seinen Studenten beliebter Professor. Er hatte die Gabe, auch noch so komplizierte Denkmodelle der großen Philosophen anschaulich und verständlich zu vermitteln. Seine Klausuren galten als leicht. Denn er vertrat die Auffassung, dass gar nicht genug philosophisch gebildete Menschen ›da draußen‹ rumlaufen konnten.

»Warum sie also durchfallen lassen?«, fragte er, wenn er auf die guten Noten angesprochen wurde, die er verteilte. »Das Leben wird später prüfen, was sie in der Philosophie gelernt haben, nicht ich«, lachte er dann.

Er lief wie immer in Gedanken und gebückter Haltung

mit dem Blick vor seine Füße zum Pult. Er begrüßte seine Studenten wie jeden Tag mit einem »Guten Morgen, ihr Ahnungslosen und Suchenden!«. Dann packte er seine Bücher aus, die er plante, in seiner Vorlesung anzusprechen und an passender Stelle hochzuhalten. Plötzlich fiel ihm das erste Mal auf, dass etwas nicht stimmte. Die übliche Erwiderung »Seid gegrüßt, Allwissender!«, kam nur gemurmelt und von wenigen aus den Reihen. Der Spaß war vor fast fünfundzwanzig Jahren in einer Vorlesung entstanden, hatte die Runde an der Universität gemacht und war seither Tradition. Stern hatte gelächelt und fühlte sich auch nach den vielen Jahren seiner Lehrtätigkeit noch geschmeichelt. Er mochte seine Studenten und sie ihn. So war es immer und das machte ihm das Leben und das Lehren leichter. Bis zu diesem Tag.

Er schaute irritiert auf, in das Halbrund des Hörsaals mit den steil nach oben ansteigenden Sitzreihen mit ihren Klappstühlen hinter den schmalen Tischbrettern. Üblicherweise saßen die Studenten und Studentinnen verteilt im Saal oder in kleinen Gruppen, je nachdem, wie gut besucht die Vorlesung war. Aber immer waren die ersten Reihen gefüllt, bis auf den letzten Klappsitz. In den ersten fünf Reihen saßen dieses mal Studenten verschiedener Verbindungen. Sie trugen Uniformen mit Band, Mütze und Degen. Erst dahinter hatten die anderen Kommilitonen Platz gefunden. Sie sahen eingeschüchtert aus und versuchten, zwischen den Schultern der vor ihnen wie Soldaten wirkenden Burschen etwas zu sehen. Links und rechts an den Wänden hingen rote Banner mit dem Symbol der NSDAP. An den beiden Treppenaufgängen standen breitbeinig je zwei Männer in einfacher SA-Uniform.

»Was bitte ist hier los?«, fragte Stern empört.

Die Corps-Studenten standen geschlossen auf und ihr offensichtlicher Wortführer in der Mitte der ersten Reihe ergriff das Wort.

»Es ist nicht weiter zumutbar, dass die Studenten dieser deutschen Universität von einem Juden unterrichtet werden! Wir werden nicht mehr zulassen, dass Sie hier weiterhin undeutsches Gedankengut und Ihre jüdische Hetze gegen unser völkisches Interesse verbreiten! Wir werden daher kein Wort von Ihnen an dieser Universität mehr dulden. Die anderen Studenten fordern wir auf, Vorlesungen von Juden, Bolschewisten und Homosexuellen nicht mehr zu besuchen! Diese Schande wird heute von unserer Universität getilgt!« Es war Hans Kröker, der Senior der ›Taskonia‹, ihr Vorsitzender und Sprecher, der für sie sprach. Applaus brandete auf, in den ersten Reihen frenetisch, dahinter verhaltener oder ängstlich. Nur wenige klatschten nicht.

Stern schaute konsterniert in die Runde. Doch bevor er etwas sagen konnte, traten die Männer in SA-Uniform vor, umringten ihn und einer der Männer forderte ihn auf, ihm zu folgen. Stern sah entgeistert seine Studenten in den oberen Reihen an. Manche sahen beschämt weg, andere schienen zu unterstützen, was gerade geschah. Mehrere Studentinnen weinten.

Stern packte seine Bücher wieder in die Ledertasche und wurde von den SA-Männern abgeführt. Die Taskonier stimmten das Horst-Wessel-Lied an. Es hallte durch den Gang der Universität, bis er aus dem Gebäude geführt wurde und die Treppen zum Paradeplatz hinunterging. In kürzester Zeit saßen auf der Ladefläche des Lastwagens, der vor dem Haupteingang stand, zehn Professoren und Dozenten. Aus den Fenstern der Hörsäle schauten die Verbindungsstudenten dem Treiben zu, johlten und riefen hasserfüllte Hetzparolen. Einige warfen mit zerknäultem Papier oder Kreidestücken nach den Verhafteten.

Neben Professor Stern saß der junge Privatdozent Franz Brettschneider. Ihn hatte man vom Institut im Botanischen Garten geholt. Seit Monaten kursierte das Gerücht, dass er homosexuell sei. Aus der Fahrerkabine des Lkws stieg Oskar Wegner.

»So, meine Herren, dann wollen wir mal schauen, ob wir auch alle haben«.

Er verlas eine Namensliste, die er am Abend vorher von Professor Cochius, dem Rektor der Universität, bekommen hatte. Hans Kröker hatte die Namen auf der Liste bestätigt. Darauf waren neun Namen, darunter der von Professor Stern.

Nur den letzten Eintrag, »Brettschneider, Franz: Homo!« hatte Kröker handschriftlich ergänzt. Den jungen Forscher hatten sie schon eine ganze Weile im Visier. Nun hatte Wegner die passende Gelegenheit bekommen. Er hasste diese abartigen Kerle. Sie mussten weg, alle!

Jeder auf der Pritsche quittierte seinen Namen mit einem leisen »Ja!« oder »Hier!«. Nachdem Wegner die Vollständigkeit festgestellt hatte, stieg er wieder in den Lkw und wies den Fahrer an, loszufahren. Unter dem Geschrei der Studenten fuhr der Wagen los. Er verschwand zwischen Universität und Oper auf den Mitteltragheim, der breiten

Ausfallstraße, die in Richtung Norden führte. Dies war ein Umweg, doch Wegner wollte sich mit der heiklen Fracht nicht zu vielen neugierigen Blicken am Münzplatz und der Promenade aussetzen. Über die Wrangelstraße und vorbei an den Kaskaden des Schlossteiches verließ der Wagen kurze Zeit später beim Königstor die Stadt nordöstlich in Richtung Devau.

Als Konrad die Universität betrat, war der Spuk längst vorbei. Die große Eingangshalle mit der Prachttreppe und den hohen Säulen war leer. Der Pförtner kehrte einen Haufen Papierknäuel zusammen, die verbliebenen Zeugen der traurigen Ereignisse, die sich zuvor abgespielt hatten.

Konrad stieg die Treppen ins Obergeschoss hinauf und lieferte die bestellten Bücher aus. Auf dem Rückweg lief er vor dem Eingangsportal Hans Kröker in die Arme.

»Konrad! Heil Hitler«, begrüßte ihn der Taskonier in seiner glänzenden Uniform.

»Ha-Ha-Hallo, Hans«, grüßte Konrad zurück und die drei Kommilitonen um Hans Kröker kicherten. Hans Kröker legte seinen Arm auf Konrads Schulter und zog ihn zur Seite.

»Und? Hast du gehört, was heute hier los war?«

Konrad verneinte.

»Die jüdischen Professoren wurden endlich von unserer Albertina entfernt. Und der Männerficker auch. Das findest du doch auch richtig, Konrad, oder?«

Hans sah ihn fordernd an. Konrad fühlte sich bedrängt und nickte, um nicht noch mehr von diesen unangenehmen Kerlen in die Zange genommen zu werden.

»Und so ist es doch bei euch drüben in der Buchhandlung auch, oder? Da sortiert ihr doch brav auch alles aus für unser großes Fest am 10. Mai? Da musst du dabei sein!«

Konrad nickte eingeschüchtert.

»Aber sag schon, da läuft doch sicher was? Die Bücherwürmer werden doch nicht freiwillig die ganze Schundliteratur rausrücken?« Konrad sah ihn verängstigt aus dem Augenwinkel an. »Du bist ein feiner Kerl, Konrad Gallinat!«, überraschte Hans Konrad plötzlich und ließ ihn los. »So einen wie dich könnten wir hier gut gebrauchen. Du könntest uns sagen, was da drüben läuft. Es soll nicht dein Schaden sein! Und für die Sicherheit deiner süßen Freundin könnte ich sorgen. Du willst doch nicht, dass sie in Schwierigkeiten gerät?«

Konrad zuckte zusammen. Er hatte es gewusst! Mit der verdammten Aktion brachten sie sich alle in große Gefahr.

17

Rosemarie Missuweit streckte ihre kleinen nackten Füße unter der Decke hervor, rieb sie aneinander, rekelte sich. Dann drehte sie sich langsam zu von Wehlau um. Zimmer 412, Hotel Central, direkt gegenüber der Oper. Er buchte immer dieses prächtige Eckzimmer, wenn sie sich trafen. Es lag in der obersten Etage und war luxuriös eingerichtet. Doch der größte Vorteil war sein Zugang. Man konnte durch das zweite Treppenhaus und den Nebenausgang diskret kommen und gehen, ohne gesehen zu werden.

Sie legte ihren Kopf auf seine Brust und kraulte seine Brusthaare.

»Sag mal, du hast doch in der Partei gute Kontakte nach Berlin, oder?«, fragte sie gespielt belanglos.

»Schon«, brummte er.

»Da könntest du doch für deinen kleinen Schatz mal etwas tun. Mein Talent darf nicht auf Dauer in dieser grässlichen Stadt verkommen! Ich gehöre auf die großen Bühnen, meinst du nicht?«, säuselte sie. »Und du gehst doch bestimmt auch bald nach Berlin, oder?«

»Hm, natürlich. Aber ich weiß nicht, wie schnell das geht. Ich könnte mal ein paar Telefonate führen.«

Die Missu lächelte zufrieden und biss zart in eine seiner Brustwarzen.

»Mal sehen, was wir für unser Sternchen tun können, was?«, sagte er, drehte sich weg und stand auf.

Er hatte ganz andere Sorgen, als die Karriere dieses Mädchens. Berlin war für ihn viel weiter weg, als ihm selbst gerade lieb war. Er brauchte jetzt dringend eine aufsehenerregende Erfolgsmeldung. Dann würde in Berlin kein Weg mehr an ihm vorbeiführen.

Von Wehlau streckte sich und ging zum Fenster. Die Missu stützte ihr Gesicht in beide Hände und betrachtete seinen nackten Hintern. Von den Fenstern des geräumigen, noblen Eckzimmers hatte man einen herrlichen Blick über den Paradeplatz. Er sah durch die Gardine hinüber zur Oper und zur Universität. Der Turm der Altstädtischen Kirche wurde gerade in das gleißende Licht der aufgehenden Sonne getaucht. Dann wanderte sein Blick den Platz entlang, an der Königshalle vorbei auf das prachtvolle Gebäude von ›Gräfe und Unzer‹. Das war seine Chance!

»Dieser verdammte Kirchner!«, murmelte er, »Aber ich krieg ihn! Der glaubt doch nicht wirklich, dass er sich gegen mich stellen kann. Er wird auf dem Platz stehen und diesen Schund persönlich ins Feuer werfen. Oh, ich sehe schon sein Gesicht vor mir!«

Sein teuflisches Lachen füllte den Raum. »Jeder im Land wird das sehen. Dann ist er erledigt.«

Von Wehlau lachte erneut laut und zufrieden. »Nur noch der kleinste Fehler und du bist weg.« Er sagte das, als würde Kirchner direkt vor ihm stehen. Die nackte Schönheit auf dem Bett hatte er in dem Moment vollkommen vergessen, da sein Hass und Ehrgeiz ihn wieder ergriffen.

»Aber Chérie! Vielleicht kann deine kleine Missu ja was für dich tun«, hauchte die nackte Schönheit. Sie setzte sich auf und zog das weiße Laken über ihre Brüste. Von Wehlau drehte sich überrascht zu ihr um und sah sie fragend an. Er konnte sich nicht vorstellen, was dieses einfältige Flittchen in dieser Sache tun könnte.

»Ich habe da meine Fühler für dich ausgestreckt. Bald wirst du wissen, was da läuft, was sie vorhaben.«

»Wie willst du das anstellen?«, fragte er überrascht. Doch die Missu wollte ihre Karten nicht auf den Tisch legen. Umsonst sollte er es schließlich nicht bekommen.

»Ach, Chérie, du bringst mich auf die Bühnen der Welt und ich liefere dir, was du wissen willst. Und nun komm wieder ins Bett!«, rief sie verführerisch bettelnd.

Sie schwang die Decke zur Seite und spreizte ihre Schenkel, sodass sie sich ihm mit ihrem gesamten feurigen Reiz präsentierte.

»Sei nicht kindisch«, raunzte er nachdenklich. »Ich muss los.«

Er ging zu ihr, fuhr mit seiner Hand ihren Schenkel entlang bis in ihren Schoß und gab ihr einen Kuss auf den Mund. Sie brummte unzufrieden und deckte sich wieder zu, während er sich anzog und eine Zigarette ansteckte.

Dann ging er, ohne sich noch einmal umzudrehen. Sie wusste, dass für ihn Diskretion so wichtig war wie für sie. Auch sie wollte nicht an einen Mann gebunden sein. Sie wusste nie, wer ihr wann nützlich sein konnte. Und so hatten sie stillschweigend einen Pakt auf Zeit geschlossen, nutzten die gegenseitigen Kontakte und hatten Spaß miteinander. Das fand Rosemarie Missuweit perfekt und sie wollte, dass Königsberg schon bald Geschichte für sie sein würde. Sie drehte sich um und schlief zufrieden noch einmal ein.

Von Wehlau lief hinüber zum Braunen Haus, rief seinen Fahrer und ließ sich nach Devau bringen. Vorbei am Flughafen bog der Wagen in das Tor der alten Seifenfabrik ein. Einer der Wachmänner beugte sich vor und sah in den Wagen. Dann signalisierte er dem zweiten Uniformierten, das Gittertor zu öffnen. Der Fahrer fuhr langsam durch den Torbogen unter dem Bürotrakt hindurch in den Innenhof. Er parkte den Wagen, stieg aus und öffnete von Wehlau die Tür. Wegner stand bereits breitbeinig im Hof und erwartete ihn.

»Lasst die neuen im Hof antreten«, befahl er Wegner und stieg hinunter in den Keller. Der Wachmann schloss die Tür auf.

»Mein Gott, stinkt das hier! Bist du das oder die da?«, fragte er zynisch und zeigte auf den Leichnam am Boden.

Kugland hing erschöpft an seinen Armen. Seine Beine hatten ihn in der Nacht nicht mehr halten können. Die Fesseln an seinen Handgelenken schnitten ins Fleisch.

»Und? Hast du mir noch was zu sagen?«, zischte er den Geschundenen an und ergriff sein Kinn, quetschte sein Gesicht zusammen.

»Ich weiß nicht, wo Zach ist«, stammelte Kugland und von Wehlau spürte, dass er endlich soweit war, auszusagen, wenn auch mit letzter Kraft. »Aber er hat mir ...«, begann der Redakteur langsam und so leise, dass von Wehlau sein Ohr direkt vor seinen Mund halten musste, um ihn verstehen zu können.

»Machen Sie ihn los und bringen Sie ihn in seine Zelle. Und dann machen Sie hier sauber«, wies er den Wachmann an und stieß mit seinem Stiefel gegen die Tote am Boden.

Er ging nach oben in den Innenhof, wo Wegner bereits auf ihn wartete.

»Das sind die Herren aus der Universität«, meldete ihm Wegner dienstbeflissen.

Die neuen Inhaftierten standen in einer Linie auf dem gepflasterten Hof. Die meisten schauten zu Boden. Von Wehlau schritt die Reihe ab, sah sich jeden Mann wortlos an. Sein Gesichtsausdruck ließ keinen Zweifel aufkommen, dass ihr Leben sich nun alleine in seiner Hand befand. Sie standen verängstigt vor ihm, dachten an ihre Frauen und Kinder und hofften, bald wieder bei ihnen zu sein.

Von Wehlau hatte seine Mütze ins Gesicht gezogen und baute sich vor ihnen auf. Wegner stellte sich breitbeinig neben ihn und hakte die Daumen hinter seiner Gürtelschnalle ein.

»Zehn Inhaftierte vollzählig angetreten!«, meldete er in militärischem Ton. Er war stolz wie ein Hund, der seinem Herrchen den Stock apportiert hatte und nun auf Lob wartete. Von Wehlau hielt eine kurze Ansprache, sprach von »notwendiger Maßnahme« und »völkischem Interesse«. Floskeln, mit denen er die Intellektuellen vor sich nicht beeindrucken konnte. Von Wehlau wusste, dass er Gelehrte vor sich hatte. Sie waren ihm in ihren Fachbereichen zweifelsfrei überlegen, aber das nutzte ihnen jetzt nichts mehr. Nun hatte er die Macht über sie. Er kam zum Ende seiner Ansprache.

»Wer von euch ist Jude? Drei Schritte vortreten!«

Zögerlich traten erst acht, dann auch ein neunter Mann langsam nach vorne.

»Wegner! Bringen Sie diese Männer in eine der großen Zellen im Keller.«

»Los, ihr habt es gehört!«, befahl Wegner seinen Wachleuten. »Wegtreten!«, bestimmte er, als hätte er ausgebildete Soldaten vor sich. Mit seinem Knüppel stieß er den letzten Mann in der Reihe in die Seite. Die Inhaftierten verschwanden mit den Wachleuten hinter einer der Türen, die zum Keller führten.

Nun stand nur noch Franz Brettschneider vor von Wehlau und Wegner.

»So, und du?«, fragte von Wehlau und ging auf ihn zu, kam ihm so nah, sodass er seinen Angstschweiß riechen konnte. »Du bist also kein Jude? Hältst dich für was Besseres, was? Warum bist du jämmerliche Kreatur dann wohl hier?« Brettschneider sah zu Boden.

»Schau mich an, wenn ich mit dir rede!«, brüllte von Wehlau den Gefangenen an und dieser zuckte verängstigt zusammen. Von Wehlau starrte direkt in Brettschneiders Augen, sagte eine Weile nichts. Der stechende, eiskalte Blick schien ihn zu durchbohren. »Du bist doch so ein perverser Männerficker, oder?«

Brettschneider sagte kein Wort. Er wusste, was geschehen würde, wenn er es zugeben würde. Unvermittelt rammte ihm von Wehlau seine Faust in den Magen und der Dozent sank zu Boden.

»Wegner, in einer Einzelzelle an die Kette mit ihm. Und gebt ihm viel Wasser!« Er grinste Wegner an. »Wir werden schon zu hören bekommen, was wir hören wollen«, sagte von Wehlau, während er sich wegdrehte und seinem Fahrer winkte. »Kümmern Sie sich um ihn.«

»Mit dem größten Vergnügen«, antwortete Wegner, grinste und nickte zwei Männern zu, die Brettschneider wegbrachten. Er folgte ihnen, um sich in den Zellen um seinen neuen ›Spezialinsassen‹ zu kümmern, wie von Wehlau es befohlen hatte.

18

Den ganzen Tag über waren die Buchhändler bemüht, den normalen Tagesablauf zu gewährleisten. Doch Wilhelm Kirchner gelang das nur bedingt. Und Otto Perlmann war sowieso die ganze Zeit mit dem Sortieren, dem Tauschen der Schutzumschläge, in Kisten packen und diese dann stapeln beschäftigt. Wann immer es ging, kam Konrad in den Keller und half ihm.

Die Schätzung Kirchners, dass es wohl an die zwanzigtausend Bücher sein müssten, die man nach der Liste ausmustern sollte, war ziemlich genau. Tatsächlich waren es sogar noch einige Kisten mehr. Aber Otto versuchte sich, wenn auch erfolglos, damit zu trösten, dass sich im Haus insgesamt über dreihunderttausend Bücher befanden. Gegen Mittag ließ Kirchner seine drei Mitverschwörer in das Kontor rufen.

»Jetzt bin ich aber gespannt, was der Direktor da noch für ein Geheimnis hütet. Es klang ja sehr geheimnisvoll«, flüsterte Konrad, als er Emma und Otto im Verkaufsraum vor Kirchners Büro traf.

»Ist euch was aufgefallen?«, flüsterte Emma. Die beiden Männer sahen sich an und schüttelten den Kopf.

»Na, schaut euch doch einmal genauer um. Seht ihr die beiden Studenten dahinten vor dem Regal? Die treiben sich seit zwei, drei Tagen immer wieder hier rum, mal die, mal andere. Ich denke, die schauen sich die Regale genau an, was da noch drinsteht.«

»Du meinst, das sind Spitzel, die von Wehlau geschickt hat?«, fragte Konrad. »Die beiden da kenne ich, die gehören auf jeden Fall zur ›Taskonia‹, zumindest Klaus, der Rechte von den beiden.«

»Schicken muss die der Kreisleiter nicht. Die deutsche Studentenschaft steht im ganzen Reich an vorderster Front, was die Bücherverbrennung angeht. Die muss keiner aufhetzen. Die haben überall schon die Universitätsbuchhandlungen ausgeräumt. Die Leihbüchereien in ganz Deutschland wurden regelrecht von denen geplündert«, berichtete Otto.

»Ja, hier bei uns würden sie wohl auch schon wüten, wenn von Wehlau sie nicht zurückgepfiffen hätte«, sagte Otto. »Bei allen anderen Buchhandlungen in der Stadt waren sie dafür aber schon.«

»Aber sie schonen uns bisher doch nur, weil er einen persönlichen Krieg gegen meinen Onkel führt«, fauchte Emma leise. »Er will die Buchhandlung enteignen und der Partei als Schmiermittel für seine Karriere überlassen. Und meinen Onkel dabei vernichten.«

Sie ballte die Fäuste vor Wut und verspürte eine große Lust, die beiden Studenten am Kragen zu packen und hinauszuwerfen. Doch sie wusste, dass es unklug war, sie zu provozieren, und gefährlich noch dazu.

»Aber wir müssen verdammt aufpassen. Die sind überall. Auch bei uns unten lungern sie ständig rum, immer wieder andere. Dabei lesen die sicher keine Liebesromane. Und über das, was die unter Abenteuer verstehen, haben wir keine Bücher«, sagte Emma ironisch. »Mir fiel auf, dass sie immer wieder mit Fräulein Kaminski, unserer ersten Sortimenterin unten, reden. Ziemlich angeregt, flirten mit ihr und sie tuscheln auch manchmal miteinander. Auf die müssen wir aufpassen.«

»Die hässliche Kröte?«, prustete Konrad und hielt sich die Hand vor den Mund.

»Pssst!«, ermahnte ihn Emma. Sie warteten vor dem Kontor des Direktors und beobachteten die beiden Studenten, die kurz darauf im Treppenhaus verschwanden.

»Und da drinnen?«, lenkte Konrad das Gespräch wieder auf Kirchners Geheimnis. »Ich weiß nichts darüber. Was soll das denn sein?«

»Hm. Ich habe auch noch nie etwas davon gehört«, bestätigte ihm Emma. »Ohne diese besondere Situation würde er uns wohl auch nicht einweihen. Es muss also etwas sehr Wertvolles sein.«

Kirchner öffnete die Tür, begrüßte die drei mit Handschlag und schloss die Tür hinter ihnen ab. Sie schauten sich in seinem Büro um, doch nirgendwo war etwas zu sehen. Sie hatten Bücherstapel erwartet, Kisten oder irgendwas in der Art, was hier normalerweise nicht stand. Sie sahen ihn fragend an.

»Ich dachte, wir schauen uns diese mysteriöse Geheimbibliothek an?«, fragte Emma überrascht.

»Machen wir auch«, sagte Kirchner, »bitte etwas Geduld. Ich muss nicht erwähnen, dass Sie die ersten Personen sind, die das Geheimnis außer dem jeweiligen Inhaber des Hauses zu Gesicht bekommen?« Die drei Mitarbeiter nickten.

Dann ging Kirchner an die Regalwand hinter seinem

Schreibtisch. Er zog ein Buch heraus, das wie an einem Scharnier nach unten klappte. Man hörte ein leises »Klack« und ein Teil des Buchregals ließ sich nun wie eine Tür öffnen.

Sie gab den Blick in eine Kammer dahinter frei. Die Einrichtung des Büros war so geschickt gebaut worden, dass niemand dahinter noch einen geheimen kleinen Raum vermutet hatte. Sie gingen um den großen Schreibtisch herum.

»Emma, komm! Mehr als zwei Leute haben da drin keinen Platz.“

Konrad und Otto blieben in der Geheimtür stehen und streckten die Köpfe in die Kammer. Sie war schmal, hoch und an drei Seiten mit Regalfächern vom Boden bis zur Decke versehen. In den Fächern lagerten reichlich verzierte, silberne Kassetten mit einem Griff an der Kopfseite. Sie sahen aus wie Schließfachkassetten in einem geöffneten Banktresor. Und das kam ihrem Zweck auch sehr nahe.

»Die geheime Bibliothek«, flüsterte Konrad, so als hätte er Angst, in der Kammer jemand aufzuwecken.

»So, wie es hier riecht, waren wirklich noch nicht viele Leute drin, oder?«, sagte Emma. Sie sah sich um.

»Sehen Sie«, sagte Kirchner und zog eine der sechsunddreißig Kassetten heraus. Kirchner brachte sie nach draußen und legte sie auf den Tisch.

Alle standen nun um den Tisch herum. Die Kassette war circa vierzig mal dreißig Zentimeter groß, sodass man Papiere im Format eines normalen Briefs oder Manuskripts gut darin aufbewahren konnte. Emma fuhr mit der Hand über die reiche Verzierung mit aus Silber gearbeiteten

Mustern, Ornamenten, stilisierten Zweigen mit Blättern und angedeuteten Büchern. In der Mitte des Deckels war eine Plakette eingearbeitet, in die »No. 1« eingraviert war. Darunter waren die Buchstaben »I. K.« zu erkennen. Den Deckel konnte man nach oben aufklappen, um die Kassette zu öffnen. Doch der Verschluss war mit einem Draht und rotem Siegelwachs verschlossen.

»I. K. - Immanuel Kant«, flüsterte Emma voller Ehrfurcht vor sich hin.

»Ja, darin befinden sich unveröffentlichte Manuskripte und Arbeiten von ihm. In der Kammer befinden sich insgesamt 36 von diesen Behältern, darunter alleine fünf von Kant. Zwei Kassetten habe ich bisher selbst hinzugefügt. Die letzte Schatulle ist von meinem Freund Thomas Mann.«

Seine drei Mitarbeiter sahen sich sprachlos an.

»In den Kassetten befinden sich handschriftliche Originalmanuskripte, gesammelte Notizen und Ideenskizzen, Arbeitspapiere der Schriftsteller. Dazu viele persönliche Briefwechsel, oft auch Memoiren und sogar vertrauliche Tagebücher. Sie alle haben uns diese Dokumente überlassen im Vertrauen, dass sie bei uns sicher sind.« Kirchner machte eine Pause und strich mit der Hand über die Kassette.

»Aber warum sind sie hier eingelagert? Welchen Sinn hat das, was soll damit geschehen?«, fragte Otto, sichtlich beeindruckt von dem, was er vor sich sah.

»Nun, meine Vorgänger haben die Bibliothek nie geöffnet. Sie haben festgelegt, dass die Sammlung der Wissenschaft zur Verfügung gestellt werden soll, sobald Deutschland reif dafür ist«, erklärte Kirchner.

»Na, das war ja seither noch nie der Fall«, sagte Otto enttäuscht.

»Ja, so ist es. Mindestens einhundert Jahre Frieden muss in Europa herrschen. Erst dann darf die Bibliothek geöffnet werden. Können Sie sich denken, was damit passiert, wenn Wegner oder von Wehlau die Kassetten mit ihrem Inhalt in die Finger bekommen würden? In ihren Händen wären diese Dokumente eine gefährliche Waffe. Sie würden die Geschichte für die letzten zweihundert Jahre umschreiben. Sie würden alles gegen die Autoren verwenden, in ihrem ideologischen Sinne verfälschen oder in Frage stellen. Kant, Goethe, Schiller, sogar eine Kassette mit gesammelten Dokumenten von Martin Luther ist darunter! Für noch lebende Schriftsteller käme es gar einem Todesurteil gleich.«

Otto zuckte zusammen. Er bekam Gänsehaut am ganzen Körper und fühlte sich, als hätte er gerade den Heiligen Gral vor sich.

»Für Göring und Goebbels wäre das ein sensationeller Triumph. Dagegen wäre die Bücherverbrennung ein unbedeutendes kleines Feuer. Und das ist schon schlimm genug.«

»Das darf nie passieren!«, sagte Emma entschlossen. »Niemals!«

Jetzt wussten die Buchhändler erst recht, wie wichtig ihre Mission war, tatsächlich Schätze vor den Nazis zu retten.

»Gut, wir müssen uns beeilen.«

Otto ging in die Kammer, zog ein Maßband aus der Tasche und vermass eine Kassette und das Schubfach dazu. Er rief die genauen Zahlen nach draußen und Konrad schrieb sie auf einen kleinen Zettel.

»Damit wir berechnen können, wie viel Platz wir brauchen.«

Dann schob Otto die Silberkassette wieder an ihren Platz und Kirchner verschloss den Raum. Nichts war mehr zu erkennen von dem wertvollen Geheimnis, das das Bücherregal hütete.

»Wie geht es jetzt weiter?«, fragte Emma. »Was können wir tun?«

»Heute abend treffen wir uns in Maraunenhof«, erklärte Kirchner. »Wir sollten aber nicht gemeinsam dorthin fahren. Ich habe ja zwei Schatten.« Er zeigte über die Schulter zum Fenster. »Dann erfahren wir von Hans Zach, wie viel Platz wir haben und wie viele Bücher wir retten können. Arbeiten Sie jetzt bitte einfach weiter wie normal, lassen Sie sich nichts anmerken. Herr Perlmann, denken Sie bitte daran, dass Wegner jederzeit wieder hier auftauchen und uns kontrollieren kann. Er darf zu keinem Zeitpunkt etwas finden!«

Kirchner sah Otto ernst an, denn das hielt er für einen der Schwachpunkte ihrer Verschwörung.

»Also dann, ran ans Werk«, sagte Kirchner.

Gegen Abend machten sich Emma, Konrad und Otto auf den Weg nach Maraunenhof. Sie achteten darauf, ob sie verfolgt wurden, doch scheinbar beschränkte sich die Observation auf den Direktor. So hatten sie sich kurzfristig entschlossen, dass er diesmal in seinem Büro blieb und seine Mitarbeiter so sicherer waren. Konrad hatte sich aufs Fahrrad geschwungen, Emma und Otto die Straßenbahn genommen. Es war bereits dunkel, als sie am Bismarckplatz aus der Straßenbahn stiegen. Sie verließen den Platz und Otto zeigte auf das Straßenschild.

»Schau, nomen est omen! Die Ernst-Wichert-Straße, unser alter Dichterjurist. Ha, das würde mich mal interessieren, was der dazu sagen würde, was in Deutschland gerade passiert.« Emma sah ihn fragend an, während sie die Straße hinunter zum Oberteich liefen.

»Na, er war ein alter Insterburger, studierte hier die Juristerei und wurde Richter. Gleichzeitig schrieb er Romane und Bühnenstücke. Deshalb nannten sie ihn den ›Dichter und Richter‹. Einige Bücher sind auch bei uns im Verlag erschienen. Er ist aber schon vor ungefähr dreißig Jahren gestorben.«

Emma bewunderte Otto für sein enzyklopädisches Wissen über Bücher und Schriftsteller. Ihr kam es vor, als gäbe es nichts, was er nicht wusste, nicht gelesen hatte.

»Was du alles weißt, Otto! Du müsstest die Kundschaft beraten, nicht im Keller arbeiten«, sagte sie bewundernd.

»Nee, nee, lass mal, das ist schon gut so. Ich mag meinen Keller und das, was ich tue«, antwortete Otto.

Emma meinte, dass er dabei traurig, aber gleichzeitig auch zufrieden klang. Sie erreichten die Villa und öffneten das Gartentor. Konrads Fahrrad stand schon gegen die Hauswand gelehnt. Sie gingen die Stufen hinauf und klopften an der Tür.

Die Baronin öffnete, begrüßte sie und bat sie herein. Otto blieb in der Eingangshalle stehen und schaute sich beeindruckt um.

»Nun komm schon«, ermahnte Emma ihn und sie

folgten der Baronin in den Salon, in dem Konrad und Hans Zach schon warteten.

»Bitte, nehmen Sie doch Platz.« Die Gastgeberin der außergewöhnlichen Runde zeigte auf das Sofa. Sie füllte die Gläser auf dem Tisch mit Wasser und bot Wein an, den aber alle dankend ablehnten.

»Gut! Lassen Sie uns mal sehen, ob ich alles richtig verstanden habe«, begann die Baronin, als würde sie eine militärische Lagebesprechung eröffnen. Hans sah sie erstaunt an und grinste.

»Mein Vater war General im deutschen Heer unter dem Kaiser«, bemerkte die Baronin leise zu ihm. Dann fuhr sie fort: »Wir müssen versuchen, so viele Bücher wie möglich in den wenigen Tagen, die uns bleiben, zu retten. Das heißt, zunächst die Bücher so zu tarnen, dass niemand in der Buchhandlung und bei dieser gruseligen Veranstaltung am 10. Mai den Austausch entdeckt. Herr Perlmann, das ist Ihre Aufgabe, richtig?«

»Ja, Frau Baronin. Eine schwere Aufgabe, aber ich bin bereits dran und die erste Kontrolle durch diesen Wegner haben wir schon überstanden.«

»Gut!«, meldete sich Emma zu Wort. »Dann müssen wir wissen, wie viele Bücher wir in der Villa verstecken können. Die nächste große Herausforderung ist, wie wir sie hierher bekommen, ohne dass jemand etwas bemerkt.« Sie sah Hans Zach an.

»Ich befürchte, nicht so viele, wie wir alle gerne hätten. Dazu kommt, dass Herr Kirchner noch etwas Weiteres einlagern will.«

Hans schaute Konrad an und der gab ihm den Zettel mit

den notierten Maßen.

»Worum handelt es sich dabei?«, fragte Hans.

Bevor Konrad antworten konnte, fiel ihm Emma ins Wort:

»Es ist besser, wenn Sie das nicht wissen. Zu Ihrer eigenen Sicherheit! Sagen wir, es sind wichtige Dokumente in sechsunddreißig Kassetten, die wir hier auch verstecken müssen.«

Hans Zach nickte, schätzte anhand Konrads Notizen kurz den Platzbedarf und faltete den Zettel zusammen.

»Also damit können wir hier etwa 2.000 Bücher verstecken, kaum mehr.«

Otto sah ihn erschrocken an. Sein Blick wurde leer, Tränen liefen ihm über das Gesicht.

»Also tatsächlich nur jedes zehnte Buch«, murmelte er wie in Trance vor sich hin.

»Ich weiß, Otto, es tut mir leid, aber mehr können wir nicht tun. Es muss auch sicher sein. Wir können sie hier nicht einfach überall stapeln. Wenn jemand ins Haus kommt, darf er nichts bemerken.«

Otto Perlmann ließ den Kopf hängen.

»Und wie wollen Sie das machen?«, fragte Konrad.

»Ich sage es mal so wie Emma eben: Es ist besser, wenn Sie das zu Ihrer eigenen Sicherheit nicht wissen!«

»Stimmt!«, sagte Otto niedergeschlagen.

»Gut. Bis wann werden Sie fertig sein mit den Vorbereitungen?«, fragte die Baronin den Redakteur.

»Wenn es klappt, dass mir Ihr Gärtner hilft, brauchen wir vier bis fünf Tage dafür«, antwortete Hans Zach.

»Gärtner?«, horchte Otto auf, »sagten Sie Gärtner? Sie

wollen die Bücher doch nicht etwa im Garten vergraben, oder?«

Die Baronin lachte und Hans sah ihn ernst an.

»Wer weiß! Aber lass es mich so sagen: Der Gärtner ist handwerklich vielseitig begabt. Er wird mir eine wichtige Hilfe sein. Und obwohl ich ein Schreiberling bin, bin ich trotzdem auch ein passabler Handwerker«, ergänzte Hans. »Mein Großvater und mein Vater waren Möbelschreiner. Da habe ich viel gelernt und in meiner Jugend mitgearbeitet.«

Otto blies die Luft aus, die er vorher angehalten hatte und schien erleichtert. Er hatte seine Bücher schon in Kisten in Erdlöchern verschimmeln sehen.

»Er kommt morgen früh, dann können Sie gleich beginnen«, ergänzte die Baronin den Plan.

»Genaueres müssen Sie alle hier nicht wissen. Wo die Bücher sich genau befinden, davon werden nur die Baronin, Wilhelm Kirchner und ich Kenntnis haben. Der Gärtner kennt das Versteck, aber nicht, was darin untergebracht wird. Es könnte ja sein, dass die Nazis jemand von uns unter Druck setzen. Dann wäre alles in Gefahr.«

Alle sahen Hans an. Obwohl sie sich damit nicht wohlfühlten, pflichteten sie ihm bei.

»Und Konrad und ich überlegen, wie wir die Bücher dann in fünf Tagen hierher bekommen, ohne dass es bemerkt wird.«

»Ich ha-ha-habe da schon eine Idee«, sagte Konrad. Emma nahm kurz seine Hand, um ihm die Aufregung zu nehmen.

»Sehr gut! Und ich informiere meinen Onkel gleich morgen früh«, ergänzte Emma.

Sie tranken ihre Gläser aus, verabschiedeten sich und verließen das Haus. Zum Abschied bekam Emma von Konrad einen innigen Kuss. Dann schwang er sich auf sein Rad, während Emma mit Otto wieder zur Straßenbahnhaltestelle lief. Emma spürte, dass Konrad sich große Sorgen um sie machte.

19

Otto saß müde am Frühstückstisch und schlürfte seinen Kaffee. Hannah hasste das, aber er sagte, dann schmecke ihm der Kaffee einfach besser.

Wieder musste er Hannahs Fragen ausweichen, die wissen wollte, wo er sich in letzter Zeit abends herumtrieb.

»Was hast du die halbe Nacht gemacht? Warum schläfst du immer so unruhig? Du isst kaum noch was!«

Hannah war eine ruhige und unscheinbare, aber schlaue Frau. Sie kannte ihren Otto gut und merkte sehr genau, dass etwas mit ihm nicht stimmte. Irgendwas in der Buchhandlung machte ihm schwer zu schaffen, das war ihr klar.

»Otto!«, forderte sie ihn energisch auf und stellte sich ihm in den Weg, als er gehen wollte. »Du sagst mir jetzt sofort, was los ist! Was ist passiert?«

Also setzte sich Otto wieder an den Küchentisch. Er nahm Hannahs Hand, atmete tief durch und erzählte ihr, was die SA und die Studentenverbindungen von Kirchner verlangten. Und zum Schluss erzählte er ihr, dass sie versuchen wollten, einige wertvolle Bücher davor zu retten. Die Details ließ er weg, um sie zu schützen. Er erzählte nichts von der Villa, der Baronin oder Hans Zach. Ihren Plan, Bücher aus der Buchhandlung dorthin zu bringen, ließ er ebenfalls aus.

Hannah nickte. Sie wusste, dass sie Otto nicht davon

abhalten konnte. Die Literatur war nach ihr seine große Liebe, alles, wofür er lebte. Bücher ins Feuer zu werfen, musste für ihn sein, als würde er sie töten. Niemand würde ihn abhalten können, dafür zu kämpfen, auch sie nicht.

»Sei bloß vorsichtig! Du weißt, dass das noch ganz schwierig werden kann. Jetzt, nachdem Oskar in der SA etwas zu sagen hat, wird er sich stark fühlen. Er ist gefährlich. Und nicht nur für dich!«, appellierte sie an ihren Mann. »Ich bin Jüdin, vergiss das nicht!«

Otto nahm ihre Hand. »Mein Schatz, bleib ganz ruhig. Ich werde aufpassen - und zwar ganz besonders auf dich!« Er gab ihr einen Kuss. Dann eilte er davon. Von Wegners Drohung erzählte er ihr nichts.

Als Otto kurz darauf mit seinem Fahrrad um die Ecke auf den Paradeplatz einbog, sah er zwei Fahrzeuge vor der Buchhandlung stehen. Hinter einer Limousine stand ein kleiner Pritschenwagen. Die beiden Fahrer in SA-Uniform lehnten an der Motorhaube, rauchten und redeten miteinander. Otto blieb stehen und beobachtete aus sicherer Entfernung, was dort vor sich ging. Acht Männer sprangen von der Ladefläche und verschwanden in der Buchhandlung.

»Wegner!«, fluchte Otto und überlegte, was er tun sollte. Den ganzen Weg zur Buchhandlung hatte er über das Gespräch mit Hannah nachgedacht. Konnte er riskieren, den Leuten direkt in die Hände zu laufen? Waren sie womöglich verraten worden? Wenn ja, wann? Und von wem? Otto gingen tausend Gedanken durch den Kopf. Doch dann war ihm klar: ›Emma, Konrad und der Direktor sind da drin! Ich muss da rein, ich darf sie nicht alleine lassen!‹ Er dachte an das Versprechen, das er am Morgen erst seiner Frau gegeben hatte. Er fuhr in den Hinterhof, stellte sein Rad ab, als sei nichts Besonderes geschehen, und ging die Stufen hinunter in seinen Keller.

»Na endlich, Otto!«, empfing Konrad ihn dort zu seiner Überraschung schon ganz aufgeregt. »Die-die-die SA ist wieder im Haus! Die wollen alles ge-ge-genau kontrollieren. Ich weiß nicht, ob sie einen Tipp bekommen haben. Ist doch komisch!«, plapperte Konrad aufgeregt drauf los.

»Nun mal ganz ruhig, Konrad! Wir wussten ja, dass sie Kontrollen machen werden. Alles ist in Ordnung, bleib ganz gelassen, hörst du!« Er nahm Konrad bei den Schultern, schaute ihn ernst an und schüttelte ihn leicht. »Keine Panik! Ich habe meiner Hannah heute Morgen versprochen, dass uns nichts passiert. Klar?« Konrad nickte und wurde langsam wieder etwas ruhiger.

Dann hörten sie die Männer die Treppe herunterkommen. Als Erster der Gruppe betrat Wegner den Keller, gefolgt von einem ernst blickenden Wilhelm Kirchner und drei SA-Männern.

»Heil Hitler!«, grüßte Wegner zackig wie immer. Bevor er etwas Weiteres sagen konnte, kam ihm Otto entgegen.

»Guten Morgen, Herr Sturmbannführer!«, begrüßte er ihn aufreizend freundlich.

Doch schon im nächsten Moment bereute Otto die unüberlegte Provokation. Wegner stand unter Hochspannung. Sein Kopf war wie immer rot angelaufen und so blaffte er Otto an: »Perlmann, du wirst es auch noch lernen! Du bist doch Deutscher! Jedenfalls so halb!«, fauchte er wie ein Wasserkessel, der unter Druck stand. Er kam Otto ganz nahe. Otto blieb unbewegt stehen und sie sahen sich direkt in die Augen.

»Glaube nicht, ich wüsste nicht, wie ich dich erwischen kann!«, zischte Wegner ihn leise an. »Wenn wir hier aufgeräumt haben, besuche ich dich. Dann wirst du erleben, was Deutsch sein heißt!«

Otto zuckte zusammen. Die Bemerkung machte ihm Angst und er dachte wieder an das Gespräch mit Hannah am Morgen.

»Meine Herren«, versuchte Kirchner, die aggressive Situation zu entschärfen. »Bitte lassen Sie uns doch ruhig bleiben! Otto, bitte zeigen Sie Herrn Wegner die Bücher, die wir gestern gemäß der Weisung ordnungsgemäß schon aus dem Sortiment genommen haben.«

Kirchner sah Otto mit ernstem Blick an. Der nickte. Wegner ließ von Otto ab. Dieser scheinbar unterwürfige Ton des Direktors gefiel ihm viel besser. Er war Herr der Lage, sonst niemand! Otto ging an ihnen vorbei zu den Lagerregalen im ersten Raum, in dem sich vom Boden bis zur Decke Bücher stapelten. Bis auf einen schmalen Gang war kein Platz mehr frei, die Bücher überhaupt anzusehen. Wegner folgte ihm und sah, dass die Stapel in vielen Reihen hintereinander den Raum vollständig ausfüllten. Er nahm seine Liste heraus und schritt die Bücherstapel entlang. Wenigstens Stichproben wollte er machen. Mehr war nicht möglich und würde Tage dauern.

Genau das war die Absicht von Otto und Konrad gewesen. So versprach der SA-Mann sich mehr von der Durchsuchung in den oberen Räumen, die die anderen

Männer gerade vornahmen. Sie würden bestimmt noch Bücher finden, die sie übersehen hatten. Mit seinem Zeigefinger fuhr Wegner den Stapel Bücher vor sich von oben nach unten ab, legte den Kopf schräg und murmelte die Namen der Autoren. Ab und zu wechselte der Blick wieder auf seine Liste. Kirchner schaute Otto an und beide spürten die Anspannung. Hier würde der Nazi so einfach nichts finden.

»Kurt Tucholsky, sieh an«, murmelte Wegner zufrieden und ging in die Knie. »Herrmann Mann, sehr gut, ab ins Feuer mit dem widerlichen Schreiberling!«

»Der heißt Heinrich!«, sagte Otto spitz.

Wegner schoss aus den Knien hoch, warf einen Stapel Bücher um. Die Zornesröte stieg ihm im Gesicht.

»Kirchner! Noch ein Wort von diesem Kerl und ich nehme ihn mit!«, schnaubte er.

Der Direktor stieß Otto mit dem Ellenbogen in den Rücken. Wegner zu provozieren war unklug und er hoffte, dass Otto sein Temperament zügeln würde. Innerlich aber amüsierte er sich über Ottos Nadelstich für dieses kulturlose, aufgeblasene Braunhemd vor ihnen. Der Mut seines Mitarbeiters imponierte Kirchner, auch wenn es nicht besonders klug war.

»Bleiben wir doch bitte alle ruhig. Haben Sie alles gesehen, Herr Wegner? Ich denke, Sie und Ihre Männer konnten sich einen Eindruck verschaffen. Wie Sie sehen, setzen wir Ihre Anweisung ordnungsgemäß um«, versuchte Kirchner, die Anwesenden zu beruhigen. Er wollte das Ganze eher geschäftsmäßig wirken lassen, bis er die Männer wieder aus dem Laden hatte.

»Wir werden sehen«, zischte Wegner und drehte sich um.

Im Erdgeschoss kamen Wegner und Kirchner zwei SA-Männer entgegen.

»Herr Sturmbannführer, alle Stockwerke kontrolliert. Wir haben keine Bücher von der Liste mehr in den Regalen gefunden. Es gibt noch viele Stapel Bücher, die aber für den Keller bereits gerichtet sind.«

Wegner kochte innerlich und sah den Direktor an, der entspannt lächelte.

»Sehen Sie, Herr Wegner, alles geht seinen ordentlichen Gang.«

Wegner spürte genau, dass er von Kirchner und dem Kerl im Keller vorgeführt wurde. Doch er hatte nicht den leisteten Schimmer, wo er ansetzen konnte oder was sie im Schilde führten. Das machte ihn fuchsteufelswild und er rang um Haltung. Mit Sturmbannführer Wegner konnte man das nicht machen! Mit Schrecken dachte er an von Wehlau, wenn er ihm als Ergebnis vermelden musste, dass sie wieder nichts gefunden hatten. Er musste ihm endlich einen Anlass bieten, gegen Kirchner vorzugehen. Wegner blieb in Gedanken kurz stehen und alle schauten ihn an.

»Herr Wegner, ist dann noch was? Oder können wir uns nun wieder unserer Kundschaft widmen?«, fragte Kirchner und geleitete den enttäuschten SA-Mann zum Ausgang.

Wegner ließ aufsitzen und fuhr innerlich bebend davon.

GRÄFE
UNZER

Gräfe und Unzer / Das Haus der Bücher
Königsberg Pr. / Paradeplatz 6 / Gegenüber der Univerſität
Außenanſicht mit den acht Schaufenſtern

Gräfe und Unzer / Das Haus der Bücher
Königsberg Pr. / Paradeplatz 6 / Gegenüber der Univerſität
Erdgeſchoß: In der Mitte Durchgang zur Abteilung Jugendſchriften und Oſtpreußen-Literatur. Im oberſten Teil des Rundbogens wird die Reclam-Abteilung (im Zwiſchenſtock) ſichtbar

Gräfe und Unzer / Das Haus der Bücher
Königsberg Pr. / Paradeplatz 6 / Gegenüber der Universität

Erdgeschoß: Teilansicht der Abteilung Schöne Literatur. Im Hintergrund befindet sich die Treppe zum Zwischen- und ersten Stock

Gräfe und Unzer / Das Haus der Bücher
Königsberg Pr. / Paradeplatz 6 / Gegenüber der Universität

I. Stock: Durchgang zur Buchhaltung, Vereinsgeschäftsstelle, Privatkontor und Verlag

Gräfe und Unzer / Das Haus der Bücher
Königsberg Pr. / Paradeplatz 6 / Gegenüber der Universität

I. Stock: Teilansicht der Wissenschaftlichen Abteilung

Gräfe und Unzer / Das Haus der Bücher
Königsberg Pr. / Paradeplatz 6 / Gegenüber der Universität

Die Abteilungen Zeitschriften und Bestellte Bücher

20

Sie hatte lange geschlafen und sich ein opulentes Frühstück aufs Zimmer bringen lassen. Als die Missu zwei Stunden später das Hotel durch den Hinterausgang verließ, war es bereits Mittag.

Sie ging durch den Hof hinaus auf die Straße, sah sich um und beschloss, noch nicht zu den Proben in die Oper zu gehen. Statt dessen wollte sie im herrlichen Sonnenschein trotz der noch niedrigen Temperaturen eine Runde um den Platz spazieren. »Man muss sich ja sehen lassen«, dachte sie. Die frische Luft würde ihr zudem guttun.

Also ging sie an der Königshalle vorbei, überquerte die Theaterstraße und schlenderte an den Schaufenstern der Buchhandlung vorbei. Sie blieb beim Fenster mit der Reiseliteratur stehen und betrachtete die Reiseführer zu Mailand, London, New York. Mit dem Finger machte sie auf einem Globus, der zwischen den Büchern stand, eine kurze Reise zu den großen Opernhäusern der Welt.

Am nächsten Haus wollte sie zunächst vorbeigehen, doch aus der Tür kam der herrliche Duft von Kaffee und frischem Gebäck. Also betrat sie das Café Bauer, suchte sich einen Platz am Fenster, von wo aus sie die Leute auf der Straße beobachten konnte - und natürlich ebenfalls von ihnen gesehen wurde. Sie warf einen kurzen Blick auf die Karte und bestellte einen französischen Kaffee. In Gedanken war sie in Paris oder London oder Mailand. Die Scala! Sie sah sich in dem prächtigen, goldenen Prunksaal auf der Bühne stehen, in einem fantastischen Kostüm. Dort würde sie die größten Arien der Welt singen und vom Publikum und der Presse als Weltstar gefeiert werden.

»Frau Missuweit?«, holte sie eine freundliche Frauenstimme aus ihren Tagträumen zurück.

»Ja?«, antwortete sie etwas verwirrt und sah nach oben.

»Sie kennen mich? Baronin von Strehlau, guten Tag, Frau Missuweit. Darf ich mich kurz zu Ihnen setzen?«

Noch bevor sie antworten konnte, saß die Baronin schon auf dem Stuhl gegenüber. Als der Ober den Kaffee für die Künstlerin brachte, bestellte sie sich das Gleiche.

»Ich habe Sie in ›La Bohème‹ gesehen. Einfach fantastisch, darf ich das sagen?«, lobte die Baronin scheinheilig.

»Aber ja, vielen Dank. Ich mag diese Oper auch besonders gerne. Und das Königsberger Publikum ist ja auch ein sehr dankbares«, antwortete die Diva.

»Was ein einfältiges Ding«, dachte die Baronin, »das hat sie doch bestimmt schon tausend Mal gesagt.« Doch das sollte ihr recht sein. Auch wenn sie die Missu jetzt zufällig getroffen hatte, so hatte sie doch tatsächlich darauf gehofft, diese in den nächsten Tagen zu treffen.

Die Baronin begann über ihre Opernerlebnisse zu erzählen. Geschickt lenkte sie das Gespräch genau dahin, wohin sie es haben wollte und wickelte die Missu um den Finger. Sie sprach von ihren Reisen nach Rom, Mailand und Florenz. Sie klang dabei so, als sei dies völlig belanglos. Nun hatte sie die ungeteilte Aufmerksamkeit der Sängerin. Die Baronin erzählte von der Scala, wie sie dort die Größen der internationalen Opernwelt kennengelernt hatte, darunter natürlich auch den Direktor der Oper. In Paris selbstverständlich auch!

»Ach, die Einladung nach New York an die Metropolitan, die muss noch etwas warten. Die Reise ist ja doch beschwerlich.«

Rosemarie Missuweit fühlte sich, als hätte sie gerade den Hauptgewinn in einer Lotterie gewonnen. Ihr berechnendes Herz pochte schneller. Beide kicherten, beide spielten Theater, doch nur eine der Damen führte dabei gekonnt Regie.

»Aber ich rede und rede«, unterbrach die Baronin, »sicher haben Sie viel zu tun und müssen zu den Proben. Mein Gott, entschuldigen Sie bitte vielmals«.

»Nein, nein«, wiegelte die Missu ab, »ich habe Zeit, sehr gerne. Es ist schön, sich mit Ihnen zu unterhalten. Trinken wir noch einen Kaffee?« Noch bevor die Baronin innerlich triumphierend zustimmen konnte, hob die junge Künstlerin den Arm und bedeutete dem Ober ihre Bestellung.

»Sicher haben Sie da viele gute Kontakte?«, fragte sie ganz unverblümt.

»Na ja, den einen oder anderen kennt man natürlich«, köderte die Baronin ihr Opfer weiter. Die Missu hing längst am Haken, ohne es zu merken.

»Dann könnten Sie sich vielleicht dort für mich verwenden. Ich würde sehr gerne einmal in Paris oder Mailand singen«, bettelte sie die Baronin an.

»Hm, gerne, wenn ich wieder mit einem der Herren spreche. Natürlich, sehr gerne«, log die Baronin. »Bei Ihrer Stimme und Ihrem Talent sehe ich da wirklich großartige

Möglichkeiten.«

Die Baronin war über sich selbst erstaunt, wie sie so ruhig lügen und Theater spielen konnte. Sie fühlte sich ein bisschen wie Mata Hari und erstaunlicherweise gefiel es ihr.

Nachdem die zweite Tasse Kaffee ebenfalls leer war, übernahm die Baronin die Rechnung und die beiden Frauen traten auf die Straße hinaus. Jetzt galt es nur noch, den letzten, entscheidenden Punkt zu erzielen.

»Ach, sagen Sie, Frau Missuweit. Sie können mir vielleicht auch einen Gefallen tun?«

»Aber ja, gerne«, säuselte die Diva und zupfte affektiert an ihrem Hut, damit es den Leuten sicher auffiel.

»Ich muss unbedingt zu Herrn von Wehlau. Es ist dringend, aber man konnte mir eben nicht sagen, wo er ist.«

Die Missu wurde hellhörig. Wie kam die Baronin darauf, sie auf ihn anzusprechen? Woher wusste sie von ihrer Affäre?

»Ich weiß ja, dass Sie mit ihm liiert sind. Ich habe Sie zufällig bei der Feier nach der Oper zusammen gesehen.«

Rosemarie Missuweit wurde rot und wäre am liebsten im Boden versunken. Doch sie behielt Haltung.

»Machen Sie sich keine Gedanken, das bleibt selbstverständlich unter uns. Aber sicherlich können Sie mir sagen, wo ich ihn finden kann. Es ist mir wirklich wichtig, sonst würde ich Sie gar nicht damit behelligen. Bitte verzeihen Sie«, spielte die Baronin ihr Anliegen gekonnt herunter.

»Aber nein. Wenn Sie es für sich behalten«, antwortete die Missu. »Ich weiß nur, dass er heute Morgen in eine alte Fabrik in Devau gefahren ist. Er hat da irgendwas zu tun.

Vielleicht finden Sie ihn dort.«

»Ach, das ist ja doch ein Stück weit draußen«, antwortete die Baronin, »dann überlege ich es mir noch. Es hat vielleicht doch noch Zeit bis morgen.«

Sie verabschiedeten sich und die Baronin ging mit einem zufriedenen Lächeln auf den Lippen zu ihrem Wagen. Die junge Diva lief hinüber zur Oper und ahnte nicht, dass sie gerade einen schweren Fehler begangen hatte.

21

Die Baronin brachte den Männern einen Krug Wasser. Es hämmerte und sägte schon den ganzen Tag in der Garage unter der Villa. Hans und sein Gehilfe versuchten dabei, möglichst leise zu sein, damit nicht zu viele Geräusche nach draußen drangen. Die Baronin hatte vorsorglich bei einem geschwätzigen Nachbarn von Umbauarbeiten in zwei der früheren Dienstmädchenzimmer gesprochen. So erregte die Anlieferung von Holz und der Baulärm keine besondere Aufmerksamkeit. Niemand würde Verdacht schöpfen.

Ab und zu schaute die Baronin nach dem Rechten und den beiden Männern bei ihrer Arbeit zu. Sie war überrascht, wie geschickt der Zeitungsmann mit Säge und Hammer umgehen konnte. Sie kamen schneller voran, als sie gedacht hatten. Bald schon sah man, dass Hans einen perfekten Plan gemacht hatte.

»Stop! Stop!«, brüllte der Mann aus dem Zuschauerraum. »Missu, mein Gott, was ist heute nur mit dir los? Wo hast du nur deinen Kopf?«, wetterte der Regisseur und lief hinauf zur Bühne.

Zum vierten Mal hatte der Star des Hauses die Arie versaut. Er ging zur Diva und nahm sie zur Seite.

»Was hast du nur? Du bist unkonzentriert und deine Stimme ist eine einzige Katastrophe!«

»Ach was!«, blaffte sie ihn an, als hätte er eine

Majestätsbeleidigung begangen. »Es ist alles in Ordnung!« Der Regisseur war den Umgang mit den sensiblen Künstlern gewohnt und leidgeprüft. In Wirklichkeit hatte sie ihm damit gerade zu verstehen gegeben, dass gar nichts in Ordnung war und die Welt gerade unterging, zumindest für sie.

»Liebes, beruhig dich erst mal«, sagte er zu ihr. »Also gut, eine halbe Stunde Pause, bitte!«, rief er den anderen Sängern und den Komparsen zu und klatschte in die Hände. »Hopp, hopp, runter von der Bühne! Dreißig Minuten, nicht länger!«

Er wusste, dass er sonst nicht weiterkam. Und es wäre nicht das erste Mal gewesen, dass die Missu die Proben einfach verließ. Wütend, als hätte jemand anderes einen Fehler gemacht, stampfte sie davon und den Gang entlang in ihre Garderobe. Laut knallte die Tür hinter ihr ins Schloss. »Diese Dilettanten«, murmelte sie vor sich hin, »Ich halte das in diesem Provinznest nicht mehr aus.«

Das Gespräch mit der Baronin hatte ihr den Kopf verdreht. Vor ihren Augen sah sie sich in der Scala stehen, vor den goldenen Rängen und prächtigen Logen, über einem großen Orchester im Graben vor ihr und einem weltberühmten Maestro, der sie vergötterte.

Stattdessen musste sie sich von diesem Provinzfatzke anhören, sie wäre nicht konzentriert! Sie beschloss, umgehend Horst von Wehlau aufzusuchen. Aber definitiv nicht, weil sie mit ihm Sex haben wollte, sondern weil er nun endlich seine Kontakte in Berlin spielen lassen musste.

Glücklicherweise hatte sie seit dem Gespräch mit der Baronin eine zweite, vielversprechende Option. Das Eisen musste geschmiedet werden, solange es heiß war. Was ist schon Berlin gegen Mailand oder Paris, dachte sie. Zufrieden lächelte sie ihr Spiegelbild an, nahm einen Schluck Champagner, spuckte ihn aber gleich in hohem Bogen gegen den Spiegel, als sie merkte, dass er abgestanden war. Sie zündete sich eine Zigarette an. Sie besah sich, gefiel sich, lachte auf einmal laut los. Dann nahm sie ihren Mantel, drückte die Zigarette wieder aus und verließ die Oper, ohne jemandem Bescheid zu sagen.

Bald darauf klingelte die Türglocke der Villa in Maraunenhof. Nachdem sie Maria kurz zuvor frei gegeben hatte, ging die Baronin selbst zur Tür. Sie war überrascht, als sie die Missu vor ihrer Tür stehen sah, ließ es sich aber nicht anmerken. Von irgendwoher hörte man es sägen und hämmern.

»Frau Missuweit!«, sagte die Baronin überrascht und setzte ihr freundliches Lächeln auf.

»Bitte entschuldigen Sie, Frau Baronin, wenn ich so unangemeldet hier erscheine. Ich möchte Sie auch nicht lange stören oder bedrängen. Ich war gerade in der Gegend. Aber unser Gespräch geht mir nicht mehr aus dem Kopf.«

»Mein Gott«, dachte die Baronin, »was für ein naives Frauenzimmer.« So einfach hatte sie es sich nicht vorgestellt. Offensichtlich war ihre Vorstellung im Café Bauer noch viel überzeugender gewesen, als sie gedacht hatte. Sie überlegte, ob sie sie abwimmeln sollte, denn die Arbeiten, insbesondere aber Hans sollte die Sängerin nicht sehen. Ihn warnen konnte sie in dem Moment auch nicht. Erwartungsvoll schaute die Missu sie an und kam ihr eine weitere Stufe entgegen.

»Oh, entschuldigen Sie bitte. Kommen Sie doch herein«, bat die Baronin sie und öffnete die Tür weiter.

»Oh, Sie haben Handwerker im Haus?«, fragte die Sängerin, während sie von der Baronin in den Salon geführt wurde. Dabei schaute die Besucherin sich auffällig im Hause um.

»Ja, ja«, antwortete die Baronin beiläufig und in Gedanken versunken, »ich lasse etwas renovieren. Ich hoffe, der Lärm stört Sie nicht.«

»Aber nein«, antwortete die Missu betont höflich und setzte sich auf eines der Sofas.

»Darf ich Ihnen eine Tasse Tee anbieten?«, fragte die Baronin und überlegte, wie sie verhindern konnte, dass Hans ihr in die Arme lief. Sie musste die überraschende Besucherin schnell wieder loswerden.

»Oh, das ist nett, aber nein danke. Ich möchte Sie auch gar nicht lange stören. Ich wollte mich nochmals bedanken, dass Sie sich für mich einsetzen wollen. Wissen Sie, das ist für mich so wichtig. In meinem Alter muss ich zusehen, dass ich mit meiner Karriere vorankomme, sonst versauert man am Ende in der Provinz.«

»Nun, meine Liebe, so schlecht ist unser Königsberg doch gar nicht«, lächelte die Baronin. »Und in Ihrem ›Alter‹, also bitte! Aber ich habe das schon verstanden. Sie fühlen sich zu Höherem berufen. Bei Ihrer großartigen Stimme und Ihrem Talent auf der Bühne kann ich das natürlich verstehen. Und die Konkurrenz schläft nicht, was?«, erwiderte die Baronin.

»Ja, genau das ist es«, fühlte sich die Missu bestätigt.

»Deshalb drängt es mich ja. Ich vermute, in den nächsten Tagen schon ein Angebot aus Berlin zu bekommen. Bitte behalten Sie das für sich! Aber international zu agieren wäre für mich natürlich interessanter. Meinen Sie, Sie könnten schon in den nächsten Tagen für mich einmal mit Ihren Kontakten in Italien und Frankreich sprechen?«, drängte die Missu nun doch sehr direkt.

Die Baronin bekam etwas Mitleid mit der sich dermaßen selbstüberschätzenden jungen Opernsängerin. Da hörte sie Schritte auf der Treppe. Jemand kam herunter, und die Baronin rutschte plötzlich nervös auf ihrem Stuhl hin und her.

»Hören Sie, Fräulein Missuweit, ich habe Ihnen ja versprochen, dass ich mich für Sie verwende. Aber bitte lassen Sie mir die nötige Zeit dafür. Ich werde in einigen Wochen eine Reise antreten und denke, dass ich dort schon etwas für Sie tun kann.« Während sie das sagte, hörte sie plötzlich Schritte hinter sich, die näherkamen.

»Oh, ist das der Handwerker, der bei Ihnen renoviert? Stattlich«, kicherte die Sängerin und schaute an der Baronin vorbei zur Eingangshalle. Die Baronin zuckte zusammen, wollte schon etwas sagen, als Hans Zach an ihr vorbei auf die Missu zuging.

»Oh, guten Abend, Fräulein Missuweit«, sagte er überrascht und versuchte, die unerwartete Situation zu retten.

»Ich bin ein großer Bewunderer Ihrer Musik.«

Die Missu lächelte höflich.

»Das freut mich«.

»Und, mein Herr, kommen Sie voran?«, sprach die

Baronin ihn an und sah ihn mit aufgerissenen Augen scharf an, ohne dass ihre Besucherin das sehen konnte.

»Ja, ja, entschuldigen Sie die Störung, ich muss nur etwas draußen holen«. Hans verschwand wieder im Flur und atmete tief durch.

»Ach, Frau Missuweit, ich hätte da auch noch eine kleine Bitte«, begann die Baronin.

Die Missu sah sie erwartungsvoll an. Der Baronin einen Gefallen tun zu können, erschien ihr eine gute Chance, auch selbst auf diesem Wege weiterzukommen.

»Eine gute Freundin von mir vermisst ihren Schwager. Er ist einer dieser schrecklichen Sozialdemokraten. Sie meint, die SA hätte ihn eventuell verhaftet und in das Gefängnis in Devau gebracht. Aber das kann ich mir überhaupt nicht vorstellen. So etwas machen die doch nicht, oder?« Die Missu verstand nicht, was sie damit zu tun hatte und schaute sie fragend an.

»Nun ja,« räusperte sich die Baronin, »ich dachte, Sie könnten sich doch mal umhören«. Langsam schwante der Missu, worauf ihre Gastgeberin hinaus wollte.

»Wahrscheinlich spricht Herr von Wehlau nicht mit Ihnen über solche Dinge. Das verstehe ich natürlich, aber ich wäre doch sehr beruhigt, wenn ich wüsste, dass der Schwager meiner Bekannten nicht unter den Inhaftierten ist. Sicher ist es nur ein Missverständnis und er taucht in Kürze wieder auf.«

»Aber Frau Baronin, ich weiß nicht …«, versuchte sich die Missuweit herauszuwinden.

»Ich bin sicher, Sie können mir da helfen. Ist doch großartig, wenn wir uns hier gegenseitig einen Gefallen tun können, oder?«, lächelte die Baronin die Diva an.

»Aber ja, natürlich«, lächelte diese hilflos zurück.

»Aber bitte sagen Sie nichts zu Herrn von Wehlau. Das wäre mir doch sehr unangenehm«, spielte die Baronin nun zufrieden ihr Anliegen wieder herunter. »Rufen Sie mich an?«

»Ja, natürlich, Frau Baronin, ich melde mich morgen.«

Sie tauschten noch einige Höflichkeiten aus, bevor die Missu die Villa verließ. Die Baronin versprach ihr, sie in der Oper aufzusuchen, sobald sie mit ihren Kontakten in Mailand oder Paris gesprochen hatte. Als sie der Operndiva nachsah, überlegte sie, welchen Zweck dieser merkwürdige Besuch wohl tatsächlich gehabt hatte.

War sie wirklich nur gekommen, um noch einmal wegen der Kontakte in die Opernwelt zu fragen? Irgendetwas war ihr merkwürdig vorgekommen. Wäre sie noch einen Moment länger an der Tür stehen geblieben, wäre ihr der schwarze Wagen aufgefallen, der auf der anderen Straßenseite gestanden hatte und der nun der Missu in die Dunkelheit folgte.

Die Baronin rief Hans Zach zu sich und bat ihn, bei ihr im Salon Platz zu nehmen.

»Sie wollten doch wissen, wo Ihre Genossen sein könnten. Ich habe einen Tipp bekommen. Kennen Sie diese alte Seifenfabrik in Devau? Die hat sich jetzt wohl die SA unter den Nagel gerissen.«

»Ja, die kenne ich sehr wohl. Ich war früher ein paar Mal dort, kannte den Direktor gut«, antwortete Hans. »Ich dachte, das Gebäude steht seit dem Konkurs damals leer.

Eine tragische Geschichte. Der Eigentümer hat sich nach der Schließung des Betriebs erschossen.«

»Ich glaube, dort könnten Sie fündig werden. Aber ich befürchte, das wird Ihnen nicht viel helfen, es wird vermutlich gut bewacht sein.«

»Ja, vermutlich. Aber danke trotzdem. Ich werde mir das heute Nacht einmal anschauen. Ich hoffe, in den nächsten zwei Tagen noch mehr zu erfahren. Haben Sie ein Fahrrad im Haus?«

Die Baronin nickte. »Ja, unten in der Garage sollte es irgendwo stehen. Ich bin schon lange nicht mehr damit gefahren.«

Hans war etwas überrascht, hatte er doch eher an ein Dienstbotenfahrrad gedacht. Er traute der adligen Dame nicht zu, auf einen Drahtesel zu steigen und versuchte es sich vorzustellen.

»Danke. Für eine Aristokratin sind Sie eigentlich ganz passabel«, schmunzelte er.

»Passabel, so, so«, musste die Baronin über diese freche Bemerkung lachen.

»Na ja, für einen sozialdemokratischen Schreiberling machen Sie sich hier auch nicht schlecht«, konterte die Baronin.

»Gute Nacht, Frau von Strehlau, schlafen Sie gut«, verabschiedete sich Hans.

»Sie auch«, murmelte die Baronin leise und sah ihm hinterher.

22

Zwei Tage später kam Otto morgens auf dem Boden neben seinem Bett liegend zu sich. Sein Schädel brummte und er spürte den feuchten Blutfleck unter seinem Kopf. Seine Hände waren gefesselt. Langsam kam die Erinnerung zurück, was am frühen Morgen geschehen war.

»Hannah!«, schoss es ihm durch den Kopf. Kurz nach fünf war er von Krach an der Wohnungstür wach geworden. Doch bevor er hatte aufstehen können, hatten schon zwei maskierte Männer vor ihrem Ehebett gestanden. Nach einem Schlag auf den Kopf war ihm schwarz vor Augen geworden.

Nun zerrte er an der Handfessel und half mit den Zähnen nach, den Knoten zu lösen. Er rappelte sich auf, blickte sich um. Hannahs Platz war leer.

»Hannah! Hannah!«, schrie er, heulte und schleppte sich ins Bad, um sich das Blut vom Gesicht zu waschen. Er sah in den Spiegel und ihm wurde klar, dass Hannah entführt worden war.

Dabei sah er schon aus dem Augenwinkel, dass die gesamte Wohnung durchwühlt worden war. An zwei Türen und eine der Flurwände hatten die Schergen mit roter Farbe Hakenkreuze geschmiert.

»Dieser verdammte Dreckskerl! Ich bring ihn um!«, fluchte Otto.

Dann zog er sich an und wollte los. Er war ja auch schon

viel zu spät dran, schon nach zehn Uhr. Doch als er gerade zur Tür lief, klopfte es. Otto nahm ein langes Brotmesser und stellte sich hinter die Tür.

»Wer ist da?«, rief er, bereit, jedem Dreckskerl die Kehle durchzuschneiden, der etwas mit Hannahs Entführung zu tun hatte.

»Ich bin es, Konrad!«, rief die Stimme aus dem Treppenhaus. »Mach auf, Otto!«

Erleichtert ließ Otto das Messer sinken und öffnete die Tür. Konrad zeigte auf den Treppenaufgang.

»Judenschlampe« stand da in roten Lettern, die Farbe noch nicht trocken.

Konrad sah die Wunde an Ottos Kopf.

»Otto, mein Gott, wa-wa-was ist denn passiert? Wie ge-ge-geht es dir?«

»Sie haben Hannah geholt!« Otto fing erneut an zu schluchzen. »Heute Morgen um fünf. Mich haben sie niedergeschlagen und gefesselt. Ich kam erst vor einer halben Stunde zu mir.« Verzweifelt sah er Konrad an. »Konrad, meine Hannah! Das war Wegner, dieser Mistkerl!«

Otto sank zu Boden und Konrad setzte sich neben ihn. Den zweiten Schock an diesem Morgen musste er erst verdauen. Die ganze Wohnung sah aus wie ein Schlachtfeld. Alles war aus den Schränken und Schubladen gerissen, das Sofa aufgeschlitzt, Geschirr lag in Scherben auf dem Küchenboden.

»Ich weiß, Otto«, sagte Konrad und legte seine Hand auf dessen Schulter. Er hatte Nachrichten, die nicht besser waren.

»Em-Em-Emma haben sie auch«, sagte Konrad

niedergeschlagen und mit zitternden Händen.

Otto sah ihn entsetzt mit aufgerissenen roten Augen an.

»Was? Wie? Wann?«, stammelte er und schnappte nach Luft.

„Wir haben uns ge-ge-gewundert, als sie heu-heu-heute Morgen nicht kam. Ich bin dann zu ihrer Wohnung gefahren. Die Tür stand offen, alles war durchwühlt, wie hier. Ihrer Vermieterin ging es wie dir. Und Emma war weg. Da war mir klar, was pa-pa-passiert ist und ich bi-bi-bin gleich hierher.«

Die beiden Männer sahen sich an. Aus ihren Augen sprach die blanke Angst.

»Wie geht es Herrn Kirchner?«, fragte Otto.

»Der weiß es noch gar nicht«, murmelte Konrad bedrückt. »Was sollen wir jetzt tun?«, fragte Otto.

So niedergeschlagen hatte Konrad seinen Kollegen noch nie erlebt. Er hatte doch bisher immer eine Lösung für jedes Problem parat. Doch jetzt war er nur noch ratlos und verzweifelt.

Sie begaben sich nach draußen und liefen zum Paradeplatz. Sie mussten mit dem Direktor reden. Konrad wurde heiß und kalt. Wie sollte er ihm das mit Emma sagen? Vielleicht wusste Herr Kirchner es mittlerweile auch schon?

Die Baronin empfing Hans mit einer Tasse Kaffee.

»Oh, das ist genau das, was ich jetzt brauche!« Dankbar nahm er ihr die Tasse ab.

»Bitte erzählen Sie! Was haben Sie heute Nacht herausgefunden?«, fragte die Baronin.

»Leider nicht so viel«, begann Hans seinen Bericht. »Da draußen tut sich tatsächlich was, überall SA. Lastwagen fahren auch nachts rein und raus. Das ganze Gelände ist hermetisch abgeriegelt und gut bewacht. Also rein kommt man da so einfach nicht.« Er schaute die Baronin an. »Und raus schon gar nicht.«

»Konnten Sie erkennen, ob es auch als Gefängnis genutzt wird?«, fragte die Baronin.

»Nein, leider nicht«, antwortete Hans deprimiert. »Gesehen habe ich nichts. Aber es spricht viel dafür. Wäre es nur eine Kaserne, wäre die Bewachung nicht so stark. Und auf den sowieso schon hohen Mauern haben sie zusätzlich Stacheldraht gezogen. Für die eigenen Männer tun die das sicher nicht«.

Die Baronin nickte.

»Dann schauen wir mal, was ich heute noch herausfinden kann. Wir müssen sicher sein, dass sie dort sind«, sagte die Baronin.

»Aber eine Befreiung erscheint mir unmöglich«, sagte Hans.

»Nun«, lächelte die Baronin. »Warten wir es ab.«

Offenbar hatte sie eine Idee, die sie in dem Moment noch nicht preisgeben wollte. Auch wenn er nicht verstand, warum, fragte er nicht weiter, trank seinen Kaffee aus und ging wieder an die Arbeit.

»Aus diesen Adligen soll man schlau werden«, murmelte er vor sich hin. Dann widmete er sich seiner Aufgabe. Bis zum Abend sollte das Versteck fertig sein.

Langsam wurde Emma wach. Ihr Kopf und ihr Rücken schmerzten. Desorientiert tastete sie die harte, hölzerne Auflage ab, auf der sie lag; eine einfache, schmale Pritsche aus Brettern mit einer Decke darauf. Sie fröstelte und eine Gänsehaut überzog ihren Körper. Es roch nach kaltem, feuchtem Moder. Sie bekam Angst und öffnete langsam die Augen. Doch nur ein schummriges Licht beleuchtete den kleinen Raum.

Sie sah die mit Nieten eingefasste schwere grüne Eisentür, dann den grauen Betonboden. Bis auf die Pritsche, einen kleinen Tisch und einen Stuhl war der Raum leer. Sie drehte den Kopf und sah hinauf zu einem kleinen vergitterten Fenster unter der Decke, dessen Scheiben blind waren. Draußen war es hell. Die an einem Kabel von der Decke hängende Glühbirne brannte nicht.

Emma war noch etwas schwindelig und langsam wollte sie sich aufsetzen. Da spürte sie die Handschellen. Bei jeder Bewegung rieb das Eisen an ihren Handgelenken. Sie sank langsam wieder auf den Rücken und zog die Beine an. Da erst spürte sie, dass sie barfuß und unter ihrem Nachthemd nackt war. Ihre Erinnerung kam zurück: der plötzliche Krach an der Tür, das Geschrei ihrer Vermieterin. Dann das Licht und die Männer vor ihrem Bett. Sie hatte kurz und laut geschrien. Emma erinnerte sich an den strengen Geruch des Tuchs, das man ihr auf Nase und Mund gepresst hatte. Ab da wusste sie nichts mehr.

Und jetzt lag sie hier. Draußen hörte sie einen Lastwagen vorbeifahren und in der Ferne Stimmen. Sie versuchte, ein paar Worte des Gemurmels zu verstehen. Sie war irgendwo in einer Zelle eingesperrt und gefesselt. Aber wo? Und warum? War die Verschwörung aufgeflogen? Hatte es doch einen Spitzel gegeben? Wer hatte sie verraten? Hatten sie womöglich Konrad und Otto auch geholt? Und ihren Onkel? Waren sie auch hier?

Die Gedanken drehten sich in ihrem immer noch halbbetäubten Hirn. Emma bekam Angst. Sie wollte schon um Hilfe schreien, als sie plötzlich Schritte vor der Tür und den Schlüssel im Schloss der Zellentür hörte. Sie senkte den Kopf und stellte sich schlafend.

23

Es klopfte an der Tür.

»Herein«, rief Wilhelm Kirchner. Die Tür öffnete sich und Otto und Konrad traten ein.

»Mein Gott, wie sehen Sie denn aus? Was ist passiert?«, fragte Kirchner und stand auf. Er sah in zwei ernst dreinblickende Gesichter. An ihrem Blick erkannte er sofort, dass etwas Entsetzliches geschehen sein musste.

»Kommen Sie, setzen Sie sich«. Er schloss die Tür hinter ihnen. »Was ist geschehen?«

»Si-Si-Sie haben Emma geholt!«, sagte Konrad. Er schnappte nach Luft, seine Hände zitterten und er sah Emmas Onkel mit verzweifeltem Blick an.

»Und meine Frau!«, sagte Otto, der ebenfalls kaum ein Wort herausbrachte. Seine geröteten Augen zeugten davon, dass er noch bis vor Kurzem geweint hat.

»Meine Hannah«, sagte er vor sich hin, »Was hat sie denn getan? Warum sie? Sie hat doch damit gar nichts zu tun!«

Kirchner sah seine beiden Mitarbeiter besorgt an. Er konnte selbst kaum einen klaren Gedanken fassen. Emma, seine Emma! Er hatte nicht damit gerechnet, dass sie so weit gehen würden. Die Angst kroch in ihm hoch und er fröstelte.

›Emma, mein Gott‹, grübelte er, ›nicht mein Mädchen. Diese Schweine!‹ Doch er versuchte, dieses schreckliche

Gefühl zu unterdrücken, die Kontrolle zu behalten.

»Das ist ja unfassbar. Mein Gott!«, sagte er niedergeschlagen. Einen Moment saßen sie wortlos zusammen. Dann hatte Kirchner sich wieder gefangen.

»Gut, hören Sie!«, begann er. »Wir müssen jetzt ruhig bleiben. Das waren sicher Wegner und von Wehlau, da bin ich mir ziemlich sicher. Und die wollen uns damit erpressen, unter Druck setzen. Mit irgendeiner Schweinerei hatte ich gerechnet, aber nicht damit, dass sie soweit gehen.«

»Wenn der Hannah etwas tut, bring ich ihn um!«, fauchte Otto.

Konrad begann zu schluchzen und holte sein Taschentuch aus der Hosentasche.

»Sie werden den beiden nichts tun«, versuchte Kirchner, seine beiden Mitarbeiter zu beruhigen. Dabei wünschte er sich, er könnte seinen eigenen Worten Glauben schenken. »Sie sind nur solange wertvoll, wie es ihnen gut geht. Außerdem müssen von Wehlau und Wegner davon überzeugt sein, dass wir tun, was sie verlangen. In diesem Glauben müssen wir sie auf jeden Fall lassen.«

»Und was, wenn sie die Frauen nur freilassen, wenn sie die Buchhandlung bekommen?«, fragte Otto. Kirchner sah ihn an. Darauf konnte er in diesem Moment keine Antwort geben.

»Wir müssen Zeit gewinnen, mindestens bis zu der verdammten Bücherverbrennung«, versuchte er die beiden Männer zu überzeugen.

»Sie werden sich bei uns melden, schon in Kürze, da bin ich sicher. Und dann sehen wir weiter.«

Konrad nickte.

»Und jetzt?«, frage Otto wütend. »Soll ich einfach so tun, als sei nichts geschehen und in meinen Keller gehen, Bücher verpacken?« Seine feuchten Augen funkelten.

»Ja genau, Otto, das ist das Einzige, was wir im Moment tun können. Wir warten die nächsten zwei, drei Stunden ab. Es wird etwas passieren. Da bin ich ganz sicher. Ansonsten werde ich meine Kontakte nutzen, um etwas herauszufinden. Aber das ist sehr gefährlich.«

Otto und Konrad standen auf. Kirchner war klar, dass die beiden jetzt unter enormem Druck standen. Sicher hatten sie sich mehr von ihm erwartet. Konnte er ihnen jetzt noch vertrauen? Zu was waren sie jetzt fähig, um das Leben ihrer geliebten Frauen zu retten? Alles hing an einem seidenen Faden. Ein Fehler und sie waren geliefert.

»Ich weiß, das ist jetzt hart. Lassen Sie uns versuchen, so ruhig wie möglich zu bleiben. Dann machen wir keine Fehler. Oder sollen wir aufgeben?« Kirchner sah seine Mitarbeiter an. Beide schüttelten den Kopf, ohne ihn direkt anzusehen und etwas zu sagen. Dann gingen sie langsam zur Tür. Konrad blickte noch einmal kurz zurück und sah, wie Kirchner sich mit zitternder Hand eine Träne aus dem Auge wischte.

Als das Telefon klingelte, schob von Wehlau seine Gespielin zur Ecke des Schreibtischs. Er ordnete seine offene Hose, so als ob der Anrufer ihn sehen könnte.

»Von Wehlau«, meldete er sich voll konzentriert, wenn auch noch außer Atem. »Wegner, was gibt es? Endlich eine Erfolgsmeldung?« Während die Missu ihre Bluse wieder zuknöpfte und das Höschen unter dem hochgeschobenen

Rock hochzog, verfolgte sie aufmerksam das Telefonat. Wegner am anderen Ende der Leitung sprach so laut, dass sie ihn gut verstehen konnte.

»Herr Kreisleiter, jetzt haben wir sie in der Falle! Seit heute Morgen ist diese Emma Sittler unser Gast. Sie ist Kirchners Nichte. Nun wird er endlich tun, was wir verlangen! Alles!«, triumphierte Wegner.

»Hm«, quittierte von Wehlau die überraschende Neuigkeit. Er überlegte kurz, was er von der eigenmächtigen Aktion halten sollte. Doch schließlich grinste er. »Wegner, das ist eine gute Sache.« Er sah die Missu an, strich ihr mit der Hand über den Schenkel und fasste ihr zwischen die Beine.

»So werden wir diesen Kirchner in die Knie zwingen, sehr gut. Wo ist das Mädchen jetzt?«

»Hier in der Fabrik in den Kellerzellen! Wie die anderen auch«, antwortete Wegner dienstbeflissen. Die Missu spitzte die Ohren.

»Gut, aber niemand darf sie dort sehen. Schon gar nicht diese Bücherwürmer, ist das klar?«

»Jawohl, Herr Kreisleiter!«, antwortete Wegner und man hörte seiner Stimme an, wie zufrieden er mit sich war. Hannah Perlmann erwähnte Wegner dagegen mit keinem Wort.

»Gut, Wegner, halten Sie die Stellung. Ich werde mal mit dem feinen Herrn Direktor sprechen,« lachte von Wehlau. Dann legte er zufrieden den Hörer auf. Er streifte seine Uniformjacke über, setze seinen Hut auf, gab der Missu einen Kuss auf die Stirn und verließ wortlos sein Büro.

Zurückgekehrt in seinem Keller wusste Otto nicht, wie er einfach so tun sollte, als sei nichts geschehen. Jeder seiner Gedanken drehte sich um Hannah. Immer wieder liefen Tränen über sein Gesicht, obwohl er versuchte, sich zu beherrschen. Wütend trat er gegen eine Bücherkiste und setze er sich an seinen Tisch. Zwischen den Büchern entdeckte er plötzlich einen Umschlag und zog einen Zettel heraus.

»Gib ihnen, was immer sie wollen!
Sonst sehen wir uns nie wieder!«

Otto ließ den Zettel fallen. Es war Hannahs Handschrift, kein Zweifel. Am unteren Rand waren Blutspuren. Entgeistert starrte Otto die Nachricht an. Die stetig wachsende Angst konnte er kaum noch beherrschen. ›Ruhig bleiben‹, gingen ihm die Worte Kirchners durch den Kopf. Verdammt, er konnte jetzt doch nicht mehr ruhig bleiben! Was sollte er tun? Er stand auf und tigerte verzweifelt durch seinen Keller, immer hin und her. Er faltete die Hände, um das Zittern der Finger zu unterdrücken. ›Sie wollen die Buchhandlung‹, dachte Otto. ›Sollen sie sie doch haben! Wenn ich nur meine Hannah wiederbekomme!‹ Er setzte sich hin, um im nächsten Moment wieder aufzuspringen und wieder ziellos durch die Kellerräume zu laufen. ›Ich muss den Direktor verraten, sonst töten sie Hannah!‹ Er vergrub das Gesicht in seinen Händen. ›Wie soll das gehen? Rette ich Hannah, verrate ich das gesamte Haus hier. Das bringt den Direktor um.‹ Otto starrte auf die weiß gekalkte Wand vor sich. »Aber ich bekomme meine Frau zurück. Das ist es doch wert, oder?«, fragte er leise vor sich hinmurmelnd. Es erschien ihm fast ein beruhigender Gedanke, als er sich vorstellte, wie die beiden Frauen wieder vor ihnen stehen und lachen würden. ›Ja, das war die Lösung, die richtige Lösung, die einzige Lösung!‹ Wie paralysiert stand er da, konnte sich kaum rühren und schon gar nicht denken. Irgendwann begann er wie in Trance, wieder Bücher auf den Tisch zu heben und zu sortieren. Er tauschte Umschläge und packte Bücher zurück in Kisten, eins für die Rettung, neun für das Feuer.

»Hey, Gallinat!«, rief eine Stimme. Konrad erschrak und drehte sich um. Die Tür zur Toilette im Gang vor den Hörsälen eins bis drei war einen Spalt weit geöffnet. Konrad erkannte die Uniform eines Taskoniers, der ihn zu sich winkte. Die Bücher hatte er im Obergeschoss ausgeliefert, während sich seine Gedanken nur um Emma drehten. Statt Professor Strauss hatte ein neuer Dozent, den Konrad zuvor noch nie gesehen hatte, den Empfang der Bücher quittiert. Der Student schob die Tür ganz auf, zog Konrad an der Jacke in den weiß gefliesten Toilettenraum und schloss die Tür hinter sich wieder. Vor Konrad stand Hans Kröker. Ein anderer Student packte Konrad plötzlich von hinten an den Armen, zog diese hinter dem Rücken zusammen und hielt ihn so fest. Konrad war überrumpelt und wehrlos.

»Gallinat, mein Freund!«, begrüßte Kröker ihn höhnisch. Konrad fühlte sich unbehaglich.

»Wa-wa-was willst du von mir?«, fragte er mit zittriger Stimme und zappelte, um sich aus dem festen Griff zu befreien.

»Man hört, du hast ein großes Problem! Wir können dir helfen«, sagte Kröker und lehnte sich mit dem Ellenbogen an die Wand. Konrad überlegte. Wussten diese Kerle das mit Emma? Hatten sie etwa Emma entführt und gar nicht Wegner? Sein Herz raste.

»Wa-wa-was meinst du? Natürlich will ich keine Probleme«, versuchte Konrad sich herauszureden.

»Na, komm schon, kleiner Buchhändler!«, lachte Kröker. »Du kannst uns leicht einen Gefallen tun und wir passen dafür auf dich auf.«

Er sagte kein Wort von Emma. Was meinte er? Konrad sah ihn verständnislos an. Wollte Kröker ihn reinlegen? Er versuchte weiterhin, sich aus dem brutalen Griff zu befreien, doch der Student hinter ihm presste seine Arme noch weiter zusammen. Konrad schrie vor Schmerz auf.

»Du weißt doch selbst, dass der Buchladen da drüben so nicht bleiben kann. Wir brauchen einen überzeugten Deutschen an der Spitze. Nicht diesen Kirchner, diesen Vaterlandsverräter!«

»Aber«, wollte Konrad entgegnen, doch Kröker unterbrach ihn sofort und kam ihm bedrohlich näher.

»Ein paar Bücher in den Regalen verteilen und eine Kiste mit den richtigen Büchern in der wissenschaftlichen Abteilung verstecken, das lässt sich doch machen, oder? Den Rest überlässt du uns. Es ist ganz einfach.« Konrad sah ihn entgeistert an. Er sollte Direktor Kirchner eine Falle stellen und ihn verraten. Ihn und Otto und sich selbst.

»Du weißt doch, worum es geht, oder?«, fragte ihn Kröker mit stechendem Blick. Konrad konnte ihn nicht ansehen. Der zweite Mann hinter ihm riss seine Arme an den Ellenbogen ruckartig wieder nach oben. Konrad schrie erneut mit schmerzverzerrtem Gesicht auf und nickte.

»Na also, ich sehe, wir verstehen uns«, lachte Kröker triumphierend. »Morgen früh gegen neun Uhr bekommt ihr da drüben Besuch. Bis dahin hast du alles präpariert, klar?«

Wieder spürte Konrad den Schmerz in den Schultern und stöhnte.

»Ja, ja, ist ja gut«, gab er nach. Damit stieß ihn der junge Kerl gegen die Wand und ließ ihn los. Konrad riss die Tür auf und rannte hinaus. Tausend Gedanken schossen ihm durch den Kopf, als er den Paradeplatz überquerte. Hatten diese Kerle Emma? Was sollte er tun? Ihren Onkel verraten, die ganze Buchhandlung, Otto? Aber deshalb Emmas Leben riskieren? Verzweifelt betrat er die Buchhandlung, ging hinauf in seine Abteilung und war bemüht, sich nichts anmerken zu lassen.

»Herr Direktor, ich habe Kreisleiter von Wehlau in der Leitung«, meldete sich Kirchners Sekretärin.

»Aha«, dachte Wilhelm Kirchner. Auf diesen Anruf hatte er gewartet.

»Kirchner«, meldete er sich mit fester Stimme, so als wisse er nicht, wen er am anderen Ende der Leitung hatte.

»Herr Direktor Kirchner! Ich hoffe, es geht Ihnen gut und Sie kommen voran«, begrüßte von Wehlau ihn betont freundlich. »Ist das nicht ein herrlicher Tag?«

»Was wollen Sie?«, fragte Kirchner unwirsch. »Kommen Sie zur Sache!«

»Nun, ich glaube, das Blatt hat sich zu meinen Gunsten gewendet. Meinen Sie nicht?«, fragte von Wehlau scheinheilig.

»Ich weiß nicht, wovon Sie sprechen«, reagierte Kirchner kühl.

»Nun, ich denke, jeder von uns hat etwas, das der andere gerne möchte. Natürlich unversehrt und in bestem Zustand«, eröffnete von Wehlau das Spiel mit klarer, kalter Stimme.

Wilhelm Kirchner hielt sich an der Tischkante fest und setzte sich. Er versuchte, seine Stimme unter Kontrolle zu behalten.

»Ich habe keine Ahnung, wovon Sie sprechen. Am Mittwochabend werden Sie Ihr Vergnügen am Trommelplatz bekommen. Bis dahin lassen Sie mich endlich in Ruhe!«, raunzte Kirchner ihn an. Er hatte sich entschlossen, trotz der klar ausgesprochenen Drohung nicht nachzugeben. Von Wehlau sagte zunächst nichts. Offenbar hatte er mit dieser Reaktion nicht gerechnet.

»Gut, Kirchner, wie Sie wollen! Wir sehen uns am Trommelplatz und dann bringen wir es zu Ende.« Wütend knallte von Wehlau den Hörer auf die Gabel. Kirchner zuckte zusammen.

»Mein Gott!«, stöhnte er und fuhr sich mit der Hand durchs Haar. »Emma! Was habe ich nur getan?«.

24

»Frau Baronin, Telefon!«, sagte die Hauswirtschafterin und hielt ihr den Hörer schulterzuckend hin. »Sie hat sich nur mit Rosemarie vorgestellt und sehr leise gesprochen. Sie wüssten schon.«

»Ja, ist gut, Maria, danke.« Die Baronin winkte ab und zeigte ihrer Angestellten damit, dass sie ungestört sein wollte.

»Von Strehlau«, meldete sich die Baronin. Sie ahnte bereits, wer sie da anrief.

»Hier ist Rosemarie Missuweit.« Die Stimme klang etwas zittrig und aufgeregt, obwohl sie leise sprach.

»Frau Missuweit, schön, dass Sie sich melden. Gibt es Neuigkeiten?«

»Ja,« antwortete die Missu und hielt ihre Hand über die Hörermuschel. Niemand außerhalb des Büros des Kreisleiters durfte dieses Telefonat mitbekommen und in der Oper hätte sie nicht ungestört sprechen können. Sie übersah, dass die Bürotür einen Spalt breit offen stand.

»Die Männer sind in der alten Fabrik in Devau. Und von einem Mädchen war auch die Rede, das seit heute Nacht dort ist. Hilft Ihnen das weiter?«, fragte die Missu unsicher. Sie ahnte nicht im Geringsten, was sie gerade getan hatte.

»Ja, danke«, sagte die Baronin unbeeindruckt.

»Ich muss ...«, hörte sie die junge Frauenstimme noch sagen, dann brach der Kontakt ab.

Quietschend öffnete sich die Zellentür.

»Hallo?«, wimmerte die Frau auf der Pritsche mit zittriger Stimme. Ihre Hände waren auf den Rücken gefesselt und über den Kopf hatte man ihr einen Jutesack gezogen.

»Hannah Perlmann?«, hörte sie eine Männerstimme und spürte, wie sich jemand zu ihr auf die harte Holzpritsche setzte. Die Stimme kam ihr bekannt vor.

»Oskar? Oskar Wegner? Bist du das?«, fragte sie erleichtert. Er würde ihr helfen hier herauszukommen.

»Ja, meine große Liebe«, sagte Wegner lüstern und legte seine Hand auf ihren nackten Oberschenkel. Doch Hannah verkannte die Situation immer noch.

»Gut, dass du da bist. Bitte, hilf mir. Das muss ein Missverständnis sein.«

Wegner lachte. »Hannah, Hannah, immer noch wunderschön, aber auch so naiv wie damals, was?« Sie schreckte zusammen. Seine Hand umfasste ihren Schenkel etwas fester.

»Weißt du denn nicht, warum du hier bist?«, fragte Wegner ungerührt. Seine Stimme klang kalt und machte Hannah noch mehr Angst.

Sie schüttelte verunsichert den Kopf. Sie dachte nach und langsam dämmerte ihr, dass das hier mit Otto und der Buchhandlung zu tun haben musste.

»Na siehst du, Mädchen. Jetzt ist die Zeit gekommen und ich bekomme endlich das, was mir zusteht«, grinste Wegner. Seine Hand wanderte unter ihrem Nachthemd den Oberschenkel weiter hoch bis zu ihrem Schoß. Mit einem harten Ruck zog er ihr die Unterhose die Beine herunter, sodass diese zerriss. Hannah zuckte erneut erschrocken zusammen.

»Oskar! Nein, nein!« Doch Wegner hatte lang gehegte Wünsche. Einer davon lag jetzt endlich direkt vor ihm, halb nackt und wehrlos. Er atmete schwer. Mit seinen groben Händen riss er das Nachthemd vom unteren Saum bis zum Halsausschnitt entzwei. Hannah kauerte zitternd vor ihm und versuchte sich zusammenzurollen, um ihren nackten Körper zu schützen. Doch mit brutaler Kraft zwang Wegner sie auf den Rücken und ihre Beine auseinander.

Zwei Zellen weiter saß Emma verzweifelt auf ihrer Pritsche. Seit sie hier eingesperrt worden war, war nichts mehr passiert. Sie konnte deshalb nur schwer schätzen, wie spät es war oder wie viel Zeit seit ihrem Erwachen tatsächlich vergangen war. Die Unsicherheit, ob die anderen ebenfalls eingesperrt worden waren und was mit Konrad, Otto und ihrem Onkel geschehen war, marterte sie. Waren sie verraten worden, war ihr Plan aufgeflogen? Ein Wachmann in SA-Uniform hatte irgendwann wortlos etwas zu Essen und Trinken gebracht und einen Blecheimer in die Ecke gestellt. Als durch den kleinen Lichtschacht kein Licht mehr kam, wurde eine grelle Lampe an der Zellendecke eingeschaltet. Die ganze Nacht blieb ihre Zelle hell erleuchtet.

»Konrad«, sagte Kirchner leise, als er in die wissenschaftliche Abteilung kam. Konrad sah ihn und kam hoffnungsvoll auf ihn zu. Er versuchte, im Gesicht des Direktors zu erkennen, ob dieser gute Nachrichten brachte. Er hatte diesen furchtbaren Tag mit dem sinnlosen Hin- und

Herstapeln wissenschaftlicher Blattsammlungen verbracht. Kunden war er aus dem Weg gegangen, sein Kollege hatte das übernommen und sich dabei aber sehr über Konrads merkwürdiges Verhalten gewundert.

Kirchner winkte ihn in den kleinen Sortierraum hinter dem hohen Regal. Hier konnten sie unbehelligt sprechen.

»Ich habe den Mitarbeitern ausrichten lassen, dass Emma krank ist. Otto Perlmann weiß auch Bescheid.«

Konrad nickte.

»Von Wehlau hat angerufen. Offensichtlich haben sie Emma und Hannah als Geiseln. Er will sie allen Ernstes austauschen gegen die Buchhandlung«, berichtete Kirchner mit zittriger Stimme, die darauf schließen ließ, wie sehr er sich zuvor darüber aufgeregt hatte. Konrad sah ihn entsetzt an.

»Also doch!«, sagte er niedergeschlagen.

»Es geht ihnen gut, machen Sie sich keine Sorgen«, log Kirchner. Er hoffte inständig, dass es so war, alles andere könnte er sich nicht verzeihen.

»Und jetzt?«, fragte Konrad.

»Bis zur Bücherverbrennung am Mittwoch wird nichts geschehen. Das sind noch drei Tage. Ich befürchte, vorher werden sie Emma und Frau Perlmann nicht freilassen.«

Konrad riss die Augen weit auf.

»A-a-aber«. Mehr bekam er nicht heraus.

»Ich weiß«, sagte Kirchner und legte beruhigend die Hand auf seine Schulter.

»Sollen wir das alles hier kampflos aufgeben?«

»Das würde uns auch nichts helfen, sie müssten uns trotzdem verschwinden lassen, wenn sie keine

Aufmerksamkeit erregen wollen«, flüsterte Kirchner und zeigte auf den Raum um sich. »Wir sind nur solange sicher, wie wir in der Öffentlichkeit stehen. Nur dann kommt von Wehlau nicht an uns heran.«

Konrad dachte an seine geliebte Emma, die im Moment irgendwo in einem Loch der SA sitzen musste.

»Wir haben keine andere Chance, oder?«, fragte er niedergeschlagen.

»Nein, vermutlich nicht«, antwortete Kirchner ebenso bedrückt. »Ich habe mit dem Polizeipräsidenten gesprochen, aber ich traue ihm nicht mehr. Ich konnte ihn nicht darauf ansprechen. Er berichtete mir gleich zu Beginn des Gesprächs von der guten Zusammenarbeit mit der SA, von anderen Zeiten und all dem. Den haben sie schnell umgedreht. Von der Seite können wir also keine Hilfe erwarten.«

Konrad ließ mutlos die Schultern hängen.

»Aber ich habe auch eine gute Nachricht!«

Konrad sah auf.

»Die Baronin von Strehlau hat mich angerufen. Wir wissen ziemlich sicher, wo Emma, Hannah und die Kollegen von Hans Zach festgehalten werden. Sie kennen doch die alte Seifenfabrik in Devau? Die SA hat dort ein geheimes Gefängnis eingerichtet.«

Konrad konnte nichts sagen. Das sollte eine gute Nachricht sein? Emma in einem SA-Gefängnis? Und die Polizei würde ihnen nicht helfen.

»Also sind wir auf uns alleine gestellt«, resümierte Konrad. Seine Angst um Emma wich der Wut und dem Entschluss, nicht einfach abzuwarten.

»Haben Sie einen Plan, Herr Direktor?«, fragte er Kirchner.

»Ich schlage vor, dass wir die Bücher und die Kassetten schnellstens in die Villa bringen. Hier wird es mit jeder Minute gefährlicher. Die Veranstaltung auf dem Trommelplatz ist am Mittwochabend. Wir haben nur noch wenig Zeit. Morgen sollten wir alles aus dem Haus und in die Villa gebracht haben. Kriegen wir das hin?«

Konrad nickte zuversichtlich.

»Ich weiß sehr gut, dass Sie unter enormem Druck stehen, das geht mir auch so, glauben Sie mir. Aber gerade Emma würde auf die Einhaltung unseres Vorhabens bestehen. Kann ich mich auf Sie und Otto Perlmann noch hundertprozentig verlassen?«

Konrad sah seinem Chef direkt in die Augen. Konnte er ihm das wirklich versprechen? Er dachte an Krökers Drohung. Nicht mehr überzeugt, nickte er.

»Ja, wir beladen den Lkw morgen früh mit den Kisten, wie bei einer normalen Auslieferung. Je offensichtlicher wir alles erledigen, desto weniger verdächtig werden sie es finden«, erklärte Konrad. Er hatte mit Otto schon genau geplant, wie sie die Bücher und Kassetten unauffällig in die Villa bringen konnten.

»Heute Nacht bereiten wir alles vor. Wir schaffen die Kassetten zu den Kisten in den Keller. Niemand wird etwas davon bemerken«, erläuterte Konrad ihren Plan weiter. Kirchner nickte zustimmend.

»Sehr gut, Konrad. Danke! Ich verlasse mich auf Sie! Machen Sie sich keine Sorgen, es wird alles gut. Ich fahre heute gegen sechs ganz normal nach Hause. Dann sind auch meine beiden Schatten da draußen vor dem Haus beschäftigt. Sie können vor meiner Wohnung stehen bleiben und dem nächtlichen Geschrei im Tierpark zuhören«, versuchte es Kirchner mit einem Scherz. Er lächelte dabei und klopfte Konrad aufmunternd auf die Schulter. Er wunderte sich selbst, woher er gerade jetzt diese Ruhe und Zuversicht nahm.

Konrad blieb wie angewurzelt stehen, als Kirchner wieder zu seinem Büro zurückging. Da war auf der einen Seite Krökers Drohung und die Kontrolle am nächsten Vormittag und auf der anderen Seite seine Angst um Emma, dazu seine Loyalität Kirchner und der Buchhandlung gegenüber.

›Heute Nacht war genug Zeit für alles, was zu tun war‹, dachte er.

Der Abend brach bereits herein, als sich von Wehlau zur Fabrik aufmachte. Für das feurige Abendrot hatte er keinen Blick. Unterwegs hatte er noch Papiere aus Berlin studiert, die er nun in seinem Büro auf den Tisch legte.

»Wegner, endlich!«, raunzte er den hereinkommenden SA-Mann an.

»Heil Hitler«, salutierte Wegner, wie immer besonders theatralisch.

»Gibt es etwas Neues von Zach?«, kam von Wehlau gleich zur Sache.

»Leider noch nicht, aber wir sind dran«, antwortete Wegner kleinlaut. Wegen seines Coups mit den beiden Frauen hatte er die Suche nach dem Chefredakteur etwas aus den Augen verloren.

»Der wird uns irgendwann ins Netz gehen«, versuchte Wegner, seinen bisherigen Misserfolg kleinzureden. Zach war in seinen Augen unwichtig. Er hatte für von Wehlau mit Emma schließlich den Schlüssel zur Buchhandlung geliefert. Wie ein braves Schoßhündchen wartete er auf seine Belohnung. Sollte er sie vom Kreisleiter nicht bekommen, so konnte er sich immer noch mit Hannah trösten.

»Gut. Was ist mit der Frau? Wo ist sie?« Von Wehlau war schließlich ihretwegen nach Devau gekommen. Er wollte seinen unerwarteten Trumpf selbst begutachten.

»Im Keller«, antwortete Wegner. »Wollen Sie sie sehen?«

»Ja, natürlich!«, brummte von Wehlau. Stolz marschierte Wegner vor ihm her in den Keller. Als sie an Zelle 14 angekommen waren, öffnete der Wachmann die Tür. Emma zuckte erschrocken zusammen, zog die Beine an und drückte sich verängstigt in die Ecke auf der Pritsche.

»Fräulein Sittler, nehme ich an?«, begrüßte von Wehlau sie, als würden sie sich bei einer Gesellschaft begegnen.

Emma nickte.

»Es tut mir leid, dass Sie solche Unannehmlichkeiten haben«, grinste er. »Sie müssen geduldig sein. Wenn einige Herrn tun, was von ihnen erwartet wird, wird Ihnen nichts passieren«, sagte von Wehlau. Er legte seine Hand auf ihr Knie, so als wolle er ein Kind trösten, das hingefallen war. Emma zuckte zurück und die Handschellen rissen an ihren bereits wundgescheuerten Handgelenken.

»Wegner, um Gottes Willen! Nehmen Sie der armen Frau die Handschellen ab. Sie wird sich ruhig verhalten. So ist es doch?«, sah er Emma fragend an. Sie nickte stumm.

Wegner kam in die Zelle und befreite Emma von den

Fesseln.

Von Wehlau stand auf und ging zur Tür.

»Ach, Wegner!«, raunzte von Wehlau seinen Begleiter an. »Das Mädchen steht unter meinem persönlichen Schutz. Sie haften dafür, dass sie gut behandelt wird und ihr nichts passiert. Niemand rührt sie an. Ist das klar?«

Wegner quittierte die schroffe Anweisung mit einem »Jawohl!« Wie gut, dass von Wehlau nichts von Hannah Perlmann gesagt hatte. Wie ein Lakai folgte er dem Kreisleiter zurück in die Büroräume.

»Wegner! Zukünftig stimmen Sie so etwas gefälligst vorher mit mir ab. Ich dulde keine Alleingänge mehr. Ist das klar?«, blaffte er. Dieser war zutiefst enttäuscht und nickte mit eingezogenem Kopf. Er hatte Anerkennung für sein eigenmächtiges Handeln erwartet.

»Da gibt es noch etwas«, sagte Wegner, während von Wehlau seinen Mantel vom Garderobenhaken nahm. »Morgen um elf Uhr statten wir Kirchner einen Besuch ab. Ich bin ganz sicher, dass wir diesmal etwas finden werden. Da wird wohl eine Kiste mit Büchern am falschen Ort stehen, ein paar böse Bücher in den Regalen.« Wegner grinste.

»Ein Kollaborateur in der Buchhandlung? Brillant!« Von Wehlau schaute Wegner überrascht an. Der SA-Mann nickte selbstzufrieden. So ein raffiniertes Vorgehen hatte von Wehlau seinem Kettenhund nicht zugetraut. Sollte sich jetzt vielleicht doch auszahlen, dass er den Mann damals aus der Gosse geholt hatte? Er traute diesem Kerl mit seinem unüberlegten und eigenmächtigen Handeln nicht, weshalb er beschloss, ihn zukünftig besser zu überwachen.

»Wegner, es wäre bestimmt gut, wenn Sie Kirchner morgen noch eine Nachricht von seiner Nichte mitbringen würden. Da freut er sich bestimmt drüber«, lachte von Wehlau hämisch.

Als dieser die Fabrik wieder verlassen hatte, stattete Wegner seiner früheren Liebe noch einen Besuch in der Zelle ab.

25

In der Dunkelheit der Nacht war die Stadt zur Ruhe gekommen, als Konrad und Otto vom Innenhof durch den Personaleingang in die Buchhandlung schlüpften. Über dem Haus lag eine gespenstische Stille, nur die Straßenlaternen tauchten den Verkaufsraum durch die Fenster in ein fahles Licht.

Konrad war mulmig zumute. Es fühlte sich vollkommen anders an, um diese Zeit nachts in diesen Räumen zu stehen. Seit Jahren kam er jeden Tag gerne hierher und fühlte sich wohl, doch jetzt war es anders, vollkommen anders. Der Engel auf dem Podest an der mittleren Säule schien sie regelrecht anzustarren, so als wäre er erbost über die nächtliche Störung. Konrad hatte den ganzen Abend schon ein ungutes Gefühl im Bauch, doch jetzt verkrampfte sich sein Magen. Er fürchtete sich bei dem, was sie tun sollten, aber noch mehr vor dem, was er noch tun musste. Er folgte Otto zur Kellertreppe. Hierher drang kein Licht mehr von den Laternen draußen vom Paradeplatz. Es war stockdunkel. »Kein Licht anmachen!«, flüsterte Otto.

»Warum flüsterst du? Ist doch keiner da«, entgegnete Konrad leise.

»Warte hier«, forderte Otto ihn auf und stieg vorsichtig die Treppe hinab. Als er unten angekommen war, entzündete er ein Streichholz und Konrad folgte ihm. Otto ging zu einem kleinen Schrank, holte einige dicke Kerzen heraus und zündete sie an. Überall im Keller verteilte er sie, sodass ein warmer schwacher Lichtstrahl das Bücherlager und den Flur zur Treppe beleuchtete.

»Sieht fast aus wie in einer Kirche«, sagte Konrad andächtig.

»Sind ja auch heilige Räume«, murmelte Otto. Konrad hörte am Tonfall, dass Otto nicht scherzte. »Lass uns zuerst die Kassetten aus dem Kontor des Direktors holen«, sagte Otto. »Die laden wir in diese Kisten da.« Er zeigte auf einige leere Kisten, die er schon dafür gerichtet hatte. »Dann stellen wir die Bücherkisten noch so zusammen, dass wir sie morgen gleich in der Früh auf den Wagen laden können.«

Konrad nickte und sie gingen hinauf in das Büro des Direktors. Auf dem Weg dorthin nahm Konrad einen Handwagen mit. Wegen der großen Fenster hatten sie hier gerade noch genug Licht. Otto ging an das Bücherregal hinter dem Schreibtisch und zog vorsichtig an dem Öffnungsmechanismus der Geheimtür. Das ›Klack‹ erschien ihnen wie ein verräterischer Knall in der unheimlichen Stille und beide zuckten zusammen. Dann zog Konrad die Tür langsam auf, ließ aber Otto den Vortritt. Nacheinander betraten sie die Kammer und sahen sich um. Sie konnten noch immer nicht fassen, welch wertvoller Schatz hier versteckt war.

»Otto! Los, mach schon!«, drängte Konrad nun. Otto strich mit der Hand über die Kassetten, schließlich zog er die erste heraus und reichte sie an Konrad weiter. Bald stapelten sich die ersten schweren Kassetten auf dem Wagen.

»Genug, Otto!«, sagte Konrad leise. »Der Wagen wird zu schwer. Aber mit ein paar Fuhren haben wir alle hier weg.«

Otto kam aus der Kammer heraus, drückte die Tür zu, so als könnte jeden Moment jemand hereinkommen und dieses Geheimnis entdecken. Dann schoben sie den Wagen zum Aufzug.

»Aufzug? Bist du verrückt? Viel zu laut.«, fragte Otto.

»Oh, nein, bitte nicht!«, sagte Konrad, als Otto den Wagen weiter zum Treppenhaus schob. Jeweils nur zwei Kassetten konnten sie dank der aufwendigen und dadurch sehr schweren Silberverzierung die Treppen hinunter tragen.

Nachdem jeder zweimal hoch und runter gelaufen war, war der Wagen am Treppenabsatz leer. Konrad japste und ließ sich auf der obersten Treppenstufe nieder. Er wunderte sich, dass sein alter Kollege das scheinbar locker wegsteckte.

»In der wissenschaftlichen Abteilung gibt es wohl nur leichte Kost und schmale Bücher, was?«, grinste Otto. »Komm schon!«

Konrad raffte sich auf und folgte Otto erneut zur Geheimkammer.

Eine Stunde später war die Kammer leer und die Tür wieder verschlossen. Niemand würde bemerken, was sich hier in der Nacht abgespielt hatte.

Emma schreckte hoch. Sie fror und zitterte am ganzen Körper, dabei war sie sich nicht sicher, ob das von der klammen Kälte im Raum kam oder der Angst, die sie verspürte. Sie hatte Schreie gehört, schreckliche Schreie. Eindeutig von einem jungen Mann. War das vielleicht Konrads Stimme gewesen? Sie war sich immer sicherer, je länger sie darüber nachdachte. Ihr Herz schlug schnell und laut und Tränen liefen ihr über die Wangen. Sie war noch benebelt, weil die Sorgen, die sie sich machte, und das grelle Licht nur wenig Schlaf zuließen. Oder hatte sie das mit den Schreien doch nur geträumt? Sie stand auf und zog sich die Decke über die Schultern. Wieder ertönte ein schmerzerfüllter Schrei. Nein, sie hatte sich das nicht eingebildet. Sie lief zur Tür und schlug mit der Faust dagegen.

»Hallo! Hallo, ist da jemand?« Doch das Echo des Schlages gegen die Metalltür verlor sich in den endlosen unterirdischen Gängen des Fabrikkellers. Sie begann gegen die Tür zu trommeln und zu schreien. Sie bekam Panik und war sich sicher, Konrads Stimme gehört zu haben. Was taten sie ihm an? Plötzlich hörte sie herannahende Schritte. Die Riegel ihrer Zellentür wurden aufgeschoben und ein Wachmann in brauner SA-Uniform öffnete die Tür.

»Was soll das Geschrei?«, brüllte er sie an. Emma wich zurück und fiel rückwärts auf die Pritsche. Schützend hielt sie sich die Hände vors Gesicht, als er auf sie zukam. Er hob drohend seine Hand und setzte zu einem Schlag an.

»Was hast du hier rumzuschreien? Halt's Maul, sonst setzt es was!«, verlangte der Wachmann und Emma rutschte in die hinterste Ecke der Pritsche.

Der Wachmann ließ die Hand sinken und trat zurück zur Tür.

»Wenn du noch einmal schreist, gibt's wieder Handschellen und einen Knebel, klar?«

Emma nickte.

»Du kannst froh sein, dass die dich noch brauchen, sonst ging es dir sicher auch wie dieser Hannah, die sie mit dir zusammen gebracht haben. Die ist jetzt das Spielzeug vom Chef.«

Emma schaute ihn erschrocken an.

»Glaub mir, Mädchen, das willst du nicht.« Er drehte sich um, schloss die Tür und schob die schweren Riegel wieder vor. Emma blieb konsterniert sitzen.

»Hannah?«, schoss es ihr durch den Kopf. »Oh mein Gott, sie haben uns entführt.« Um sich zu beruhigen und besser nachdenken zu können, stand sie auf und ging in der Zelle umher. »Denk nach, Emma, denk nach«, murmelte sie. Der Wachmann hatte nicht viel gesagt und doch konnte sie daraus einiges kombinieren. Jetzt zahlte sich aus, dass sie schon in jungen Jahren Arthur Conan Doyles Kriminalromane mit Begeisterung gelesen hatte. Der Wachmann hatte gesagt, dass sie zusammen mit Hannah hierher gebracht worden war. Dann haben sie die Männer nicht verhaftet, sondern benutzten sie und Hannah als Geiseln. Sie erpressten ihren Onkel mit ihr. Somit war klar, dass sie zunächst verschont bleiben würde, denn nur so war sie als Geisel für Wegner und von Wehlau wertvoll. Damit endete für Emma aber schon die Liste der positiven Aspekte. Hannah war für die SA offensichtlich nicht so wichtig. Ihr Onkel, Konrad und Otto mussten vor Angst um sie beide verrückt werden. Würden sie alles aufgeben, um ihr Leben nicht zu gefährden? Das durften sie auf keinen Fall tun! Bei Otto war das jedoch was anderes, Hannah war doch alles, was dieser liebenwerte alte Mann noch hatte; seine Bücher und seine Frau. Jetzt drohte er beides zu verlieren. Wut machte sich in ihr breit und sie ballte die Hände zu Fäusten. Dann dachte sie erneut an Hannah. »Spielzeug vom Chef«

hatte der SA-Mann gesagt. Emma schlug die Hände vors Gesicht. Sie wollte sich nicht vorstellen, was das bedeutete. Zu viele üble Geschichten über die Schlägertrupps der SA hatte sie schon gehört. Sie schlug mit der Faust gegen die Wand und zuckte vor Schmerz zusammen. Dann legte sie sich wieder hin und versuchte zur Ruhe zu kommen. Sie wollte noch etwas ausruhen, es musste mitten in der Nacht sein.

Die sechs Holzkisten mit je sechs Silberkassetten darin waren fest vernagelt und standen an der Treppe, die zum Innenhof führte. Konrad und Otto saßen darauf und ruhten sich aus.

»Verdammt schwer, die Dinger«, sagte Otto und klopfte auf die Kiste unter sich. Für den Transport hatte sich Otto etwas Besonderes einfallen lassen. Auf jeder war ein Versandetikett aufgeklebt mit der Anschrift »Buchhandel Bauernfeind, Adolf-Hitler-Platz 23, Leipzig«.

Konrad zeigte auf eines der Schilder.

»Gute Idee, Otto. Falls sie uns unterwegs kontrollieren.«

»Ja, aber wir stellen sie trotzdem als Erstes auf die Pritsche, ganz nach vorne hinter das Fahrerhaus. Und dann erst die Bücherkartons«.

»Ausgerechnet eine Adresse an dem Platz. Fiel dir nicht leicht, das zu schreiben, oder?«, fragte Konrad mit einem schiefen Grinsen.

»Doch, in diesem Fall ausnahmsweise schon«, gab Otto ebenso grinsend zurück. »Ich kenne den Lageristen sehr gut von früher. Er weiß Bescheid, was er sagen muss, wenn bei ihm jemand anrufen sollte. Offiziell bekommt er sieben

Kisten von uns. Ich war gestern drüben beim Hauptpostamt und habe von dort aus mit ihm telefoniert. Natürlich weiß er nichts weiter.«

Konrad nickte anerkennend, Otto dachte wirklich an alles. Und dann sprach keiner mehr. Sie saßen einfach nur nebeneinender im Kerzenschimmer. Konrad war sich sicher, dass Otto darüber nachdachte, wie er Hannah befreien konnte. Ihm erging es in Bezug auf Emma ja nicht anders. Er überlegte und dann war für ihn plötzlich ganz klar, was er zu tun hatte. Schließlich standen sie auf und schoben noch ein paar Stapel Bücherkartons zur Tür, damit sie diese am Morgen ebenfalls auf den Lkw verladen konnten.

»So, Konrad, das war's«, sagte Otto und blies eine Kerze nach der anderen aus. »Morgen beladen wir den Wagen und dann nichts wie weg damit nach Maraunenhof.«

Als Otto die Stufen zum Hof hinaufstieg, blieb Konrad in der Tür stehen.

»Ich muss noch mal rein, ich habe noch was vergessen. Geh du schon mal vor. Wir sehen uns ja morgen früh.«

Otto sah ihn überrascht an.

»Gute Nacht, Otto«, verabschiedete sich Konrad.

»Gute Nacht, Konrad.« Nachdenklich und hundemüde drehte Otto sich um und verschwand im Schutz der Häuser in der Nacht.

»Guten Morgen«, begrüßte Hans die Haushälterin, als er die Treppe herunter kam. Kaffeeduft aus der Küche stieg ihm in die Nase. Einen starken Kaffee konnte er nach der kurzen Nacht gut gebrauchen.

»Die Baronin ist schon weg«, erwiderte Maria. »Guten

Morgen. Kommen Sie, setzen Sie sich zu mir in die Küche.« Hans schaute überrascht, denn seine Gastgeberin hatte am Abend zuvor gar nichts davon gesagt, dass sie verreisen wollte. Er folgte Maria in die Küche und setzte sich an den großen Tisch, der mitten im Raum stand. Früher hatten hier offensichtlich viele Bedienstete ihr Essen eingenommen, während die Herrschaft im Speisesaal dinierte.

Maria goss ihm Kaffee ein.

»Milch, Zucker?«, fragte sie.

»Nein, danke, schwarz ist genau richtig,« antwortete Hans und nahm einen Schluck. Maria stellte einen Teller mit Rührei vor ihn hin.

»Oh, vielen Dank, das ist wunderbar«, bedankte sich Hans. Er war es nicht gewohnt, bedient zu werden. Wahrscheinlich genoss er es deshalb so.

»Wo ist sie denn hin?«, fragte er nach einer Weile. Das kam ihm doch sehr merkwürdig vor, denn es passte gar nicht zum Verhalten der Baronin in den letzten Tagen. Was führte sie im Schilde? Sofort kam bei ihm das alte Misstrauen auf.

»Gestern Abend kam spät noch ein Anruf. Sie waren schon in Ihrem Zimmer. Ich habe die Baronin heute Morgen auch nur kurz gesehen. Sie sagte, ich solle Ihnen ausrichten, dass sie überraschend für ein, zwei Tage verreisen müsse, aber spätestens Mittwoch wieder da sei. Und ich soll Ihnen Grüße ausrichten.«

»Mehr hat sie nicht gesagt? Wo ist sie denn hin?«, fragte Hans. Er konnte sich darauf keinen Reim machen.

»Nein, gesagt hat sie nichts. Aber sie hat ihr Jagdkostüm mitgenommen. Vielleicht hat sie eine Einladung in die

Rominter Heide erhalten.« Sie hielt kurz inne. »Ihr Mann ...«, dann brach Maria ab. »Entschuldigung, ich schwatze schon wieder.«

Hans legte das Besteck zur Seite.

»Was ist mit ihrem Mann? Was hat das mit der Rominter Heide zu tun?«, fragte er nach.

Maria sah ihn an. »Das muss unter uns bleiben, von mir haben Sie das nicht!«.

Hans nickte.

»Ihr Mann kam damals dort bei einem Jagdunfall ums Leben. Er war passionierter Jäger und nahm gerne an großen Jagdgesellschaften teil. Einige heute sehr ranghohe Regierungsmitglieder jagen dort regelmäßig. Den Gerüchten zufolge gab es einen Streit um die Baronin. Na ja, sicher alles Geschwätz, aber am Ende war ihr Mann tot. Die offizielle Version war, dass es ein Jagdunfall war, aber richtige Untersuchungen der Polizei gab es nie.«

Hans sah sie an.

»Göring?«, fragte er erstaunt. Doch Maria drehte sich weg. Sie hatte schon viel zu viel gesagt.

»Noch Kaffee?«, fragte sie.

»Ja, einfach die Tasse noch einmal vollmachen bitte, ich nehme ihn mit hoch. Ich bin heute Nacht fast fertig geworden, nur noch ein paar Restarbeiten und aufräumen.« Als sie ihm eingoß, nahm er ihre Hand und schaute sie an.

»Ich danke Ihnen für Ihr Vertrauen, Maria. Ich verspreche Ihnen, dass das unter uns bleibt.«

»Was heißt das bei einem Pressemann?«, fragte sie, ohne eine Antwort zu erwarten, und beide lachten.

»Ein Pressemann ohne Zeitung«, sagte Hans im

Umdrehen und ging hinauf, um seine Arbeit zu beenden. Gegen zehn Uhr sollten Konrad und Otto mit der Lieferung eintreffen.

26

Nervös betrat Konrad am Morgen die Buchhandlung. Sein Bauch tat ihm weh und er hatte weiche Knie. Am liebsten wäre er überhaupt nicht zur Arbeit gegangen und hätte sich stattdessen krank gemeldet. Aber er konnte weder Emma im Stich lassen noch Otto und den Herrn Direktor. Also hatte er den Gedanken wieder verworfen. Er sah auf die Uhr im Hauptverkaufsraum im Erdgeschoss, bevor er zu Otto in den Keller ging. ›Acht Uhr‹, dachte er, ›noch eine Stunde‹. Er musste gähnen.

»Guten Morgen, eine kurze Nacht gehabt?«, begrüßte Otto ihn augenzwinkernd.

Konrad nickte und lehnte sich gegen den Türrahmen.

»Wo warst du denn so lange? Wir müssen schnell den Wagen beladen!«, forderte Otto ihn auf. »Komm, hilf mir, alleine kann ich das nicht.« Er drehte sich um und wartete, dass Konrad mit ihm die erste Holzkiste anhob.

»Warte, Otto!«, sagte Konrad. »Ich muss erst noch mal hoch und etwas erledigen. Das ist wichtig. Dann komme ich wieder runter und helfe dir.« Otto sah ihn überrascht und ungläubig an. Doch noch bevor er etwas sagen konnte, hatte sich Konrad schon weggedreht und lief die Treppe wieder hinauf.

Nach einer Stunde wurde Otto unruhig. »Irgendetwas stimmt da nicht«, murmelte er vor sich hin. Er ging nach oben zur Direktion.

»Halt, Herr Perlmann, der Herr Direktor hat Besuch!«, versuchte ihn die Sekretärin zurückzuhalten. Doch Otto hatte bereits geklopft und ohne auf ein ›Herein‹ zu warten, die Tür geöffnet. Am Schreibtisch saß Wilhelm Kirchner, ihm gegenüber Wegner und am Kamin standen zwei SA-Männer. Kirchner schaute überrascht auf und Otto erschrak.

»Oh, Verzeihung, Herr Direktor! Ich wusste nicht, dass Sie Besuch haben, ich komme später wieder«, versuchte sich Otto zurückzuziehen, obwohl er Wut und Hass in sich aufsteigen spürte. Da war das Verlangen, Wegner an die Gurgel zu gehen. Er machte einen Schritt zurück, doch Wegner hatte sich schon umgedreht und ihn gesehen.

»Perlmann!«, begrüßte dieser ihn höhnisch. »Nur keine Ungeduld, zu dir kommen wir auch gleich. Halte dich in deinem Kellerloch bereit für eine Durchsuchung!«

Otto erwiderte nichts und schloss die Tür wieder.

»Verdammt!«, fluchte er vor sich hin und die Sekretärin blickte pikiert auf. Wie konnte ihm das passieren, dass er ausgerechnet Wegner in die Hände lief? ›Durchsuchung‹ schoss ihm durch den Kopf. Wo war Konrad? Was war hier los? Er lief hinüber in die wissenschaftliche Abteilung.

»Wo ist Konrad?«, fragte er eine der Damen, die gerade die neu eingetroffenen Atlanten auslegte. Als er nur ein Schulterzucken als Antwort bekam, lief er durch die Abteilung, schaute in jeden versteckten Sortierraum. Doch von Konrad keine Spur. Also lief er wieder hinunter in den Keller. Er überlegte, was er tun konnte. Wenn Wegner und seine Männer die Holzkisten entdecken würden, wäre alles aus!

Kurz darauf kam Wegner mit seinen beiden Männern und Wilhelm Kirchner die Treppe herunter in den Keller.

»Heil Hitler!«, grüßte Wegner erneut. Otto sah ihn wortlos an.

»So, dann zeig uns mal, welche Kisten für den Mittwoch vorbereitet sind!« Otto ging zu einigen Kartons und zeigte darauf. Die beiden SA-Männer öffneten die Deckel der Bücherkartons und schauten hinein. Wegner schlenderte währenddessen abwesend wirkend durch die Kellerräume. Auf Otto wirkte das, als würde ihn die Durchsuchung gar nicht interessieren.

»Alles in Ordnung, Herr Gruppenleiter«, meldete einer der Männer an Wegner und salutierte. Ottos Ordnung für die Kisten schien sich auch dieses Mal wieder zu bewähren. Gerade als Otto schon aufatmen wollte, stieß Wegner mit dem Bein an eine der stabilen Holzkisten an der Tür zum Hof.

»Was ist da drin?«, wollte Wegner wissen und trat mit der Stiefelspitze gegen die Kiste. Otto sah Kirchner mit großen Augen an.

»Das ist eine Lieferung nach Leipzig«, antwortete er mit einigermaßen fester Stimme und versuchte, sich nichts anmerken zu lassen.

»Wir sind eine Buchhandlung«, mischte sich nun Kirchner ein. »Hier kommen Bücher an und wir verschicken natürlich auch wieder. Das ist unser Geschäft.«

Einer der SA-Männer drängte sich zwischen Otto und Kirchner hindurch und beugte sich zu einer der Kisten.

»Aufmachen?«, wollte der Mann von Wegner wissen. Otto erstarrte. Ohne Werkzeug ließen sich die Kisten nicht öffnen, deshalb fingerte der Mann unbeholfen daran herum. Wegner begutachtete den Versandzettel.

»Nein, lassen wir das. Wir schauen uns oben um«, befahl er und ging zur Treppe. »Sie beide kommen mit!«, forderte Wegner Otto Perlmann und den Direktor auf. Otto schaute Kirchner fragen an, doch der zuckte nur mit den Schultern.

»Hier stimmt was nicht!«, flüsterte Otto ihm zu, während sie die Treppe hinaufgingen. Kirchner sah ihn besorgt an. Er verstand das auch nicht, die letzten Kontrollen waren ganz anders verlaufen, nicht so oberflächlich. Hier war irgendetwas ganz und gar nicht in Ordnung, fand er auch.

Als sie das Erdgeschoss betraten, hörten sie auf der Straße lautes Rufen. Wegner drehte sich zur Eingangstür.

»Schauen Sie sich das an, Herr Direktor. Das ist das neue Deutschland. Das sind Ihre Kunden!« Er öffnete die Doppeltür und stand mit Kirchner vor einer größeren Gruppe Studenten in ihren Verbindungsuniformen. Aus über hundert Kehlen wurde ihnen ein »Heil Hitler« entgegen geschmettert. Viele hielten Plakate, Hakenkreuz- und Ostpreußenfahnen hoch, einige hatten ihre Säbel gezogen und reckten sie in die Höhe, als würden sie gleich zum Sturm ansetzen. Auf Transparenten stand in roten Lettern »Wider den undeutschen Geist!« und »Weg mit der

Schundliteratur!« Einige Studenten am Rand der Gruppe hatten Fackeln in der Hand. Fast konnte man meinen, sie wollten die verhassten Bücher gleich hier in der Buchhandlung verbrennen. Die Situation war beängstigend und bedrohlich. Kirchner war mulmig zumute. Diese aufgestachelte, fanatische Gruppe würde er nicht zurückhalten können. Er sah in die Gesichter einiger Studenten. Hans Kröker stand in vorderster Reihe. Kirchner sah ihm direkt in die Augen und das hasserfüllte Funkeln darin. Er kannte Kröker von verschiedenen Veranstaltungen an der Universität und hielt ihn für einen intelligenten und engagierten Studenten, der sein Jurastudium sehr ernst nahm. Seit drei Generationen führte seine Familie eine der angesehensten Anwaltskanzleien der Stadt. Seine Karriere war vorgezeichnet und er sollte eines Tages in die Fußstapfen seines Vaters treten. Einmal war Kirchner bei einem Verbindungstreffen in der prunkvollen Villa der ›Taskonia‹ eingeladen worden, um über Immanuel Kant zu referieren. Die extrem nationalistische Einstellung der Studenten war ihm damals schon zuwider gewesen.

Aus dem Augenwinkel konnte er das schadenfrohe Grinsen Wegners erkennen. Das hier gehörte zweifelsfrei zu seinem Plan, um sie weiter einzuschüchtern. Langsam wurde Kirchner klar, dass dieses Szenario extra von Wegner inszeniert worden war, aber was führte er im Schilde? Er sah Otto an und zog fragend seine Augenbrauen hoch. Sie mussten sehr gut aufpassen, durften jetzt keinen Fehler machen. Wegner schien die Situation zu genießen.

Otto verfolgte das Geschehen aus dem Windfang des Eingangs. Wenn die Studenten die Buchhandlung jetzt stürmen würden, wäre alles umsonst gewesen - und Hannah verloren, schoss ihm durch den Kopf. Seine Hände fingen an zu zittern. Schließlich trat Wegner vor und sagte etwas zu Kröker, das Kirchner nicht verstehen konnte. Kröker zog seinen Säbel, hob ihn steil aufwärts und die Meute verstummte schlagartig.

»Kameraden!«, ergriff Wegner das Wort. »Ich danke Ihnen für Ihr Erscheinen und Ihre Unterstützung. Sie machen sich für das deutsche Volk verdient. Ich konnte mich eben persönlich davon übezeugen, dass hier alles ordnungsgemäß abläuft und für morgen vorbereitet wird. Herr Direktor Kirchner kümmert sich persönlich darum. Ab Donnerstag wird kein einziges Schundwerk mehr in unserem schönen ›Haus der Bücher‹ zu finden sein. Das ist doch so, Herr Direktor?«

Kirchner brodelte innerlich vor Wut. Dieser schmierige Hilfssoldat führte ihn vor, aber er musste ruhig bleiben, also nickte er nur und die Menge quittierte es mit einem Johlen.

Mit einem »Heil Hitler!«, beendete Wegner den Aufmarsch, legte seine Hand auf Kirchners Rücken und schob ihn wieder zurück in die Buchhandlung.

»Gut, dass ich gerade hier war. Wenn die Meute erst losgelassen ist, weiß man ja nicht, was alles passieren kann«, heuchelte Wegner.

»Wenn Sie meinen«, gab Kirchner zur Antwort. Er würde Wegner nicht die Genugtuung geben, ihm zu zeigen, dass der Aufmarsch vor dem Haus und die spürbar gewordene Aggressivität ihn beeindruckt hatten.

»Dann können wir das hier doch hoffentlich jetzt beenden?«, fragte er Wegner ungeduldig.

»Ich möchte mich gerne noch ein wenig hier in den Verkaufsräumen umsehen«, sagte Wegner süffisant mit einem Grinsen im Gesicht. »Oder haben Sie noch weitere Fragen?«

Kirchner sah ihn misstrauisch an und ballte die Faust in der Hosentasche. Er ärgerte sich auf der einen Seite maßlos über die Machtlosigkeit und auf der anderen Seite hatte er selbstverständlich Angst davor, dass ihr Plan doch auffliegen könnte und noch mehr, dass Emma etwas Schreckliches passierte.

»Er will in die Wissenschaft!«, flüsterte Otto, als sie die Treppe zum ersten Obergeschoss hinaufgingen. Erst jetzt fiel ihm auf, dass Konrad verschwunden war. »Konrad ist weg!«

Kirchner sah ihn ungläubig an.

Als sie oben ankamen, waren beide überrascht, als Konrad ihnen gegenüber stand.

»Konrad, wir haben Sie schon vermisst«, sagte Kirchner und sah Otto fragend an. Doch Konrad beachtete die beiden nicht und wandte sich direkt an Wegner.

»Kann ich Ihnen helfen?«, fragte er freundlich, als ob er einen normalen Kunden vor sich hätte.

Wegner antwortete mit einem unverständlichen Brummen, ging an den Regalen entlang und legte den Kopf zur Seite, als würde er tatsächlich alle Titel im Regal lesen und nach etwas Bestimmtem suchen. Otto starrte Konrad an, doch der wich seinem Blick aus. Als Wegner etwas weiter weg war, hielt er Konrad am Arm zurück.

»Was um alles in der Welt tust du? Hast Du den Verstand verloren, wenn die was rauskriegen, sind wir verloren«, fauchte er ihn leise an. Konrad riss sich los.

»Lass mich!«, gab dieser ebenso aggressiv zurück und folgte Wegner. Kirchner und Otto sahen sich entsetzt an und blieben abwartend stehen. Sie waren nur noch Beobachter in diesem offenbar abgekarteten Spiel. Als Wegner die langen Regale abgeschritten war, wurde er unruhig. Etwas schien ihn zu irritieren. Konrad stand zwischen zwei hohen Regalen im Durchgang zu einem kleinen Sortierraum und sah ihn direkt an. Wegner ging auf Konrad zu.

»Ich hoffe doch sehr, dass sich hier kein einziges Buch mehr befindet, das verboten ist. Sie wissen, was das bedeutet?« Sein Blick durchbohrte Konrad förmlich. Der wurde blass im Gesicht und er sah nun doch flehend zu Direktor Kirchner.

»Was ist da drin?«, fragte Wegner erwartungsvoll und zeigte auf den Raum hinter dem Regal. Konrad ging widerstrebend zur Seite und machte den Zugang frei. Wegner zwängte sich in den Raum. Kurz darauf hörte man ein »Und was ist das hier?« von Wegner.

»Also doch!«, dachte Otto und Enttäuschung machte sich in ihm breit. Konrad sah ihn flehend an. Wegner zog derweil einen Karton heraus in die Mitte des Verkaufsraums. Kirchner und Otto starrten den Karton entsetzt an. Es war eine der Kisten aus dem Keller. Otto erkannte sie sofort an einem halb abgerissenen farbigen Aufkleber. Wegner lächelte schadenfroh und ging auf den Direktor zu.

»Herr Direktor, können Sie mir das erklären?«

Kirchner schaute konsterniert die Kiste an.

»Nein, das kann ich nicht. Sicher muss sie noch in den Keller gebracht werden.«

»Sie wissen doch, dass es dafür längst zu spät ist. Schon seit einer Woche dürfen sich diese Bücher nicht mehr in den Verkaufsräumen befinden. Mir scheint, Herr Direktor, Sie haben Ihren Laden nicht im Griff!« Wegner signalisierte den beiden SA-Leuten die Kiste aufzumachen.

»Das sieht nicht gut aus für Sie, Kirchner.« Wegners Augen funkelten, während seine Männer die Kiste mitten im Raum auskippten. Nach kurzer Zeit kam einer der Männer zu Wegner und flüsterte ihm etwas ins Ohr.

»Waaaaas?«, brüllte dieser. Er drehte sich um, ging zu dem Bücherstapel und stieß mit dem Stiefel die obersten Bücher vom Stapel. Sein Gesicht lief rot an.

»Das sind Mathematikbücher?« Er stocherte wütend mit dem Fuß zwischen den nun am Boden liegenden Büchern rum. Kirchner und Otto sahen Konrad verständnislos an, der ihnen unauffällig zuzwinkerte. Otto fiel ein Stein vom Herzen und Kirchner atmete unmerklich tief auf.

Wegner stürmte auf Konrad zu, kam ihm bedrohlich nahe.

»Sie kleines Aas, Sie wissen, was das bedeutet?« Sein Gesicht bebte.

»Ich weiß nicht, was Sie meinen«, blieb Konrad auffällig ruhig. Otto staunte. Er hätte jede Wette angenommen, dass Konrad in dieser bedrohlichen Situation stottern würde..

»Das wirst du bereuen!«, drohte er Konrad leise und kickte ein Buch in hohem Bogen durch den Raum. »Ich sehe Sie alle drei morgen Abend auf dem Trommelplatz! Ist das klar?« Er schaute einen nach dem anderen scharf an, winkte seine Helfer zu sich und verließ mit einem Führergruß wütend die Buchhandlung. Bis sie sicher waren, dass

Wegner und seine Männer das Haus verlassen hatten, rührten sich Kirchner, Otto und Konrad nicht vom Fleck und sprachen kein Wort. Dann stürzte Otto zu Konrad und umarmte ihn, so als hätte er gerade bei einem Fußballspiel ein Tor geschossen. Er hatte Tränen in den Augen, als die Anspannung von ihm abfiel.

»Gut gemacht, junger Mann!«, sagte Kirchner lobend zu Konrad. »Und ich dachte schon ...«, gestand Otto.

Konrad lächelte schuldbewusst. Doch die kurze Freude über ihren Triumph war gleich wieder verflogen, weil sie an die beiden Frauen dachten.

»Das war nur ein kleiner Punktsieg. Aber wir müssen an Emma und Ihre Frau denken«, sagte Kirchner zu Otto.

»Wenn sie Emma was tun oder Ottos Frau, dann ...!«, schimpfte Konrad und ballte die Fäuste. So hatte Kirchner den sanften jungen Mann noch nie erlebt.

»Wir müssen jetzt ruhig und gefasst bleiben«, wies Kirchner sie an. »Sie werden den Frauen nichts tun, wenn wir morgen Abend alles machen, was sie verlangen. Wir halten uns genau an unseren Plan. Deshalb müssen jetzt sofort die Kisten aus dem Keller weg. Laden Sie bitte den Lkw und bringen Sie die Bücher in die Villa. Achten Sie drauf, dass Sie nicht verfolgt werden. Wenn das der Fall sein sollte, kommen Sie hierher zurück.« Kirchner hatte sich wieder beruhigt und dirigierte besonnen die weitere Vorgehensweise. Als seine Mitarbeiter die Treppe hinuntergingen, sah er ihnen nach. Er hoffte sehr, dass er bezüglich Emma und Hannah Perlmann recht behalten würde.

Nachdem er seinen Bericht beendet hatte, rechnete Wegner mit dem Schlimmsten. Er konnte es immer noch nicht fassen. Kröker hatte ihm versichert, dass er in der wissenschaftlichen Abteilung Bücher in den Regalen und eine Kiste im Sortierraum finden würde. Was war da schief gelaufen?

»Alles Dilettanten!«, brüllte von Wehlau so laut, dass die Fensterscheiben des Büros zitterten. Wegner zuckte zusammen und wurde immer kleiner, während von Wehlau tobte. Dann setzte sich der NSDAP-Kreisleiter plötzlich wieder ganz gefasst in seinen Sessel hinter dem großen schweren Schreibtisch.

»Diesen Kröker knöpfe ich mir selbst vor. So ein Versager! Und dieser Kirchner ist ein härterer Brocken, als ich erwartet habe.« Er überlegte einen Moment.

»Kümmern Sie sich um die Gefangenen von der Universität und diese Schreiberlinge. Bringen Sie sie in das Gefängnis nach Tilsit. Der Direktor dort ist informiert. Er wird sich um sie kümmern. Ich habe einundzwanzig Männer angekündigt, Ankunft gegen vierundzwanzig Uhr.«

Wegner nickte. Nach kurzem Überlegen warf er ein »Aber es sind einunddreißig Männer! Die zehn von der Universität und die von der Zeitung.«

»Sicher. Die zehn Gelehrten haben wohl unterwegs einen tragischen Unfall«, grinste von Wehlau. »Diese jüdischen Professoren, insbesondere dieser Philosoph, wie heißt er doch gleich?«

»Stern«, antwortete Wegner.

»Genau, und diese beiden Homosexuellen. Für die haben wir keine Verwendung, verstehen Sie?« Er sah

Wegner mit eiskaltem Blick an. »Das schaffen Sie doch? Kann ich mich wenigstens diesmal darauf verlassen?«

Wegner verstand. Das war seine letzte Chance, die Fehlschläge vom Paradeplatz auszumerzen.

»Wegner, ich kann nicht noch ein Fiasko gebrauchen! Ich will nicht wissen, was Sie tun, aber erledigen Sie es unauffällig und endgültig!«

»Jawohl, Herr Kreisleiter!«

Von Wehlau winkte mit der Hand und zeigte Wegner an, dass er gehen könne.

»Bevor Sie gehen, bringen Sie mir noch die Nichte von Kirchner her!«

Wegner grüßte mit einem »Jawohl!«, drehte sich und verließ das Büro. »Endgültig« hallte es in seinem Kopf nach. Das gefiel ihm.

Emma stolperte barfuß über den kalten Steinboden. Sie versuchte, nicht hinzufallen. Wegner hatte sie aus der Zelle geholt, ihr die Augen verbunden und ihre Hände hinter dem Rücken in Handschellen gelegt. Er hatte sich gewundert, dass von Wehlau sie nicht im Verhörkeller haben wollte. Er hätte sie viel lieber an Ketten unter die Decke gezogen. Schließlich war sie die Freundin dieses verdammten Buchhändlers, der ihn reingelegt hatte. Sie hätte die Peitsche verdient. Er stellte sich vor, was er alles mit der jungen Frau machen würde, wenn er dürfte. Noch zwei Tage, dann hätte von Wehlau keine Verwendung mehr für sie und sie würde ihm gehören. Er packte sie brutal am Oberarm und zerrte sie den Gang entlang und die Treppe hinauf bis ins Büro des Kreisleiters. Dort setzte er sie auf den Stuhl in der Mitte des

Raums und verschwand. Die nächste halbe Stunde würde er Ruhe haben. Zeit genug, um bei Hannah Perlmann vorbeizuschauen. Bei der konnte er jetzt schon alles machen, was ihm gefiel, und keiner redete ihm dort rein. Jedenfalls sah er das so.

Von Wehlau betrachtete das Mädchen mit den verbundenen Augen vor sich, ohne etwas zu sagen. Er wusste, dass sie das verunsicherte. Durch die hinter dem Rücken gefesselten Hände war sie gezwungen, aufrecht zu sitzen. Ihre Brüste zeichneten sich deutlich unter dem dünnen Stoff ab. Unter dem Tisch rieb Emma ihre schmalen, kleinen Füße aneinander.

›Nett‹, dachte er und genoss den Anblick für einen Moment.

»Fräulein Sittler, richtig?«, beendete er die einschüchternde Stille. Emma nickte. Sie versuchte sich aus der Stimme, der Stimmlage, dem Geruch und den Geräuschen ein Bild zu machen, wo sie war und ob noch jemand im Raum war. Die Stimme gehörte von Wehlau, das konnte sie eindeutig zuordnen.

»Sie wissen, warum Sie hier sind?«, fragte er.

»Nein«, antwortete Emma. »Ich verlange, sofort frei gelassen zu werden. Sie haben kein Recht, mich hier festzuhalten und so zu behandeln!« Ihre Stimme war klar und fest. Fast war sie zornig. Sie hatte sich entschlossen, nicht ängstlich nachzugeben. Wenn sie sie hätten umbringen oder foltern wollen, hätten sie das schon längst getan und sie würde nicht hier sitzen.

»Nun mal ganz langsam, Fräulein Sittler.« Ihr Tonfall und ihre Stärke überraschten ihn. Er stand auf, setzte sich vor ihr auf den Tisch und sah auf sie herab.

»Ihr Onkel ist das Problem. Es ist doch ganz einfach. Das ›Haus der Bücher‹ soll zukünftig ein Vorzeigebetrieb deutschen Geistes, deutscher Tugend und reiner Literatur sein. Das geht jedoch nicht mit Ihrem Onkel, deshalb werden die Buchhandlung und der Verlag in Kürze beschlagnahmt und unter neuer Leitung geführt werden.« Er machte eine kurze Pause, damit seine Worte ihre Wirkung entfalten konnten.

»Niemals!«, entgegnete Emma sofort. Er beugte sich vor und legte seine Hand auf Emmas Schulter. Diese zuckte zusammen, aber sie ließ sich nicht einschüchtern.

»Morgen findet auf dem Trommelplatz die Bücherverbrennung statt. Damit können wir der Welt zeigen, dass Ihr Onkel hinter den neuen deutschen Werten steht und sich von der undeutschen Literatur und deren sogenannten Schriftstellern distanziert.«

Emma hob den Kopf, als könne sie ihn ansehen.

»Trotzdem müssen wir ihn danach seiner Position entheben. Das verstehen Sie doch?«, lachte von Wehlau hämisch. Mit seiner rechten Hand griff er Emma ins Gesicht und drückte mit den Fingerspitzen fest in ihre Wangen. Immer noch blieb sie davon unbeeindruckt, deshalb zog er ihr die Augenbinde vom Kopf. Emma blinzelte, sie war von dem grellen Licht der Schreibtischlampe geblendet.

»Sie sind unsere Versicherung, dass die Herren keinen Unsinn machen. Und wenn Sie sich hinterher für die richtige Seite entscheiden, finden wir für Sie und Ihren kleinen

Freund sicher irgendwo eine andere sinnvolle Verwendung«, lachte er. Von Wehlau ließ sie los, ging um den Tisch herum und setzte sich wieder auf seinen Stuhl. »Auf Volksverrat steht die Todesstrafe. Es wäre wirklich jammerschade, wenn Sie sich falsch entscheiden würden«. Wieder machte er eine kurze Pause, damit seine Worte wirken konnten. Emma zeigte sich immer noch wenig beeindruckt. So einfach würde es Onkel Wilhelm ihm nicht machen. Sie hoffte inständig, dass die anderen an ihrem Plan festhielten.

»Möchten Sie mit Ihrem Onkel sprechen?«, fragte er plötzlich und Emma hörte, wie ein Telefonhörer abgenommen wurde.

»Ja, natürlich!«

»Verbinden Sie mich mit Direktor Kirchner vom ›Haus der Bücher‹ am Paradeplatz.«, raunzte er in den Hörer. Zu Emma gewandt, ergänzte er: »Sie sagen ihm, dass es Ihnen gut geht und dass er keinen Blödsinn machen soll. Kein Wort darüber, wo Sie sind und wer hier ist, sonst ...« Er brach den Satz ab und sah Emma mit eiskaltem Blick an. Im nächsten Moment meldete sich bereits ihr Onkel am anderen Ende der Leitung.

»Kirchner, hallo? Wer ist denn da?«, hörte Emma ihren Onkel und von Wehlau hielt ihr den Hörer ans Ohr.

»Onkel Wilhelm?«, fragte Emma.

»Emma« rief Kirchner. »Mein Gott, du lebst! Wie geht es dir, wo bist du?«

»Hör mir gut zu, Onkel Wilhelm. Es geht mir gut. Sie wollen, dass du genau tust, was verlangt wird.«

Von Wehlau legte die Hand vorsichtshalber über die Telefongabel.

»Wir haben das ja genau besprochen, hörst du? Es bleibt alles dabei. Ihr bringt morgen die Bücher zum Trommelplatz und verbrennt sie. Dann sehen wir uns bald wieder. Mach dir keine Sorgen und sag Konrad, dass es mir gut geht.« Dann trennte von Wehlau die Verbindung.

27

Es war kurz nach Mittag, als Hans das restliche herumliegende Werkzeug einsammelte. Sein Helfer fegte mit dem Besen die Holzspäne auf dem feinen Parkett zusammen. Dann lehnten sie sich an die Fensterbank und betrachteten ihr Werk.

»Nichts!«, sagte der Gärtner, trat unter den Kristallleuchter in die Mitte des Raums und zeigte auf alle vier Wände. »Man sieht absolut nichts!«

»Perfekt!«, stellte Hans zufrieden fest und schaute durch eines der drei hohen Rundbogenfenster hinunter zur Straße.

Als Kirchner in den Keller der Buchhandlung kam, hievten Konrad und Otto gerade eine weitere Kiste auf die Ladefläche des Lkws. Auch diese hatte Otto in der Zwischenzeit mit Versandzetteln und Empfängeradressen im ganzen Reich versehen. Dann hatte er sie kräftig verschnürt. So sahen sie aus wie die üblichen Bücherkisten, die zum Versand vorbereitet waren.

»Ich habe mit Emma gesprochen«, sagte Kirchner, als sie zurück in den Keller kamen.

»Was?«, rief Konrad aufgeregt. »Wie? Wo ist sie? Wie geht es ihr?«

»Ganz ruhig, Konrad!«, sagte Kirchner. »Es geht ihr gut. Na ja, den Umständen entsprechend. Ich konnte nur kurz mit ihr am Telefon sprechen.« Dann sah er Otto an. »Auch

Hannah geht es gut, machen Sie sich keine Sorgen, Otto.«

»Und?«, fragte Konrad ungeduldig.

»Sie werden die Frauen freigeben, wenn wir die Bücher morgen dem Feuer übergeben, so wie sie es verlangen. Und ...« Kirchner senkte den Kopf und sprach nicht weiter.

»Was ›und‹?«, fragte Konrad und Otto stieß ihn mit dem Ellenbogen in die Seite.

»Sie wollen die Buchhandlung, stimmt's?«, fragte Otto und sah den Direktor an.

»Ja, Otto, das ist der Preis.«

Otto sah in Kirchners Augen und erschrak, als er die Hoffnungslosigkeit in dessen Blick erkannte.

»Ich bin nicht sicher, ob wir Emma und ihre Frau wiedersehen, wenn ich ihnen nicht das Haus und den Verlag überschreibe. Sie werden die Propaganda nutzen. Die Berichte nach der Verbrennung werden sie einsetzen, um mich zu diskreditieren und das ›Haus der Bücher‹ zu übernehmen.« Er sah seine beiden Mitarbeiter mit leerem Blick an. Als Unternehmer konnte ihn kein Problem so schnell aus der Bahn werfen. Aber jetzt? Die politische Lage war ernst, die Gegenspieler skrupellos. Ende der Woche würde seine Reputation zerstört sein, aber das Leben von Emma und Hannah Perlmann konnte er nicht riskieren.

»Sie haben gewonnen, ich werde ihnen geben, was sie verlangen«, sagte er niedergeschlagen. Einige Minuten saßen sie stumm nebeneinander auf den letzten Kisten.

Schon wieder lockte ein guter Geruch Hans in die Küche. Maria stand am Herd und rührte in einer großen Pfanne.

»Mein Gott, Maria, das riecht ja göttlich! Was ist das?«

Er sah ihr über die Schulter.

»Schlackerstroh«, erklärte Maria. »Kartoffeln mit Sauerkraut und ein bisschen Schweinebauch. Das ist ein Spezialrezept von meiner Großmutter. Kann ich nur kochen, wenn die Baronin nicht da ist. Ist ihr zu einfach! Es ist gleich fertig.«

»Hmmm, ich habe schon einen Bärenhunger.« Hans setzte sich gerade an den Tisch, als auch der Gärtner hinzukam. Maria brachte die Pfanne und verteilte das Mahl mit einer großen Schöpfkelle auf die bereit stehenden Teller. Dieses rustikale Essen lag Hans viel mehr, als das feine Speisen im Speisesaal mit Silberbesteck und Etikette.

»Die Baronin ist noch nicht zurück, oder?«, fragte Hans, nachdem er den Teller schon halb geleert hatte.

»Nein, bisher nicht«, sagte Maria mit zickigem Unterton. »Und wenn Sie mich in fünf Minuten wieder fragen, wird sie auch noch nicht da sein.« Sie sah Hans vorwurfsvoll an und wurde rot. Hans musste grinsen. Maria war richtig süß, wenn sie wütend war, fand er. Aber er verstand, dass sie ein schlechtes Gewissen plagte, weil sie ihm am Morgen so viel erzählt hatte. Hans widmete sich wieder seinem Schlackerstroh. Das überstürzte Verschwinden der Baronin machte ihm Sorgen. Da stimmte was nicht. Er beschloss, mit Wilhelm Kirchner darüber zu reden. Nach dem Essen verabschiedete sich der Gärtner. Er musste sich wieder um den schon fast vernachlässigten Garten und den Fischfang kümmern. Hans blieb sitzen und bekam einen großen Pott Kaffee. Maria erzählte von ihrer glücklichen Kindheit an der Memel, Hans von seinen Kindheitserlebnissen in Trakehnen. Seine Eltern hatten beide in einem der Vorwerke des Gestüts gearbeitet. Marias Augen leuchteten, denn sie liebte Pferde. Sie waren beim »Du«, noch bevor Hans etwas über sich erzählt hatte. »Heil Hitler, Herr Sturmbannführer!«, meldete sich der Mann am anderen Ende der knackenden Leitung.

»Ja, ja, schon gut! Was gibt es?«, reagierte Wegner genervt.

»Hier tut sich was. Eben ist ein Lkw vom Hof gefahren in Richtung Nordbahnhof. Wir konnten die Ladefläche unauffällig in Augenschein nehmen. Sie war voll mit Versandkisten.«

»Ja, ich weiß. Bleiben Sie auf Ihrem Posten. Ich habe die Kisten gestern kontrolliert. Das ist in Ordnung«, antwortete Wegner und legte den Hörer auf. »Leider«, brummte er mürrisch.

Von Wehlau betrat das Büro.

»Wegner, klappt das mit den Männern heute Abend?«, fragte er unwirsch.

»Ja, Herr Kreisleiter, selbstverständlich!«, antwortete Wegner und schoß aus seinem Stuhl nach oben.

»Was ist mit dem jungen Mädchen?«, fragte er neugierig. Er wartete, um sie persönlich nach dem Verhör zurück in ihre Zelle bringen zu können. Von Wehlau spürte das lüsterne Begehren Wegners und schaute ihn durchdringend an.

»Fräulein Sittler ist wieder in ihrer Zelle. Sie lassen sie in Ruhe! Ist das klar?«, kam die Anweisung von Wehlaus scharf. Es missfiel ihm zusehends, wie sich dieser Lakai verselbstständigte und immer mehr herausnahm. Er beschloss, ihn genau im Auge zu behalten und bei passender Gelegenheit loszuwerden. Noch brauchte er diesen unangenehmen Kerl, aber wenn er nach seinem Coup mit dem ›Haus der Bücher‹ nach Berlin beordert würde, wäre dieser Kerl für ihn erledigt.

Als die Türglocke läutete, schreckte Hans hoch.

»Erwartest du jemand?«, fragte er Maria.

»Nein. Aber vielleicht ist es die Baronin«, antwortete sie, lächelte ihn an und ging zur Tür.

»Sei vorsichtig«, flüstere Hans ihr hinterher und versteckte sich hinter der Küchentür. So konnte er hören, was an der Haustür gesprochen wurde. Er war erleichtert, als er die Stimmen von Konrad und Otto erkannte.

»Hey, was macht Ihr denn schon hier? Ich habe euch erst gegen Abend erwartet«, kam er aus seinem Versteck und begrüßte die zwei.

»Nein, wir müssen diese Lieferung so normal wie möglich erledigen, sonst ist es zu auffällig.«, antwortete Konrad. Hans sah hinunter zur Straße, doch weit und breit war niemand zu sehen.

»Gut, fahrt bitte den Wagen rückwärts in die Einfahrt vor das Garagentor. Dann können wir direkt ausladen.«

»In Ordnung«, sagte Otto und ging zum Lkw, während Konrad das Tor öffnete. Im Schutze der Bäume vor dem Haus fiel der kleine Lieferwagen nicht mehr auf.

»Bitte pass auf dich auf«, sagte Maria, als Hans an ihr vorbei die Treppe hinunterlief. Hans sah sie kurz an und lächelte. Dann öffnete er die beiden grünen Tore der Garage, die an der Rückseite eine direkte Verbindungstür zum Keller hatte. Otto rangierte den Wagen geschickt zwischen die Tore. So konnte kein zufälliger Beobachter sehen, was sie abladen würden. Konrad und Hans lösten die Ösen der Plane und schlugen sie nach oben.

»Donnerwetter«, sagte Hans, als er die mit Kisten vollgestellte Ladefläche sah. »Gut, lasst uns anfangen.«

»Wohin damit?«, fragte Otto.

»Wir stellen sie hier in die Garage«, antwortete Hans. Otto sah ihn ungläubig an.

»Du willst sie doch nicht einfach nur hier stapeln?«

Konrad drehte sich um und sah ebenso fragend zu Hans.

»Nein, nein, wo denkst du hin! Aber so genau müsst ihr nicht wissen, wo die Bücher versteckt sind. Es ist zu eurer eigenen Sicherheit«, erklärte Hans und stellte die erste Kiste ab. Zu gerne hätte er ihnen sein geniales Versteck gezeigt. Doch es war zu gefährlich. Er würde die Kartons auspacken, sobald die beiden wieder weg waren. Nach einer halben Stunde waren alle Kisten in der Garage gestapelt.

»Bist du sicher?«, fragte Otto und zeigte auf die mit hohen Stapeln vollgestellte Garage.

»Ja, ist gut so«, antwortete Hans und schloss eines der Gargentore. Kurz darauf fuhr der Wagen in Richtung Innenstadt davon.

»Sag mal Otto, meinst du, er versteckt die Bücher alle im Keller der Villa?«, fragte Konrad unterwegs.

»Na, das hoffe ich nicht, da ist es viel zu kalt und feucht«, antwortete Otto.

»Im Garten war auch nichts. Ich habe einen Blick in den Garten geworfen. Keine Grube oder so was.«

Otto lachte. »Na, dann bin ich aber beruhigt«.

Konrad stellte verschiedene Theorien auf, die von dem kleinen Gartenhäuschen über einen geheimen Kellerraum unter der Terrasse bis hin zu Schränken mit doppeltem Boden reichten.

Otto amüsierte sich über Konrads Überlegungen.

»Konrad, das ist doch vollkommen egal. Hauptsache, die Bücher sind sicher.«

Konrad nickte.

»Ja, schon, aber ich wüsste es einfach gerne.« Er grübelte.

»Ah, ich weiß, er versteckt sie unter dem Dach. Die schöne Villa hat doch vermutlich einen riesigen Dachboden.«

Otto musste erneut schmunzeln.

»Ja, ein geniales Versteck! Darauf kommen die nie, wenn sie das Haus durchsuchen würden! Und Hans schleppt jetzt alles alleine die Treppen hoch! Oder noch besser, er packt die Kisten aus und trägt die Bücher einzeln hinauf. Schon klar, Konrad!« Dann bog er am Hansaplatz ab, um auf kürzestem Weg über den Steindamm den Paradeplatz zu erreichen. »15 Uhr 32, Perlmann, Gallinat, Rückkehr aus Richtung Nordbahnhof« notierte der Spitzel im schwarzen Wagen vor der Buchhandlung, als Otto den Wagen wieder im Innenhof abgestellt hatte.

Wilhelm Kirchner fiel ein Stein vom Herzen, als Konrad seinen Kopf durch die Kontortür steckte und den Daumen nach oben reckte.

»Geschafft«, sagte er erleichtert. Den ganzen Mittag hatte er keinen klaren Gedanken fassen können. Immer wieder hörte er Emmas Stimme am Telefon. Ging es ihr wirklich gut? Was hatten diese Kerle ihr angetan? Was war mit Ottos Frau? Er hatte Otto gesagt, dass es ihr gut ginge. Was, wenn nicht? Die Sorge um Emma ging einher mit der Angst vor der Bücherverbrennung am kommenden Abend. Er war bekannt in der Branche. Viele Verleger und Großbuchhändler im Reich waren der Aufforderung zur Herausgabe der Bücher erstaunlich schnell und lautlos gefolgt. Manche hatten die Maßnahmen sogar begrüßt, worüber sich Kirchner sehr wunderte. Doch es gab auch viele Freunde, Verleger und Buchhändler, die wie er das neue Regime ablehnten. Einige erklärten sich offen dagegen, andere nur hinter vorgehaltener Hand. Die meisten jedoch waren verunsichert und warteten daher gespannt darauf, wie er als Chef der größten europäischen Buchhandlung sich verhalten würde. Das ›Haus der Bücher‹ war Vorzeigebetrieb in mehr als einer Hinsicht. Kirchner würde mit seinem Auftreten die Richtung vorgeben. Doch wenn er an Emma dachte, wurde er unsicher, ob und wie er diesem Anspruch noch gerecht werden konnte. Vielleicht müsste er sie am Ende alle verraten müssen, und sich selbst auch.

Er blickte aus dem Fenster. In Gedanken sah er schon die langen Hakenkreuzbanner an der Fassade hängen und von Wehlau grinsend an seinem Schreibtisch sitzen. Es war ein Albtraum. Er beschloss, für heute das Büro zu verlassen und bei der Baronin vorbeizuschauen. Er hatte sich gewundert, dass er die letzten zwei Tage nichts von ihr gehört hatte. Gegen siebzehn Uhr schloss er die Tür seines Kontors ab, verabschiedete sich von seiner Sekretärin und verließ das Haus durch den Hinterausgang. Am Stadttheater mischte er sich unter die wartenden Menschen, fuhr mit der Linie 7 nach Maraunenhof und beobachtete das Treiben in den Straßen.

Er stieg bereits an der Oberteichterrasse aus und ging das letzte Stück zu Fuß, um sicher zu sein, dass er nicht verfolgt wurde.

Er ging die schmale Fußgängerbrücke über den Oberteich bis zur Mitte. Dann blieb er stehen und sah scheinbar den Enten zu, die unter ihm aufgeregt Kreise zogen und auf herabfallende Brotkrumen hofften. Er sah sich um und beobachtete die anderen Passanten. Als er überzeugt war, dass ihm niemand gefolgt war, ging er zurück und betrat durch das Gartentor den Park der Villa. Im Salon war Licht, doch er sah niemanden. Er klopfte an die Scheibe der Terrassentür. Aus der Küche kam Maria und öffnete ihm.

»Was machst du heute Abend?«, fragte Konrad Otto, als sie die Buchhandlung gemeinsam durch den Personalausgang verlassen hatten. »Ich kann heute Nacht sicher kein Auge zumachen. Ich habe solche Angst um Emma.«

»Meinst du, mir geht es mit Hannah anders? Ich werde noch verrückt. Und ich kann nichts tun. Das ist das Schlimmste«, antwortete Otto und sah ihn an. In der Hand hielt er eine Fotografie von Hannah. Konrad blickte in Ottos traurige Augen, die nur mit Mühe Tränen zurückhalten konnten. Er griff in seine Hosentasche und holte ein zerknittertes Foto von Emma heraus. Als sie ihm dieses Bild geschenkt hatte, waren sie gerade erst ein Paar geworden. Es zeigte sie zusammen vergnügt in einem Boot auf dem

Schlossteich, gerade so wie sie sich kennengelernt hatten.

»Ich habe so wahnsinnige Angst um sie«, sagte Otto.

»Mir geht es mit Emma genauso«, sagte Konrad und steckte das Foto wieder weg.

»Wenn das am Trommelplatz vorbei ist, werden sie sie freilassen, du wirst sehen«, sagte Konrad hoffnungsvoll, um seinen Kollegen zu trösten. Doch er hatte durchaus Zweifel, denn Wegner war nicht zu trauen. Der wollte nicht nur die Bücher brennen sehen. Von Wehlau wollte die Buchhandlung, Ihre Buchhandlung! Das ›Haus der Bücher‹ sollte den Nazis gehören und ihrer Propaganda dienen, und Wegner hatte seine ganz eigenen Interessen.

»Der Direktor wird Emma und Hannah nicht im Stich lassen, vertraue ihm«, sagte Konrad und klopfte Otto aufmunternd auf die Schulter. »Soll ich mit zu dir kommen?«

»Ach, lass mal, Konrad«, antwortete Otto. Er wirkte auf Konrad plötzlich fahrig, nervös und unkonzentriert. »Ich habe noch was vor.«

»Jetzt, um die Zeit?«, fragte Konrad ungläubig.

Otto winkte ab, ohne etwas zu erwidern. »Gute Nacht, Konrad, wir sehen uns morgen«. Er drehte sich um, ging davon und ließ Konrad einfach stehen.

»Da stimmt was nicht«, murmelte Konrad vor sich hin und wartete, bis Otto durch die Einfahrt verschwunden war. Dann folgte er ihm unauffällig. Er erreichte die Theaterstraße und blickte Richtung Junkerstraße. Wenn Otto auf dem Nachhauseweg war, musste er da zu finden sein. Doch er konnte ihn nirgends entdecken. Er drehte sich um und sah Otto quer über den Paradeplatz gehen. Konrad beschloss, ihm weiter zu folgen. Otto lief an der Universität vorbei und bog zwei Straßen weiter in die Fließstraße ein. Konrad konnte nicht glauben, was er sah. Er drückte sich in einen dunklen Hauseingang, um nicht entdeckt zu werden. Otto war vor dem ›Braunen Haus‹ stehen geblieben. Er sprach einen der Wachleute an und und verschwand dann im Hauptquartier ihrer Feinde.

»Otto! Nein! Was machst du?«, wollte er ihm am liebsten hinterherrufen. Doch er musste in Deckung bleiben, denn in dem Moment kam eine SA-Patrouille aus dem Haus direkt auf ihn zu. Konrad tat so, als käme er aus dem Hauseingang und lief wieder zurück in Richtung Paradeplatz. Zweimal sah er sich um, weil er das Gefühl hatte, die Männer würden ihn verfolgen. Und tatsächlich rief plötzlich einer der beiden Wachmänner: »Halt! Stehen bleiben!« Konrad zuckte zusammen. Er blieb wie angewurzelt stehen. Tausend Gedanken schossen ihm durch den Kopf. Hatte Otto ihn verraten? Nein, Otto wusste doch gar nicht, dass er ihm nachgegangen war. Erschien er verdächtig, nur weil er hier stand? Wohl kaum. Und einen Grund, ihn zu verhaften, sah Konrad auch nicht. Auf der anderen Seite brauchten die Nazis mittlerweile auch gar keinen Grund mehr. Diesen Kerlen war nicht zu trauen. Am liebsten hätte er sie mit Faustschlägen niedergestreckt und gezwungen, ihn sofort zu Emma zu bringen. Aber natürlich wäre das vollkommen sinnlos. Sie hätten schon längst bei ihm sein müssen. Er drehte sich langsam um und sah, wie die beiden gut zwanzig Meter entfernt einen anderen Mann an die Hauswand drückten und offensichtlich seine Manteltaschen untersuchten. Konrad atmete erleichtert auf und lief eilig

weiter, ohne sich noch einmal umzudrehen. ›Nur runter von der Straße‹, dachte er.
Als er unbehelligt zuhause ankam, konnte er nichts essen und fiel sofort ins Bett. Er konnte trotzdem nicht einschlafen, also griff er nach seinem Buch. Nach drei Seiten klappte er es aber wieder zu. Seine Gedanken kreisten um Emma und Otto, wie er im ›Braunen Haus‹ verschwunden war. Er konnte sich das einfach nicht erklären. ›Otto doch nicht!‹ Er wollte diesen schrecklichen Gedanken gar nicht zu Ende denken. Es drehte sich alles in seinem Kopf und er fand lange keinen Schlaf.

Im ›Braunen Haus‹ herrschte Hochbetrieb, ebenso wie im Verbandshaus der Taskonia. Fieberhaft und akribisch wurde der Abend der Bücherverbrennung vorbereitet. Schon vor Tagen hatten Studenten auf dem Trommelplatz vor der Kaserne einen ›Schandpfahl‹ aufgestellt, wie sie den abgesägten Telegrafenmast nannten. Daran hatten sie Bücher genagelt und in der Mitte des Platzes einen gut vier Meter hohen Scheiterhaufen aus Holz aufgeschichtet. Einige Studenten hatten sich freiwillig gemeldet, um über Nacht Wache zu halten, wohl nicht nur, um das Brennholz zu bewachen. Es war eher ein willkommener Anlass, sich mit reichlich Schnaps zu wärmen, denn die Mainächte konnten noch kalt werden.

Von Wehlau hatte ausgesuchte Presseleute am Mittag zu einem Vorgespräch in die Parteizentrale gebeten. Dazu gehörten der örtliche Vertreter des ›Völkischen Beobachters‹, des ›Stürmers‹, der ›Hartungschen‹ und der ›Preußischen Zeitung‹. Er erklärte, welche Ziele sie mit der

Bücherverbrennung verfolgten, welche Autoren und Werke davon betroffen waren und worauf die Reporter besonders zu achten hätten. Sicherheitshalber händigte er allen Anwesenden noch einmal Listen mit den Namen der verbotenen Schriftsteller und Bücher aus. Die Fotografen wurden auf verschiedene lohnende Motive hingewiesen, dabei ließ er keinen Zweifel daran, welche Erwartungen er an die Berichterstattung am nächsten Tag stellte. Den Reporter der ›Hartungschen Zeitung‹ vergatterte er im Anschluss an das Gespräch separat. Er traute dem liberalen Blatt nicht, doch verkannte er nicht deren Bekanntheitsgrad im ganzen Reich. Er machte dem Journalisten deutlich, dass die Zeitung bisher von einem Verbot verschont geblieben war, aber durchaus unter Beobachtung stand. Er hatte dem Gauleiter zwar tatsächlich schon vorgeschlagen, das Blatt spätestens bis zum Jahresende von der Bildfläche verschwinden zu lassen, aber das brauchte er diesem Schmierfinken ja nicht auf die Nase zu binden.

»Die Baronin ist nicht im Haus, Herr Direktor«, begrüßte Maria Kirchner ihn mit einem Knicks.

»Verzeihen Sie meinen unangekündigten Besuch«, entgegnete Kirchner überrascht. »Wann kommt sie denn wieder?«

»Das kann ich Ihnen leider nicht sagen, sie ist verreist.«

Er sah die Haushälterin fragend an, als Hans aus der Küche kam.

»Danke, Maria, ich kümmere mich um Herrn Kirchner.« Er lächelte Maria kurz an. »Stellst du uns bitte im Salon einen Cognac bereit?«, fragte er mit sanfter Stimme. »Die

Baronin hat sicher nichts dagegen.«

Maria kicherte kurz, nickte und verschwand in der Küche.

Kirchner hatte die Verbundenheit der beiden sehr wohl wahrgenommen.

»Kommen Sie bitte mit, ich möchte Ihnen zuvor etwas zeigen«, sprach Zach ihn nun direkt an und ging zur Treppe. Kirchner legte seinen Mantel über die Stuhllehne und folgte ihm.

Kirchner sah sehr zufrieden aus, als sie zusammen wieder herunterkamen und sich in den Salon begaben. Seine Hoffnung, dass er sich auf Hans Zach verlassen konnte, war erfüllt worden.

»Sehr gut, Herr Zach, vielen Dank. Ich bin sehr beruhigt, dass jetzt zumindest die Bücher in Sicherheit sind«, lobte Kirchner sein Gegenüber. Als sie sich setzten, öffnete Hans die Cognacflasche und goss jedem einen großen Schluck ein. Dann berichtete Kirchner von der Entführung der beiden Frauen. Hans sah ihn besorgt an.

»Ich gehe davon aus, dass man sie in dieser Seifenfabrik in Devau festhält«, informierte Hans den Direktor. »Ich war dort, um mich umzusehen, aber ich habe noch keine Idee, wie ich da reinkomme. Heute Nacht werde ich noch mal hingehen und schauen, ob es eine Sicherheitslücke gibt. Da sitzen ja nicht nur Ihre Nichte und Ottos Frau, sondern auch meine Freunde und Genossen.«

»Seien Sie vorsichtig, wenn die Sie erwischen, ist Ihnen doch wohl klar, was passiert!«, ermahnte Kirchner ihn. Er nahm einen kleinen Schluck aus seinem Glas und fragte dann scheinbar ohne Zusammenhang: »Wissen Sie, wo die Baronin ist?«

»Sie sind ein geduldiger Mann. Ich habe mich schon gefragt, wann Sie mich das endlich fragen wollen«, wich Hans ihm zunächst aus. Dann erzählte er von den Geschehnissen. »Das ist sehr merkwürdig. Sie war am Dienstag plötzlich weg. Abends kein Ton und morgens um sechs war sie dann schon aus dem Haus. Es gab am Abend zuvor einen merkwürdigen Anruf, hat mir Maria erzählt. Die Baronin ist mit ihrem Jagdkostüm weggefahren und Maria vermutet, dass sie in die Rominter Heide gefahren ist.«

Kirchner sah ihn ungläubig an.

»Ausgerechnet jetzt? Das ist tatsächlich sehr merkwürdig.«

»Sind Sie sich immer noch sicher, dass Sie ihr wirklich trauen können? Sie weiß sich sehr gut zu verkaufen.«

Kirchner grübelte und versuchte, sich aus dem unerklärlichen Verhalten der Baronin ein Bild zu machen.

»Es gibt sicher eine Erklärung dafür. Rominter Heide ...«, murmelte er vor sich hin. »Da gehen einige Nazigrößen auf Hirsch- und Elchjagd.«

»Genau,« antwortete Hans, »unter anderem Göring und einige seiner Parteifreunde. Maria erzählte mir unter dem Siegel der Verschwiegenheit, dass ihr Mann dort bei der Jagd ums Leben gekommen ist unter sehr geheimnisvollen Umständen, angeblich ein Jagdunfall.«

»Hm, sie hat da mal was angedeutet. Sie kennt Göring wohl ganz gut. Er soll damals bei dieser verhängnisvollen Jagd dabeigewesen sein. Mehr weiß ich aber auch nicht.«

»Und wenn sie bei Göring ist und alles auffliegen lässt?«, fragte Hans aufgebracht. Hans kombinierte die kleinen Auffälligkeiten der letzten Tage und plötzlich ergab das ein klares Bild. »Deshalb verschwand sie so plötzlich und kommt auch nicht zurück. Dann nehmen die Schweine hier das Haus auseinander und wir sind alle geliefert!« Doch Hans Zachs Argumente waren nicht so einfach wegzudiskutieren.

»Ich kenne sie schon lange. Auf sie ist Verlass! Schließlich hätte ein Anruf bei von Wehlau gereicht. Ich glaube einfach nicht, dass sie uns verrät. Es muss andere Gründe für ihr Vorgehen geben«, überlegt er laut.

Hans sah ihn zweifelnd an. »Ich bete dafür, dass Sie recht behalten. Und ich bete wirklich nicht oft.«

Kirchner lachte kurz auf, leerte sein Glas in einem Schluck und lehnte einen weiteren Cognac dankend ab. Er erhob sich, nahm seinen Mantel und verabschiedete sich. Über die Terrasse und durch das Gartentor zum Oberteich verschwand er in der dunklen Nacht. Er entschied sich, zu Fuß zu gehen, um nachzudenken und seine Gedanken zu sortieren. Das Ganze war sehr verwirrend. Es stand so viel auf dem Spiel. Der Uferweg führte ihn bis zum Wrangelturm. Dort bog er rechts ab und lief am Nordbahnhof vorbei zum Tiergarten. Es war zwar ein Umweg, aber er brauchte die Ruhe, die Luft und die Zeit, um wieder klar zu sehen. Immer wieder blieb er zwischendurch stehen, weshalb er für die vier Kilometer gute zweieinhalb Stunden brauchte. Es war spät am Abend, als er in der Beeckstraße vor seinem Haus ankam. Auf den Stufen vor seiner Wohnungstür wurde er bereits erwartet.

28

Nachdem Kirchner sich verabschiedet hatte, hielt es Hans nicht länger in der Villa.

»Maria?«, rief er, als er die Treppe hinunter lief. »Ich muss noch mal weg. Ich nehme das Fahrrad, in Ordnung?«

Die Angestellte der Baronin war im Hauswirtschaftsraum und faltete Wäsche zusammen. Sie schaute durch den Spalt der Tür, der den Raum von der Küche abtrennte.

»Wo gehst du hin? Wenn es weit ist, kannst du auch das Motorrad nehmen. Die Baronin hat sicherlich nichts dagegen«, rief sie. »Wenn es noch anspringt«, ergänzte sie und ihr Gesicht verschwand wieder hinter der Tür.

»Ein Motorrad?«, fragte Hans überrascht. »Fährt die Baronin Motorrad?«

»Nein, natürlich nicht«, lachte Maria. »Ihr Mann hat es drei Monate vor seinem Tod gekauft. Seither steht es unbenutzt in der Garage, rechts an der Wand unter der Plane«.

Hans schmunzelte und stieg die Treppe hinab in die Garage. Gefühlte einhundert Mal war er heute durch die Garage gelaufen, bis alle Bücher weggeräumt waren. Aber ein Motorrad war ihm nicht aufgefallen. Er knipste das Licht an und schaute sich um.

Tatsächlich, dort an der Wand entdeckte er unter einer grauen Plane das eingestaubte Gefährt. Er schob ein paar

Weinkisten zur Seite und zog die Plane weg.

»Eine 501T«, murmelte er bewundernd. Er liebte diesen robusten NSU-Einzylinder. Vor sechs Jahren hatte er einmal eine Probefahrt machen können und sich fast so eine Maschine gekauft. Er wusste nicht mehr, warum es dann doch nicht geklappt hat. An der Wand hing eine Motorradjacke aus braunem Leder und eine passende Lederhaube mit Brille. Beides nahm er vom Haken und war überrascht. Der Baron musste seine Größe und Statur gehabt haben, denn beides passte, wie für ihn gemacht. Er öffnete das Garagentor und schob die NSU hinaus. Leise schloss er das Tor hinter sich. Dann legte er das Ohr auf den Tank und rüttelte an der Maschine. Fast voll, stellte er fest. Er drehte den Benzinhahn auf und versuchte, den Motor zu starten. Nach dem vierten Versuch mit dem Tritthebel fing der Motor noch etwas widerwillig an zu laufen und mit einem kernigen Donnern machte er deutlich, warum er im Volksmund »Neckarsulmer Traktor« genannt wurde. Hans setzte sich auf den ledernen Sattel und schaltete den großen runden Scheinwerfer an. Das Einlegen des ersten Gangs quittierte die NSU mit einem heftigen Ruck. Hans gab vorsichtig Gas und fuhr davon.

Als der Vorhang fiel, ertönten wie jeden Abend Bravorufe von allen Seiten. Rosen wurden geworfen und der Applaus wurde deutlich lauter, als die Missu noch einmal auf die Bühne trat und sich verbeugte. Sie lächelte ins Publikum, ließ von einem Kollegen die Blumen einsammeln und verschwand mit den Rosen im Arm winkend hinter der Kulisse. Doch als sie in die Garderobe kam, knallte sie die

Tür zu und pfefferte den ansehnlichen roten Strauß in die Ecke.

»Diese Amateure! Ich bin viel zu gut für diese Dilettanten«, schimpfte sie. Als sie sich in den Stuhl vor ihrem Schminktisch fallen ließ, sah sie im Spiegelbild Horst von Wehlau hinter sich stehen. Er hatte hinter der Tür auf sie gewartet. Sie zuckte erschrocken herum.

»Aber, aber, Chérie!«, sagte er und trat ins Licht. Er legte die Hände auf ihre Schultern und küsste ihren Nacken.

»Ich muss endlich aus dieser verdammten Stadt raus. Hörst du! Sonst ersticke ich hier noch.« Sie streckte ihren Arm aus und streichelte ihn neckisch am Kinn. Er beugte sich zu ihr herunter und ließ seine Hände vom Nacken über ihre Brüste bis zu ihrem Schoß gleiten. Dann wirbelte er sie mit dem Drehstuhl zu sich herum und küsste sie hart und rücksichtslos. Während er ihr Kleid öffnete, nestelte sie an seiner Hose. Kurz darauf lag sie rücklings auf dem Schminktisch und nahm ihn zwischen ihren gespreizten Schenkeln auf. Als er schließlich außer Atem über ihr zusammensackte, schob sie ihn von sich und zündete sich eine Zigarette an.

»Gibt es etwas Neues aus Berlin? Wann kann ich mich dort endlich vorstellen?«

»Alles zu seiner Zeit!«, beschwichtigte von Wehlau. Die Missu richtete sich auf.

»Spinnst du?«, schrie sie ihn an und sprang auf. »Du hältst mich nur hin, um mich ficken zu können!« Wütend wischte sie ihre Schminksachen vom Tisch. Und bevor von Wehlau etwas antworten konnte, begann sie, ihn mit Ohrfeigen zu traktieren.

»Ich habe keine Zeit mehr! Und keine Geduld!«, brüllte sie, während er ihre fuchtelnden Arme fasste und sie an sich zog.

»Beruhige dich endlich!«

Sie versuchte, sich loszureißen.

»Wenn ich mich nächste Woche nicht in Berlin vorstellen kann, rede ich mit der Zeitung! Mal sehen, wie ihr das mit uns gefällt«, fauchte sie ihn an.

Er ließ ihre Hände los und schlug sie mitten ins Gesicht. Sie schrie und stürzte in die Ecke neben dem Schminktisch. Dort lag sie heulend, bebend, zwischen ihren Schminksachen und den Rosen. Von Wehlau ordnete seine Hose und setzte seine Schirmmütze auf.

»Ich warne dich! Ein Wort über uns zu irgendjemandem und du bist erledigt,« drohte er mit bedrohlichem Ton und verließ die kleine Garderobe. Seine Geduld mit der eitlen Diva war am Ende. Es war ein Fehler gewesen, sich auf sie einzulassen. Nachdem er die Oper durch den Nebeneingang verlassen hatte, blieb er stehen. Er zog ein gefaltetes Blatt Papier aus der Innentasche der Uniformjacke. Das war der Bericht, den ihm einer seiner Männer an diesem Morgen übergeben hatte. Eine Zeile hatte er unterstrichen.

»M. trifft sich mit einer fein gekleideten Dame im Café Bauer am Paradeplatz. Eindeutig konspiratives Treffen!«

Er runzelte die Stirn und steckte das Papier wieder in die Tasche.

Emma zuckte zusammen, als die Zellentür aufgeschlossen wurde. Wegner hatte ein schmieriges Grinsen im Gesicht, als er mit einer Schreibmappe unter dem Arm die Zelle betrat.

»Setzen Sie sich an den Tisch«, forderte er sie schroff auf. Emma saß mit angezogenen Beinen auf ihrer Pritsche, denn der Boden war eiskalt.

»Was wollen Sie von mir?«, fragte sie kampfeslustig. Seit sie mit ihrem Onkel telefoniert hatte und wusste, dass es ihm gut ging, hatte sie wieder Mut gefasst und beschlossen, sich von den Kerlen auf keinen Fall kleinkriegen zu lassen. Sie konnten sie einsperren, sie misshandeln, aber sie würde nicht zur Verräterin werden, ganz bestimmt nicht!

»Setzen Sie sich da hin!«, befahlt Wegner ihr ein zweites Mal. »Sie dürfen an ihren Onkel und an ihren Freund einen Brief schreiben!« Er lachte fies.

Emma sah ihn überrascht an.

»Was?«

»Wir wollen doch alle sicher sein, dass die Herren morgen Abend keine Dummheiten machen«. Er legte zwei Blatt Papier und einen Bleistift auf den Tisch. Emma setzte sich auf den Stuhl und er baute sich drohend neben ihr auf. Unerwartet ergriff er ihr Gesicht und drehte es zu sich. Emma blieb ruhig und sah ihn direkt an. Wegner bemerkte das hasserfüllte Funkeln in ihren Augen.

»Schöne Augen hast du. Und einen schönen Körper«, sagte Wegner, beugte sich zu ihr herunter und griff nach ihrer Brust unter dem dünnen Nachthemd. Er grinste überlegen, doch Emma riss sich los und schlug ihm mit aller Kraft ins Gesicht. Wegner taumelte überrascht zurück und fuhr sich mit der Zunge über die blutende Lippe.

»Du Miststück!«, schrie er und hob den Arm, um zum Schlag auszuholen. In diesem Moment besann er sich auf das, was von Wehlau gesagt hatte. Er konnte sich keinen weiteren Ärger mit ihm erlauben und ließ deshalb den Arm wieder sinken.

»Warte nur! Wenn ich mit der Perlmann fertig bin, bist du dran. Jüdinnen haben Vorrang«, drohte er hämisch. Emma zuckte zusammen.

»Lass sie ja in Ruhe, du Schwein!«, schrie Emma und schoss pfeilschnell von ihrem Stuhl hoch, um erneut auf Wegner einzuschlagen. Nur mit Mühe konnte Wegner ihre Arme ergreifen, einen davon drehte er ihr auf den Rücken. Emma schrie auf vor Schmerz, während er sie zurück auf den Stuhl zwang.

»Verdammt! Störrisches Weib! Wenn du weiterleben willst, dann benimm dich! Da ist die Judenschlampe aber viel gefügiger! Ihr gefällt das«, log er. »Wenn ich mit ihr durch bin, komme ich zu dir zurück. Da kannst du dich schon mal drauf freuen«, kündigte er an und zog ihren Arm noch etwas höher. Emma stöhnte und beugte sich nach vorne, bis ihr Gesicht das Blatt Papier vor sich auf dem Tisch berührte.

»Und nun schreib!«

29

Als Hans die Fabrik erreichte, war es fast schon Mitternacht. Er hätte daran denken sollen, dass das Motorrad nicht dazu geeignet war, sich damit unauffällig fortzubewegen. Es war toll, damit durch die Gegend zu fahren. Die Straßen waren um diese Zeit aber menschenleer und das Zweirad zu laut. Deshalb stellte er es einige hundert Meter vor seinem Ziel ab und ging den Rest im Schutz der Häuser zu Fuß.

In einer Seitenstraße schwang er sich über einen Zaun und stieg den leichten Hügel hinauf, von dem aus man die Fabrik gut beobachten konnte. Er legte sich flach auf den Boden und holte einen Feldstecher heraus. Vor dem geschlossenen Zufahrtstor erkannte er vier bewaffnete SA-Männer, die Wache hielten.

»Unauffällig ist das nicht mehr«, brummte Hans vor sich hin. Der Innenhof, den die alten Ziegelbauten umschlossen, war hell erleuchtet. Man hörte Stimmen, Rufe und ab und zu einen kurzen Schrei. Hans versuchte, mehr zu erkennen, aber die Dächer ließen keinen weiteren Blick in den Hof zu. Er entschloss sich, erst noch abzuwarten und weiter zu beobachten. Mit dem Feldstecher überprüfte er den Gebäudekomplex bis zur hintersten Ecke. Nirgends konnte er ein unvergittertes Fenster, eine ungeschützte Tür oder eine Luke entdecken.

»Verdammt!«, fluchte Hans. Für ein Gefängnis hatten sie sich den idealen Bau ausgesucht. Ein unentdecktes

Hineinkommen war unmöglich und ein Fliehen ebenso. Hans steckte sich eine Zigarette an, nicht ohne permanent die Hand vor die Glut zu halten. So ein kleiner Leuchtpunkt hätte ihn in der dunklen Nacht schnell verraten können. Nach der dritten Juno tat sich in der Fabrik etwas. Hans hielt sich erneut den Feldstecher vor die Augen und sah, dass die Wachen das Tor öffneten.

Das Motorrad hatte die Villa gerade verlassen, als der Mercedes der Baronin in die Straße einbog.

»Maria?«, rief die Baronin verwundert, als sie die Eingangstür schloss und noch Licht in der Küche sah.

»Guten Abend, Frau Baronin«, rief Maria und eilte in die Eingangshalle.

»So spät noch auf?«, fragte die Baronin.

»Ja, ich wollte noch die Wäsche fertigmachen«, antwortete die Haushälterin.

»Gehen Sie nach Hause, das reicht morgen doch auch noch«, wies die Baronin sie an, ließ sich aber gerne noch die Handschuhe und den Mantel abnehmen.

»Hat Sie etwa jemand heute von der Arbeit abgehalten?«, fragte die Baronin wissend. Maria fühlte sich ertappt, wurde rot und sah zu Boden. Die Baronin lachte.

»Glauben Sie, ich hätte das nicht bemerkt?« Maria schüttelte schüchtern den Kopf.

»Nun, wo ist denn der Herr? Schläft er etwa schon?«

»Nein, gnädige Frau, er ist eben weggefahren. Ich weiß aber nicht wohin. Er hat das Motorrad genommen. Ich hoffe, das ist in Ordnung.«

»Aber ja. Dass das Ding überhaupt noch fährt«,

wunderte sich die Baronin. »Ich hatte es ganz vergessen, damals wollte ich es eigentlich verkaufen. Na ja, das ist jetzt nicht wichtig.« Sie hielt einen Moment inne. »Sagen Sie, Maria, was gibt es Neues, was machen die Bauarbeiten?«

»Hans ...«, Maria stockte, »Herr Zach scheint fertig zu sein. Er hat das gesamte Werkzeug wieder in den Schuppen geräumt. Zuletzt hat er sogar nach Besen, Eimer und Putzlappen gefragt, dabei ist das doch meine Aufgabe.«

Die Baronin zog anerkennend die Augenbraue hoch.

»Ich weiß ja nicht genau, was die Männer gemacht haben, aber gestern wurden viele Kisten angeliefert. Herr Zach ist den ganzen Tag, ich weiß nicht wie oft, die Treppe rauf und runter.«

»Ah, das ist sehr gut«, sagte die Baronin ohne weitere Informationen zu geben und ging die Treppe nach oben. Auf der dritten Stufe drehte sie sich noch einmal um. Maria sah sie fragend an.

»Seien Sie nicht böse, Maria. Es ist besser für Sie, wenn Sie nicht alles wissen. Und natürlich zu niemandem ein Wort darüber!«

Maria nickte. Sie hätte ja zu gerne gewusst, was hier vor sich ging. Aber sicher nicht ohne Grund hatte die Baronin ihr verboten, ins Obergeschoss zu gehen, seit Hans im Haus war. Und das Hämmern und Sägen war auch nicht zu überhören gewesen. Aber selbst der Gärtner, der mehr wissen musste, schwieg wie ein Grab. Also musste sie sich damit zufriedengeben. Sie mochte ihre Arbeit bei der Baronin, deshalb fragte sie nicht weiter nach.

»Ist es recht, wenn ich heute Nacht in der Kammer übernachte? Es ist doch schon sehr spät,« fragte Maria ihre

Chefin. Hinter der Küche führte eine enge Wendeltreppe hinunter in einen kleinen Raum, wo früher die Köchin gewohnt hatte. Die Baronin hatte die Einrichtung so belassen und von Zeit zu Zeit übernachtete Maria dort, wenn es abends zu spät wurde.

»Aber ja, natürlich«, antwortete diese. »Bitte holen Sie morgen früh noch mein Gepäck aus dem Wagen. Es ist ja nicht viel. Schlafen Sie gut, Maria.«

Die Haushälterin zog sich in die Küche zurück und löschte bald darauf das Licht, während die Baronin nach oben ging und Hans Zachs Werk betrachtete. Es waren zwei anstrengende Tage gewesen, aber sie hatte ihr Ziel erreicht. Zufrieden ging auch sie zu Bett und schlief sofort ein.

Hans hörte, dass mehrere Motoren im Hof gestartet wurden. Kurz darauf fuhren drei Lastwagen aus dem Tor und bogen nach Norden ab. Auf den Pritschen sah Hans einige Männer sitzen. Er nahm den Feldstecher und versuchte jemanden zu erkennen. Auf dem ersten Lkw sah er im rasch darüberhuschenden Lichtschein der Straßenlaterne einige seiner Kollegen. Er zuckte zusammen. Auf dem zweiten Wagen erkannte er Professor Stern. Er hatte ihn schon mehrfach getroffen, interviewt und sehr zu schätzen gelernt. Ein kluger Mann, den er sofort gemocht hatte. Als die Wachen nach dem dritten Wagen das Tor schlossen, sprang Hans auf und rannte den kleinen Hügel hinunter zum Motorrad. Er warf die Maschine an, machte aber den Scheinwerfer nicht an und folgte den Lkws unbeleuchtet in sicherem Abstand, damit er weder zu sehen noch zu hören war.

Zur gleichen Zeit leerte die Missu ihr drittes Glas Champagner. Doch sie trank nicht einfach, sie inszenierte es. Sie öffnete ihren Mund und ließ das prickelnde Getränk vom ausgestreckten Arm langsam hineintropfen. Mit aufreizend spitzer Zunge fing sie die letzten Tropfen auf. Sie wusste, dass er sie beobachtete. Sie streifte provokant auf Zehenspitzen am Bett entlang und ging ins Bad, ohne die Tür zu schließen. Sie wusste um die Wirkung des Anblicks ihres nackten Körpers auf ihn. Doch die Missu spürte, dass ihre gemeinsame Zeit bald zu Ende gehen würde. Schon der letzte Streit in der Operngarderobe war ein untrügliches Zeichen. Der Sex mit ihm war gut. Nur deshalb hatte sie ihn noch einmal angerufen und für den Abend ins Hotel eingeladen. Denn ihre Erwartungen an den Parteimann bezüglich ihrer Karriere in Berlin hatten sich nicht erfüllt. Und ihre Geduld war zu Ende. Er hielt sie nur hin, wollte nur ihren Körper. Diese letzte Nacht mit ihm wollte sie noch in vollen Zügen genießen, danach sollte er sich eine neue Gespielin suchen. Sie musste sich um ihre Karriere kümmern.

Vom Bett aus konnte von Wehlau zusehen, wie sie unter dem Brausekopf stand und das Wasser über ihren perfekten Körper lief. Es umspielte in zwei Bahnen ihre Brüste und lief in ihrem Schoß wieder zusammen, um dann entlang ihrer wohlgeformten Schenkel abzulaufen. Er genoss den Anblick, wie sie sich wusch und dabei rekelte. Sie wusste genau, dass er sie beobachtete und dass ihn das erregte. Er blickte hinüber zum Fenster und sah die Sichel des Halbmondes über der Stadt stehen und dann auf seine Armbanduhr.

»Kurz nach zwölf, sie sollten jetzt unterwegs sein. Hoffentlich vermasselt dieser Idiot es nicht«, dachte er kurz und wandte sich wieder der Schönheit unter der Dusche zu. Er beobachtete sie genüsslich und zugleich mit etwas Wehmut.

Es war Zeit Abschied von ihr zu nehmen. Ohne sich abzutrocknen kam sie aus dem Badezimmer zurück. Er lag breitbeinig und erregt auf dem Bett und zog an einer Zigarette.

Sie ging ans Fenster und schaute hinaus auf den menschenleeren Paradeplatz. Keiner sprach ein Wort, beide wussten, dass sie sich nicht wieder treffen würden. Schließlich wickelte sie ihren Körper in den roten Samtvorhang und sah ihn mit funkelnden Augen an. Eine Pirouette drehend schlüpfte sie wieder aus dem Stoff, krabbelte auf das breite, weiche Bett und senkte ihren geöffneten roten Mund über seinem Schoß.

Im Konvoi verließen die Fahrzeuge Devau und folgten der Landstraße in Richtung Labiau. Der einsetzende Regen sorgte dafür, dass Hans sich ständig die Brille abwischen musste, um bei dem schwachen Mondlicht noch die Straße zu erkennen. Er orientierte sich an den drei kleinen roten Lichterpaaren vor ihm, die ihm den Verlauf der Straße aufzeigten. Bald erreichten sie Neuhausen, doch ohne anzuhalten fuhren die Lkws mit unverminderter Geschwindigkeit durch den Ort. Schließlich führte die Straße durch ein größeres Waldstück eine kleine Anhöhe hinauf. Als Hans die enge Kurve nahm, erkannte er gerade noch rechtzeitig, dass die Wagen angehalten hatten. Er bremste, machte den Motor aus und ließ das Motorrad vorsichtig neben der Straße über einen kleinen Grünstreifen hinter Gestrüpp ausrollen. Er wollte sicher sein, dass es nicht entdeckt wurde, falls ein Wagen umdrehen sollte, also legte er das Zweirad vorsichtig auf den weichen, feuchten Waldboden und näherte sich geduckt im Schutz der Bäume den Fahrzeugen. Hinter einem Stapel frisch gefällter Baumstämme konnte er sich gut verstecken und beobachten, was dort vor sich ging. Im Scheinwerferlicht des letzten Lkws konnte er erkennen, dass die Ladeklappe des zweiten Lasters geöffnet wurde und mit Maschinenpistolen bewaffnete SA-Männer absprangen. Laute Befehle hallten durch den Wald. Offensichtlich wähnten sie sich unbeobachtet. Nur einzelne Worte und Satzfetzen konnte Hans verstehen. Alle Männer auf der Ladefläche des zweitletzten Lkws mussten absteigen und in einer Reihe antreten. Hans erkannte Professor Stern und weitere Professoren der Universität. Einer der Wachleute brüllte laut einen Befehl und die Männer begannen zaghaft, sich auszuziehen. Der Mann neben Professor Stern weigerte sich und bekam deshalb einen Gewehrkolben ins Kreuz gestoßen. Er stürzte zu Boden und blieb dort liegen. Als die restlichen Männer mit verschränkten Armen nackt dastanden, warfen die Wachleute ihre Kleidung auf die Pritsche der Lkws. Die bleichen, meist gebeugten alten Körper leuchteten fast in dem grellen Scheinwerferlicht. Die Männer wurden gezwungen, ihre Hände auf dem Rücken zu verschränken, wo sie dann von den Wachleuten zusammengebunden wurden. Hans erkannte Wegner. Dieser beobachtete die Szene breitbeinig dastehend und mit einem Rohrstock in der Hand. Zufrieden schlug er immer wieder mit dem Stock in den Lederhandschuh seiner linken

Hand. Als schließlich alle Männer gefesselt waren, nahmen zwei Männer ein weiteres langes Seil und legten jedem einzelnen Mann eine Schlinge um den Hals. Danach waren alle miteinander verbunden. Hans konnte trotz der Entfernung sehen, wie sie vor Angst zitterten. Wenn einer stürzte, würde er unweigerlich die anderen mitreißen und deren Schlingen sich zuziehen. Hans hätte ihnen so gerne geholfen, aber alleine konnte er gegen die gut bewaffneten SA-Schergen nichts ausrichten. Als wäre es für die Gefangenen noch nicht schlimm genug, nackt und gefesselt in der kalten Nacht zu stehen, kam einer der Wachmänner mit einem Eimer und einem Pinsel. Er ging zum ersten Mann der Reihe. Hans erkannte das Gesicht von Professor Stern. Der Wachmann schmierte mit schwarzer Farbe in großen Buchstaben »JUDE« auf seinen Bauch. Mit einem fiesen Grinsen im Gesicht tat er das auch bei den nächsten beiden Professoren. Beim vierten Gefangenen zögerte er und tuschelte mit seinen Kollegen, dann lachten sie laut. Als der Mann mit dem Pinsel bereits dabei war, sein grausames Werk bei den restlichen Männern fortzuführen, drehte sich der vierte Mann ins Licht. Hans konnte sehen, dass er »SCHWUL« auf dem Bauch stehen hatte und man auch sein Geschlechtsteil mit Farbe beschmiert hatte. Nach weiteren quälenden Minuten war die Prozedur endlich vorbei und alle Männer im wahrsten Sinn des Wortes gezeichnet. Die SA-Leute amüsierten sich offenbar köstlich und machten Witze auf Kosten der nackten Männer. Es wurde sofort still, als Wegner laut rief. Hans kroch flach auf dem Boden liegend noch etwas näher heran.

»Es tut mir sehr leid. Offensichtlich gab es ein Missverständnis in der Verwaltung«, begann Wegner. Die gefesselten Männer in der Reihe drehten die Köpfe und sahen sich ratlos an.

»Sie können gehen!«, rief Wegner und winkte einen Mann heran, der eine Fackel in der Hand hielt. Die Gelehrten waren vollkommen überrascht und warteten darauf, dass sie losgebunden würden. Aber das sollte wohl nicht passieren, denn Wegner schrie sie an. »Los, verschwindet!« Um seinem Befehl Nachdruck zu verleihen, schlug er seinen Rohrstock mit großer Wucht auf die nackten Körper. Er zeigte auf den Waldweg, der an dieser Stelle in den Wald führte. Die Geschlagenen schrien auf und endlich setzte sich die Gruppe langsam und stolpernd in Bewegung. Der Mann mit der Farbe kommandierte mit dem Pinsel schwingend »links, rechts, links, rechts!« Tatsächlich begannen die Männer an dem Seil den Takt aufzunehmen und kamen mit Tippelschritten etwas besser voran. Erst als einer der Wachleute mit seiner Pistole einen Schuss in die Luft abgab, ging es schneller. Hans beobachtete die Szene mit Sorge. Irgendwas stimmte hier nicht. Warum quälte man die Männer erst und ließ sie dann auf einmal laufen? Er hatte noch nicht zu Ende gedacht, als sich auf schreckliche Weise sein Gefühl, dass etwas nicht stimmte, bewahrheitete. Drei Wachleute stellten sich nebeneinander auf und schossen mit ihren Maschinenpistolen den Männern hinterher. Diejenigen, die nicht selbst getroffen waren, wurden durch das Seil des niederstürzenden Mannes vor oder hinter sich zu Boden gerissen. Das Donnern der Schüsse hallte durch den nächtlichen Wald. Nach einer gefühlten Ewigkeit schwiegen endlich die Waffen. Die Gefangenen auf den anderen beiden Lastern kauerten verängstigt auf den Ladeflächen. Einige fingen an zu weinen und zu betteln, als Wegner mit gezogener Waffe zu den am Boden in ihrem Blut liegenden Körpern ging. Bei drei Männern setze er mit einem Kopfschuss das endgültige Ende. Seine Wachleute nahmen den Leichen das Seil ab und warfen die toten Körper auf die Pritsche des herangefahrenen Lkws zurück.

Hans wurde schlecht. Aus der Ferne hörte er plötzlich ein Motorengeräusch. Ein Fahrzeug schien sich zu nähern. Aufgeregt forderte Wegner zum Aufsitzen und sofortigen Abfahren auf.

Noch bevor der unbekannte Wagen in Sicht kam, setzten sich die drei Lkw in Bewegung und fuhren davon.

Hans stand auf, als er keine Lichter mehr sah und schaltete die mitgebrachte Taschenlampe an. Er rannte zum Waldweg hinüber und suchte den Boden ab, der mit großen Blutlachen bedeckt war. Hier konnte er nichts mehr tun. Er drehte sich um und wollte zurückgehen, als er ein Röcheln vernahm. Er leuchtete in Richtung des Geräuschs und erkannte im Graben neben dem Weg einen blutverschmierten nackten Körper. In der Eile ihrer Flucht mussten ihn die SA-Leute übersehen haben. Hans sprang zu ihm in den Graben und kniete sich nieder. Vorsichtig drehte er den Körper um und legte seine Hand stützend unter den Kopf. Er erkannte Professor Stern, der zum Sprechen ansetzte.

»Nicht sprechen«, versuchte Hans, den Verletzten zu beruhigen. Der Professor versuchte angestrengt, das Bewusstsein zu behalten. Seine Lippen zitterten und bewegten sich stumm. Hans sah an ihm herunter. Sein Körper war blutüberströmt, mindestens drei oder vier Kugeln hatten ihn getroffen. Er verlor viel Blut. Hans ergriff seine Hand und legte sein Ohr nahe an den Mund des sterbenden Mannes. Dieser wollte noch etwas sagen, aber dazu hatte er keine Kraft mehr und hörte auf zu atmen. Hans fuhr mit der Hand über sein Gesicht und schloss ihm die Augen. Was sollte er jetzt tun? Auf dem Motorrad konnte er ihn nicht mitnehmen. Außerdem musste er damit rechen, dass Wegners Trupp spätestens beim Abladen ihren Fehler bemerken und zurückkommen würden. Hilflos nahm Hans ein paar Tannenzweige vom Boden und bedeckte zumindest den nackten toten Körper damit. Hastig lief er zum Motorrad und entschied sich, zur Villa zurückzufahren. Die Kolonne konnte er inzwischen nicht mehr einholen. Und wenn Wegner seine Kollegen auch hätte umbringen wollen, wäre es ebenfalls hier geschehen. Oder waren sie von dem näherkommenden Wagen nur gestört worden? Zumindest hoffte Hans weiter für seine Kollegen, als er mit knatterndem Motor zurück nach Maraunenhof fuhr. Viel Zeit blieb ihm nicht mehr. Das Bild des toten Professors ging ihm nicht aus dem Kopf. Er war wütend, aufgeregt und traurig.

Bei seiner Rückkehr von diesem nächtlichen Ausflug hatte Hans den Wagen der Baronin in der Einfahrt stehen sehen. Doch das ganze Haus war bereits dunkel. Deshalb stellte er die NSU neben dem Eingang ab und ging leise die nur vom Halbmondlicht schummrig beleuchtete Treppe hinauf. Gut, dass ihm Maria einen Schlüssel gegeben hatte.

Zwei Tage später erschien eine kleine Randnotiz in der Tagespresse. Dabei wurde berichtet, dass sich der um die Universität sehr verdient gemachte und hoch angesehene Philosophieprofessor Stern in der vorletzten Nacht in einem Waldstück bei Neuhausen das Leben genommen habe. Hans warf die Zeitung in hohem Bogen durch die Küche. Marie erschrak und sammelte die Blätter auf. »Das ist an Hohn und Spott wirklich kaum noch zu überbieten«, fluchte Hans. »Ich hoffe, dieser Dreckskerl muss dafür irgendwann vor den Richter«.

30

Kirchner spürte die bedrückte Stimmung der meisten seiner Mitarbeiter, als er am Morgen seine Buchhandlung betrat. Er blieb stehen und schaute sich um. Es kam ihm vor, als bewegten sich alle wie in Zeitlupe, es war ungewöhnlich still. Kein Plausch an der Kasse oder vor dem Aufzug, kein Kichern oder Flüstern. Selbst die am Vormittag noch wenigen Kunden saßen still an den Lesetischen und vergruben ihre Gesichter in den Büchern vor ihnen. Alle Mitarbeiter schienen konzentriert und sehr beschäftigt. Ihm fiel auf, dass ihn scheinbar niemand beachtete. Frau Niemeyer, schon seit vielen Jahren an der Kasse, lief an einem Regal mit Kriminalromanen entlang und rückte die Bücher wieder so zurecht, dass sie mit den Rücken bündig standen. Kirchner hatte sie das noch nie machen sehen, und es gehörte nicht zur Aufgabe einer Kassiererin. Er nahm den Hut ab, öffnete seinen Mantel und ging zu ihr hinüber.

»Frau Niemeyer?«, sprach er sie an und legte vorsichtig seine Hand auf ihre Schulter. Sie zuckte zusammen und drehte sich um. Er erhielt keine Antwort, sah nur ihre verheulten Augen, bevor sie sich an ihm vorbei schlängelte und die Treppe hinauf in den Personalraum rannte. Die bevorstehenden Ereignisse dieses abends schickten ihre Vorboten. Kirchner ging betroffen die Treppe hinauf und hörte noch, wie im Verkaufsraum das Gemurmel wieder einsetzte, nachdem er nicht mehr zu sehen war. Er ahnte, dass es auch für die meisten seiner Mitarbeiter ein schwieriger Tag werden würde. Er ging entgegen seiner Gewohnheit wortlos an seiner Sekretärin vorbei, betrat sein Kontor, hängte Hut und Mantel in den Garderobenschrank und ging zum Schreibtisch. Seine Sekretärin folgte ihm, klopfte und trat ohne abzuwarten ein.

»Guten Morgen, Herr Direktor«, begrüßte sie ihn. Er zuckte erschrocken zusammen und sah zu ihr auf.

»Bitte entschuldigen Sie, Fräulein Pietsch. Ich war in Gedanken. Das ist leider kein guter Morgen.«

»Wir sind alle sehr betroffen. Obwohl es auch einige gibt, die das richtig finden. Herr Direktor, ich möchte nur sagen, dass ich nicht zu denen gehöre.«

Kirchner nickte ihr dankbar zu und bat sie, ihm die Post und einen Kaffee zu bringen.

»Bitte, denke Sie an Ihren Termin nachher. Um zehn Uhr kommt Herr von Stetten aus Leipzig zu seinem Jahresbesuch. Ich konnte das leider nicht mehr verlegen, da er die Passage mit der ›Preußen‹ bereits gebucht hatte und von hier aus noch weiter nach Tilsit reist.«

»Ja, ist gut, dann bleibt es dabei«, bedankte sich Kirchner. Sie war wirklich eine Perle. Bevor sie sein Büro verließ, drehte sie sich spontan noch einmal um und raunte ihm zu: »Und Thomas Mann bleibt trotzdem mein Lieblingsautor!«

Kirchner musste kurz schmunzeln und war dankbar für diese kleine Aufmunterung. Sie zog zufrieden die Tür hinter sich zu.

»Guten Morgen, Maria«, sagte die Baronin, als sie die Küche betrat. Sie trug ein langes Kleid mit dezentem Blumenmuster und war offensichtlich bester Laune.

»Guten Morgen, Frau Baronin«, entgegnete die Haushälterin. »Ich habe Ihr Frühstück bereits vorbereitet.«

»Guten Morgen, Herr Zach«, begrüßte sie Hans, der am Küchentisch saß und die Zeitung vor sich liegen hatte.

»Morgen«, brummte er, ohne aufzusehen, und nahm einen Schluck aus seiner Kaffeetasse. Er war sichtlich beleidigt wegen ihrer geheimnisvollen Reise. Von seinen dramatischen Erlebnissen in der Nacht ahnte die Baronin nichts.

»Ach Maria, bitte bringen Sie mir meinen Tee einfach hierher, ich setze mich zu Herrn Zach an den Küchentisch.«

Hans sah irritiert zu ihr auf.

»Heute gar nicht im Jagdkostüm?«, provozierte Hans sie.

»Aber Herr Zach, warum sind Sie denn so ungehalten?«, überging die Baronin seine respektlose Andeutung. »Ich hatte meine Gründe. Sie dürfen nicht vorschnell urteilen, so lange Sie die Fakten nicht kennen. Sie werden überrascht sein! Aber das sollten Sie als Journalist doch wissen.«

Maria servierte den Tee und die Baronin gab ihr mit einem Blick zu verstehen, dass sie sie alleine lassen solle. Nachdem Maria die Tür hinter sich zugezogen hatte, legte sie ruhig zwei weiße Umschläge auf den Tisch. In der oberen linken Ecke trugen sie den Reichsadler mit Hakenkreuz. Hans sah die Wappen neugierig an.

»Was ist das?«

»Nun, sagen wir es so: Auch wir Adelsleute haben so unsere Beziehungen und manchmal sind die sehr nützlich. Das sind Entlassungsschreiben, mit denen ich morgen Emma Sittler und Hannah Perlmann in Devau abholen werde.«

Hans war perplex.

»Was? Wie? Wie haben Sie das geschafft?«, fragte er verdattert.

Die Baronin lächelte ihn geheimnisvoll an, sagte aber nichts.

»Lassen Sie mich raten. Das Jagdkostüm, eine Fahrt, die man in der Zeit bewältigen kann. Sie haben ›ihn‹ getroffen, oder?« Er nickte mit dem Kopf in Richtung Küchentür und meinte damit das Foto auf dem Kamin, das die Baronin mit der Flinte neben Hermann Göring zeigte. »Ich muss gestehen, ich bin beeindruckt. Wieso tut er das für Sie?«

»Das spielt doch keine Rolle«, wiegelte die Baronin ab.

»Und was ist in dem zweiten Umschlag?«, fragte Hans und deutete mit dem Kinn auf den Tisch.

»Nun, der ist umfangreicher«, lächelte sie triumphierend und tippte leicht mit dem Zeigefinger auf den Umschlag. »Dieses Dokument wird Königsberg das ›Haus der Bücher‹ als unabhängiges Unternehmen erhalten. Aber sprechen wir nicht länger von mir, was haben Sie während meiner Abwesenheit gemacht?«, lenkte sie das Gespräch geschickt von sich ab. Offensichtlich wollte sie weder mehr über den zweiten Umschlag noch über ihre Bekanntschaft mit Göring erzählen.

Hans berichtete ihr von der Fertigstellung des Verstecks und seinen Erlebnissen in der vergangenen Nacht. Die Baronin war bestürzt. Sie hatte Professor Stern vor vielen Jahren auf einer Veranstaltung kennen und schätzen gelernt. Sie liebte die Philosophie und hatte sich oft mit dem Professor ausgetauscht und deshalb auch den Lehrstuhl mit großzügigen Spenden finanziell unterstützt.

Das Klingeln des Telefons riss Wilhelm Kirchner aus seinen Gedanken. Er legte das Foto von Emma auf den Tisch und nahm den Hörer ab.

»Herr Direktor, Baronin von Strehlau für Sie.«

»Ja, danke.« Es knackte in der Leitung. »Hallo Liselotte! Wie gut von dir zu hören. Ich hatte mir schon Sorgen gemacht wegen deiner plötzlichen Abreise.«

»Guten Morgen, Wilhelm. Du kannst ganz beruhigt sein, alles ist gut. Ich bekam einen Anruf, dass die Gelegenheit günstig sei, deshalb musste ich gleich aufbrechen.«

»Wo warst du denn?«

»In der Rominter Heide. Aber das spielt jetzt keine Rolle. Hör mir bitte zu, ich habe gute Nachrichten«.

»Die kann ich wirklich gut gebrauchen, erzähl bitte.«

Sie berichtete ihm zuerst von dem Entlassungsbrief für Emma und Hannah. Als sie ihm sagte, wer diesen unterschrieben hatte, atmete Kirchner erleichtert aus.

»Das ist ja großartig! Wie hast du das nur geschafft?«

Die Baronin ging auf diese Frage nicht weiter ein. Sie faltete die beiden Schreiben auf und las sie ihm vor.

»Das heißt, heißt ja, dass ...«, kam Kirchner ins Stottern.

»Ja, Wilhelm. Von Wehlau und seine Handlanger können somit weder dir noch deiner Buchhandlung etwas anhaben. Mit Herrmann, ich meine, mit dem Reichsminister, legen die sich bestimmt nicht an.«

»Oh mein Gott, Liselotte, das ist ja großartig. Ich könnte dich küssen!«, entfuhr es ihm vor Freude.

»Oh, das lässt sich sicher bei passender Gelegenheit einrichten«, lachte sie. Sie vereinbarten, dass sie ihm den Umschlag mit dem Schutzbrief gleich am Nachmittag durch einen Boten zukommen lassen würde. Nachdem er den Hörer aufgelegt hatte, fühlte er, wie schlagartig der enorme Druck der letzten Tage von ihm abfiel. Er bat seine Sekretärin darum, Otto und Konrad zu holen, weil er unverzüglich etwas mit ihnen zu besprechen habe.

Kaum dass die beiden sein Büro betreten und die Tür geschlossen hatten, überbrachte er ihnen die guten Neuigkeiten. Otto und Konrad konnten es fast nicht glauben. Als der Direktor ihnen noch mal bestätigte, dass sie morgen die Frauen aus dem Gefängnis holen könnten, fielen sich seine beiden Mitarbeiter dankbar und freudig in die Arme. Der gesamte Druck der letzten Tage schien von ihnen in dem Moment abzufallen. Kirchner lächelte verhalten, als er die beiden betrachtete, blieb jedoch auffällig ruhig.

»Herr Direktor, freuen Sie sich denn gar nicht?«, fragte Otto erstaunt, als er das Gesicht des Direktors sah. Er ließ Konrad los und stellte sich abwartend vor den Schreibtisch.

»Wenn alles klappt, werden die beiden morgen frei kommen. Und auch das Haus hier scheint erst einmal wieder sicher vor denen zu sein, aber von Wehlau wird nicht aufgeben, da können wir sicher sein. Er wird sich einen neuen Weg suchen, um sich die Buchhandlung unter den Nagel zu reißen. Aber wir haben jetzt ein ganz anderes Problem.«

»Mit dem Schreiben von Göring ist unser Täuschungsmanöver heute Abend noch viel gefährlicher geworden. Wenn wir jetzt auffliegen, deckt uns auch kein hohes Tier mehr. Dann landen wir nicht mehr im Zuchthaus, sondern alle direkt am Galgen. Und im Zweifel die beiden Frauen gleich mit.« Seine Mitarbeiter schauten ihn entgeistert an. So hatten sie das noch gar nicht betrachtet. Ihre Freude war plötzlich wieder getrübt und machte erneut einem Gefühl von Angst Platz.

»Aber wir müssen doch die Silberkassetten und die Bücher schützen!«, entgegnete Otto schon fast trotzig.

»Ja, natürlich. Nur dürfen wir nicht außer Acht lassen, dass die ganze Sache sehr gefährlich ist. Es geht hier vor allem um die Bücher, aber auch um unser aller Leben«, nach einer kurzen Pause fuhr er fort.

»Wie weit sind Sie? Ist alles vorbereitet?« Die Hoffnung darauf, dass seine Nichte und auch Ottos Frau wieder frei kommen würden, gab ihm neue Kraft. Nun mussten sie nur noch die Bücherverbrennung überstehen.

»Der Wagen ist geladen. Die Kisten stehen an der richtigen Stelle, so wie es ge-ge-geplant war«, stotterte Konrad aufgeregt.

»Sehr gut!«, entgegnete Kirchner. Er ging um seinen Schreibtisch herum und stellte sich vor seine Mitarbeiter.

»Hören Sie, wir machen alles weiter wie besprochen. Unser Plan ist gut durchdacht, es wird nichts passieren. Morgen sind Emma und Ihre Frau frei, Otto. Danach sehen wir weiter.« Es klopfte an der Tür und die Sekretärin streckte den Kopf herein.

»Entschuldigung, Herr Direktor, darf ich Sie an Ihren Termin erinnern. Herr von Stetten ist bereits im Haus, er kommt gleich hoch.«

»Danke, wir sind gleich soweit«, antwortete Kirchner und wandte sich wieder Otto und Konrad zu. »Wir treffen uns kurz vor sechs im Keller, dann fahren wir zu diesem verdammten Trommelplatz. Sollen sie ihr Schauspiel bekommen.«, schloss Kirchner das Gespräch ab. Otto und Konrad nickten und verließen das Büro.

Hans von Stetten war in jeder Hinsicht eine außergewöhnliche Erscheinung. Er schien keinen Hals zu haben, denn über seinem kugelrunden, massigen Körper saß direkt ein kleiner Kopf mit einem freundlichen, ziegenbärtigen Mondgesicht und abstehenden Ohren. Er sah aus wie ein fröhlicher Schneemann. Zudem hatte Kirchner ihn noch nie mit schlechter Laune oder unfreundlich erlebt. Stets hatte er einen flotten Spruch auf Lager, war lustig und immer eine Spur zu laut. Sobald er eine schöne Frau sah, flirtete er ungeniert mit ihr. Dabei blieb er jedoch stets höflich, galant und gut erzogen, sodass es den Damen schmeichelte. Von Stetten war an sich ein feiner Herr alter Schule, wie er selbst immer betonte, sobald er jedoch in seinen starken sächsischen Dialekt verfiel, wurde es ungewollt komisch. Schon seit Jahren besuchte er immer im Mai das ›Haus der Bücher‹. Dabei plante er seine Reise durch Deutschland extra so, dass er von Swinemünde aus mit der ›Preußen‹ bis Pillau fahren konnte. Er liebte das Meer und betonte stets schelmisch, wie schade es sei, dass Leipzig nicht am Meer läge. Für die Damen an den Kassen, in der Registratur und der Abteilung für schöne Literatur brachte er jedes Mal eine Schachtel ›Leipziger Lerchen‹ mit, eine süße Mürbeteigspezialität. Die männlichen Mitarbeiter grüßte er kurz, schien sie aber nicht weiter wahrzunehmen. Wenn die Süßigkeiten verteilt waren, führte eine der Mitarbeiterinnen ihn zum Aufzug.

Aber dieses Mal fiel es Kirchner schwer, sich auf seinen sonst so geschätzten Besuch zu konzentrieren. Es war einfach der falsche Tag. Die bevorstehende Bücherverbrennung setzte ihm doch sehr zu und ließ seine Gedanken immer wieder abschweifen. Nach zwei Stunden verabschiedete sich Herr von Stetten. Kirchner verließ kurz darauf unruhig das Haus und ging über die große Schlossteichstraße und die Münzstraße ins Café Schwermer. Er setze sich auf die zur Promenade hin angebaute Terrasse und bestellte sich einen Kaffee. In Gedanken ging er ihren Plan für den Abend noch einmal Schritt für Schritt durch. Es durfte einfach nichts schief gehen! Zwanzig Minuten später trat Baronin von Strehlau an seinen Tisch. Er stand auf, begrüßte sie formvollendet mit einem Handkuss und zog den Stuhl für sie zurecht. Nachdem auch er sich wieder gesetzt hatte, kam der Kellner und sie bestellten jeder ein Stück von dem berühmten Baumkuchen. Dass er wieder Appetit auf diese besondere Spezialität hatte, wertete Kirchner als ein gutes Zeichen. Während sie zusammen darauf warteten, übergab die Baronin ihm den ersehnten Briefumschlag. Kirchner steckte ihn, ohne ihn zu öffnen, in die Innentasche seines Anzugjacketts.

»Willst du ihn denn gar nicht lesen?« Die Baronin war überrascht.

»Später«, entgegnete er und sah sie über den Tisch hinweg an. »Ich weiß ja, was drin steht«. Schließlich erläuterte er ihr für den Abend geplantes Vorgehen.

»Morgen ist hoffentlich alles vorbei«, beendete er seine Schilderung.

»Ich fahre gleich morgen früh nach Devau und hole die beiden Frauen ab. Er bat mich, bis morgen damit zu warten.«

Wilhelm Kirchner war klar, wen sie mit »er« meinte. Doch er ging nicht weiter darauf ein.

»Hey, was machst du da?«, rief Otto und lief die Treppenstufen zum Hof hinauf. Ein junger Buchhändlergehilfe, der erst seit einem halben Jahr in der Buchhandlung arbeitete, hatte die Plane des Lieferwagens angehoben und sich darunter zu schaffen gemacht. Otto hatte ihn gerade noch erwischt, bevor er auf die Ladefläche klettern konnte. »Nichts!«, log er, als Otto ihn vom Wagen wegstieß.

»Sind das die Bücher, die heute Abend ins Feuer fliegen?«, fragte er mit einem breiten Grinsen. Otto nickte.

»Gut so. Ich hätte den Dreck sowieso niemandem mehr verkauft. Der Führer räumt endlich auf in unserem Land!«

Otto konnte sich nicht mehr bremsen und seine Faust krachte mitten auf die Nase des Jungen. Der hatte nicht damit gerechnet, berappelte sich aber schnell wieder und ging ohne zu Zögern auf Otto los. Zwei auf dem Hof stehende Männer griffen ein und hielten die Streithähne auseinander. Otto verschwand fluchend im Keller und hielt sich seinen angeknacksten Kiefer. Er war überzeugt, dass dieser junge Mann ein Spitzel Wegners war.

Kurz darauf stand der junge Mann vor Kirchner. Der junge Kollege machte ihm gegenüber auch kein Geheimnis aus seiner politischen Gesinnung. Er gab sofort zu, dass er Wegner in den letzten Wochen mit Informationen versorgt hatte. Die Dreistigkeit, mit der er sein Handeln erklärte, erschreckte Kirchner. Obwohl es sonst nicht seine Art war, wollte Kirchner mit solchen Menschen nicht zusammen arbeiten. Kurz darauf hatte der junge Mitarbeiter seine Papiere in der Hand und verließ mit einem hämischen Grinsen das Büro der Personalverwaltung.

Zur selben Zeit öffnete sich die Tür und Wegner betrat Emmas Zelle. Sie stand an der Wand unter der kleinen vergitterten Luke.

»Ich verlange vernünftige Kleidung!«, forderte Emma mit fester Stimme. »Hier ist es kalt und klamm, ich komme um. Nicht einmal Schuhe habe ich.«

»Ach Mädchen«, sagte Wegner gespielt mitleidig und kam ihr näher. »Soll ich dich wärmen?« Er griff nach ihrem Fuß.

»Fassen Sie mich nicht an!«, schrie Emma und schlug nach ihm. Wegner wich geschickt aus und die junge Frau kassierte aus seiner Drehung heraus einen Schlag ins Gesicht. Die Wucht schleuderte sie auf die Pritsche und mit dem Hinterkopf schlug sie gegen die Wand. Sie schrie auf, hielt sich den Kopf und krümmte sich zusammen. Wegner drehte sich unbeeindruckt um und ging hinaus. In der Tür drehte er sich noch einmal um.

»Machen Sie sich keine Sorgen, Fräulein Sittler. Heute ist der große Tag. Wenn Ihr Onkel keine Dummheiten macht, sehen Sie in Kürze ihren kleinen Buchhändler wieder.« Wegner lachte. Emma konnte fühlen, dass da noch etwas war. Sie konnte sich nicht vorstellen, dass die sie einfach wieder laufen lassen würden. Unter ihren Füßen tastete sie nach der Decke und zog diese über sich. Ihr Kopf brummte von dem Aufprall gegen die Wand. Tränen liefen über die brennende Wange auf die raue Matratze.

Zwei Türen weiter öffnete der Tyrann die Luke in der Tür und schaute in die Zelle. Hannah lag auf ihrer Pritsche und starrte an die Decke. Offenbar nahm sie ihre Umgebung gar nicht mehr wahr. Ihre Beine waren übersät mit blauen und grünen Flecken. Ihre Handgelenke waren wundgescheuert, hatte Wegner ihr doch immer wieder die Handschellen angelegt. Damit sie sich nicht wehren konnte, hatte er sie besonders eng zugedrückt.

»Hannah, meine Liebe! Geht es dir gut?«, verspottete er sie. Sie rührte sich nicht, doch das war ihm egal. Er fühlte sich stark, jetzt musste sie endlich das tun, was er wollte und diesem verdammten Otto Perlmann hatte er es auch gezeigt. Der wollte seine Frau so sicher nicht zurück. Er hatte sich nach so langer Zeit endlich genommen, was ihm schon immer zugestanden hatte. Er schloss zufrieden die Luke und ging hinauf in den Hof. Dort wartete ein Kübelwagen, der ihn zum Trommelplatz vor der Kaserne brachte.

31

Die Glocken der Altstädischen Kirche schlugen gerade sechs Mal, als Wilhelm Kirchner die Tür seines Büros von innen entriegelte. Noch niemals zuvor hatte er sich in seinem Büro eingeschlossen, immer hatte er eine ›offene Tür‹ für seine Mitarbeiter. Doch nicht so in den letzten zwei Stunden. Noch ganz in Gedanken zog er die Tür hinter sich zu, drehte sich um und blickte auf. Ein Schauer lief ihm über den Rücken, als er den Flur entlang sah. Dort hatten sich einige der diensthabenden Angestellten in einer Reihe bis zum Treppenhaus aufgestellt. Viele besonders vertraute Mitarbeiter trugen zum Zeichen ihrer Solidarität mit dem Direktor und als stummen Protest gegen die Bücherverbrennung ein gelbes Halstuch.

Otto hatte sich daran erinnert, dass schon seit Ewigkeiten in einem der Lagerräume eine Kiste mit diesen gelben Tüchern herumstand. Keiner wusste, wann und wofür diese angeschafft worden waren. Niemand ahnte, dass viele Jahre später genau das Gelb dieser Tücher die Logofarbe des Verlages werden sollte. Doch das war in neueren Zeiten, nach einem traurigen Ende und einem gelungenen Neuanfang.

Kirchner blieb bewegt stehen. Alle sahen ihn an und er musste um Haltung ringen.

»Alles Gute, Herr Direktor« schluchzte seine Sekretärin Marianne Pietsch in ein Taschentuch, die Erste in der Reihe.

Andere wünschten »Viel Kraft« oder nickten einfach nur stumm. Man hätte fast meinen können, dass es ein Abschied war. Langsam ging er an ihnen vorbei zum Treppenhaus. Bis er am oberen Treppenabsatz ankam, hatte er einen dicken Kloß im Hals. Er sah, dass doch die meisten der Kollegen kein Halstuch trugen. Lange und intensiv hatten sie im Kollegium diskutiert, ob sich auch die Regimebefürworter dieser Aktion anschließen sollten, schließlich war es eine Demonstration gegen die ›Aktion wider den undeutschen Geist‹, gegen die Reinigung der Buchhandlung, gegen die Partei und letztlich gegen den Führer, an den sie glaubten. Aus Respekt zu ihrem Vorgesetzten hatten sie sich dann aber der Mehrheit angeschlossen und an dieser Sympathiebekundung teilgenommen. Nur das gelbe Tuch lehnten sie ab.

Kirchner war in dem Moment allen gleichermaßen dankbar. Er hatte sich gerade wieder gefangen, als er durch die Schwingtür des Treppenhauses das Erdgeschoss betrat. Dort standen dicht gedrängt die restlichen Mitarbeiter. Als sie ihn sahen, verstummten schlagartig alle Gespräche. Man konnte die knisternde Energie, die den Raum erfüllte, fast körperlich spüren. Unendlich dankbar war er in diesem Moment und stolz auf seine Mitarbeiter. An der Treppe zum Keller blieb er stehen und schaute noch einmal zurück. Wahrscheinlich erwarteten sie eine kurze Ansprache, doch er schloss nur kurz die Augen und nickte ihnen mit einem dankbaren Lächeln zu. Sie verstanden ihn sicherlich auch so.

»Es wird Zeit«, sagte Kirchner, als er den Keller betrat, wo seine beiden Begleiter schon nervös auf ihn warteten.

»Keine Sorge«, spottete der Direktor, »die fangen nicht ohne uns an«. Otto konnte darüber nicht lachen. Im Hof stand der Lkw, über dessen Anblick Kirchner sehr überrascht war. Die Werbeschrift auf der Plane war mit schwarzer Farbe überpinselt worden. Er warf Otto einen fragenden Blick zu.

»Na ja, ich habe den Wagen etwas, nun sagen wir, umgestaltet. Das gönnen wir den Schweinen nicht auch noch«, sagte Otto, stieg ein und rutschte auf den Mittelsitz durch. Konrad setzte sich ans Steuer und Kirchner schwang sich auf den Beifahrersitz. Als sie durch den Torbogen hinausfuhren, hingen alle drei ihren Gedanken nach und hatten mächtige Bauchschmerzen. Schweigend saßen sie nebeneinander, während sie den Steindamm entlang fuhren. Auf den Bürgersteigen und der Straße bewegten sich große Mengen Schaulustiger ebenfalls in Richtung Trommelplatz. Als Konrad das Horn betätigte, um eine Gruppe Studenten mit Fahnen von der Straße zu jagen, reagierten diese aggressiv, schimpften und schlugen gegen den Wagen.

»Nicht Konrad! Lassen Sie die Leute. Das bringt nichts und wir haben es nicht eilig!«

»Doch haben wir«, entgegnete Konrad trotzig. Er umklammerte verkrampft das Lenkrad. »Es geht um Emma und Hannah, oder?«

»Und um unser ›Haus der Bücher‹«, murmelte Otto. Die Studenten wichen schließlich doch noch zur Seite, sodass Konrad weiterfahren konnte.

Auf dem Platz hatte sich bereits eine große Menschenmenge versammelt, die in einem ausladenden Kreis um einen

Scheiterhaufen stand. Zwei Studenten der ›Taskonia‹ erwarteten sie bereits und wiesen Konrad so ein, dass er an der richtigen Stelle den Wagen rückwärts zum Feuer abstellen konnte. Mannshoch hatten sie einen zylindrischen Holzstoß aufgebaut. Wie auf einem Podest waren darauf Bücher gestapelt. Um den Holzstoß hatten sie schwarz-rot-goldene Fahnen gewickelt. Einige Meter weiter stand der ›Schandpfahl‹, der bereits am Morgen von den Studenten in einer feierlichen Zeremonie aufgestellt worden war. Auch er war mit der Fahne von 1848 umwickelt worden, bevor die Corps-Studenten verbotene Bücher daran genagelt hatten.

Gegenüber dem Scheiterhaufen stand ein offener Pkw, der als Rednerbühne dienen sollte, daneben formierten sich auf der einen Seite die Studenten in ihren farbenfrohen Uniformen. Auf der anderen Seite standen die Parteigrößen beisammen. Der Gauleiter hatte sich entschuldigen lassen, deshalb hatten sich die Studenten und die Parteileute auf den SA-Sturmbannführer und Kreisführer der NS-Studentenschaft Horst Krutschinna als Redner geeinigt. Dieser bestieg just in diesem Moment theatralisch den Wagen und baute sich umständlich hinter dem Mikrofon auf. Kirchner konnte sehen, dass von Wehlau dies mit großem Missfallen beobachtete. Sicherlich hätte er viel lieber selbst die beeindruckende nationalistische Feuerrede gehalten.

Die Dunkelheit brach herein und die Studenten rund um den Platz entzündeten Fackeln. Ein Spielmannszug hielt sich im Hintergrund auf und wartete auf seinen späteren Einsatz. Rund um das Feuer hatten sich viele Schaulustige mit Taschen voller Bücher versammelt und waren bereit, diese begeistert ins Feuer zu werfen.

»Sie können es kaum erwarten«, murmelte Kirchner verbittert. In der Menge konnte er ab und zu Wegner erkennen, der aufgeregt hin und herlief und seine Männer dirigierte. Auch ihm war zweifelsfrei die historische Bedeutung des Abends bewusst. Für die Fotografen hatte von Wehlau extra ein Podest errichten lassen. Sicherlich nicht zufällig lag es nur wenige Meter neben dem ihnen zugewiesenen Platz. Von dort oben konnten perfekte Fotos gemacht werden. Kirchner sah die emsigen Fotografen und sein Magen verkrampfte sich. Er postierte sich mit Konrad und Otto hinter der Ladefläche ihres Lastwagens. Horst Krutschinna klopfte mit der Hand auf das Mikrofon und zog so die Aufmerksamkeit auf sich. Er wartete, bis es ruhig wurde und ließ seinen Blick herrisch über den Platz und die Menschenmenge schweifen.

»Deutsche Volksgenossen! Zum Zeichen dafür, dass wir uns reinigen wollen von jenem Geist des Chaos, des Untergangs, reinigen wollen von den letzten Resten dieses Geistes, die hier und da etwas an uns haften geblieben sind, vernichten wir diese Schriften durch Feuer. Möge das Feuer, dass ich hier anlege, die Seele des Volkes ausbrennen von allen Schlacken dieses Ungeistes! Möge nach der Läuterung die Seele des erneuerten Volkssturms reiner und schöner erstrahlen denn je zuvor!«

Beifall und Sieg-Heil-Rufe brandeten auf. Dann stieg er vom Wagen, ließ sich eine brennende Fackel geben und schritt, begleitet von zwei weiteren Uniformierten mit Fackeln, zum Scheiterhaufen. Er hielt die Fackel steil nach oben und senkte den Arm. Das benzingetränkte Holz lechzte schnell nach dem Feuer und innerhalb von Sekunden brannte es lichterloh. Die Studenten johlten und brüllten Parolen. Als das Feuer haushoch loderte, traten erste Studenten in Reihe hervor und warfen mit lauten Feuersprüchen Bücher ins Feuer.

»Ich übergebe dem Feuer die Schriften von
Bert Brecht!«
»Ich übergebe dem Feuer die Schriften von
Alfred Döblin!«
»Ich übergebe dem Feuer die Schriften von
Klaus Mann!«
»Ich übergebe dem Feuer die Schriften von
Stefan Zweig!«
»Ich übergebe dem Feuer die Schriften von
Erich Kästner!«
»Ich übergebe dem Feuer die Schriften von
Thomas Mann!«

Es brandete besonders lauter Beifall auf. Wilhelm Kirchner spürte einen Stich ins Herz.

»Ich übergebe dem Feuer die Schriften von
Arthur Schnitzler!«
»Ich übergebe dem Feuer die Schriften von
Erich Maria Remarque!«

Otto ballte die Fäuste, doch Kirchner sah ihn mahnend an.

»Ich übergebe dem Feuer die Schriften von
Lion Feuchtwanger!«

Die drei Buchhändler zuckten bei jedem Buch zusammen, das Feuer fing. Lautes Gegröle begleitete die Aufzählung weiterer Namen von unerwünschten Schriftstellern.

»Verschlinge Flamme auch die Schriften von
Tucholsky und Ossietzky!«

Hans Kröker als Letzter der Reihe schleuderte in hohem Bogen einen Stapel Bücher in die Flammen. Alle Taskonier wiederholten lautstark seinen Feuerspruch und johlten. Viele riefen ›Deutschland, Deutschland‹ und immer wieder ertönte aus der Menge der Führergruß. Mittlerweile war die Hitze des Feuers so groß, dass die Menge rundherum mehr Abstand halten musste, der Kreis wurde größer. Es folgten Autoren aus den Bereichen Geschichte, Politik, Kunst, Literaturgeschichte, Religion und Philosophie. Ausgerechnet die Philosophen ernteten beim Flug ins Feuer große Zustimmung der Studentenschaft. Einige hofften im Stillen trotzdem, dass der Jubel nicht bis zum Dom an Immanuel Kants Grab reichen würde.

Die drei Buchhändler verfolgten das gruselige Geschehen mit Abscheu. Kirchner sah sich um.

»Otto, haben Sie die Wachen überall gesehen?«, fragte er und lies seinen Blick über den Platz kreisen.

»Wir müssen höllisch aufpassen!«, flüsterte Otto und nickte. Plötzlich stand Wegner vor ihnen.

»Meine Herren! Wie schön, dass Sie es einrichten konnten.« Er lachte spöttisch. Mit dem Feuer im Hintergrund wirkte er bedrohlich, ja fast teuflisch. Er wollte sicherstellen, dass die Buchhändler die Befehle auch wirklich befolgten und keine Tricks anwendeten, deshalb blieb er neben ihnen stehen. Sein Blick wanderte zu von Wehlau. Der winkte Kirchner scheinheilig zu und bestieg dann den Pkw. Nun sollte seine große Stunde kommen.

»Liebe Volksgenossen! In den letzten Wochen haben unsere fleißigen Studenten, die braven Bürger unserer Stadt und die Helfer unserer Schutzstaffel den Schund aus den Regalen geholt. Hier lodert er nun im Feuer!« Die Menge jubelte und klatschte Beifall. »Doch es bedarf besonderer Zeichen, die uns und der ganzen Welt zeigen, dass ein neuer Wind durch unser Land weht, ein Orkan, der alles wegweht, was Deutschland nicht würdig ist!« Er machte eine weit ausholende Handbewegung, die steif und einstudiert wirkte.

»Ich freue mich daher außerordentlich, dass der sehr geschätzte Herr Direktor Wilhelm Kirchner, Inhaber unseres wundervollen und weit über die Grenzen unseres Landes bekannten ›Haus der Bücher‹ es sich nicht nehmen lässt, persönlich diese schändliche Judenliteratur dem Feuer zu übergeben.« Während die einfachen Zuschauer zu dem Lastwagen hinübersahen und im Feuerschein Kirchners Gesicht erkannten, jubelten die Studenten laut los. Otto schob die Plane mit einer Stange nach oben, bestieg die

Ladefläche und zündete eine Petroleumlampe an, die er am oberen Spriegel befestigte. Kirchner wunderte sich kurz darüber, schließlich gab das große Feuer hinter ihnen genug Licht und auf der Ladefläche gab es sonst nie eine Lampe. Mehrere Taskonier bildeten links und rechts des Wagens eine Gasse, durch die die drei Buchhändler nun Kiste für Kiste vom Lkw holten und die Bücher dann ins Feuer werfen mussten. Die Demütigung war für sie kaum zu ertragen. Nur einmal sah Kirchner in dem Moment auf, als er Schwung nahm, um Bücher in die Flammen zu schleudern. Er machte das tatsächlich sehr überzeugend und mit Elan, denn die Bücher sollten ja auch in der größten Glut schnellstens verbrennen und keine Spuren hinterlassen. Genau da prasselte ein Blitzlichtgewitter vom Fotografenpodest los. Das also wird das Bild sein, das morgen durch Europa geht, dachte er. Von der andern Seite des Feuers kommentierte von Wehlau das Geschehen. Immer wieder rief er Namen der Autoren, deren Bücher an diesem Tag im Feuer untergingen. Er sorgte damit dafür, dass die Stimmung rund um das Feuer sich immer mehr aufheizte und aggressiver wurde. Bald standen nur noch ein gutes Dutzend Kisten auf dem Lkw.

Plötzlich und unerwartet erschien Hans Kröker mit einigen Kommilitonen, bahnte sich einen Weg durch die Fackelträger der SA und sprang auf die Ladefläche. Seine Augen funkelten Otto an, der gerade eine weitere Kiste abladen wollte.

»Lass das, alter Mann«, schrie er Otto an und stieß ihn rücksichtslos zur Seite. Otto stürzte und schlug mit dem Kopf gegen die Ladebordwand. Kurz blieb er benommen liegen.

»Die letzten Kisten übernehmen wir. Den Spaß lassen wir uns doch nicht entgehen!«, rief der Studentenführer seinen Kommilitonen zu, die ihrer Zustimmung begeistert und laut Ausdruck verliehen.

Otto berappelte sich und sah entsetzt zu Konrad und Kirchner, die in diesem Moment mit leeren Händen vom Feuer zurückkamen. Jetzt würde alles auffliegen! Sie sahen es innerlich schon vor sich: Verhaftung, Zuchthaus und am Ende der Galgen für sie alle! Das ›Haus der Bücher‹ war verloren. Hannah! Emma! Otto blickte hilfesuchend den Direktor an, doch auch der stand wie angewurzelt vor dem Lkw. Kröker stieg auf einen der unteren Kartons, um eine Kiste vom Stapel vorne am Fahrerhaus herunterzuziehen. Gebannt und unbeweglich verfolgten die Buchhändler das Geschehen, ebenso wie von Wehlau, der zu spüren schien, dass da etwas faul war. Als Kröker die Kiste auf der Ladefläche fallen ließ, riss der Boden des Kartons und einige Bücher fielen heraus. Kröker fluchte.

In dem Moment, als er nach den Büchern greifen wollte, nutzte Otto die Gunst des Augenblicks. Er richtete sich auf und wie aus Versehen stieß er die an dem oberen Spriegel hängende Petroleumlampe herunter, die das Innere der Ladefläche beleuchtet hatte. Die Lampe stürzte zu Boden und das Glas zerbrach. Das ausgelaufene Petroleum entzündete sich mit einer Stichflamme. Innerhalb von Sekunden stand die Ladefläche des Wagens in Flammen. Ein Raunen ging durch die Menschenmenge rund um den Scheiterhaufen. Kröker und Otto sprangen im letzten

Moment von der Ladefläche. Studenten halfen Kröker, sein brennendes Hosenbein zu löschen.

»Verdammt!«, schrie Wegner Kirchner an. Otto erntete einen hasserfüllten Blick. »Was war das denn?«

Kirchner erfasst die Situation sofort. Otto war einfach genial!

»Das war so zwar nicht geplant. Aber Sie wollten die Bücher im Feuer haben. Nun ist es so. Nur schade um meinen Wagen«, reagierte Kirchner. Wegner schäumte vor Wut und verschwand in der Menge, um von Wehlau zu berichten. Der hatte das Geschehen von Weitem beobachtet. Kirchner konnte sehen, wie Wegner einen gewaltigen Wutausbruch über sich ergehen lassen musste.

An ein Löschen des Fahrzeuges war nicht zu denken, da die Feuerwehr nur in kleiner Besatzung vor Ort war. Schließlich standen Löscharbeiten an diesem Abend nicht auf dem Programm. Die paar Eimer Wasser, die die Feuerwehrmänner auf den brennenden Lkw kippten, waren mehr zum Schein, als ein tatsächlicher Löschversuch. Die Umgebung wurde abgesichert, damit niemand zu Schaden kam, falls der Tank doch noch explodieren sollte. Vom Lkw blieb letztlich nicht mehr als ein Haufen Altmetall übrig.

Kirchner, Otto und Konrad hatten sich an den Rand des Platzes zurückgezogen. Sie hatten ihren Teil der Abmachung erfüllt und verließen unbemerkt den Trommelplatz. Beim Überqueren des Hansaplatzes hörten sie, wie der Spielmannszug die Nationalhymne anstimmte und die Menge frenetisch mitsang. Kirchner schüttelte den Kopf, als sie in den Wallring einbogen. Das große runde

Restaurantgebäude der Ostmesse war tagsüber ein Café und abends ein nettes Lokal mit besserem Publikum, in dem man ein gepflegtes Bier und gutes, einfaches Essen bekommen konnte. Sobald Ostmesse war, war das Bier dünn und das Essen schlecht bei doppelten Preisen. Dann mieden die Königsberger diese Lokalität. Glücklicherweise war gerade keine Messe, denn die drei brauchten dringend ein Bier! Sie betraten den Gastraum und sahen sich um. Nur knapp ein Drittel der Tische war besetzt. Irgendwo spielte jemand Klavier und die anwesenden Soldaten diskutierten lautstark. An einem langen Tisch gegenüber dem Eingang saßen Corps-Studenten, die offensichtlich das Bier auch dem Buchfeuer vorgezogen hatten. Kirchner zeigte auf einen Tisch, der etwas abseits in einer Nische an der Außenwand stand und von einer runden Sitzbank eingerahmt wurde. An der dunklen Holzvertäfelung der Wand hing ein Bild vom Fischmarkt mit den Häusern des Kneiphofs. Im Hintergrund sah man die Spitze des Schlossturms. Sie setzten sich und beobachteten das Treiben im Saal.

»Herr Ober, drei Ponarth bitte!«, rief Kirchner und hob die Hand.

»Kommt sofort «, quittierte der vorbeieilende Kellner die Bestellung und verschwand in Richtung Theke. Still saßen sie da, keiner konnte etwas sagen, denn jeder für sich musste das gerade Erlebte erst einmal verarbeiten. Erst nach dem ersten Schluck Bier nahm die Anspannung langsam etwas ab.

»Mein Gott, Otto, war das knapp! Aber genial!«, sagte Konrad.

»Ja, und ich dachte schon, alles ist vorbei«, sagte

Kirchner. »Diese Laterne, ich hatte mich schon gewundert, das ist auf unseren Fahrzeugen doch verboten.« Er sah Otto fragend an. Der lächelte und antwortete: »Tja, die kluge Hausfrau sorgt vor!« Endlich konnten sie befreit aufatmen, als sie mit den Biergläsern anstießen.

»Ich hatte mir fast so was gedacht. Ich kenne Wegner. Mir war klar, dass er noch einmal was versuchen würde. Ich wollte vorbereitet sein«, erklärte Otto.

»Sagen Sie, woher kennen Sie diesen Wegner? Warum hasst der Sie so?«, fragte Kirchner.

Ottos Miene drückte seinen Schmerz aus, als er ihnen die Geschichte um Hannah, Wegner und sich selbst erzählte.

»Damals war er natürlich sehr eifersüchtig, aber Hannah hat sich für mich entschieden und seitdem hasst er mich. Das kann ich ja sogar verstehen. Ich habe ihm die Frau ausgespannt, die er liebte. Jetzt wird er wahrscheinlich froh sein, denn meine Frau ist Halbjüdin. Damit hätte er ja jetzt ein echtes Problem. Was für ein Zynismus der Geschichte«, schloss er seine Erklärung, halb ernst und halb spöttisch.

»Schön und gut, aber was ist jetzt mit Emma und Hannah? Wie geht es weiter? Von Wehlau und Wegner werden doch jetzt nicht einfach Ruhe geben«, sagte Konrad.

»Ja, das stimmt, damit müssen wir rechnen«, antwortete Kirchner nachdenklich. »Auf jeden Fall arbeiten wir morgen völlig normal weiter. Und ich sage Ihnen Bescheid, sobald ich von der Baronin Nachricht bekomme, dass Emma und Ihre Frau wieder frei sind, Otto. Das Schlimmste haben wir erst einmal überstanden«.

Konrad und Otto blickten ihn hoffnungsvoll an.

Von draußen schallte leise der dumpfe Klang von Trommeln und Blasmusik herein. Mit einem Fackelzug waren die Studenten- verbindungen, die SA und das beiwohnende Volk zwischenzeitlich zur Palästra Albertina umgezogen. Das prachtvolle Gebäude der Universität am Mühlenplatz hatten sie ausgewählt, um dort die Kundgebung als Schlussakt ihres schrecklichen Schauspiels zu halten. Nach mehreren Reden und dem Horst-Wessel-Lied endete der Abend, mit dem die systematische Verfolgung unliebsamer Schriftsteller begann.

»Ein historischer Tag für Deutschland!«, stellte von Wehlau zufrieden fest und beobachtete von einem der oberen Fenster aus, wie die Menschen in alle Himmelsrichtungen abzogen. »Und haben Sie Kirchner gesehen? Die Presse morgen wird er nicht überstehen. Der ist erledigt!« Er war in Feierlaune und nippte an seinem Champagnerglas.

Wegner stand neben ihm und stützte sich auf das Geländer. Er hatte sein Champagnerglas in einem Zug geleert.

»Ein Bier wäre mir jetzt lieber als dieses süße französische Gesöff«, sagte Wegner und erntete dafür einen mitleidigen Blick.

»Es ist alles gut gelaufen. Und die glauben jetzt, sie hätten es hinter sich!«, lachte Wegner laut heraus. »Nur das mit dem Lastwagen war komisch. Irgendwas stimmt da nicht.«

»Wie kommen Sie darauf?«, fragte von Wehlau abgelenkt. »Hauptsache, es ist alles verbrannt und die

Presse hat die richtigen Bilder von Kirchner gemacht«, ergänzte von Wehlau.

»Stimmt! Trotzdem, ich habe da so ein komisches Gefühl. Und das täuscht mich selten«, antwortete Wegner. »Das schaue ich mir noch mal an.«

»So, so, ein Gefühl«, brummte von Wehlau abschätzig. Er hatte seinen Erfolg bekommen. Jetzt galt es nur noch, den letzten entscheidenden Schritt zu tun. Aber das würde ein Leichtes sein.

»Morgen Abend gehört das ›Haus der Bücher‹ uns!«, schrie von Wehlau unbeherrscht den Balkon hinunter und hob das fast leere Glas hoch, so als hätte er es als einen Toast vor einer großen Feier- gesellschaft ausgerufen. Zweifelsfrei hatte er zu viel getrunken.

»Was sollen wir jetzt mit dem Mädchen in Devau machen?«, fragte er Wegner, als er mit einem neu gefüllten Glas aus dem Salon zurückkam. »Die lassen Sie morgen gehen.«

Wegner sah ihn an, als hätte von Wehlau einen schlechten Scherz gemacht.

»Bestimmt nicht«, lachte er. »Mit der will ich jetzt meinen Spaß haben.«

»Na gut, Wegner«, lallte von Wehlau. »Aber warten Sie noch einen Tag. Dann können Sie sie haben.«

Sie tranken, bis Wegner sich verabschiedete und von Wehlau einfiel, dass im ›Hotel Central‹ noch jemand auf ihn wartete. Er ging die Treppe hinunter bis zu den Waschräumen, kippte sich kaltes Wasser ins Gesicht und ließ sich anschließend von seinem Fahrer vor der Oper am Paradeplatz absetzen. Die letzten Meter über den Platz zum

Hotel ging er zu Fuß, um wieder einen klaren Kopf zu bekommen.

32

Um sieben Uhr am nächsten Morgen begannen auf dem Trommelplatz die Aufräumarbeiten. Trupps der SA und einige Studenten der Handelshochschule wurden mit Lastwagen zum Platz gebracht und begannen, verkohltes Holz einzusammeln und auf die Ladeflächen der Wagen zu werfen. Die Taskonier und andere Corps hatten sich nach dem Ende an der Palästra auf die Kneipen der Innenstadt verteilt und ihren Sieg über das undeutsche Wortgut weiter gefeiert. Sie waren um diese frühe Zeit noch nicht einsatzfähig. In einer Reihe nebeneinander gehend, fegten die jungen Männer die Asche zusammen. Nur das abgebrannte Wrack des Lieferwagens der Buchhandlung hatte Wegner weiträumig absperren lassen. Er war bereits da gewesen, als der Platz noch menschenleer war. Langsam und mit brummendem Schädel lief er in kleinen Schritten um den Haufen Schrott herum. Das Feuer hatte wirklich gute Arbeit geleistet. Man erkannte nur noch einen Klumpen, der zuvor der Motorblock gewesen war und dahinter ragten noch Reste der Metallträger der Fahrerkabine empor. Von der Ladefläche waren nur noch die zwei langen Eisenträger übrig. Später sollte das Wrack weggebracht werden, damit er sich das, falls nötig, noch mal genauer anschauen könnte.

Er hatte so starke Kopfschmerzen, dass er fast keinen klaren Gedanken fassen konnte. Also umkreiste er das

Wrack lediglich und stocherte bei jedem Schritt deprimiert in der Asche. Dabei zog er unmerklich die Kreise immer enger. Plötzlich stieß er mit dem Fuß gegen etwas und kickte es gedankenverloren von sich weg. Aus unerklärlichen Gründen blieb er stehen und betrachtete das Fundstück. Es handelte sich um ein nicht vollständig verbranntes Buch. Die Ränder und der Umschlag waren schwarz und angekohlt. Er hob es auf und betrachtete es näher. Mit der Hand wischte er über den schwarzen Buchdeckel, schlug das Buch auf und las die ersten Seiten. Plötzlich waren seine Kopfschmerzen wie weggeblasen, Adrenalin schoss durch seinen ganzen Körper. Er hatte am Abend zuvor schon das Gefühl gehabt, dass etwas nicht gestimmt hatte, und jetzt war es kein Gefühl mehr, nun hatte er Sicherheit, hielt er den Beweis in den Händen.

Für Kirchner war es ein denkwürdiger Tag. Als er am Morgen nach der Bücherverbrennung sein Kontor betrat, zeigte seine Sekretärin mit dem Finger auf den Stapel Tageszeitungen auf seinem Schreibtisch. Er drehte sich um und sah sie an. Ihre Augen waren gerötet und zeugten davon, dass sie geweint hatte.

»Guten Morgen, Fräulein Pietsch. Danke.«

»Kein guter Morgen, Herr Direktor«, antwortete sie schluchzend und nickte mit dem Kopf in Richtung der Zeitungen.

Kirchner setzte sich auf seinen Stuhl und seine Sekretärin verließ wortlos sein Büro. Kurz darauf kam sie zurück und brachte ein kleines Silbertablett mit einer Kanne frisch gekochtem, herrlich duftendem Kaffee, einer Tasse,

Milch und Zucker.

»Wunderbar! Sehen Sie, es ist doch ein guter Morgen«, lächelte Kirchner sie dankbar an. Als sie die Tür wieder hinter sich schloss, betrachtete er die Zeitungen vor sich auf dem Tisch. Schließlich goss er sich Kaffee ein, nahm Zucker und Milch dazu und rührte nachdenklich in der Tasse. Er konnte es sowieso nicht länger herauszögern, also nahm er die erste Tageszeitung und erkannte sich auf dem zentralen Foto der Titelseite. Die große Überschrift war erstaunlich sachlich. ›Bücherverbrennung in Königsberg‹, stand dort, doch nachdem er den Artikel gelesen hatte, wusste er, dass dies in der Tat kein guter Morgen war. Zwei Absätze waren alleine seiner Person und seiner Funktion als Verleger und Leiter der größten Buchhandlung gewidmet:

»Einer der Höhepunkte der Bücherverbrennung auf dem Trommelplatz vor der Kaserne war der vorbildliche Auftritt von Wilhelm Kirchner, dem bekannten Inhaber von Gräfe und Unzer. Er begrüßte die Aktion der deutschen Studenten und ließ es sich nicht nehmen, höchstpersönlich die jüdischen und entarteten Schundwerke aus seinem berühmten Hause dem Feuer zu übergeben.«

Weiter unten hieß es:

»Wie wir aus informierten Kreisen erfahren konnten, war dies der letzte öffentliche Auftritt Wilhelm Kirchners als Verleger und Inhaber des ›Haus der Bücher‹ am Paradeplatz. Zukünftig soll ein Vertreter der Regierungspartei das Unternehmen leiten. Wir werden darüber berichten.«

Kirchner zog die Augenbrauen hoch. »Ja, das werdet ihr ganz sicher!«, sagte er. Die Artikel in den anderen beiden Blättern wiesen nur in Nuancen veränderte Formulierungen auf.

»Er will also den offenen Kampf«, murmelte Kirchner und holte seine Taschenuhr heraus. An der Kette baumelte ein kleiner silberner Schlüssel, mit dem er die rechte Schublade seines Schreibtischs aufschloß. Er zog sie auf und sah zu seiner Beruhigung den Umschlag mit dem Reichsadler darin liegen. Er lächelte und verschloss die Schublade wieder. Dann blickte er auf das Bild von Emma, das seit ihrer Entführung auf dem Schreibtisch vor ihm stand und schließlich auf die Uhr. Obwohl er gefasst wirkte, war er furchbar nervös. Warum hatte er noch nichts von der Baronin gehört? War etwas schief gegangen? Er beruhigte sich mit dem Gedanken, dass es vermutlich noch zu früh war und die Baronin sich sicherlich bald melden würde und die beiden Frauen in Sicherheit wären.

Darauf hofften natürlich auch Konrad und Otto. Sie bemühten sich, zu arbeiten, als ginge alles seinen normalen Gang, doch das gelang ihnen nicht. Beide dachten nur an ihre Frauen und waren sehr ungeduldig. Als Konrad einer Kundin ›Die Glocke‹ von Goethe empfahl, kam er zu dem Schluss, dass es keine gute Idee gewesen war, an diesem Tag im Verkaufsraum zu arbeiten. Er entschuldigte sich, bat einen Kollegen, die Kundin weiter zu beraten und lief in den Keller zu Otto. Auch dieser saß nur apathisch an seinem Tisch, unfähig, etwas zu tun. Vor sich lag das Bild von Hannah.

»Konrad, warum haben wir noch nichts gehört?«, fragte Otto und sah ihn mit traurigen, verzweifelten Augen an. »Sie haben sie vielleicht schon umgebracht, oder?«, schluchzte er.

»Nein! Nein!«, versuchte Konrad ihn zu trösten, obwohl

dieser Gedanke Panik in ihm aufkommen ließ. Seine Gedanken drehten sich um Emma. Und Otto erging es mit Hannah nicht anders.

Währenddessen lagen die beiden Frauen auf ihren Pritschen in ihren jeweiligen Zellen und ahnten nichts von alldem, was in der Stadt geschehen war. Hannah war so geschunden, dass sie nicht mehr wahrnahm, was es für ein Wochentag war oder ob es hell oder dunkel war.
Es klopfte an der Tür und die Diva schreckte hoch. Der Mann neben ihr gab leise Schnarcher von sich, machte aber keine Anstalten aufzuwachen. Sie rief fragend »Ja?« und zog das weiße Laken über ihrer nackten Brust hoch zum Hals.

»Ihr Frühstück«, antworte eine junge, hohe Mädchenstimme.

»Bitte stellen Sie es vor die Tür, ich hole es gleich selbst. Danke!«

»Gerne, Madame«, antwortete das Zimmermädchen und die Missu hörte, wie sich ihre Schritte wieder entfernten.

»Chérie«, weckte sie von Wehlau vorsichtig und hauchte ihm einen Kuss auf die Stirn. Als er auch darauf nicht reagierte, tätschelte sie seine Wangen. Gequält begann er sich zu rekeln und brummte ein angestrengtes »Was?«.

»Es ist schon nach acht und das Frühstück ist da. Ich könnte mir gut vorstellen, dass es in der Stadt eine Menge Leute gibt, die dich nach deinem großen Erfolg sehen und beglückwünschen wollen.«

»Was? Wie?« Er öffnete vorsichtig die Augen. Das durch die hohen Fenster ins Zimmer fallende Licht schoss Pfeile durch seinen Schädel und verursachte einen stechenden Schmerz. Er stöhnte und hielt die Hände schützend vor seine Augen.

»Zu viel gefeiert gestern, was?«, fragte sie keck und stieg aus dem Bett. »Ich habe es gemerkt«, fügte sie spöttisch und ein wenig beleidigt hinzu.

Er drehte den Kopf und sah ihr hinterher. Er wusste nicht einmal mehr genau, wie er in dieses Zimmer gekommen war. Es wäre ein Wunder gewesen, wenn er sich an den Rest der Nacht hätte erinnern können.

Die Missu öffnete die Zimmertür und streckte den Kopf heraus, um festzustellen, ob der Gang leer war. Sie wollte nicht nackt gesehen werden, wenn sie den Wagen mit dem üppigen Frühstück hereinholte. Während sie anschließend genüsslich ein paar Trauben abzupfte, kramte sie aus ihrer Handtasche zwei Aspirintabletten und hielt sie ihm hin. Von Wehlau stieg aus dem Bett und schleppte sich an ihr vorbei zur Toilette. Er nahm die zwei Aspirin und schüttete sich mit beiden Händen kaltes Wasser ins Gesicht.

Noch während des Frühstücks klingelte das Telefon.

»Chérie, für dich«, säuselte die Missu und hielt ihm den Hörer hin.

»Ja?«, meldete sich von Wehlau. »Wegner! Was gibt es?« Wieder sprach der Anrufer so laut, dass die Missu fast alles verstehen konnte, was er berichtete.

»Gefälschte Bücher? Also doch!«, sagte von Wehlau. Jetzt war er hellwach.

»Ja. Ich habe den Beweis in der Hand. Außen ein Umschlag von Kästner, darin ein altes, ausgemustertes

Philosophiebuch oder so! Sie haben uns reingelegt. Endlich haben wir sie!«, triumphierte Wegner. Seine Stimme strotzte vor Stolz und Erwartung.

»Sehr gut, Wegner, ausgezeichnete Arbeit! Damit kriegen wir Kirchner und seine Handlanger. Das ist Volksverrat und sie landen am Galgen. Oh, wird mir das eine Freude sein, ihn da baumeln zu sehen«, lobte von Wehlau und seine Augen leuchteten selbstzufrieden. »Wir treffen uns in zwei Stunden vor der Buchhandlung. Bringen Sie Ihre Männer mit!«

Er wollte genug Zeit haben, um seine Vorfreude zu genießen. Kirchner konnte ihm nicht mehr entkommen.

Er legte den Hörer auf und jubelte laut los. Er tanzte nackt durch den Raum und lachte wie ein kleiner Junge. Völlig überdreht wischte er das halbe Frühstück vom Wagen und riss an einem der Vorhänge herum. Die Missu sah ihm vom Bett aus überrascht zu. So hatte sie ihn noch nie erlebt.

»Komm, Chérie, zieh dich an!« Sie kletterte wieder aus dem Bett und sammelte seine Uniform vom Boden auf, um sie ihm zu geben. Dabei fiel ein kleines Notizbuch aus der Innentasche seiner Jacke. Sie hob es auf und blätterte darin, dabei glitt ein Foto heraus und fiel zu Boden. Von Wehlau kam zu ihr, nahm ihr die Uniform ab und riss ihr das Notizbuch der Hand.

»Lass das!«, herrschte er sie an. Sie zuckte erschrocken zurück. Als er sich wegdrehte, um sich anzuziehen, entdeckte die Missu das Foto auf dem Boden. Sie hob es auf und betrachtete es.

»Den kenne ich! Ist das nicht dieser Schreiner?«, sagte sie und hielt ihm das Foto hin.

»Was? Welcher Schreiner? Woher kennst du ihn?«, fragte von Wehlau neugierig.

»Ich sah ihn kürzlich in Maraunenhof. Er arbeitete im Haus der Baronin von Strehlau. Warum hast du ein Foto von ihm?«

Von Wehlau schaute sie hinterhältig lächelnd an. »Das ist nicht so wichtig«, lenkte er ab. Er konnte kaum glauben, dass sie zu naiv war, um nicht zu merken, welchen Gefallen sie ihm gerade getan hatte. Heute war sein Tag! Er konnte es kaum erwarten. Schnell zog er sich an und rief Wegner im ›Braunen Haus‹ an. Er gab Wegner den Auftrag, sofort nach Maraunenhof zu fahren und die Villa zu durchsuchen. Falls sie Zach dort finden sollten, würde die Baronin als Mittäterin ebenfalls gleich verhaftet werden.

»Fahren Sie los, Mann!«, herrschte er Wegner an, als dieser noch eine Frage stellen wollte. »Maraunenhof, Wallenrodstraße, und zwar schnell! Und um elf Uhr treffen wir uns vor der Buchhandlung. Dann ist Kirchner fällig. Richten Sie für ihn auch schon mal eine nicht zu gemütliche Zelle her«, lachte von Wehlau und knallte den Hörer auf die Gabel.

»Meine Liebe, ich muss gehen. Du hast ja gehört, wichtige Geschäfte.« Er drückte ihr beiläufig einen Kuss auf die Stirn und ging. In der Tür rief er ihr noch ein »Heute wird ein großartiger Tag!« zu. Dann fiel die Zimmertür ins Schloss.

Die Missu beobachtete den wegfahrenden Wagen vom Fenster des Hotels aus. Dann ging sie wütend ins Bad und betrachtete sich im Spiegel. Seine herablassende Behandlung beim Abschied ärgerte sie maßlos. Er nahm sie nicht ernst und benutzte sie nur. Dabei sollte es doch umgekehrt sein. Sie wollte durch ihn doch endlich weiterkommen, aber er hielt sie nur hin. Sie war froh, dass sie jetzt noch eine andere Option hatte. Was war Berlin gegen die Möglichkeit in Mailand auf der Bühne zu stehen? Plötzlich schoß ihr ein weiterer Gedanke durch den Kopf. Hatte sie heute Morgen einen riesengroßen Fehler begangen? Das auf dem Foto war der Schreiner, den sie bei ihrem Besuch in der Villa der Baronin kurz gesehen hatte. Da war sie sich sicher. Wenn das der gesuchte Mann war und sie ihn in der Villa fanden, würde auch die Baronin Schwierigkeiten bekommen, womöglich verhaftet werden. Dann war es aus mit ihrer Karriere! Das durfte einfach nicht passieren! Ihr wurde bei dem Gedanken plötzlich heiß und kalt, sie sprang auf und schrie wütend ihr Spiegelbild an. Dann schleuderte sie ihren Lippenstift ins Waschbecken und eilte zum Telefon.

33

Kaum hatte die Baronin den Hörer aufgelegt, hörte sie auch schon das Quietschen der anhaltenden Fahrzeuge vor dem Haus. Sie rannte die ersten Stufen der Treppe hinauf und rief: »Hans! Sie kommen! Schnell! Schnell, Sie müssen weg!« In ihrer Panik rief sie ihn beim Vornamen, ohne es zu bemerken. Schon der Tonfall des Schreis alarmierte Hans Zach. Er schoss von seinem Stuhl hoch, sah durch das kleine ovale Fenster hinunter zur Straße. Die Männer stiegen bereits aus den Wagen. Er griff nach seinem Mantel, riss die Tür auf und streifte ihn über, während er die breite geschwungene Treppe hinunterstürzte. Die Baronin stand am Fuße der Treppe, Maria mit bleichem Gesicht in der Tür zur Küche.

»Schnell, schnell, Sie müssen weg!«, sagte die Baronin. Hans blieb nur einen Moment vor ihr stehen, sah sie an.

»Danke für alles!«, sagte er und eilte zu Maria. Sie sahen sich für einen kurzen Moment tief in die Augen. So viel hätten sie sich zu sagen gehabt, doch jetzt war keine Zeit. Er gab ihr einen Kuss und flüsterte ihr ins Ohr: »Sobald ich in Sicherheit bin, melde ich mich. Dann kommst du zu mir, ja?«

Sie sah ihn traurig an und versuchte zu lächeln.

Vor dem Haus wurde es laut, er musste los, ihm blieb keine Zeit mehr. Die Männer schlugen gegen die Tür und forderten Einlass.

»Maria, gehen Sie bitte an die Tür, aber halten Sie sie so lange wie möglich auf«, sagte die Baronin..

»Herr Zach!«, sagte die Baronin und hielt ihn noch mal am Ärmel fest. Er blieb stehen und sah sie an. Sie umarmte ihn kurz, aber herzlich, und gab ihm einen Kuss auf die Wange. »Schnell, gehen Sie hinten raus durch den Garten!«

»Danke! Und alles Gute!«, bedankte sich Hans und rannte durch den Salon zur Terrassentür.

»Ihnen auch, Hans! Ihnen auch«, murmelte die Baronin leise vor sich hin.

Im nächsten Moment stürzten bereits Wegner und drei seiner Männer in brauner Uniform in die Halle.

Hans war derweil die repräsentative Treppe in den Garten hinuntergesprungen und hatte bereits das kleine Gartentor am anderen Ende der Parkanlage erreicht. Am Ufer des Oberteichs entlang rannte er in Richtung Innenstadt. Er überlegte angestrengt, wohin er gehen konnte. Erst jetzt wurde ihm bewusst, dass er sich die letzten Tage nicht mehr mit seiner weiteren Flucht beschäftigt hatte. Als ihm erste Spaziergänger entgegenkamen, hörte er auf zu rennen und ging ruhig weiter, damit er nicht auffiel. Immer wieder schaute er sich jedoch um, um sicher zu sein, dass ihm niemand folgte. Er dachte an die Baronin und Maria. Hoffentlich hatte er sie nicht in Gefahr gebracht. Wenn Maria etwas passieren würde, könnte er sich das nicht verzeihen. Um sich vor der Kälte zu wärmen, knöpfte er seinen Mantel zu. Dabei spürte er plötzlich einen Gegenstand an seiner Brust. Aus der Innentasche zog er einen braunen Umschlag hervor. Die Baronin musste ihn bei der Umarmung da hineingesteckt haben, ohne dass er es bemerkt hatte. Sie war offensichtlich gut auf diese Situation vorbereitet gewesen. Er setzte sich kurz auf eine Parkbank am Ufer, öffnete den Umschlag unauffällig und zog ein dickes Bündel Geldscheine heraus.

»Diese Frau denkt wirklich an alles!«, dachte er. Als er das Geldbündel zurück in den Umschlag schob, bemerkte er, dass noch etwas zwischen den Scheinen steckte. Mit zwei Fingern zog er einen Ausweis heraus. Als er ihn aufklappte, sah er in sein eigenes Konterfei. Doch der Name darunter lautete nun ›Hans Korell‹. »Sie hat tatsächlich einen falschen Pass besorgt. Unfassbar, diese Adelsfrau. Und dieser Name! Er wird mir eine Ehre sein«, grinste er. Er strich mit der Hand über den Ausweis. Dann schob er ihn in die Innentasche seines Mantels zurück und ging weiter stadteinwärts.

Er erreichte das Südufer des Oberteichs und entschied sich, direkt zum Nordbahnhof zu gehen, um mit dem nächsten Zug die Stadt zu verlassen. Er musste weg aus Ostpreußen, weg aus Deutschland. Als er den Bahnhof betrat, sah er an den Durchgängen zu den Gleisen SA-Patrouillien. Sie kontrollierten alle Reisenden und deren Papiere.

›Also dann, Herr Korell‹, dachte Hans und betrachtete den Aushang mit den Abfahrtszeiten der Züge.

»Einmal Pillau bitte«, sagte er, als er an der Reihe war und der Fahrkartenverkäufer ihn lustlos ansah. Dieser schob ihm wortlos eine kleine Pappkarte über den Schalter und Hans bezahlte. Er sammelte die Fahrkarte und das Kleingeld ein und drehte sich um. Dabei stieß er mit der Schulter heftig mit einem alten Mann zusammen. Erschrocken sah Hans auf.

»Josef!«, rief er überrascht aus. »Martha! Mein Gott, was macht ihr denn hier?«

»Hans! Wir ...«, begann Frau Mandelbaum mit krächzender Stimme. Hans legte den Zeigefinger auf seinen Mund. »Kommt, nicht hier.« Er sah sich um. Zusammen durchquerten sie die Halle. Das Gewusel der vielen an- und abreisenden Menschen war die beste Tarnung, die sie haben konnten. Sie setzten sich auf eine freie Bank im Wartesaal.

»Was macht ihr denn hier?«, fragte Hans. Er freute sich, die beiden alten Leute wiederzusehen, schaute aber in zwei traurige Gesichter.

»Es geht nicht mehr. Wir müssen weg«, begann Martha Mandelbaum zu erzählen. Ihr Mann saß gebeugt neben ihr und blickte zu Boden. Nichts war mehr zu erkennen von dem optimistischen Arzt, den Hans kennengelernt hatte und der immer einen lustigen Spruch auf den Lippen hatte.

»Gestern Abend sind sie in unser Haus eingedrungen, haben die Praxis zerstört und uns geschlagen. Sie haben gesagt, wir sollen verschwinden, sonst würden sie uns umbringen und dann haben sie unsere Wohnung verwüstet und alles mitgenommen, was wertvoll ist. Mein gesamter Schmuck, unser Geld, Goldmünzen, alles ist weg. Wir haben nichts mehr.«

Hans legte seine Hand tröstend auf ihre Schulter.

»Das ist nicht mehr mein Land«, murmelte Dr. Mandelbaum vor sich hin ohne aufzusehen, fast so, als schäme er sich, so vor Hans zu sitzen.

»Und wo wollt ihr jetzt hin?«, fragte Hans. Statt einer

Antwort zeigten sie auf den alten Lederkoffer, der zwischen ihnen stand. »Das ist alles, was uns geblieben ist«. Mutlos zuckten sie mit den Schultern.

Hans griff in die Tasche seines Mantels und zog unauffällig etwa die Hälfte des Geldbündels heraus.

»Hier, nehmt das! Damit kommt ihr hier erst mal weg«, sagte Hans und drückte der Frau das Geld in die Hand. »Steck es weg, schnell«.

Die beiden alten Leute sahen ihn entgeistert an. Endlich konnte er sich für ihre Hilfe erkenntlich zeigen. Martha steckte das Geld in ihre Tasche.

»Wo wollt ihr hin?«, wiederholte Hans seine Frage.

»Wir wollen nach Ungarn. Martha hat in der Nähe von Debrecen einen Bruder, der einen Bauernhof hat. Da kommen wir erst einmal unter«, erklärte der Doktor und drückte dankbar Hans' Hand.

Der schaute auf die Bahnhofsuhr an der Wand.

»Ich muss los! Mein Zug fährt in ein paar Minuten!«

Sie standen auf und nahmen herzlich voneinander Abschied.

»Mach es gut, Hans Zach, und pass auf dich auf, ja?«, sagte der Doktor. Seine Frau hatte Tränen in den Augen und schluchzte. Es schmerzte Hans, als er die beiden lieben Leute alleine zurücklassen musste, aber sonst drohte er den Zug zu verpassen. Schließlich musste er noch durch die Kontrolle.

Er durchquerte die Empfangshalle des Bahnhofs und stellte sich in der Schlange der Reisenden an. Als er seine Manteltaschen suchend nach seinem Ausweis und der

Fahrkarte abtastete, spürte er plötzlich in der linken Tasche einen weiteren Gegenstand. Unauffällig steckte er seine Hand in die Tasche und zog den Gegenstand ein Stück heraus, sodass er ihn sehen konnte. Es war das lederne Notizbuch, in dem Otto alle versteckten Bücher katalogisiert hatte und nach dessen System er selbst sie in der Villa sortiert und eingelagert hatte. Langsam ließ er es zurück in die Tasche gleiten. Die Baronin hatte es ihm wohl zusammen mit dem Umschlag in die Manteltasche gesteckt. Alles wäre umsonst gewesen, wenn es in der Villa gefunden worden wäre.

»Raffiniert! Wirklich an alles gedacht, Frau von Strehlau!«, dachte Hans amüsiert. Die Zahl der Wartenden vor ihm nahm stetig ab. »Was soll ich mit dem Buch machen?«, überlegte er. Er wollte ins Ausland, möglichst nach Schweden, das erschien ihm sicher. Ein großes Land mit wenig Einwohnern und vielen Möglichkeiten, erst einmal unterzutauchen. Zudem hatte er Freunde in Stockholm und Uppsala und er war schon ein paar Mal dort gewesen. Sie würden ihm sicher weiterhelfen. Doch vorher musste er das Buch in Sicherheit bringen. Wenn das bei einer Kontrolle in falsche Hände geraten sollte, wäre alles umsonst gewesen und seine Freunde aus der Buchhandlung in größter Gefahr. Er sah sich um. In dem Moment entdeckte er erleichtert ein bekanntes Gesicht zwei Reihen neben sich.

»Zwei hier unten, zwei oben! Und Sie in den Keller! Alles durchsuchen!«, kommandierte Wegner, als er in der Halle vor der Baronin stand.

»Was erlauben Sie sich? Ich protestiere!«, rief die

Baronin zornig. »Wissen Sie, wer ich bin?«

»Natürlich, Frau Baronin«, antwortete Wegner arrogant. »Bitte verzeihen Sie diese Unannehmlichkeit, Eure Hoheit«.

Die Baronin stutzte. Im nächsten Moment stieß Wegner sie unsanft zur Seite. Sie konnte sich gerade noch an einem Stuhl festhalten.

»Setzen Sie sich da hin und rühren Sie sich nicht von der Stelle!«, befahl er ihr. »Wo ist er?«

»Wo ist wer?«, gab sie mutig zurück und äffte ihn dabei provokant nach. Sie hatte nicht vor, sich von dem Rüpel einschüchtern zu lassen.

»Wir suchen Hans Zach und wissen, dass Sie ihn hier versteckt halten. Also machen Sie es uns nicht unnötig schwer. Wo ist er?« Er baute sich drohend vor ihr auf. Doch sie blieb unbeeindruckt sitzen und schwieg. Aus der Küche hörte man einen schrillen Schrei. Kurz darauf schleppte einer der Männer Maria in die Halle. Er hatte sie am Oberarm gepackt und stieß sie nun zu Boden, direkt vor die Füße der Baronin. Maria blieb verängstigt liegen.

»Oh, wie nett!«, sagte Wegner. »Also gut, die Damen, machen wir es kurz.« Er zog seine Pistole und richtete sie auf Maria. »Frau Baronin, hätten Sie nun die Güte, mir zu sagen, wo ich Herrn Zach finden kann?« Seine Augen funkelten sie an und Maria schluchzte vor Angst. Doch die Baronin blieb standhaft.

»Was soll das? Lassen Sie meine Haushälterin los! Ich habe wirklich keine Ahnung, wovon Sie sprechen!« Sie sah ihn mit einem festen, kalten Blick direkt in die Augen. Wegner kochte. Er entsicherte die Pistole und Maria schrie auf. Er drückte ihr den Lauf fest an den Hinterkopf und damit ihren Kopf ganz auf den Boden. Verzweifelt sah sie die Baronin aus dem Augenwinkel an. Doch diese blieb scheinbar unbeeindruckt.

»Herr Sturmbannführer, hier oben! Das sollten Sie sich mal anschauen!«, unterbrach ein Ruf die gefährliche Situation. Missmutig zog Wegner die Pistole wieder zurück, sicherte sie und steckte sie in den Halfter.

»Wir sind noch nicht fertig«, drohte er der Baronin, die ihn weiterhin kühl mit ihrem Blick fixierte.

»Passen Sie auf die beiden auf«, brummte er einen SA-Mann an und lief mit schnellen Schritten die Treppe hinauf.

Als er japsend im Dachgeschoss ankam, winkte einer seiner Männer ihn zu einem Zimmer. Wegner schlüpfte an dem Mann vorbei in die kleine Kammer. Es war ein einfach eingerichteter Raum mit Tisch, Stuhl, Bett und einem Kleiderschrank. Auf dem Tisch lag neben einer noch halb vollen Kaffeetasse eine Zeitung. Wegner fasste die Tasse an. Sie war noch lauwarm. Auf einem Regalbrett neben dem kleinen Erkerfenster standen ein paar Bücher. Wegner sah sich um.

Das Bett war bezogen, die Bettwäsche aber zerwühlt. Über der Stuhllehne hing ein feuchtes Handtuch. Er öffnete den Schrank. Darin hing eine blaue Arbeitsjacke, ein Wintermantel, mehrere Hemden, ein grau melierter Anzug und mehrere Hosen.

»Er war hier!«, stellte er fest. Das reichte ihm. Er verließ den Raum.

»Durchsucht alles ganz genau!«, schrie er so laut, dass es sogar die Männer im Keller hören konnten. Wütend stapfte er die Treppe hinunter und betrat den Flur des Obergeschosses. Er riss der Reihe nach alle Türen auf, warf aber immer nur einen kurzen Blick in die einzelnen Zimmer, als ob er erwartete, dass Hans Zach hinter einer der Türen auf ihn wartete. Beim dritten Raum blieb er plötzlich stehen und ging drei Schritte zurück. Schließlich betrat er die Bibliothek.

Zufrieden grinsend kam er die Treppe wieder herunter und baute sich erneut drohend vor der Hausherrin auf.

»So, werte Baronin, das Spiel ist aus! Er hat oben gewohnt, das ist ja eindeutig. Die Tasse ist noch warm. Also, wo ist er?«, verlangte er zu wissen.

»Ich weiß leider immer noch nicht, von wem Sie sprechen«, gab die Baronin zurück, ohne mit der Wimper zu zucken. Sie wusste, dass dieser ungebildete Klotz ihr nicht gewachsen war. Auch er schien das zu wissen, denn ohne Vorwarnung holte Wegner aus und schlug ihr mit dem Handrücken ins Gesicht. Damit hatte sie nicht gerechnet und ihr Kopf kippte von der Wucht des Schlages zur Seite. Sie erholte sich jedoch sehr schnell wieder von dem Schreck und Schmerz.

»Also, wo ist er?«

»Was erlauben Sie sich?«, protestierte sie empört. »Da oben wohnt ab und an mein Gärtner«, log sie, während sie sich die gerötete Wange rieb.

»Er war heute Nacht im Haus, weil es gestern mit seiner Arbeit später wurde.«

»Und der trägt Anzüge, ja?«, herrschte er sie an.

»Die sind von meinen verstorbenen Mann und hängen

da noch. Was wollen Sie eigentlich von mir? Wissen Sie, mit wem Sie sich hier anlegen, Sie Prolet?«, spielte sie ihren Trumpf aus. Normalerweise vermied sie es, ihre brillanten Beziehungen für sich selbst einzusetzen, aber jetzt erschien es ihr doch notwendig. »Ich werde mich über Sie beschweren, dann dürfen Sie allenfalls noch die Reitstiefel Ihrer Vorgesetzten putzen und die Pferdeäpfel einsammeln!«

Wegner wurde wütend und einen Moment lang war er sprachlos. Offenbar überlegte er, wie er darauf reagieren sollte, dann kam er zu dem Schluss, dass die Baronin ihm vermutlich wirklich gefährlich werden konnte. Hatte von Wehlau ihn deshalb alleine geschickt und war nicht selbst vor Ort? Zumindest säße er heftig in der Klemme, wenn er nicht wenigstens etwas gegen die Baronin vorzuweisen hatte. In diesem Moment kamen die beiden Männer aus dem Keller und schüttelten ihre Köpfe, als er sie fragend ansah.

»Nichts!«

»Verdammt!«, fluchte Wegner, als ihm auch die beiden, die das Obergeschoss durchsucht hatten, keinen Fund melden konnten. Wegner sah auf die große Standuhr. »Wir rücken ab! Wir haben Wichtigeres zu tun«, betonte er. Die Baronin stand auf, ohne ihn weiter zu beachten. Zum einen wollte sie ihn nicht reizen und zum anderen widerte dieser Typ sie an. Wegner verließ als Letzter das Haus. Auf der Treppe drehte er sich noch mal zu ihr um. Bevor er etwas sagen konnte, hörte er »Beehren Sie uns bitte nicht wieder!«, dann stand er vor der geschlossenen Tür. Wegner war konsterniert und wütend. Ohne nachzudenken trat er heftig gegen eine der steinernen Vasen. Der Schmerz fuhr ihm durch den ganzen Körper und er hüpfte stöhnend auf einem

Bein zum Wagen. Bevor er einstieg, informierte er seine Männer: »Wir fahren zum Paradeplatz. Dort werden wir Kreisleiter von Wehlau treffen und dann endlich diesen Kirchner und seine Helfer verhaften. Die haben doch ernsthaft geglaubt, dass sie uns reinlegen könnten. Ich habe heute Morgen die Beweise gefunden, dass sie Volksverräter sind. Auf die wartet der Galgen. Los geht's!«

Diese Aussicht half Wegner ein wenig über seinen demütigenden Misserfolg bei der Baronin hinweg. Die Männer stiegen in die Fahrzeuge und fuhren mit hoher Geschwindigkeit davon.

Die Baronin schloss die Tür. »Maria, geht es Ihnen gut?«, fragte sie, als sie in der Küche nach ihrer Angestellten sah.

»Ja, ja, nur der Schreck«, sagte diese, während sie sich die letzte Träne mit einem Stofftaschentuch abwischte. Die Baronin sah die eingestickten Initialen darauf.

»H. Z.! Ein feiner Kerl, oder?«, fragte sie. »Und Sie lieben ihn?«

Maria nickte.

»Das kann ich gut verstehen.« Maria sah zu ihr auf und die Baronin lächelte. »Dann hoffen wir, dass er bald in Sicherheit sein wird. Er hat versprochen, sich zu melden. Ich bin sicher, dass er sein Wort hält, machen Sie sich keine Sorgen.«.

Maria lächelte tapfer, war der Baronin aber dankbar für die tröstenden Worte. Kurz darauf eilte die Hausherrin zum Telefon.

»Herr Direktor, Baronin von Strehlau ist in der Leitung«, meldete sich die Sekretärin.

»Liselotte! Wie schön, von dir zu hören. Wir warten hier schon den ganzen Morgen auf deinen Anruf. Wie geht es den beiden? Wo seid Ihr?«, wurde sie sogleich mit Fragen überschüttet.

»Langsam, Wilhelm, langsam. Dieser schreckliche Wegner war gerade hier.« Dann berichtete sie ihm in kurzen Worten von der Durchsuchung der Villa.

»Wilhelm, sei bitte auf der Hut! Sie sind auf dem Weg zu euch! Sie müssen etwas gemerkt haben wegen gestern Abend. Wegner sprach von Beweisen, die er heute Morgen gefunden hat. Und von Volksverrat. Sie meinen es ernst! Ihr müsst sofort verschwinden, alle drei!«

»Nun mal ganz ruhig!«, reagierte Kirchner gelassen. Offensichtlich hatte er mit so was gerechnet, auch wenn er sich nicht vorstellen konnte, welche Beweise das sein sollten.

»Ich werde Konrad und Otto in Rauschen in unserem Ferienhaus verstecken. Dort sind sie erst einmal sicher, bis sich die erste Aufregung gelegt hat. Kannst du die Frauen abholen und auch dorthin bringen?«

»Ja, natürlich, ich mache mich gleich auf den Weg«, antwortete die Baronin. Erst jetzt merkte sie, wie aufgeregt sie doch war. Aber Wilhelms gefasste und besonnene Stimme beruhigte sie.

»Und was ist mit dir?«, fragte sie besorgt.

»Ich bleibe hier. Ich lasse weder dieses Haus noch meine Mitarbeiter im Stich! Hier ist mein Platz. Und das Schreiben des Ministers sollte mich schützen«, sagte er voller Überzeugung.

Sie hatte von ihm nichts anderes erwartet.

»Ja, natürlich«, gab sie zurück.

»Pass bitte gut auf dich auf. Wir müssen jetzt los! Bis bald«, verabschiedete sich Kirchner und legte auf. Die Zeit drängte.

Mit einem lauten »Halt!« und erhobener Hand hielt die Wache am Tor den Wagen an.

»Hier können Sie nicht rein!«

»Guten Morgen. Selbstverständlich kann ich«, sagte die Baronin bestimmt und übergab ihm das Schreiben. »Bringen Sie mich zum wachhabenden Offizier! Oder wie das bei Ihnen hier heißt.« Ihr verächtlicher Unterton entging selbst dem plumpen Wachmann nicht. Missmutig las er die wenigen Zeilen. Als er die Unterschrift erkannte, zuckte er zusammen.

»Los, öffne das Tor!«, befahl er seinem Kameraden auf der anderen Seite. Dann gab er ihr das Schreiben zurück.

»Bitte halten Sie dort rechts an. Ich bringe Sie zum stellvertretenden Kommandaten.«

›Na also, klappt ja alles‹, dachte die Baronin zufrieden und fuhr auf den Hof. Wenig später stand sie in einem düsteren und verqualmten Büro vor einem Schreibtisch. Der SA-Mann vor ihr war offenbar Wegners Vertreter. Er las das ihm vorgelegte Schreiben und schaute sie dann ungläubig an.

»Das muss ich erst mit Sturmbannführer Wegner abklären. Er ist aber derzeit nicht hier.«

»Ich weiß«, antwortete die Baronin ruhig. »Er war gerade bei mir und es ist alles geklärt. Er ist auf dem Weg zum Paradeplatz. Dort werden ein paar Verräter verhaftet. Zumindest hat er das vorhin noch gesagt«, lächelte sie gekonnt. Ihr überzeugendes Auftreten ließ keinen Zweifel an der Richtigkeit ihrer Aussage aufkommen.

Der junge SA-Rottenführer war erstaunt darüber, wie gut die Baronin informiert war und er nahm an, dass Wegner tatsächlich über dieses Schreiben Bescheid wusste.

»Wache! Holen Sie die Gefangenen Sittler und Perlmann! Wir treffen uns im Hof«, ordnete er an. Der Wachmann an der Tür verschwand mit einem zackigen »Jawohl, Herr Rottenführer«.

»Das Schreiben behalte ich hier«, erklärte er.

»Natürlich«, bestätigte die Baronin.

»Darf ich Sie nach draußen begleiten?«, fragte Wegners Stellvertreter und erhob sich von seinem Schreibtisch.

»Gerne«, antwortete die Baronin ebenso höflich. Ihr Plan war aufgegangen und der Zeitpunkt perfekt gewählt. Die Unterschrift auf dem Schreiben und ihr sicheres Auftreten hatten ihn offensichtlich überzeugt.

Sie stand neben ihrem Wagen, als durch eine Seitentür des gegenüber liegenden Gebäudes Emma herauskam. Sie war barfuß und im Nachthemd. Der Wachmann hatte ihr seinen Mantel umgehängt. Langsam kam Emma auf sie zu. Sie kniff die Augen zusammen, weil das helle Sonnenlicht sie blendete. Als sie die Baronin erkannte, lächelte sie erleichtert.

»Frau Baronin?«, fragte sie ungläubig.

»Alles ist gut, Sie kommen mit mir«, antwortete die Baronin und legte schützend ihren Arm um die junge Buchhändlerin.

Dann wurde die Tür erneut aufgestoßen und zwei Wachleute brachten auf einer Trage Hannah Perlmann heraus. Sie war mit einer grauen Wolldecke zugedeckt und kaum bei Bewusstsein. Emma stieß einen erschaudernden Schrei aus.

»Steigen Sie ein, Emma, ich kümmere mich darum«, sagte die Baronin und lief den beiden Männern mit der Trage entgegen.

Geschockt über den Zustand der Frau ergriff sie die schlaffe Hand, die von der Pritsche herabhing. Sie wischte ihr die klebrigen Haare aus dem Gesicht.

»Frau Perlmann. Hören Sie mich?« Sie bekam ein leises Stöhnen zur Antwort. Wütend ging sie zu Wegners Vertreter.

»Was fällt Ihnen ein, die Frauen so zu behandeln? Dazu haben Sie kein Recht!« Sie bebte vor Wut. Mit vielem hatte sie gerechnet, aber das war zu viel »Das wird ein Nachspiel haben, verlassen Sie sich drauf. Das können Sie Ihrem Vorgesetzten ausrichten.«

Der junge SA-Offizier blieb regungslos stehen und dirigierte die Männer mit der Trage zum Wagen.

»Legen Sie sie auf die Rücksitzbank«, lautete sein kurzer Befehl.

Emma saß vorne auf dem Beifahrersitz und drehte sich geschockt zu Hannah um. Sie nahm ihre Hand.

»Wir haben unsere Befehle«, versuchte sich der Offizier zu rechtfertigen. Ohne ihn weiter zu beachten, stieg die Baronin in den Wagen. Die Räder drehten durch, als sie Gas gab und den Hof schnellstens verließ. Entgegen der Abmachung mit Kirchner fuhren sie nach Maraunenhof.

Maria musste ihr helfen. Die Frauen mussten dringend versorgt werden, etwas zu Essen und zum Anziehen bekommen. Sie würde Wilhelm informieren und dann erst nach Rauschen fahren. Sie kannte das schöne Häuschen dort sehr gut. Schon einige Male hatte sie gemeinsam mit Wilhelm Kirchner dort das Wochenende verbracht. Als sie nun in die Hofeinfahrt zur Villa einbog, stand Maria schon in der Tür und erwartete sie.

»Wilhelm Kirchner! Ich verhafte Sie wegen Volksverrats.«

Erwartungsvoll und bestimmt platzte von Wehlau in das Kontor des Direktors. Dieser saß hinter seinem Schreibtisch, bemühte sich, entspannt auszusehen und las Zeitung. Langsam ließ er sie sinken und schaute darüber hinweg auf den Störenfried.

»Herr von Wehlau! Ich habe Sie gar nicht anklopfen gehört«, sagte er provozierend. Es war hoffentlich das letzte Gefecht zwischen ihm und von Wehlau. Und so hatte Wilhelm Kirchner sich genau überlegt, wie und wann er den entscheidenden Stich ansetzen würde. Von Wehlau war überrascht über Kirchners gelassenes Verhalten.

»Setzen Sie sich doch bitte, dann können wir alles in Ruhe besprechen«, übernahm Kirchner weiter die Initiative. Damit brachte er den Kreisleiter derart aus der Fassung, dass dieser der Aufforderung tatsächlich nachkam.

Nachdem er sich wieder gefangen hatte, versuchte er, wieder Herr der Lage zu werden. »Also gut, dann halt so«, sagte er. »Sie verkennen offenbar Ihre Lage.«

Und dann erklärte von Wehlau, dass zeitgleich Kirchners Mitarbeiter Konrad Gallinat und Otto Perlmann wegen Hochverrats verhaftet würden.

»Wir haben Sie gewarnt, Kirchner. Sie können uns nicht hereinlegen!«, resümierte er siegessicher. Dann winkte er und einer der beiden Wachen an der Tür reichte ihm ein in Zeitungspapier eingewickeltes Päckchen. Nachdem er es ausgepackt hatte, legte er Kirchner das halbverkohlte Buch auf den Tisch. Der Direktor blieb völlig ruhig, betrachtete das Buch von allen Seiten und schlug es dann auf. Schließlich legte er es lächelnd wieder vor sich hin. Von Wehlaus Mundwinkel zuckten nervös.

»Was soll das?«, fragte Kirchner. »Ein altes Philosophiebuch mit einem anderen Umschlag. Ausgerechnet Kästner!« Er lachte. »Herr Kreisleiter, ich bitte Sie! Dass Kästner im Feuer landet, war ja nun ihr Ansinnen. Und ein altes Philosophiebuch zu verbrennen, nun dafür kann man gerade in solchen Zeiten des Umbruchs doch auch fast Verständnis aufbringen. Vielleicht würde der Philosoph sogar darauf bestehen, bevor Sie seine Schriften verwenden. Meinen Sie nicht?« Sein ruhiges Lächeln machte von Wegner richtig wütend.

»Es lag neben dem Wrack ihres Wagens.«

»Aber ja natürlich, neben vielen, vielen anderen. Die Leute haben das bedauerliche Missgeschick meines Mitarbeiters genutzt und ebenfalls dort Bücher ins Feuer geworfen. Was beweist das also? Ich versichere Ihnen, alles hatte seine Ordnung, so wie Sie es verlangt haben.«

Von Wehlau schoss aus dem Sessel.

»Das erzählen Sie mal dem Richter!«, schrie er. Seine Mundwinkel wollten sich gar nicht mehr beruhigen, was Kirchner zufrieden wahrnahm. Jetzt war der Moment gekommen, um seinem Kontrahenten den entscheidenden Schlag zu versetzen.

»Ach, da wäre noch etwas, bevor Sie gehen«, ergänzte Kirchner seelenruhig. Als er die rechte Schublade an seinem Schreibtisch aufziehen wollte, zogen die beiden Wachleute ihre Pistolen und richteten sie auf Kirchner. Der hob die Hände.

»Ho, ho, nur langsam! Ich will nur einen Brief aus der Schublade nehmen!« Er sah von Wehlau an. »Was denken Sie? Glauben Sie wirklich, ich habe eine Waffe im Schreibtisch?«, fragte er von Wehlau. Dieser hatte sich das alles ganz anders vorgestellt, die Entwicklung der Situation entsprach so gar nicht seinen Erwartungen. Was plante Kirchner? Was zauberte er da jetzt wieder hervor? Der SA-Mann hasste Überraschungen. Er hob den Arm und die beiden Männer steckten ihre Waffen wieder weg.

Ganz langsam griff Kirchner in die Schublade und zog einen Umschlag heraus. Dieses Schauspiel wollte er in vollen Zügen genießen. Sehr langsam öffnete er den Umschlag und zog das Dokument heraus.

»Geben Sie schon her!«, knurrte von Wehlau, beugte sich über den Tisch und riss dem Direktor den Umschlag aus der Hand. Kirchner lehnte sich unbeeindruckt zurück und beobachtete sein Gegenüber.

»Wer sich zum Wurm macht, soll nicht klagen, wenn er getreten wird!«, fiel ihm ein Zitat Kants ein. Er schmunzelte innerlich und bemühte sich, sich seinen Triumph nicht anmerken zu lassen. Von Wehlau zog das Schreiben hervor, dessen drei Seiten an der oberen linken Ecke mit einer Siegelklammer verbunden waren. Er kannte diese kleinen goldschimmernden Blechsiegel, sie trugen den Reichsadler als Prägung. Er ließ sich in den Sessel zurückfallen und runzelte die Stirn. Als er den Briefkopf sah, wurde er blass. Ohne zu lesen blätterte er auf die letzte Seite und überprüfte die Unterschrift. Ihm wurde schlagartig schlecht, denn er ahnte Böses. Kirchner beobachtete ihn genau und von Wehlau spürte das sehr deutlich. Er blätterte zurück auf die erste Seite und las. Am Ende angelangt, ließ er das Schreiben mit leerem Blick auf den Schreibtisch sinken.

»Hätten wir das nun geklärt, Herr Kreisleiter?«, fragte Kirchner betont freundlich.

Von Wehlau sah ihn an. Er konnte nicht glauben, was ihm gerade widerfuhr. Heute Morgen hatte er sich endlich am Ziel angekommen gesehen, hatte geglaubt, er würde den verhassten Demokraten endlich besiegen und sein Triumph würde ihm vielleicht sogar den Weg ins Propagandaministerium ebnen. Und nun war mit einem Schlag sein Traum zerplatzt. Diese Demütigung raubte ihm den Atem. Sein Herz raste und es pfiff in seinen Ohren. Rote Flecken bildeten sich auf seinem Gesicht und seinem Hals und er versuchte krampfhaft, seine Fassung wieder zu erlangen. Verzweifelt drehte er sich zu einem der Männer an der Tür um.

»Was ist mit den beiden anderen?«

Der Wachmann zuckte mit den Schultern.

»Na, dann gehen Sie, verdammt noch mal, und schauen Sie nach!«, schrie er unbeherrscht. »Und machen Sie mir umgehend Meldung, Mann!«, brüllte er. Der Mann verschwand wortlos im Flur. »Kirchner!«

Jetzt sah von Wehlau seinen Widersacher wieder direkt

an und wischte das Dokument vor sich vom Tisch.

»Irgendwann kriege ich Sie!«, versuchte er, seine Überlegenheit zu erhalten.

»Von Ihren Mitarbeitern steht in diesem Dokument nichts! Die werden Sie am Galgen baumeln sehen!« Er lachte und hoffte, dass er Kirchner damit einen schmerzhaften Schlag versetzen konnte. Doch auch das schien Kirchner nicht zu beeindrucken. Die Tür ging auf und der Wachmann trat wieder ein.

»Herr Kreisleiter, die beiden gesuchten Personen befinden sich nicht im Haus.« Er salutierte, was in dem Moment ziemlich affig wirkte und Kirchner ein süffisantes Grinsen ins Gesicht zauberte.

»Was?«, schrie von Wehlau. »Das kann doch nicht sein!« Er drehte sich zu Kirchner um. »Wo sind sie? Wenn Sie gesuchte Verbrecher verstecken, kriege ich Sie doch!«

»Es tut mir leid. Ich weiß nicht, wo sie sind. Auch ich habe sie heute noch nicht gesehen.« Kirchner blieb ruhig. Von Wehlau konnte es kaum glauben. Sein ganzer Plan hatte sich in nichts aufgelöst. Weder Kirchner noch seiner Mitarbeiter konnte er habhaft werden. Noch nie in seinem Leben war er derartig vorgeführt worden. Seine Gedanken wirbelten durcheinander. Grußlos verließ er die Buchhandlung. Als er in seinen Wagen einstieg, wurde ihm klar, dass er verraten worden war. Es musste einen Verräter in den eigenen Reihen geben.

»Oder eine Verräterin«, dachte er, als der Wagen bereits wieder den Paradeplatz verließ.

34

»Konrad, hierher!«, rief Hans und winkte über die Köpfe der vielen Reisenden zwischen ihnen. Konrad sah sich um, erkannte ihn und winkte zurück. Durch die Menge hindurch bahnte er sich einen Weg zu Hans.

»Was machst du hier, Junge?«, fragte Hans.

»Wir müssen weg. Wir sind heute Morgen aufgeflogen«, erklärte Konrad in kurzen Worten.

»Ja, ›weg müssen‹ ist wohl das Motto des Tages. Mir geht es auch so. Ich verlasse Deutschland in Richtung Skandinavien. Und du?«

»Otto Perlmann ist bei mir, nur schnell noch austreten. Ist so in dem Alter«, lachte Konrad. »Wir fahren mit der Samlandbahn erst mal nach Rauschen. Dort treffen wir Emma und Ottos Frau. Hast du heute Morgen bei der Baronin etwas von ihnen gehört?«

»Nein, leider nicht, ich musste auch sehr unerwartet verschwinden. Wegner kam heute Morgen in die Villa und hat mich gesucht«.

Vom Bahnsteig drang Lärm herein. Züge vom Hauptbahnhof und der Samlandbahn kamen gleichzeitig an. Der Bahnhof füllte sich mit Menschen, die aus den Zügen mit ihrem Gepäck durch die Halle strömten. Konrad wurde mitgezogen.

»Hier, Konrad!«, fügte Hans noch an und streckte ihm das Buch hin. »Nimm das und passt gut darauf auf, Junge.

Irgendwann kommt hoffentlich wieder eine Zeit, in der du es benutzen kannst.«

Konrad griff danach, aber bevor er noch etwas sagen konnte, war Hans schon außer Sichtweite. Bei genauerem Hinsehen erkannte er das Buch wieder und steckte es ein. In diesem Moment kam Otto zurück.

»War was?«, fragte er und sah Konrad an, der immer noch den Hals reckte, um Hans in der Menge zu entdecken.

»Was? Nein, alles gut«, sagte Konrad in Gedanken.

»Komm, lass uns gehen, unser Zug ist schon eingefahren. Ich will hier weg. In Rauschen treffe ich endlich meine Hannah wieder, du wirst sehen«, sagte Otto. Er hatte neuen Mut gefasst. Auch bei Konrad hatte die Vorstellung, schon bald seine Emma wieder in die Arme schließen zu können, dafür gesorgt, dass er seine Angst vergaß und optimistisch in die Zukunft blickte. Sie liefen zum Bahnsteig und stiegen in den Zug. In einem Abteil der dritten Klasse setzten sie sich gegenüber.

»Nächster!«

Hans hielt dem unfreundlich auftretenden Uniformierten den Ausweis hin. Dieser nahm ihn, hielt ihn hoch, um sein Gesicht mit dem Ausweis zu vergleichen.

»Korell?«, fragte er in militärischem Ton, der keinen Zweifel an seiner Position aufkommen ließ.

Hans reagierte einen Moment gar nicht. Der Mann räusperte sich. »Hallo, Sie! Sind Sie Hans Korell?«

»Äh, ja, natürlich.«

»Wohin fahren Sie? Ihre Fahrkarte!«

»Nach Pillau.«

Hans reicht sie ihm und die Pappkarte wurde mit einer Lochzange durchbohrt.

»Danke, weitergehen.« Der Kontrolleur gab ihm den Ausweis und die Fahrkarte zurück und schob ihn an sich vorbei. Die Anspannung fiel von Hans ab, als er an Gleis 2 in sein Abteil stieg. Als sich der Waggon mit einem heftigen Ruck in Bewegung setzte, wäre er beinahe umgefallen. Mit lautem, rhythmischem Stampfen verließ auch der Zug auf dem Nachbargleis den Bahnhof Richtung Norden. Konrad sah durch das Fenster hinaus und spürte Wehmut. »Leb wohl, Königsberg. Ich hoffe, ich werde dich bald wiedersehen«, dachte er. »Vielleicht in einer anderen Zeit, unter anderen Umständen«.

»Wir müssen uns beeilen«, sagte die Baronin. »Ihr müsst hier weg.« Während Emma sich wusch und umzog, packte Maria Kleidungsstücke, Schuhe und andere Dinge in einen Koffer, die den beiden Frauen auf ihrer bevorstehenden Flucht hilfreich sein sollten. Die Baronin setzte sich zu Hannah ans Bett. Maria hatte sie ausgezogen, gewaschen und ihre Wunden versorgt. Das Blut konnten sie abwaschen, auch die blauen Flecken an ihren Brüsten, Hüften und Schenkeln würden bald verschwinden, nur die psychischen Schmerzen der Demütigungen konnten sie jetzt kaum lindern. Die Baronin gab Hannah etwas zu Trinken und sie setzte sich auf. Langsam kam sie wieder zu Kräften. Als sie kurz darauf das Haus verließen, drückte Maria ihnen noch ein paar belegte Brote in die Hand.

»Für unterwegs«, sagte sie und rief ihnen »Alles Gute und passen Sie gut auf sich auf,« hinterher. Wehmütig sah sie ihnen nach und dachte an Hans. ›Hoffentlich ist alles gut gegangen‹. Sie überlegte, wohin er von hieraus geflohen sein würde und ob er sein Versprechen, sich zu melden, halten könnte.

»Bloß nicht auffallen«, hatte Otto gesagt. »Am besten machen wir uns unsichtbar!« Otto wusste, dass das ein Motiv aus Konrads Lieblingsbuch war.

»Wenn das nur ginge«, hatte er lachend geantwortet. Otto war ein so feiner Kerl. Konrad war froh, ihn in diesen gefährlichen Tagen an seiner Seite zu haben. Beide lehnten die Köpfe gegen die Fensterscheibe und blickten still nach draußen, ohne tatsächlich etwas zu sehen. Immer wieder schob sich der Qualm der Lokomotive vor die vorbeiziehende Landschaft des Samlandes. Im vergangenen Jahr hatten Otto und Hannah in dem von Direktor Kirchner gestifteten Ferienhaus der Buchhandlung eine Woche Ferien machen dürfen. Während die Radsätze der einfachen Wagen den Takt der Schienenübergänge klopften, dachte Otto an diese unbeschwerten Tage in der Sommersonne. Er hatte Hannah diese kleine Bernsteinkette geschenkt, die sie seither fast immer trug. Sie hatten am Strand gelegen und er schmunzelte beim Gedanken an Hannahs Angst, mit der Standseilbahn vom Strand wieder in den Ort hinaufzufahren. Über den schönen Erinnerungen schlief Otto ein.

»Schlafen ist gut«, dachte Konrad, als er im selben Moment den Schaffner kommen sah.

»Fahrkartenkontrolle!«, rief der Mann in seiner blauen Uniform mit goldenen Knöpfen. Zwei SA-Männer in ihren braunen Hemden folgten dem Schaffner über die offene Plattform zwischen den Wagen. Vorsichtig zog Konrad die Fahrkarte zwischen Ottos Fingern heraus.

Der Kontrolleur kam näher und knipste jeweils ein weiteres Loch in die Fahrkarten der Fahrgäste. Der Wagen war fast voll besetzt, sodass es Konrad quälend langsam vorkam, bis der Schaffner vor ihm stand. Die beiden SA-Männer erreichten ihn im selben Moment wie der Bahnbeamte, der Otto mit einem lauten »Die Fahrkarte!« zu wecken versuchte.

»Oh, er reist mit mir«, sagte Konrad und streckte ihm die beiden Fahrscheine entgegen. Die Braunhemden sahen ihn an und Konrad drohte die Sprache zu verlieren. Der Kontrolleur gab ihm die Karten zurück und ging weiter. Konrad atmete auf.

»Wo gehts hin?«, fragte ihn plötzlich einer der beiden braun Uniformierten.

»Oh, an-an-ans Meer« stotterte Konrad und wurde rot. Seine Hände begannen zu zittern und er steckte sie in die Hosentaschen. Die beiden lachten.

»Na da-da-dann noch viel Sp-Sp-Sp-Sp-Spaß!« Sie kicherten hämisch und folgten dem Schaffner weiter durch das Abteil. »Solche Blödmänner«, dachte Konrad bei sich.

Konrad weckte Otto, als sie im ersten der beiden Kurortbahnhöfe hielten. Dieser schreckte hoch.

»Was? Sind wir schon da?« Er streckte seine müden Glieder, so gut es bei der Enge auf den Bänken ging. »Nein, noch nicht. Wir sind erst in Rauschen-Ort. Nächste Station ist dann Endstation.«

»Ah, gut. War was?«, fragte Otto, als ihm auffiel, dass

Konrad beide Fahrkarten in der Hand hielt.

»Nein, alles in Ordnung. Nur der Schaffner kam durch.«

Wenige Minuten später fuhr der Zug in den Kopfbahnhof ›Rauschen-Düne‹ ein. Konrad und Otto stiegen aus und liefen über die Straße zum Warmbad. Mit seinem runden Turm und dem Kuppeldach war das prägnante Kurbad eines der Gebäude, das man auf jeder Postkarte des Ferienortes fand. Unweit davon begann der Lärchenpark. Mehrere steinerne Skulpturen schmückten die mit schönen Blumenbeeten angelegten Spazierwege, auf denen sie ihr Ziel am Ende des Parks erkennen konnten. Dort stand das Ferienhaus der Buchhandlung.

Das zweigeschossige gelbe Holzhaus war von den letzten hohen Lärchen und einem parkähnlichen Garten umgeben.

Konrad sah Otto an. Sie hatten es geschafft! Königsberg hatten sie hinter sich gelassen und erst einmal waren sie in Sicherheit. Otto zwinkerte ihm nervös zu. Konrad zog an der Kette, die im Inneren des Hauses eine kleine Glocke in Bewegung setzte. Nichts! Sie warteten und Otto zog noch mal heftiger an der Kette, so als hätte Konrad es nicht richtig gemacht. Der sah ihn fragend an, doch prompt hörten sie hinter der Tür Schritte näherkommen. Otto zog lächelnd die Augenbrauen hoch und grinste triumphierend. Der Spannvorhang in dem kleinen Fenster der Tür wurde etwas zur Seite geschoben. Dann hörten sie, wie der Schlüssel mehrfach gedreht und die Tür einen Spalt breit geöffnet wurde. Er blickte in das freundliche Gesicht von Maria.

»Guten Tag, Maria«, begrüßte Konrad sie. »Sie sind da!«, schoss es ihm durch den Kopf. »Wenn Maria da ist, hat die

Baronin auch Emma und Hannah mitgebracht.«

»Kommen Sie rein, schnell!«, sagte sie mit leiser Stimme und öffnete die Tür weit. Noch bevor sie dazu kam, etwas zu erklären, kam Emma aus dem Nebenzimmer.

»Konrad!«

»Emma!«

Sie fielen sich in die Arme, küssten sich und Tränen der Freude und der Erleichterung liefen über ihre Gesichter. Alle Angst und Spannung der letzten Tage fiel auf einen Schlag von ihnen ab, sie waren wieder vereint. Das Glücksgefühl umschloss sie voll und ganz, sodass sie nichts mehr um sie herum wahrnahmen. Otto sah Maria fragend an.

»Kommen Sie, Otto«, sagte Maria und ging die Treppe hoch. Otto spürte, dass hier etwas nicht in Ordnung war. Sorgenvoll stieg er hinter Maria die Stufen hoch. Als Maria oben eine Tür leise öffnete, sah er seine Frau in einem breiten Bett liegen. Ihr Gesicht war blass, ihre Augen von dunklen Ringen eingerahmt und ihre Lippen rissig.

Otto erschrak und wollte zu ihr, als Maria ihre Hand auf seinen Arm legte, um ihn zurückzuhalten. Er sah sie fragend an.

»Sie schläft. Es geht ihr nicht gut, sie hat sehr viel ertragen müssen«, erklärte Maria leise.

»Was haben die mit ihr gemacht?«, fragte er mit Tränen in den Augen.

Maria antwortete nicht darauf.

»Setzen Sie sich zu ihr, seien Sie da, wenn sie wach wird. Sie braucht das, um bald wieder gesund zu werden.«

Otto nickte niedergeschlagen. Tausend Gedanken

schossen durch seinen Kopf, aber das Wichtigste war, dass er sie wieder hatte. Das war alles, was zählte! Er ging leise zum Bett, setzte sich zu ihr und nahm ihre Hand.

»Ich werde mich um sie kümmern, bis es ihr besser geht«, sagte Maria leise und ließ ihn mit Hannah alleine.

Als sie zu Konrad und Emma zurückkam, strahlten beide sie an. Konrad erkannte erst jetzt, dass etwas nicht stimmte.

»Wo ist Otto? Was ist los, Maria?«

Emma löste die Umarmung.

»Komm, lass uns da hinein gehen, dann erzähle ich dir alles.« Sie schob ihn in den Salon mit Fenstern zu drei Seiten. Der Raum wirkte fast wie ein Wintergarten, mit weiter Sicht und herrlich lichtdurchflutet.

Emma nahm Konrads Hände, nachdem sie sich auf das Sofa gesetzt hatten und begann ihm zu berichten, was in Devau mit Hannah passiert war. Zuerst das, was sie sicher wussten und dann auch noch das, was sie aufgrund ihrer Verletzungen vermuteten. Hannah war seit ihrer Freilassung nur hin und wieder kurz zu sich gekommen und hatte bisher nicht gesprochen. Konrad fand keine Worte. Er konnte sich vorstellen, was Otto gerade durchmachte, seine schlimmsten Befürchtungen waren wahr geworden. Er fühlte sich schuldig, er selbst war so glücklich, seine Emma wieder zu haben, während Hannah und Otto dieses Glück nicht hatten.

»Diese Schweine!«, fluchte er.

»Ich werde mich um Hannah kümmern«, warf Maria ein. »Die Baronin hat gesagt, dass ich bleiben soll, bis es Frau Perlmann besser geht und ihr alle weiterreisen könnt.«

»Das ist gut«, bedanke sich Emma. »Aber wie geht es jetzt weiter?« Sie sah Konrad an.

»Ich lasse Sie jetzt alleine«, sagte Maria, ging hinaus und schloss die Tür hinter sich.

»Wir mussten Hals über Kopf aus der Buchhandlung weg. Sie waren schon auf dem Weg, um uns zu verhaften«, berichtete Konrad.

»Und mein Onkel?« Emma schlug die Hände vors Gesicht.

»Er ist sicher! Mach dir keine Sorgen. Auch die Buchhandlung ist vor dem Zugriff durch diesen von Wehlau geschützt. Dafür hat die Baronin gesorgt. Es gibt eine Art ›Schutzbrief‹ von ganz oben«, beruhigte er sie.

»Gott sei Dank«, sagte Emma erleichtert. »Und wie geht es jetzt mit uns weiter? Sie werden euch suchen und wir können uns doch nicht ewig hier verstecken.«

»Dein Onkel hat auch dafür bereits vorgesorgt.« Er zog einen Umschlag aus der Jackentasche. Darin befanden sich mehrere Bündel Geld. Dazu die Papiere für die Schiffspassagen von Gotenhafen nach Kiel und weiter über Irland nach New York.

»Er ist verrückt«, sagte Emma. »Amerika?«

»Dein Onkel eben! Du weißt, dass er alles für dich tut. Er liebt dich. Für mich ist es schlimmer!«

Emma sah ihn fragend an.

»Nun, ich muss dich in Sicherheit bringen und mich um dich kümmern. Er bringt mich um, wenn ich dich nicht glücklich mache! Das wird anstrengend«, lachte er.

Emma kniff ihn in die Seite. »Du Schuft, erschreck mich nicht so!« Sie lachten und Emma kuschelte sich in seine

Arme. Es war nur ein kurzer Moment, der sie den Druck, die Gefahr und die Angst der letzten Tage vergessen ließ. Sie dachte daran, dass sie ihm zuvor noch etwas sagen musste. Doch der richtige Moment war noch nicht gekommen.

»Wie und wann kommen wir von hier weg?«

»Hannah braucht noch Erholung, eine Woche vielleicht. So lange bleiben wir hier. Ein Fischer wird uns dann abholen und nach Gotenhafen bringen.«

»Das alles hat Onkel Wilhelm heimlich organisiert? Ich hoffe, ich sehe ihn bald wieder«, sagte Emma hoffnungsvoll, aber mit einem unguten Gefühl im Bauch.

35

Horst von Wehlau betrat als Letzter den Saal und schloss die große schwere Tür hinter sich. Zum wöchentlichen Rapport beim Gauleiter waren wie immer alle wichtigen Parteifunktionäre, die Kreisleiter und SA-Führungskräfte anwesend. Man traf sich im großen Sitzungssaal des Regierungsgebäudes am Mitteltragheim. Am Kopf der beeindruckend langen und breiten Eichentafel saß, als einziger auf einem Stuhl mit höherer Lehne, der Gauleiter. Wer an der Reihe war, lieferte möglichst kurz seinen Bericht darüber ab, was in seinem Verantwortungsbereich passiert war und was anstand. Wortbeiträge mussten vorher angemeldet werden. Von Wehlau hatte seinen Bericht zur Bücherverbrennung angemeldet. Er hatte vor, den Erfolg der Veranstaltung für sich zu nutzen. Er war sich sicher, dass das Schreiben, das ihm Kirchner unter die Nase gehalten hatte, nicht bis hierhin durchgedrungen war. Irgendwie würde er auch dieses Problem noch lösen. Nach der üblichen Auftaktrede des Gauleiters zur »Lage der Nation und Ostpreußens im Besonderen« bat er von Wehlau gleich als erstes um seinen Bericht.

»Bitte, Herr Kreisleiter!«

Von Wehlau erhob sich und begann mit der Schilderung der erfolgreichen Planung und Umsetzung der »Aktion wider den undeutschen Geist«. Er vermeldete stolz, dass rund fünftausend Menschen der Bücherverbrennung am

Trommelplatz beigewohnt hatten und sprach von einer überwältigenden Unterstützung durch die Bevölkerung. Dann hob er eine mitgebrachte Zeitung in die Höhe und berichtete von der positiven Berichterstattung, die wie gewünscht erfolgt war. Mit einem Klopfen auf den Tisch zollten die Anwesenden ihm ihre Anerkennung dafür. Hätte er in diesem Moment den Blick zum Gauleiter gerichtet, hätte er gesehen, dass dieser nicht klopfte.

Er berichtete euphorisch über das großartige Zusammenwirken mit dem deutschen Studentenbund und den Studentenverbindungen. Dabei hob er die Taskonia Königsberg besonders hervor. Nicht zuletzt erwähnte er die SA und dankte für deren disziplinierten, vorbildlichen Arbeitseinsatz in den letzten vier Wochen. Erneutes Klopfen. Er vermeldete voller Stolz, dass alle Privathaushalte, Bibliotheken und Buchhandlungen ›gereinigt‹ seien.

»Buchhandlungen! Ein gutes Stichwort, Herr Kreisleiter!«, unterbrach ihn die Stimme des Gauleiters und er spürte den Unterton wie ein Messer in seinem Rücken. Doch es sollte noch viel schlimmer kommen. Auch die Gauleitung hatte ein Schreiben des Ministerpräsidenten bekommen. Mit wenigen, sehr unfreundlichen Worten und einem Wutanfall brachte der Gauleiter zum Ausdruck, was er von ›dieser Ohrfeige von ganz oben‹ hielt. Von Wehlau setzte sich vor Schreck und wurde kreidebleich.

»Bleiben Sie gefälligst stehen, wenn ich mit Ihnen rede! Sie werden bald genug Möglichkeit bekommen, sich den Arsch breit zu sitzen!«, brüllte der Gauleiter ihn an und von Wehlau schoß konsterniert wieder in die Höhe. Es folgte ein Kurzvortrag zum ursprünglichen Plan, das bekannte und einflussreiche ›Haus der Bücher‹ zu einem zentralen Propagandainstrument der Partei in Ostpreußen und über die Grenzen hinaus mit Einfluss auf die Buchbranche im gesamten Reich zu machen.

»Und was hat unser dilettantischer Kreisleiter hier daraus gemacht?«, schrie er mit rotem Kopf, lief um den Tisch zu ihm und zeigte auf von Wehlau, der nicht mehr wusste, wie ihm geschah.

»Außer einem kleinen Freudenfeuer hat er nichts zustande gebracht, nichts! Ganz im Gegenteil, meine Herren! Seit zwei Tagen liegt bei mir ein persönliches Schreiben von Hermann Göring auf dem Tisch.« Er wedelte mit dem Brief in der Luft herum.

»Göring persönlich untersagt uns dieses Vorhaben, warum auch immer. Schlimmer noch, das ist ein Freibrief für diesen Kirchner. In meinem Ostpreußen gab es kein Fleckchen Erde, über das nicht ich bestimmte! Bis vorgestern. Das hat unser grandioser von Wehlau geschafft, dass es dieses exterritoriale Gebiet gibt, ein einzelnes Haus! Und das mitten in meiner Stadt, direkt am Paradeplatz, das ›Haus der Bücher‹!«

Er zeigte aus dem Fenster in Richtung des nur wenige hundert Meter entfernten Gebäudes. Seine Stimme überschlug sich immer wieder und sein Kopf war so rot, dass zu befürchten stand, dass er platzte. Er schlug mit der Faust auf den Tisch, dass die Tassen und Gläser klirrend hüpften.

»Eine Katastrophe ungeahnten Ausmaßes. Wissen Sie, wie ich vor dem Minister dastehe? Wie man sich in Berlin über mich amüsiert«, er machte eine theatralische Pause. »Ja, man lacht über uns, dass wir uns so haben vorführen lassen! Die fragen sich, ob wir noch Herr im eigenen Hause sind, in unserer Provinz!« Nun ging dem Gauleiter endlich die Luft aus und er setzte sich. Von Wehlau stand alleine in der großen Runde, leichenblass und wusste nicht, was er dazu sagen sollte.

»Herr Kreisleiter, gehen Sie! Verschwinden Sie und treten Sie mir nie wieder unter die Augen. Erwarten Sie Ihre Versetzung in den nächsten Tagen. Es wird sich schon ein unbedeutendes Provinznest finden lassen, wo Sie keinen weiteren Schaden anrichten können.«

Von Wehlau hörte die letzten Worte nur noch wie durch einen Schleier. Vor seinen Augen drehte sich alles, ihm war übel und sein Magen krampfte. Ihm wurde heiß und es standen Schweißperlen auf seiner Stirn. Er grüßte halbherzig, nahm seine Tasche und verließ mit weichen Knien den Raum.

Wilhelm Kirchner hatte zur selben Zeit zwölf Herren in den Sitzungsraum im vierten Obergeschoss geladen.

Die Gruppe setzte sich aus zwei Abteilungsleitern, drei Sortimentern und sieben Mitarbeitern der Verwaltung zusammen, darunter auch ein Buchhalter. Die ratlos wartenden Männer hatten keine Erklärung für die kurzfristig einberufene Sitzung.

Sie konnten sich auch die Zusammensetzung dieser Runde nicht erklären. Niemand wusste etwas. Pünktlich zur festgesetzten Zeit öffnete sich die Tür. Wilhelm Kirchner trat ein, gefolgt von seiner Sekretärin, die seine Ledertasche trug.

»Guten Morgen! Bitte nehmen Sie Platz.«

Offensichtlich war der Direktor entspannt, wie man an seinem Tonfall und seinem Gesichtsausdruck erkennen konnte. Die Teilnehmer sahen sich etwas ratlos an, hatten sie doch eher aufgrund der überraschenden Terminansetzung mit einer Art Krisensitzung gerechnet. Die Sekretärin setzte sich am Kopf des Tisches neben Kirchner und legte die Tasche vor sich auf den Tisch.

»Entschuldigung, Herr Direktor«, meldete sich der Leiter der wissenschaftlichen Abteilung. »Fehlen nicht noch ein paar Kollegen?«

Kirchner sah rundherum jeden am Tisch kurz an.

»Nein, alle da, danke. Wir können beginnen.«

Die anwesenden Kollegen sahen sich irritiert an. Zweifelsfrei handelte es sich bei den meisten Anwesenden um sehr verdiente, besonders gute Mitarbeiter. Zwei tuschelten etwas von ›Beförderung‹, andere von ›Nachfolger‹.

»Liebe Kollegen, Sie haben hautnah erlebt, was in den letzten Wochen hier in unserem Haus passiert ist. Die SA ging bei uns ein und aus. Es wurde massiv Druck auf uns ausgeübt. Und es ging dabei nicht nur um die Bücherverbrennung und diese Listen, es ging - und geht womöglich auch weiterhin - um unser Haus hier!« Er hob die Hände zur Decke des Raumes.

Die Mitarbeiter nickten und brummten zustimmend.

»Wissen Sie, ich vergleiche unser wundervolles Unternehmen mal mit einem Schiff.« Kirchner stand auf und lief durch den Raum. »Wir fuhren mit voller Fahrt auf hoher See, als uns die Politik einen Schuss vor den Bug setzte und drohte, uns zu kapern, wie lausige Piraten. Wir können heute sagen, dass wir den Angriff trotz schwierigem Gefecht abwehren konnten. Das auch dank unserer hervorragenden Mitarbeiter.«

Die Abteilungsleiter, die in direkter Nähe Kirchners saßen, sahen sich verunsichert an. Das Thema gefiel ihnen nicht, und seine Wortwahl schon gar nicht. Trotzdem nickten und brummten sie abwartend.

»Die klare und loyale Einstellung unserer Mitarbeiter ist unser höchstes Gut. Sie stimmen mir doch zu, dass sich ein Kapitän im Sturm oder bei einer Schlacht blind auf seine Seeleute verlassen können muss, nicht wahr?« Wieder erntete er einhellige Zustimmung.

»Wenn die Piraten das Schiff entern und es auf Deck zu einem wilden Kampf kommt, kann der Kapitän nur mit der Pistole schießen, wenn er erkennt, wer Freund und wer Feind ist. Sonst könnte er ja seine eigenen Männer treffen! Stimmen sie mir zu?«

Die Mitarbeiter nickten, waren aber zunehmend irritiert.

»Nun, es macht unbedingt Sinn, die Parteien auseinanderhalten zu können, zu wissen, wer hinter einem steht und wer nicht.« Auf der anderen Kopfseite der langen Tafel angelangt stützte er sich mit den Händen auf den Tisch. Alle richteten den Blick auf ihn. »Und dafür gibt es auch bei uns hier im Haus ein untrügliches Zeichen!« Er zeigte mit der Hand auf seine Sekretärin gegenüber. Alle wendeten ihren Blick zu ihr und zuckten zusammen. Während alle Männer Kirchners Ausführungen zugehört hatten, hatte sie unbemerkt das gelbe Halstuch angelegt.

Jetzt stand sie wortlos auf. Schlagartig wurde allen Teilnehmern klar, warum sie heute hier waren.

»Ich denke, meine Herren, mehr muss ich nicht sagen.« Ein betretenes Schweigen legte sich über die Runde und Kirchner ließ eine Pause, um seine Worte wirken zu lassen. Währenddessen zog Frau Pietsch mehrere Umschläge aus der Tasche hervor.

»Sie können froh sein, dass wir eine Buchhandlung und kein Schiff sind. Sonst würde man Sie jetzt vermutlich über die Planke zu den Haifischen jagen, wie man es auf hoher See mit Verrätern macht. Und genau das sind Sie alle für mich: Verräter! Aber nicht, weil Sie eine andere politische Meinung vertreten! Ich bin überzeugter Demokrat, deshalb kann ich andere Meinungen akzeptieren. Rassismus und Hetze kann und will ich jedoch auf keinen Fall dulden und schon gar nicht tolerieren. Und Sie haben die Geistesfreiheit und Literatur verraten! Deshalb ist auf diesem, auf meinem Schiff für Sie kein Platz mehr. In den Umschlägen finden Sie Ihre Entlassungspapiere und Ihren letzten Lohn, genau bis zum heutigen Tag. Ich erteile Ihnen allen hiermit Hausverbot. Bitte verlassen Sie unverzüglich das Gebäude. Danke.«

Kirchner drehte sich um und verließ den Raum. Die Runde blieb sprachlos und sichtlich geschockt zurück. Mit unbewegtem Gesicht ging Frau Pietsch um den Tisch und legte vor jeden einen Umschlag.

Hannahs Lider flatterten und dann schlug sie langsam die Augen auf. Sie spürte etwas Schweres auf ihrem Bauch, hob angestrengt den Kopf und erkannte Otto, der über ihr eingeschlafen war.

»Otto«, schluchzte sie und strich ihm durchs Haar. Offenbar war er seit seiner Ankunft nicht mehr von ihrer Seite gewichen. Er schreckte hoch und riss die Augen auf.

»Mein Gott, Hannah!«, sagte er und nahm ihren Kopf vorsichtig zwischen seine zitternden Hände. Lange sahen sie sich wortlos an, konnten nichts sagen, genossen nur den Augenblick, wieder zusammen zu sein.

»Wie geht es dir?«, fragte er leise. »Was haben sie mit dir gemacht?« Hannah schloss die Augen und seufzte.

»Hannah?«

Aber sie reagierte nicht, war erneut eingeschlafen. In dem Moment öffnete sich die Tür und Maria streckte den Kopf herein.

»Otto, lassen Sie Ihre Frau noch schlafen. Sie müssen was essen. Kommen Sie mit nach unten.«

Unwillig, seine Frau zu verlassen, schaute er sie an. Doch sein Magen stimmte Maria zu und knurrte gewaltig. Also stand er auf, ließ die Hand langsam über den Arm seiner schlafenden Frau gleiten und folgte Maria nach unten. In der Küche saßen Emma und Konrad glücklich kichernd zusammen. Sie verstummten, als Otto hereinkam. Emma ließ Konrads Hand los, so als wäre ihr ihr Glück unangenehm, solange es Hannah nicht besser ging. Otto setzte sich zu ihnen.

»Was ist mit meiner Frau, Emma? Was haben die mit ihr gemacht?«, fragte Otto mit vor Wut heißerer Stimme. »Was ist in Devau passiert?«

Maria sah Emma besorgt an. Emma atmete tief durch und erzählte in behutsamen Worten, was sie sicher wusste. Sie wollte Otto nicht anlügen, aber sie wollte ihm nicht noch mehr wehtun. Konrad sah sie schockiert und fragend an.

»Nein, mich haben sie nicht angefasst. Dieser Wegner hat die Finger von mir gelassen.«

»Wegner?« Otto zuckte zusammen und riss die Augen auf. »Dieser ... natürlich! Es ging ihm bei Hannah nicht darum, uns zu erpressen wegen der Bücherverbrennung. Da hätte Emma gereicht. Das ist seine persönliche Rache an Hannah und mir. Dieses Schwein! Wenn ich ihn ...«. Er schlug verzweifelt mit der Hand auf den Tisch, sodass das Geschirr darauf laut klirrte. Dann erstickte seine Stimme in erneutem Schluchzen. Sein ganzer Körper bebte und er begann zu heulen wie ein kleines Kind. Emma stand auf, nahm ihn tröstend in die Arme und versuchte ihn zu beruhigen. Konrad legte die Hand auf Ottos Unterarm. Er wusste nicht, was er sagen könnte, um seinem Freund den Schmerz zu nehmen. Minutenlang hörte man nur Emmas leise, tröstende Worte und Ottos Schluchzen.

Als Otto sich wieder gefangen hatte, überlegten sie, wie es weitergehen sollte. Hannah brauchte Zeit, um wieder zu Kräften zu kommen.

»Bis in einer Woche sollte es ihr so gut gehen, dass Sie weiterreisen können«, mischte Maria sich ein. »Mit dem Fischer, der Sie nach Gotenhafen bringen wird, können wir morgen reden.«

»Und ich möchte zum Postamt. Dort gibt es sicher einen Fernsprecher. Wir müssen Onkel Wilhelm sagen, dass es uns gut geht. Er wird auf glühenden Kohlen sitzen und besorgt sein«, ergänzte Emma.

»Ja, das machen wir gleich nach dem Essen«, antwortete Konrad.

Dabei hatte niemand von ihnen wirklich Appetit. Ihnen war bewusst, dass ihre Flucht noch nicht vorbei war. Emma und Konrad brachen auf, während Maria die Küche in Ordnung brachte und sich um Otto kümmerte. Otto war wütend, verzweifelt und gleichzeitig unendlich traurig. Er wusste genau, dass es jetzt nicht die Zeit war, um sich Wegner vorzuknöpfen. Sie waren auf der Flucht und er musste jetzt erst mal Hannah in Sicherheit bringen. Wegner durfte sie nicht noch einmal in die Hände kriegen, das wäre ihr sicherer Tod. Als er sich endlich beruhigt hatte, bat er Maria um einen weiteren Teller Suppe, den er mit nach oben zu seiner Frau nahm. Maria staunte nicht schlecht, als Otto nach einer Stunde mit dem leeren Teller wieder herunter kam. »Sie hat gegessen«, lächelte er.

Emma ging es besser, nachdem sie mit ihrem Onkel gesprochen hatte.

»Onkel Wilhelm geht es gut. Ihm kann nichts passieren. Sobald wir in Amerika sind, telegrafieren wir. Amerika, mein Gott, Amerika! Konrad, was werden wir da nur tun?« Sie war befreit von der Angst und der Qual der Gefangenschaft und schon fast übermütig. Alles schien sich zum Guten zu wenden.

Es wurde bereits Abend, als die Missu die Tür des Hotelzimmers öffnete. Sie hatte sich entschlossen, vor der

Aufführung mit ihrem Liebhaber zu reden. Sofort roch sie, dass er schon viel getrunken hatte. Irgendwas musste passiert sein, das war sonst nicht seine Art. Trotzdem entschied sie sich, ihn jetzt und hier vor die Wahl zu stellen. Von Wehlau begrüßte sie und wollte sie in den Arm nehmen. Seine Hand wanderte hinunter zu ihrem Po, doch sie wich zurück. Von Wehlau schaute sie irritiert an.

»Was ist los?«

»Gibt es Neuigkeiten aus Berlin?«, fragte die Missu mit spitzem, abweisendem Ton.

»Aber Chérie, bis jetzt noch nicht. Du musst Geduld haben.«

»Geduld, ja? Ich habe keine Geduld mehr! Vielmehr hältst du mich hin. Wenn ich von dir nicht endlich jemanden genannt bekomme, der mich in Berlin empfängt, ist es mit uns zu Ende, Chérie«.

Überspitzt betonte sie dabei das Kosewort, welches sie beide füreinander verwendeten. »Ich lasse mich von dir nicht länger ausnutzen! Ich bin sicher, die Presse wird sich sehr dafür interessieren, was zwischen uns war und was ich so alles weiß«, versuchte sie, ihn unter Druck zu setzen, nicht ahnend, wie sinnlos ihr Erpressungsversuch war.

»Du mieses Flittchen! Du glaubst, du kannst mich erpressen?«, schrie von Wehlau. »Überschätzt du dich da nicht ein bisschen?«

Sie lachte hämisch.

»Glaubst du? Ich bin ein Star! Aber wer bist du schon? Ein geiler Bock, ein davongejagter Adelssohn! Ein Versager, den sogar der eigene Vater vom Hof gejagt hat!«

Von Wehlau bebte innerlich. Damit hatte die Missu seinen wundesten Punkt erwischt. Und das wusste sie genau.

»Du billige Schlampe. Glaubst du, du machst Karriere, nur weil du mit jedem ins Bett hüpfst? So eine wie dich gibt es an jeder Straßenecke!«

»Du Bastard! Das wirst du bereuen!« Sie sprang auf ihn zu und wollte auf ihn einschlagen. Doch er wich aus und kippte ihr wütend ein Glas Champagner ins Gesicht. Sie kreischte erschrocken.

»Verschwinde, los hau ab!«

Als sie erneut mit dem Arm ausholte, schlug er ihr mit dem Handrücken ins Gesicht. Sie taumelte nach hinten und griff sich an die Wange. Blut lief ihr über die Finger. Sein Siegelring hatte eine kleine, tiefe Schnittwunde unter ihrem Auge hinterlassen.

»Bist du verrückt?«, kreischte sie hysterisch. Später sollte sie schließlich auf der Bühne im Opernhaus stehen. Von Wehlau lachte hämisch. Als er sich dabei verächtlich von ihr wegdrehte, um sich ein neues Glas einzuschenken, zog sie ihren hochhackigen Schuh aus und warf damit nach ihm. Knapp verfehlte ihn der Schuh und krachte in das Bild an der Wand. Darüber lachte von Wehlau erneut. Doch schon im nächsten Moment traf ihn der zweite Schuh mit dem spitzen Absatz am Hinterkopf. Wütend wirbelte er herum und stürzte sich auf sie. Die Missu wich ihm aus und wollte flüchten, von Wehlau taumelte, konnte jedoch im Sturz noch ihre Bluse greifen. Sie riss sich hektisch los, sodass die Knopfleiste weit aufgerissen wurde. Ohne BH darunter war sie halb nackt, doch darauf achtete sie gar nicht, sondern flüchtete durch die Tür auf den Flur und rannte zum Haupttreppenhaus. Im Laufen sah sie sich noch einmal voller Angst und Wut um. Er stand in der Zimmertür und rief ihr etwas Unverständliches hinterher. In großen Sätzen sprang sie mit ihren nackten Füßen die Treppe hinunter. Auf einem Treppenabsatz rempelte sie rücksichtslos ein älteres Ehepaar zur Seite. Die Missu kam in die Lobby des Hotels und blieb mit hochrotem Kopf kurz stehen. Einige Reisende sahen sie schockiert an. Ihr Auftritt in der feinen Lobby war unübertrefflich in der Wirkung auf die erschrockenen Gäste in der Halle. Wie sie da stand, barfuß, der Rock schief sitzend, im Gesicht blutverschmiert, die Frisur zerzaust und mit einer entblößten Brust glich sie einer bizarren, grotesken Darstellerin in einem wilden Bühnenstück. Zwei ältere Damen fingen empört an zu schimpfen, doch das nahm die Missu nicht wahr. Sie schrie immer noch und rannte durch die Lobby, riss die Tür auf und stürmte hinaus auf die Straße. Der Straßenbahnfahrer hatte keine Chance mehr zu bremsen.

Von Wehlau hatte eine Vorahnung, als er das schrille Pfeifen der Straßenbahn vor dem Hotel hörte. Ein dumpfer Schlag folgte und dann hörte er laute Rufe von der Straße. Er öffnete beide Fensterflügel und sah hinunter. Vor der zum Stehen gekommenen Straßenbahn umringte eine Menschenmenge den merkwürdig verdreht daliegenden, toten Körper der Diva. Ihr Kopf lag in einer immer größer werdenden Blutlache. Frauen schrien und einige Männer riefen nach Hilfe und nach einem Arzt. Doch es war zu spät.

»Rosemarie Missuweit, wirklich ein angemessener letzter Auftritt«, sagte von Wehlau, hob sein Glas und schrie in seinem Rausch »Bravo! Bravo! Bravissimo! Zugabe!« Einige Leute drehten sich um und schauten, von wo die zynischen Rufe herkamen. Doch sie sahen nur die Umrisse eines Mannes im erleuchteten Fenster des Eckzimmers im obersten Stockwerk des Hotels. Sie wussten nicht, dass der Opernstar genau von dort geflüchtet war. Dann trank von Wehlau das Glas Champagner in einem Zug aus und warf es in hohem Bogen hinunter. Er lachte wie besessen, drehte sich um und stolperte ins Zimmer zurück. Dabei verhedderte er sich ungeschickt mit einem Fuß im Vorhang, stolperte und landete unsanft auf dem Boden. Sein Kopf schlug hart auf dem feinen Parkett auf. Der übermäßige Alkoholgenuss gab ihm den Rest. Bei dem Versuch, sich aufzurichten, drehte sich alles und ihm wurde schwarz vor Augen. Bewusstlos sackte er zusammen und blieb auf dem Boden liegen.

Wilhelm Kirchner war sehr erleichtert, als er Emmas Stimme am Telefon hörte. Sie berichtete, dass sie alle gut in Rauschen angekommen und erst einmal in Sicherheit waren. Um Hannah mache sie sich Sorgen, erzählte aber, dass Maria und Otto sich liebevoll um sie kümmerten. Kirchner berichtete von den Gerüchten in der Stadt, dass von Wehlau degradiert sei und strafversetzt würde.

»Onkel Wilhelm, das sind gute Nachrichten! Dann hat das alles endlich ein Ende.«

»Hoffen wir es,« gab Kirchner zurück, obwohl er davon nicht überzeugt war.

»Wenn wir in Amerika angekommen sind, telegrafiere ich dir gleich, ja?«

»Ja, mach das, mein Kind. Aber bitte nenne nicht deinen Namen. Bestelle einfach irgendein Buch für Frau Elisabeth Buddenbrook mit deiner Adresse in New York, ja? Dann weiß ich Bescheid. Wir müssen Spuren vermeiden.«

Emma musste kurz schmunzeln. Ausgerechnet dieser Name. Sie wusste, wie sehr ihr Onkel diesen Roman seines Freundes liebte.

»Ja, das mach ich. Aber dann nenne ich sie wie im Roman auch Bethsy, das hört sich ja amerikanisch an.« Sie musste schlucken und holte tief Luft.

»Ach, Onkel Wilhelm, du wirst mir so sehr fehlen! Die Buchhandlung wird mir fehlen, die Stadt, einfach alles«, schluchzte Emma.

»Mach dir keine Gedanken. Es kommen wieder andere Zeiten, dann sehen wir uns wieder. Versprochen!« Wilhelm Kirchner wusste, dass er das nicht versprechen konnte. Aber er wollte Emma auf keinen Fall verunsichern. Sie musste auf dieses Schiff und raus aus Deutschland. Er konnte weder sie noch seine beiden Mitarbeiter weiter schützen und das bedrückte ihn sehr.

»Mach's gut, mein Kind«, verabschiedete er sich schweren Herzens.

»Lebe wohl, Onkel! Bis bald!«, schluchzte Emma. Noch lange nachdem ihr Onkel aufgelegt hatte, hielt sie den Hörer ans Ohr. Sie wusste, das war für lange Zeit ihre letzte Verbindung zu ihrem Onkel und sie hatte das Gefühl, wenn sie den Hörer aufhängte, würde diese endgültig abreißen. Nur schwer konnte sie sich schließlich überwinden und tränenüberströmt die Kabine verlassen. Konrad nahm sie in den Arm und drückte sie. Sie liefen zu dem Haus im

Lärchenpark, das ihnen für die nächsten paar Tage Unterschlupf und Sicherheit bieten sollte.

Als Wilhelm Kirchner die Buchhandlung verließ, fiel ihm auf, dass ihm zum ersten Mal seit Tagen kein Wagen mehr folgte. Doch er traute dem Frieden nicht, vielleicht hatten sie ihre Taktik nun geändert, operierten raffinierter und im Verborgenen statt demonstrativ in der Öffentlichkeit wie bisher. Daher wählte er zunächst seine übliche Strecke, die er jeden Abend fuhr. Dann umkreiste er zwei Mal den Tiergarten und beobachtete den Rückspiegel genau. Nichts! Er mied es, an seiner Wohnung vorbeizufahren, denn auch dort vermutete er eine mögliche Observation. Von Wehlau war nach dieser Niederlage alles zuzutrauen. Er war gefährlich wie ein angeschossenes Raubtier. Diesen Kerl durfte man auf keinen Fall unterschätzen. Sobald er sich von seinem Schlag ein wenig erholt haben würde, würde er noch gefährlicher werden. Selbst wenn er nicht mehr offiziell in Königsberg sein sollte, musste Kirchner mit einem Racheakt rechnen. Von Wehlau war niemand, der solch eine Schlappe einfach hinnehmen würde. Kirchner beschloss deshalb, auch weiterhin extrem vorsichtig zu sein.

Während er darüber nachdachte, schlängelte er sich mit dem Wagen geschickt durch die kleinen Seitenstraßen Vorderhufens. Zwanzig Minuten später erreichte er die Villa in Maraunenhof. Den Wagen stellte er am Ufer des Oberteichs ab und schlüpfte unauffällig durch das kleine Gartentor in den Park.

»Wilhelm, Gott sei Dank!«, grüßte ihn die Baronin an der Terrassentür und ließ ihn herein. »Ich bin so erleichtert, dass es dir gut geht«, sagte sie und gab ihm einen Kuss auf die Wange.

»Frag mich mal! Unfassbar, was man alles für einen Kuss von dir durchmachen muss«, antwortete er erschöpft. Man konnte ihm die Strapazen der letzten Tage ansehen. Er legte Hut und Mantel ab.

»Nun, den bekommt ja auch nicht jeder!«, lachte sie erleichtert, sah noch einmal prüfend hinaus in den Park, schloss die Tür und zog die Vorhänge zu.

»Wie geht es den Frauen?«, fragte er und die Baronin berichtete ihm, dass Emma die Strapazen sehr gut verkraftet hatte, es Hannah Perlmann aber sehr schlecht ginge. Als sie erzählte, dass Hannah wohl mehrfach von Wegner vergewaltigt worden war, schlug Wilhelm Kirchner wütend mit der Faust auf die Sofalehne.

»Wilhelm!«, ermahnte ihn die Baronin.

»Dieser widerliche, kriminelle Kerl!« Er atmete tief durch.

Sie schenkte zwei Gläser Cognac ein, reichte ihm eines davon und sah ihn dabei stirnrunzelnd an. Sie stießen mit den Gläsern an und tranken einen Schluck.

»Bitte entschuldige, Liselotte.«

Die Baronin erzählte, dass sie Maria in Rauschen gelassen hatte, damit sie sich um die vier kümmern könnte, bis sie auf das Schiff weiter fliehen konnten.

»Ich würde Emma so gerne noch einmal sehen, bevor sie nach Übersee fährt, aber es ist zu gefährlich. Wir dürfen keine Spur nach Rauschen legen. Auch wenn von Wehlau jetzt erst einmal aus dem Weg geräumt ist, dürfen wir ihn nicht unterschätzen. Auch diesem Wegner ist jede Brutalität zuzutrauen. Ich kann mir lebhaft vorstellen, wie der getobt hat, als er feststellen musste, dass die Frauen weg sind. Der ist sicher nicht mit von Wehlau untergegangen. Der wird sich wieder irgendwie aus der Schusslinie gebracht haben.« Er schenkte sich nach.

36

Die Standseilbahn fuhr an diesem Morgen ihre erste Tour ratternd die Steilküste hinunter zum Strand. Mit ihr ließen sich die 40 Meter Höhenunterschied zwischen dem Ort und der Strandpromenade am bequemsten überwinden. Emma und Konrad saßen unweit der oberen Station in einem kleinen Waldstück direkt an der Abbruchkante. Sie beobachteten, wie die beiden Wagen im Wechsel auf und ab fuhren. Auf halber Strecke konnten sie durch eine kurze Ausweiche aneinander vorbei passieren. Sie hatten sich ein Plätzchen zwischen ein paar halbhohen Büschen gesucht. So genossen sie aus sicherer Deckung den herrlichen Blick hinaus auf die ruhige Ostsee. Sie hatten beide in dieser Nacht nicht schlafen können und waren deshalb noch in der Dunkelheit aufgebrochen, um den Sonnenaufgang erleben zu können. Als kurz nach sechs die Vögel ihr Morgenkonzert in den Bäumen begonnen hatten, lagen die zwei auf ihrer mitgebrachten Decke und küssten sich innig. Weit draußen am Horizont sah man die Lichter der ersten Passagierschiffe leuchten, die auf dem Weg zwischen Gotenhafen und Memel waren. In Küstennähe sah man rote Positionslichter an den Masten einiger Fischerkähne schaukeln.

»Konrad, ich muss dir etwas sagen«, begann Emma und schob ihren Geliebten von sich weg. Der schaute sie überrascht an.

»Ich habe immer noch Angst! Wenn Wegner uns doch noch erwischt, ist alles aus. Und wir brauchen dich doch!« Sie sah ihn erwartungsvoll an und lächelte. Konrad war verblüfft, hatte er doch eher einen besorgten Blick erwartet. Er konnte ihre Angst ja auch gut verstehen. Wohl war ihm bei dem Gedanken selbst nicht. Aber ohne einen Abschied von seiner Großmutter konnte er nicht gehen. Sie sah ihn an und spürte, wie er mit sich rang. Dann legte sie den Kopf zur Seite. Konrad stutzte.

»Wir?« Er sah sie an. »Was meinst du damit?«

Emma lächelte.

»Willst du-du-du damit sagen, dass du, ich mei-mei-meine, dass wir, dass wir ... ein Kind bekommen?« Er legte vorsichtig seine Hand auf ihren Bauch und sah sie fragend an. Kaum hatte Emma genickt, umarmte Konrad sie liebevoll, wollte sie nicht mehr loslassen und hatte vor Glück Tränen in den Augen.

Zuerst bemerkt niemand Wegner, als er am späten Nachmittag die Buchhandlung betrat. Statt der üblichen braunen Uniform trug er einen adretten dunkelblauen Anzug und Hut. Er bemühte sich, wie ein normaler Kunde auszusehen, bewegte sich langsam, schaute sich interessiert um, hatte keine Männer im Schlepptau. Man konnte fast vermuten, dass er sich regelrecht unsichtbar machen wollte. An der zu kurzen Anzugshose und dem über dem Bauch spannenden Jackett war zu erkennen, dass der Anzug wohl aus früheren Jahren stammen musste. Leicht hinkend, aber betont gemütlich schlenderte er an den verschiedenen Büchertischen entlang. Da er damit kaum jemand davon überzeugen konnte, dass er sich tatsächlich für ein Buch interessierte, wirkte sein Verhalten geradezu skurril. Er war auf der Suche, aber nicht nach einem Buch. Interessiert schaute er sich überall im Raum um, betrachtete Schilder, Bilder, Plakate und immer wieder auch beiläufig ein Buch.

Zwei Verkäuferinnen sahen sich etwas ratlos an und beobachteten ihn aufmerksam. Dann ergriff die jüngere der beiden die Initiative und sprach ihn an.

»Ja, sehr gerne können Sie mir helfen, junges Fräulein«, antwortete er scheinheilig freundlich.

»Vielleicht können Sie nach dem jungen Kollegen schicken, der dort oben normalerweise bei den Reclam-Heftchen berät. Er kennt sich so gut aus und ich suche etwas Besonderes.«

Die Buchhändlerin schaute erstaunt zu der Galerie. Er konnte nur Konrad Gallinat meinen. Die Gefahr nicht ahnend antwortete sie arglos.

»Es tut mir leid, mein Herr. Der Kollege Gallinat ist heute nicht da.«

Wegner hatte auf Anhieb das erhoffte naive Opfer gefunden. Geschickt verwickelte er sie in ein Gespräch, fragte, ob er denn krank sei oder Urlaub hätte.

»Nein, eigentlich müsste er da sein. Das ist sehr unerwartet. Ich glaube, er ist mit unseren Kollegen aus dem Archiv unterwegs. Vielleicht eine überraschende geschäftliche Angelegenheit.«

Wegner hörte interessiert zu.

»Ich kann gerne in der Direktion für Sie nachfragen, wann er wieder da ist.«

»Ach nein, das ist nicht nötig«, bremste Wegner ihren

Enthusiasmus ein. »Ich danke Ihnen für Ihre Hilfe, aber dann schaue ich mich hier noch etwas um und komme noch einmal wieder. Vielen Dank.«

Er lupfte zum Dank etwas unbeholfen den Hut, drehte sich weg und sein Blick fiel auf ein Bild direkt vor ihm an der Wand. Es zeigte eine schöne gelbe Villa mit Türmchen unter großen Bäumen. Zweifelsfrei handelte es sich nicht um ein wertvolles Kunstwerk. Alles in diesen Verkaufsräumen war mit Bedacht ausgesucht und dekoriert, doch dieses Bild erschien auf den ersten Blick eher unauffällig. Es war ohne künstlerische Interpretation und genau deshalb kam es ihm wohl seltsam vor.

»Ach Fräulein, doch noch eine Frage«, sagte er und drehte sich noch einmal zu ihr um.

»Ja, bitte?«

»Sagen Sie, dieses Bild da. Es fiel mir auf und gefällt mir sehr. Ist es zu erwerben?«

Die Verkäuferin kicherte. »Nein, wohl eher nicht. Wir sind eine Buchhandlung, keine Kunstgalerie.«

Wegner lachte gekünstelt über den ungeschickten Scherz.

»Aber das ist ja kein gewöhnliches Bild.«

»Nein, mein Herr, sicher nicht. Das ist meines Wissens ein privates Bild unseres Direktors. Es zeigt unser Ferienheim in Rauschen. Das dürfen auch verdiente Mitarbeiter des Hauses nutzen.«

»Schade. Wirklich ein sehr schönes, interessantes Bild.«

»Dankeschön, mein Herr. Ich richte es gerne aus.«

Er bedankte sich und ging zufrieden lächelnd zum Ausgang. Das war leichter, als erwartet, dieses naive Ding hatte ihm alles geradezu auf dem Silbertablett serviert und er hatte dafür noch nicht einmal ein Buch kaufen müssen.

Die Buchhandlung war bereits seit einer Stunde geschlossen. Nur einzelne eifrige Mitarbeiter sortierten noch etwas oder verräumten herumliegende Bücher für den nächsten Tag. Wilhelm Kirchner dachte an Emma, Konrad und Otto mit seiner Frau. Nach Rauschen fahren und Emma noch einmal in die Arme nehmen, das wäre sein größter Wunsch, aber er wusste, dass das zu gefährlich war. In Gedanken versunken schlenderte er durch die wissenschaftliche Abteilung, nickte einem Mitarbeiter zu, der gerade sorgsam einige am Morgen gelieferte Glaskolben auspackte und im Regal akkurat platzierte. Er lief die Treppe hinunter und entdeckte die Kassiererin an Kasse fünf. Er blieb stehen und beobachtete ihr Tun. Helene Joswig zählte zu den dienstältesten Mitarbeitern im Haus. Sie war schon da, als er hier angefangen hatte. Sie selbst sagte von sich immer heiter, dass sie längst zum Inventar gehöre. Trotz ihrer vierundsechzig Jahre war sie in ihrer Art jung geblieben, immer positiv und freundlich. Ihr Lachen hatte typische Falten in ihr Gesicht gezaubert und ließ erahnen, wie schön sie als junge Frau einmal gewesen sein musste. Der Umgang mit Kunden war der perfekte Beruf für sie. Doch statt sich mit den Büchern direkt am Kunden zu versuchen, hatte sie sich früh für die Kasse entschieden. Kirchner konnte sich keine bessere und zuverlässigere Kassiererin vorstellen als Helene Joswig. Sie gehörte zu den treuesten und penibelsten Mitarbeiterinnen im Hause und war ihm eine der Liebsten. Bald nach ihrer Einstellung im Drei-Kaiser-Jahr 1888 war sie zur ersten Kassiererin befördert worden.

»Seltsam, dass diese Frau nie einen Mann gefunden hat«, dachte Kirchner und ging die Treppe hinunter. Sie machte offensichtlich noch die Abrechnung und zählte das Geld in der Kassenschublade.

»So spät noch hier?«, fragte er freundlich und stellte sich zu ihr an die Kasse.

»Ja, Herr Direktor. Heute wollten wohl alle Kunden unbedingt bei mir bezahlen«, lachte sie. »Und dann habe ich noch eine Kassendifferenz. Es fehlen mir genau 10 Mark. Ich habe schon dreimal alles gezählt, aber ich finde es einfach nicht. Vielleicht kleben wieder Scheine zusammen.«

»Ich bin sicher, das wird sich finden«, lächelte er und ging ein paar Schritte weiter. Dann drehte sich der Direktor noch mal um.

»Ach, sehen Sie hier«, sagte er, bückte sich und hob einen Geldschein vom Boden auf. Seiner Mitarbeiterin war entgangen, dass er diesen unmittelbar zuvor dort hatte fallen lassen.

»Da ist er ja!« Er lächelte und reichte ihr den Schein.

»Nun gehen Sie aber nach Hause, ja?«

Die Kassiererin atmete erleichtert auf und legte den Schein kopfschüttelnd in die Kassenschublade. Sie hatte schon seit vielen Jahren keine Kassendifferenz mehr gehabt. Kirchner ging schmunzelnd zurück zur Treppe, um in seinem Büro seinen Mantel und Hut zu holen.

»Ach, Herr Direktor«, rief ihm die Kassiererin noch nach. Er drehte sich um.

»Heute ist etwas Merkwürdiges passiert. Ich weiß nicht, ob es was bedeutet, aber Sie sollten das auf jeden Fall wissen.«

»Was denn, Frau Joswig?«

»Heute war dieser Wegner hier. Aber in Zivil, ich habe ihn erst gar nicht erkannt, in seinem Konfirmationsanzug«, kicherte sie.

Kirchner wunderte sich und musste aber ebenfalls über den ›Konfirmationsanzug‹ grinsen. Er sah Wegner bildlich vor sich.

»Er tat so, als würde er sich nach einem Buch umsehen und benahm sich irgendwie merkwürdig freundlich. Ich konnte das von hier beobachten und mithören, denn Fräulein Nikoleit hat ihn dann bedient.«

»Und was wollte er?«, fragte Kirchner. Das kam ihm tatsächlich merkwürdig vor. Ein Buch kaufen wollte der sicherlich nicht.

»Er hat nach Konrad gefragt! Und dieses dumme Ding hat ihm glatt erzählt, dass er und Otto verschwunden sind.« Ihrem Tonfall war leicht zu entnehmen, was sie von der jungen Kollegin hielt.

»Hm, er hat hier also rumgeschnüffelt«, murmelte Kirchner.

»Ja, so sah das irgendwie aus. Er interessierte sich sehr für das Bild da«. Sie zeiget auf das Bild mit dem Ferienheim. »Angeblich wollte er das Bild kaufen. Sie hat ihm gesagt, dass das unser Ferienheim in Rauschen ist, das für die Mitarbeiter zur Erholung dient. Das war ganz komisch, denn danach ist er dann sehr schnell verschwunden, ohne etwas zu kaufen. Also das war schon sehr merkwürdig.«

Kirchner zuckte unmerklich zusammen und wurde ganz blass. »Herr Direktor? Ist alles in Ordnung?«

»Ja, ja«, antwortete er abwesend, drehte sich wortlos um und ging die Treppe hinauf. Helene Joswig hatte keine Ahnung, was sie ihm da erzählt hatte und welche Folgen sich daraus ergeben würden. Kirchner holte in seinem Büro Mantel und Hut und ging eilig hinüber zum Hauptpostamt. Das war zwar schon geschlossen, aber für dringende Angelegenheiten wusste Kirchner, an wen er sich um diese Zeit noch wenden und um einen wichtigen, vielleicht sogar lebensrettenden Gefallen bitten konnte. Nun bereute er, dass er in Rauschen keinen Telefonapparat hatte installieren lassen.

Als Emma und Konrad zurück in das Ferienheim kamen, saßen Otto und Hannah am Tisch in der Küche. Hannah hatte einen Bademantel übergestreift und löffelte langsam die Suppe, die Maria gekocht hatte. Sie war blass und hatte tiefe Ringe unter den Augen.

»Hm, Borschtsch«, schwärmte Emma. »Ich liebe Borschtsch!«

Sie setzten sich an den Tisch und Maria brachte Brot und zwei Teller der herrlich duftenden Rote-Bete-Suppe mit einem Klecks Rahm darauf.

»Hannah, wie schön, dass es dir etwas besser geht«, sagte Emma leise zur Begrüßung.

Man sah Hannah an, dass sie geweint hatte und kraftlos war. Ihre kleinen Augen waren rot und verquollen. Arme und Beine waren voller blauer Flecken. Sie lächelte angestrengt.

»Ja, langsam. Ich bin froh, dass ich wieder frei bin«, sagte sie leise. Otto legte zärtlich seine Hand auf ihren

Unterarm, aber bei dieser Berührung zuckte sie zusammen. Traurig schaute er Emma an, die ihm verständnisvoll zunickte. Schweigend aßen sie weiter, nur das leise Klappern der Löffel war zu hören.

Nach dem Essen zog sich Hannah zurück. Sie brauchte noch sehr viel Ruhe, um wieder zu Kräften zu kommen, damit sie weiterreisen konnten. Keiner wusste, wie lange sie in ihrem Versteck noch sicher waren.

Als Otto, der sie nach oben gebracht hatte, zurückkam, stellte Maria eine Tasse Kaffee vor ihn. Die anderen hatten sich für Tee entschieden.

»Wir, also Konrad und ich, … «, sagte Emma ungewohnt schüchtern, nachdem sie an ihrer Teetasse genippt hatte. Maria und Otto schauten sie an, Konrad grinste verschmitzt.

»Wir, wir …«, druckste sie herum.

»Ihr wollt heiraten, ja?«, platzte es aus Maria heraus.

»Nein!«, erwiderte Emma etwas überrumpelt.

»Ja!«, sagte Konrad gleichzeitig. »Wenn Emma mich will«, ergänzte er. Emma sah ihn irritiert an.

»Also schon, ja, ich weiß nicht«, stammelte sie überrumpelt. Darüber hatten sie in der Freude über das Kind noch gar nicht gesprochen. Natürlich würden sie heiraten. Es konnte doch nicht unehelich geboren werden und Konrad würde sie nie im Stich lassen. Das stand außer Frage. Hilfesuchend sah sie ihn an. Maria räusperte sich und stupste ihn mit ihrem Fuß an. Er lächelte, stand auf, und kniete vor Emma nieder. Die Haushälterin stieß zufrieden einen Seufzer aus.

»Emma Sittler, willst du mich, den Buchhandelsgehilfen

Konrad Gallinat aus Königsberg heiraten?«

Er streckte seine Hand zu ihr aus und in seiner Handfläche lag ein einfacher Blechring, den er in der kleinen Werkstatt im Keller gefunden hatte. Es sah aus wie ein Dichtungsring oder eine Unterlegscheibe, denn er hatte so schnell keinen Ring besorgen können, das wäre zu gefährlich gewesen.

Sie lachte, als sie den Ring sah.

»Ja, Konrad Gallinat, das will ich. Das will ich unbedingt!«, antwortete sie gerührt, aber mit fester Stimme. Konrad steckte ihr den Ring an den Finger, stand auf und sie gaben sich einen schüchternen Kuss. Maria liefen Tränen über die Wange. Otto stand auf, als Konrad sich ihm zuwandte und klopfte ihm auf die Schulter.

»Gut gemacht, Kollege«, freute er sich. »Das ist eine gute Nachricht! Lasst uns darauf anstoßen! Maria, gibt es hier etwas zu trinken?«, fragte er.

»Ja, irgendwo habe ich einen Schnaps gesehen«, antwortete Maria und öffnete suchend einen der Küchenschränke.

»Ähm«, unterbrach Konrad. »Mo-Mo-Moment!« Er sah Emma fragend an. Sie nahm seine Hand und nickte. »Emma sollte erst mal keinen Alkohol trinken.« Die verständnislosen Gesichter von Maria und Otto brachten die beiden jungen Leute zum Lachen. Als dann der Groschen gefallen war, juchzte Maria freudig. Otto gratulierte ihnen von Herzen, wenn auch mit etwas Wehmut im Blick. Es tat gut, über diesen guten Neuigkeiten die Erlebnisse der letzten Tage, die Gefahr, in der sie nach wie vor schwebten, und die Ungewissheit über die Zukunft für einen

Nachmittag vergessen zu können. Trotz der Freude waren sich alle darüber im Klaren, dass es noch nicht vorbei war.

Voller Sorge verließ Wilhelm Kirchner das Postamt. Im Moment konnte er nicht mehr tun. Wilde Gedanken schwirrten in seinem Kopf herum, machten ihm Angst. Vielleicht sollte er doch nach Rauschen fahren? Er sah sich um. Alles um ihn herum, jedes Auto, das an ihm vorbeifuhr oder am Straßenrand parkte, erschien ihm verdächtig. Ungewöhnlich viele SA-Leute in ihren braunen Uniformen waren auf den Straßen unterwegs. Oder kam ihm das nur so vor?

»Emma! Mein Gott! Hoffentlich geht alles gut.« Er war zu keinem klaren Gedanken mehr fähig. Hatten sie zu viel riskiert, war es das alles wirklich wert gewesen?

Im Haus in Rauschen erfreuten sie sich immer noch an den guten Nachrichten, als plötzlich die Türglocke erklang.

»Wer kann das sein?«, fragte Emma erschrocken und die anderen zuckten wortlos mit den Schultern.

»Außer der Baronin und dem Direktor weiß niemand, dass wir hier sind«, flüsterte Otto beunruhigt.

Es klingelte erneut. Maria ging ans Fenster und zog den Vorhang vorsichtig einen Spalt zur Seite. Doch in der Dunkelheit konnte sie nichts erkennen.

»Können das Wegner und seine Leute sein? Sind wir aufgeflogen?«, fragte Emma ängstlich.

»Nein, das glaube ich nicht. Die würden bestimmt nicht klingeln, sondern die Tür eintreten«, versuchte Otto, sie ungeschickt zu beruhigen. Im nächsten Moment hörten sie, wie kräftig an die Tür geklopft, fast gehämmert wurde.

»Hallo!«, rief eine Männerstimme.

»Schnell, nach oben«, wies Maria sie an. »Ich gehe an die Tür.« Die drei liefen die Treppe hinauf und schlüpften zu Hannah ins Schlafzimmer. Hannah setzte sich erschrocken auf und hielt sich panisch zitternd die Ohren zu. Otto und Emma setzten sich zu ihr und versuchten, sie zu beruhigen. Konrad schloss derweil die Tür.

»Ich komme! Einen Moment bitte!«, hörten sie Maria antworten. Schließlich öffnete sie die Tür einen Spalt, auf das Schlimmste vorbereitet. Doch vor ihr stand zu ihrer Überraschung nur ein kleiner, untersetzter Mann in Postuniform mit runder Nickelbrille unter der schräg sitzenden Mütze. Sein Fahrrad hatte er am Zaun abgestellt.

»Was machen Sie hier mitten in der Nacht?«, begrüßte Maria ihn verwundert.

»Ick hab een Telejramm für Sie, Fräulein. Also wenn Se Maria Delkus sin, nur dann«, lachte der kleine Beamte sie freundlich an. Sein Berliner Dialekt und sein offenes Lächeln ließen Maria ihre Angst vergessen.

»Ja, die bin ich«, erwiderte Maria ebenso freundlich. »Ich wohne alleine hier oder sehen Sie sonst noch jemanden?« Sie kam ihm einen Schritt entgegen und schaute sich vorsichtig um. Sie war sich nicht sicher, ob es nicht doch eine raffinierte Falle war und der sympathische Postmann sie aushorchen sollte.

»Na, et scheent wichtich zu sein. Ick hab extra Anweisung aus Könichsberch bekommn, dat Telegramm persönlich un sofort zuzustellen.« Er hielt ihr einen Block hin, auf dem sie den Empfang quittieren musste, bevor er ihr einen Umschlag übergab.

»Na, hoffentlich wat Jutes«, sagte der Beamte, bevor er sich umdrehte und auf sein Fahrrad schwang, »Jute Nacht, Fräulein« rief er und fuhr davon.

»Ja, gute Nacht!«, rief sie ihm hinterher, sah den geheimnisvollen Umschlag an und schloss zügig die Tür hinter sich. Schon auf dem Weg nach oben öffnete sie den Umschlag. Das rosafarbene Telegrammblatt war mit drei kurzen Papierstreifen beklebt. Sie öffnete die Tür zu Hannahs Schlafzimmer und gab den anderen das Telegramm.

»Und?«, fragte Konrad neugierig, als Emma es gelesen hatte.

»Hier, schau selbst«, sagte sie irritiert und gab es ihm. Otto schaute ihm über die Schulter, als er die rätselhaften Zeilen las:

+++ dringend +++
+++ parabel intra muros +++
+++ goettin der liebe +++
+++ 18428 +++
+++ stop +++

Sie sahen sich an. Maria fragte, »Was soll das?«

»Das ist eine verschlüsselte Botschaft«, antwortete Otto.

»Das kann nur von Onkel Wilhelm sein«, schloss Emma aus den Umständen.

»Aber was will er uns sagen?«, brummelte Otto nachdenklich.

»Lasst uns systematisch vorgehen«, sagte Emma. »Wenn

mein Onkel uns etwas mitteilen will, was nur wir verstehen können, hat sicher alles mit Literatur zu tun. Das ist doch logisch, oder?«

Die anderen nickten.

»Und wir haben drei Begriffe. Ich nehme an, dass es eine Warnung sein soll und er will, dass wir irgendetwas tun. Ich glaube, das steht für das was, wann und wie, oder so.«

»Ja, ein guter Gedanke. Lass mal schauen«, sagte Otto und nahm Konrad das Blatt ab.

»Göttin der Liebe, was fällt Euch dazu ein?«

»Na, Venus oder Aphrodite vermutlich« überlegte Konrad.

»Warum nicht Astarte, Hathor oder Turan«, fragte Otto.

Hannah und Maria sahen ihn fragend an.

»Das sind die phönizischen, ägyptischen und etruskischen Liebesgöttinnen«, erkläret Otto. Konrad zog anerkennend die Augenbrauen hoch.

»Gut, notieren wir das mal«, sagte Emma und schrieb es mit dem Bleistift, der auf der Nachtkonsole lag, auf die Rückseite des Telegramms.

»Das könnte ein Hinweis auf unsere Kontaktperson sein.«

»Oder der Name des Fischers oder Schiffs! Oder ein Codewort«, fiel Hannah ein.

»Ja, sehr gut! Also fünf Namen haben wir«, erläuterte Konrad, »Aber was heißt Parabel Dingsda, wie hieß das?«, fragte er.

»Intra muros«, antwortete Emma. »Das ist lateinisch. Es heißt übersetzt ungefähr so was wie ›innerhalb der Mauern‹. Ich habe den Begriff in Zusammenhang mit Troja gelesen.«

»Hm«, meinte Konrad, »Maria, haben Sie zufällig eben vor der Tür ein hölzernes Pferd gesehen?«

»Hey«, ermahnte ihn Emma und stieß ihm spielerisch ihren Ellenbogen in die Seite.

»Otto, diese Legende von Troja hast du doch lange studiert«, erinnerte sich Hannah. »Es lag ewig auf deinem Lesetisch zuhause. Ich dachte schon, er bringt es nie wieder zurück.«

Emma und Konrad sahen Otto mit großen Augen an.

»Otto, du ...?«, fragte Emma.

»Nur ausgeliehen, nur ausgeliehen!«, sagte Otto und hob entschuldigend die Hände.

»Schon gut,«, lachte Emma, »das war ja kein Vorwurf. Wir können so eine wandelnde Bibliothek gerade gut gebrauchen.«

Konrad nickte zustimmend und sah ihn erwartungsvoll an.

Otto sah das Telegramm an und murmelte »intra morus« mehrfach vor sich hin. Nachdenklich zupfte er sich am Kinn. Es war mucksmäuschenstill im Raum.

»Das ist es,« sagte Otto plötzlich. Emma und Konrad hatten die ganze Zeit die Luft angehalten und atmeten nun erleichtert auf. Auf Otto war eben Verlass!

»Im übertragenen Sinne verstehe ich das anders«, sagte Otto. »Was innerhalb der Mauern ist, ist nicht außerhalb der Mauern. Also ein Geheimnis, etwas Vertrauliches oder so.«

Sie sahen sich ratlos an.

»Vielleicht im Sinne von ›unveröffentlicht‹?«, warf Konrad fragend ein. »Ja, sehr gut, das muss es sein! Also eine unveröffentlichte Parabel«.

»Natürlich, das macht Sinn. Und das kann nur ich wissen«, Emma sprang auf. »Bei meinem Onkel lag vor ein paar Tagen ein unveröffentlichtes Manuskript auf dem Tisch. Das war eine Parabel, das muss es sein.«

»Na gut, und was sagt uns das?« Konrad war immer noch ratlos.

Emma schloss die Augen und dachte angestrengt nach.

»Sie hieß ...«.

Alle sahen sie erwartungsvoll an.

»Der Aufbruch!«, rief sie nach einer gefühlten Ewigkeit. »Genau! Das passt ja.«

»Also, wir sollen offensichtlich schneller aufbrechen als geplant«, folgerte Konrad. »Und entweder das Schiff oder der Fischer heißt wie eine Liebesgöttin. Soweit so gut.«

»Aber 18428 ist keine Uhrzeit und kein Datum.«

Sie sahen sich ratlos an. Plötzlich lächelte Konrad.

»Was?«, fragte Emma herausfordernd.

»Das ist keine Uhrzeit, ihr ungebildeten Banausen«, spottete er. »Das ist eine Reclam-Bandnummer.«

»Ja, richtig, Konrad hat recht«, stimmte Otto ihm zu.

»Und, welcher Band ist es? Sag schon!«, drängte Emma.

Konrad dachte nach. Mit geschlossenen Augen ging er im Geist die Regale seiner Reclam-Sammlung entlang.

»18428, das ist Arthur Schnitzler.«

»Na toll, was soll uns das sagen?«, fragte Emma.

»Spiel im Morgengrauen«, ergänzte Konrad.

»Das ist es also. Das heißt, es geht morgen früh schon los. Sonst hätte Onkel Wilhelm kein Telegramm geschickt. Es ist zu gefährlich, selbst hierher zu kommen. Wahrscheinlich ist irgendetwas passiert, vielleicht ist doch etwas rausgekommen und das war die einzige Möglichkeit, uns zu warnen«, kombinierte Emma. »Also geht es morgen früh los, bei Anbruch des Tages. Wir gehen runter zum Strand wie besprochen. Da, denke ich, werden wir ein Schiff finden, das Venus heißt.«

»Oder Turan zwei«, brummte Otto. Emma hatte recht, es musste etwas vorgefallen sein, was ihre sofortige Flucht notwendig machte. Es musste Gefahr bestehen, wenn Wilhelm Kirchner den Plan so plötzlich änderte. Schlagartig waren sich alle wieder der Gefahr bewusst. So nah lagen Freud und Leid beieinander. Eben noch hatten sie die Verlobung gefeiert und nun mussten sie schon wieder fliehen.

»Gut, dann lasst uns jetzt schlafen gehen. Um fünf morgen früh stehen wir auf, wir müssen spätestens um sechs Uhr am Strand sein. Und dann geht es nach Amerika!«, erklärte Emma. Das alles kam ihr irgendwie so unwirklich vor.

37

Beim Rasseln des Weckers zuckte Emma erschrocken zusammen. Sie hatte die Nacht kaum geschlafen vor Aufregung. Sie stand auf und ging zu dem Sofa an der gegenüberliegenden Wand. Dort lag Konrad und schnarchte leise vor sich hin.

»Konrad«, flüsterte sie und gab ihm einen Kuss, um ihn zu wecken.

»Guten Morgen«, brummte Konrad und öffnete ein Auge.

»Wie spät ist es?«

»Vier Uhr dreißig«, kam es hellwach von Emma. »Oh Gott«, brummte er und schloss das Auge wieder. Emma stieß ihn unsanft an, um ihn zum Aufstehen zu bewegen.

»Los, auf geht's, mein zukünftiger Mann und Vater meines Kindes!« Sie küsste ihn auf sein Ohr und zog sie ihm die Decke weg.

»Hey, unseres Kindes! Klar?«, sagte Konrad und richtete sich auf.

»Also gut. Auf nach Amerika!«, sagte sie und zog sich an.

Auch aus dem Nebenzimmer hörte man ein leises Rumpeln und gedämpfte Stimmen. Otto war wohl schon dabei, die paar Sachen, die die Baronin ihnen mitgegeben hatte, zu packen. Auch Emma hatte nur eine Tasche mit einigen Habseligkeiten dabei, die sie von Maria bekommen hatte. Sobald sie in Irland waren, würden sie hoffentlich noch etwas einkaufen können.

Die Stadt schlief noch, als sich die Tore der alten Fabrik an diesem Tag öffneten. Ein Lkw mit acht Mann auf der Pritsche bog auf die Straße Richtung Norden ab. Erst eine Stunde zuvor hatte Wegner den vollkommen betrunkenen von Wehlau in einer dunklen Spelunke am Pregel gefunden und sich für den Einsatz Rückendeckung geholt. Auch wenn er wusste, dass von Wehlau nichts mehr zu melden hatte, wollte er doch sicher sein, dass er mit seiner eigenmächtigen Vorgehensweise seine Karriere nicht riskierte. Aber die Suche nach von Wehlau hatte ihn viel Zeit gekostet.

»Schneller, schneller!«, brüllte er mit rotem Kopf den Fahrer an.

»Maria! Wir sind Ihnen so dankbar«, verabschiedete sich Emma und nahm Maria in den Arm.

»Schon gut. Nun machen Sie lieber, dass Sie wegkommen! Ich hasse dramatische Abschiede und Amerika wartet auf Sie!«, wiegelte Maria ab und zerdrückte eine Träne. Dann umarmte sie Konrad, Otto und zuletzt Hannah.

»Für Sie beginnt auf dem Schiff ein neues, glückliches Leben mit Ihrem Mann!«, flüsterte sie ihr zu und nahm ihren Kopf zwischen die Hände, als wolle sie Hannah beschwören, daran zu glauben.

»Ja, so wird es sein«, bestätigte Hannah und Maria spürte, dass es noch viel Zeit bedurfte, bis Hannah wieder zu einem normalen Leben zurückfinden würde.

»Der Abstand über die Meere wird Ihnen helfen, nach vorne zu schauen. Ihr Mann liebt Sie und das ist alles, was wichtig ist!«

Sie drehte Hannahs Kopf zu Otto. »Er liebt Sie über alles!« Hannah nickte.

»Ich weiß.«

»So, auf, wir müssen los!«, drängte Emma.

Maria stand an der Tür und schaute den vieren nach, bis sie zwischen den alten Lärchen in Richtung Warmbad und Meer in der Dunkelheit verschwanden.

Im Ort war es noch still. Nur die Vögel in den Bäumen begannen gerade ihr Morgengezwitscher. An der Steilküste blieben sie kurz stehen und sahen den Weg hinunter, der in etlichen Serpentinen den Höhenunterschied der Klippen überwand. An einem Steg am Strand lagen drei Fischerboote nebeneinander festgemacht. Doch kein Mensch war weit und breit zu sehen. Konrad nahm den kleinen Feldstecher, den Maria auf dem Kaminsims gefunden und ihm zugesteckt hatte. Es war schwierig, in dem dämmrigen Licht die Namen der Boote zu erkennen.

»Franziska, Freya und Lisbeth«, las Konrad. »Keine Liebesgöttin, unser Passagierdampfer ist nicht dabei«, ergänzte er ratlos.

»Vielleicht ist es noch nicht da«, sagte Emma.

»Oder wir haben die Nachricht deines Onkels falsch gedeutet«, meinte Konrad.

Sie überlegten, ob sie trotzdem den steilen Weg hinab zum Strand laufen sollten. Sie würden mit den Reisetaschen sicher auffallen.

Konrad suchte mit dem Feldstecher den schmalen Landstreifen zwischen Meer und Steilküste ab.

»Weit und breit kein Mensch«, stellte er fest.

»Aber natürlich!« Otto schlug sich mit der flachen Hand gegen die Stirn.

»Freya! Das ist unser Schiff.«

»Wa-Wa-was?«, fragte Konrad.

»Na klar«, sagte nun auch Emma. »Die nordische Liebesgöttin! Das ist unser Boot«.

Sie zeigte auf das mittlere Boot.

»Dann haben wir Onkel Wilhelms Telegramm doch richtig gelesen. Los, lasst uns gehen.« Emma hakte sich bei Hannah ein und lief mit ihr los.

»Lauft ihr voraus, wir kommen gleich nach. Otto und ich passen auf und beobachten den Strand. Wir müssen vorsichtig sein«, forderte Konrad sie auf. Die Frauen sahen sich irritiert um, doch sie waren bereits an der ersten Kehre des Wegs angekommen. Es erschien sinnvoll, nicht als Gruppe gemeinsam den Weg zu laufen, der keinerlei Deckung und Versteck bot.

»Jetzt haben wir es gleich geschafft«, sagte Konrad, als er sah, dass Emma und Hannah schon fast am Strand unten angekommen waren.

Plötzlich hörten sie ein schnell näherkommendes Motorengeräusch und das typische Heulen des Getriebes eines Lastwagens. Schon im nächsten Augenblick erfasste sie das Scheinwerferlicht des Wagens.

»Emma, Hannah, lauft, schnell!«, schrie Konrad den Hang hinunter und fuchtelte mit den Armen.

»Los, Otto, wir müssen sie von den Frauen ablenken«, rief Konrad, ergriff Otto am Ärmel seiner Jacke und zog ihn mit sich, als bereits die ersten Schüsse krachten.

Emma und Hannah blieben erschrocken im Sand stehen und blickten nach oben. Sie sahen Konrad und Otto hinter der Landkante verschwinden und das Mündungsfeuer mehrerer Waffen.

»Kommen Sie! Schnell!«, rief plötzlich eine Männerstimme hinter ihnen. An der Reling der ›Freya‹ stand ein Mann mit breiten Schultern und einer Pfeife im Mundwinkel und winkte sie zu sich heran.

»Schnell, wir müssen weg, bevor sie uns entdecken«, rief er, sprang über die blaue Bordwand in den Sand und kam den beiden Frauen entgegen.

»Wir können doch nicht ...«, rief Emma.

»Nicht ohne unsere Männer!« Hannah begann zu weinen und sackte in den Sand.

»Otto!«, rief sie und das Echo des steilen Hangs verstärkte ihren Schrei wie in einem großen Kirchenschiff.

Sofort flackerte Mündungsfeuer auf und die Salve einer Maschinenpistole schlug quer vor ihren Füßen im Sand ein. Die Frauen schrien auf. Der Fischer packte sie an den Oberarmen und schleifte sie zum Boot. Emma ließ ihre Tasche fallen.

»Wir müssen hier sofort weg! Die erschießen uns alle!«, rief der Fischer.

»Unsere Männer!«, schrie Emma, während die zweite Salve kurz vor der Bordwand im Sand einschlug. Sie sahen, wie mehrere Männer den Weg heruntergerannt kamen.

Der Mann half ihnen an Bord.

»Die kommen sicher nach!«, antwortete er.

Unsanft landete Hannah kopfüber in einem stinkenden Fischernetz. Als Emma neben ihr auf den Boden stürzte, krachten die ersten Kugeln bereits in die Bordwand.

»Unten bleiben!«, befahl der Fischer, während er den Motor startete. Er hoffte, dass keine der Kugeln die Bordwand durchschlug oder den Dieseltank traf. Weitere Kugeln pfiffen über ihre Köpfe hinweg, als sich das kleine Boot verblüffend schnell in Bewegung setzte. Hannah zitterte vor Angst am ganzen Körper.

»Otto! Otto!«, jammerte sie. Emma robbte vorsichtig zu ihr und nahm sie in den Arm. Auch Emma war schlecht vor Schreck und Sorge um die beiden Männer.

Wenig später waren sie außer Reichweite der Waffen und fuhren hinaus auf die ruhige, in der Morgendämmerung langsam erwachende See. Der Fischer brachte sie in eine kleine Kabine unter Deck. Dort gab er den Frauen einen schon vorbereiteten heißen Tee. Emma und Hannah kauerten auf der harten Holzbank und hielten sich in den Armen. Die Tassen wärmten ihre kalten, zitternden Hände. Der Fischer ging wieder nach oben und drehte das Boot auf Kurs Richtung Westen. Schon bald würden sie in südliche Richtung abdrehen und die Schifffahrtslinie kreuzen, die Pillau mit den Weststädten des Reiches verband. Wenn nichts Ungewöhnliches dazwischen käme, würden sie in rund zwölf Stunden Gotenhafen erreicht haben, die Hafenstadt vor den Toren Danzigs. Der weitere Plan sah vor, dass sie in zwei Tagen an Bord der ›Prinzessin Auguste‹ gehen sollten. Das Passagierschiff der Hapag, bis vor vier Monaten ein Kreuzfahrtschiff in südlichen

Gewässern beheimatet, war vorübergehend im Linienverkehr der Ostsee eingesetzt. Diese zwei Tage sollten reichen, dass Otto und Konrad nachkommen konnten. Der Fischer versprach ihnen, umgehend von Gotenhafen aus zurückzufahren und ihre Männer zu suchen. Emma döste beim Wogen des Schiffrumpfs und dem monotonen Brummen des Motors ein. Zwischen Wachsein und Schlaf sah sie erschreckende Bilder, wie Konrad an der Klippe stand, sah die Mündungsfeuer im Dämmerlicht, Männer in braunen Uniformen auf sich zu laufen, sie hörte Schüsse und das Pfeifen der Kugeln. Mehrfach schreckte sie hoch, bis der Schlaf sie dann endgültig überkam und die Angst um Konrad während der nächsten Stunden erträglicher machte.

Konrad und Otto rannten die Straße entlang in Richtung Ortszentrum. Konrad sah sich um und entdeckte drei, vier Männer, die sie brüllend mit gezogenen Waffen verfolgten. Otto rang bereits nach Luft, wurde langsamer und blieb schließlich japsend stehen.

»Komm Otto, wir müssen weg!«, ermunterte Konrad ihn, lief zurück und zog seinen Freund am Ärmel. Dieser beugte sich nach vorne und stützte sich auf die Knie.

»Ich kann nicht mehr«, keuchte er, »Ein Bücherlager ist kein Sportplatz«, spottete er gequält. Als ein Schuss fiel, richtete er sich wieder auf.

»Wir trennen uns«, sagte Konrad. »Da vorne am Warmbad. Du läufst links am Wasserturm vorbei, ich rechts. Ich lenke sie von dir ab. So können wir sie vielleicht abschütteln.«

»Ja, gut«, schnappte Otto nach Luft. Ihre Verfolger

kamen näher, doch noch war ihr Vorsprung groß genug.

»Wi-Wi-Wir treffen uns übermorgen wieder am Strand. Das Boot wird sicher noch mal kommen und uns holen«, plante Konrad hoffnungsvoll, ohne sich dessen sicher sein zu können. Konrad drückte Ottos Schulter und stieß ihn in die vorgegebene Richtung, dann rannte er in die entgegengesetzte Richtung los. Als er über die Kreuzung stürzte und im Schutz einiger Bäume über einen Gartenzaun gesprungen war, schaute er zurück. Schüsse krachten. Er duckte sich hinter dem Zaun. Otto war nur wenige Meter weit zum Eingang des Warmbades gelaufen. Offenbar wollte er sich irgendwo in dem größeren Gebäude mit Wasserturm und Elektrizitätswerk verstecken. Mit seinen vielen Gängen, Kabinen und Räumen sollte es genügend Versteckmöglichkeiten bieten. Konrad erkannte, dass sein Plan, die Männer von Otto wegzulocken, töricht war. Sie waren Otto gefolgt, nicht ihm.

Otto lief die Stufen zu der doppelflügeligen Eingangstür des Jugendstilgebäudes hinauf. Dann krachte ein Schuss. Konrad konnte sehen, dass Otto am Oberschenkel getroffen wurde und auf die Knie sank. Er rappelte sich auf, zog sich mühsam hoch, um die Tür zu öffnen. Genau in diesem Moment drückte ein junger Mann den anderen Türflügel von innen auf. Eine Salve aus einer Maschinenpistole schlug um sie herum ins Mauerwerk ein und beide Männer am Eingang brachen getroffen zusammen.

Konrad erstarrte und sah fassungslos zu, wie die SA-Männer die beiden am Boden Liegenden erreichten.

Panisch vor Angst und außer Atem riss er die Augen auf und versuchte, mehr zu erkennen.

Wegner war der Letzte, der die Treppe zu den beiden leblosen Körpern hinaufging. Mit seinem Stiefel stieß er Otto in die Seite, doch dieser rührte sich nicht mehr. Dann wandte er sich zu dem jungen Mann, den die Wucht der Kugeln gegen die Tür geschleudert hatte. Er lag mit dem Gesicht nach unten vor ihm. Wegner bückte sich nicht einmal, sondern drehte den toten Körper mit dem Stiefel um. Konrad hörte ihn fluchen. Wegner schrie seine Männer an und befahl ihnen auszuschwärmen und weiter nach dem anderen Geflohenen zu suchen, nachdem er den fatalen Fehler erkannte. Sie hatten den jungen Mann offensichtlich für ihn gehalten.

Konrad konnte sich aus seiner Schockstarre erst lösen, als einer von Wegners Männern genau in seine Richtung gelaufen kam. Er schob sich auf allen vieren nach hinten, kam auf die Beine, stolperte und rappelte sich erneut auf. Dann lief er zwischen den Häusern nach hinten, sodass ihn der SA-Mann nicht mehr entdecken konnte. Kurz darauf erreichte er den Mühlteich, blieb einen Moment unter den vierhundert Jahre alten Linden an der alten Wassermühle stehen, um Luft zu holen, und lief dann gegenüber die Forststraße hinauf über den Hügel. Er hatte kein Ziel, er musste nur weg, schnell weg, um dem Ganzen zu entkommen. Emma! Otto! Mein Gott! Tränen verschleierten seinen Blick und er sah die ganze Zeit nur Ottos bewegungslosen Körper. In Konrads Kopf tobte die Panik.

Mühsam kam er wieder etwas zur Ruhe, um einen klaren Gedanken fassen zu können.

›Ich muss weg! Das Boot kann ich nicht mehr zu erreichen. Verdammt! Wohin? Was mache ich nur?‹ Kurz überlegte er, ob er zurück ins Ferienheim zu Maria fliehen sollte.

Doch das wäre keine gute Idee gewesen, denn er ahnte nicht, was dort geschehen war. Kaum hatten sie an dem Morgen das Haus verlassen und sich Maria in der Küche einen Kaffee eingegossen, wurde die Haustür brachial aufgebrochen und Männer hatten das Haus gestürmt. Kurz darauf hatte sie in Handschellen gefesselt auf dem Küchenstuhl gesessen und Wegner sie mit Fausthieben traktiert, um herauszubekommen, wohin die Flüchtenden verschwunden waren. Die Hausdurchsuchung ergab eindeutig, dass sie in dem Haus gewesen waren. Wegner hatte keine Zeit gehabt und so Maria der brutalen Folter nicht lange standgehalten. Als die Männer das Haus verließen, um zur Standseilbahn zu fahren, ließen sie sie in ihrer Blutlache liegend zurück.

Konrad rannte los. Seine Flucht würde nur zurück über Königsberg noch gelingen. Und dann musste er nach Gotenhafen. Dort würde er Emma und Hannah wieder treffen.

Als er schließlich am Waldrand ankam, sah er einen Zug, der gerade im Bahnhof stampfend anfuhr. Obwohl er kaum noch Luft bekam, spurtete er zu den Gleisen. Als er den Bahnsteig erreichte, hatte der Zug bereits Fahrt aufgenommen, aber mit letzter Kraft konnte Konrad den Griff des hintersten Wagens erreichen und sich auf die Plattform hochziehen. Er öffnete die Tür und schlüpfte in das fast leere Abteil. Nach Luft schnappend ließ er sich auf die Holzbank fallen. Er nahm die vorbeiziehende Landschaft und die kleinen Orte überhaupt nicht wahr, sondern dachte an Emma und Otto. Auch wenn es schlimm ausgesehen hatte, wollte er die Hoffnung nicht aufgeben, dass Otto noch lebte. Wenigstens hatten Emma und Hannah das Boot erreicht. Er hatte nur noch gesehen, wie sie über die Bordwand geklettert waren, bevor er losgerannt war. Bald schon lief die Bahn in Königsberg ein. Konrad war erstaunt, dass er die Fahrt völlig unbehelligt geblieben war und dass Wegners Männer den Zug nicht kontrolliert hatten. Er fuhr durch bis zum Hauptbahnhof und ging vorsichtig durch die Straßen entlang zur Wohnung seiner Großmutter. Die nahm ihn überglücklich in die Arme, als sie die Tür öffnete.

38

Gegen Mittag erreichte Wegner mit dem Lastwagen das Gelände in Devau. Auf der Pritsche lagen zwei blutverschmierte, reglose Körper. Er stieg in seine Limousine und ließ sich in die Stadt fahren. Natürlich wusste er, dass von Wehlau abberufen war, aber den Triumph dieses Morgens wollte Wegner ihm noch berichten. Doch von Wehlaus Büro war leer und es herrschte ein fürchterliches Chaos. Alle Schränke standen offen, Ordner und Papiere waren herausgerissen und lagen verstreut im Raum verteilt. Der Schreibtisch war leer gefegt, die Schreibtischlampe lag mit zerborstenem Schirm in der Ecke. Hier hatte jemand ganze Arbeit geleistet. Ein Parteigenosse streckte den Kopf zur Tür rein.

»Wenn Sie zu Herrn von Wehlau wollen, sind Sie hier falsch, sagen Sie aber Bescheid, wenn Sie ihn gefunden haben, dann stell ich den persönlich an die Wand!«

Wegner schaute ihn fragend an.

»Das hier ist sein Werk. Er muss heute Nacht hier gewütet haben wie ein Irrer. Der ist vollkommen außer Kontrolle. Sie wissen, dass er versetzt wurde?«

Wegner sah ihn an und tat so, als sei die Information für ihn neu.

»Na egal. Heil Hitler«, brummte der Mann und verschwand den Gang entlang durch eine andere Tür.

»Heil Hitler«, brummte Wegner nachdenklich. Er war

die ganze Zeit von Wehlaus Protegé gewesen, das war ihm klar. Doch diese Entwicklung war nicht gut für ihn. Er musste jetzt höllisch aufpassen, dass der Misserfolg mit der Buchhandlung nicht an ihm hängen blieb. Er verließ das Gebäude und beschloss, von Wehlau zu suchen. Vermutlich hatte er bis zum Tagesanbruch weitergesoffen und war in irgendeiner Kneipe am Pregelufer hängengeblieben. Die Suche nach dem geflohenen jungen Buchhändler gab er erst einmal auf. Er hatte seine Rache gehabt. Und der junge Kerl würde ihm schon irgendwann ins Netz gehen. Im Hafen war er den Rest des Tages damit beschäftigt, Kneipen, Hinterhöfe und die Gassen nach von Wehlau abzusuchen.

Konrad verbrachte den Rest des Tages bei seiner Großmutter. Erst am nächsten Morgen wollte er mit dem Frühzug nach Pillau fahren. Beide wussten, dass der kommende Abschied sehr schwer sein würde. Im Hafen von Pillau wollte er versuchen, eine Schiffspassage nach Gotenhafen zu bekommen, um dort dann Emma und Hannah treffen.

Immer wieder kamen ihm die Bilder vor dem Warmbad in Rauschen in Erinnerung und er fragte sich, was er für Otto tun konnte und ob dieser überhaupt noch lebte. Wenn, dann war er schwer verletzt. Konrad wollte sich nicht eingestehen, dass die Möglichkeit, dass Otto überlebt hatte, völlig unrealistisch war. Wegner hätte den Intimfeind sicherlich nicht in ein Krankenhaus gebracht. Die Hilflosigkeit quälte ihn. Wie sollte er dies nur Hannah beibringen? Die Großmutter versuchte, ihn zu trösten und wie immer stand ein wohlschmeckendes Essen für ihren

Jungen auf dem Tisch.

»Vielleicht sollte ich mit Emmas Onkel reden«, sagte er.

»Bist du verrückt?«, warnte die Großmutter. »Das ist viel zu gefährlich! Mein Jungchen bleibt heute hier in der Wohnung. Es wird morgen riskant genug auf dem Weg nach Pillau. Ach Gottchen, ich darf gar nicht dran denken.«

Konrad liebte ihr ›Ach Gottchen‹. Um sie nicht zu beunruhigen, stimmte er zu. Er sagte ihr nicht, dass er am Abend zum Paradeplatz gehen und den Direktor abfangen wollte. Das würde sie nur noch mehr in Angst um ihn versetzen. Den ganzen Tag redeten sie. Es war wohl ihrer beider Sehnsucht nach Normalität und das Verdrängen des bevorstehenden Abschieds, was sie beide bewog, bei Kaffee und Kuchen über alte Zeiten und Anekdoten aus Konrads Jugend zu sprechen. So kam Konrad etwas zur Ruhe. Seine Gedanken waren jedoch trotzdem immer wieder bei Emma und Otto.

Kurz vor sieben, als seine Großmutter auf der Chaiselongue eingedöst war, nutzte Konrad die Gelegenheit und schlüpfte durch die Haustür. Er lief die Treppe hinunter, nahm ihr Fahrrad, das im Treppenhausgang zum Hinterhof stand, und fuhr, die Kappe tief ins Gesicht gezogen, in Richtung Innenstadt. Als er auf den Paradeplatz einbog, sah er den Wagen des Direktors auf einem der Parkplätze vor der Buchhandlung stehen. Konrad blickte nach oben und sah erleichtert, dass im Direktionskontor noch Licht brannte. Der Direktor war also noch im Haus. Er stellte sein Fahrrad am Kiosk vor der Oper ab und setzte sich auf den Sockel des Schiller-Denkmals. Von dort hatte er den Wagen und die

Buchhandlung gut im Blick und würde Wilhelm Kirchner abpassen können, wenn dieser das Haus verließ. Konrad ahnte nicht, dass er nicht der Einzige war, der auf den Direktor wartete.

Immer wieder gingen Wilhelm Kirchner die Ereignisse der letzten Tage durch den Kopf, auch als er an diesem Abend die Treppe ins Erdgeschoss seiner Buchhandlung hinab stieg. Leider war niemand mehr da, mit dem er sich noch ein wenig unterhalten konnte, damit er wenigstens kurzzeitig von seinen Gedanken abgelenkt werden würde. Er verließ die Buchhandlung durch den Hinterausgang. Erst als er den Hof erreichte, fiel ihm ein, dass er den Wagen am Mittag vor dem Geschäft abgestellt hatte. Er ging durch die Hofeinfahrt und bog auf der Theaterstraße in Richtung Paradeplatz ab. Als er sein Auto erreichte, schreckte er herum.

»Wer?«, fragte er fast zornig darüber, dass sich jemand von hinten angeschlichen hatte, ohne etwas zu sagen. Gleichzeitig spürte er die Gefahr.

»Konrad?« Er erkannte im Licht der Straßenlaterne unter der heruntergezogenen Mütze das Gesicht des jungen Mannes.

»Mein Gott, was machen Sie hier? Haben Sie die Nachricht nicht erhalten?«

»Nicht hier, Herr Direktor. Kommen Sie«, flüsterte Konrad und lief über die Straßenbahnschienen zurück in die Grünanlage, die abends nur schwach vom Laternenlicht der umlaufenden Straßen und Wege beleuchtet war. Zwischen den großen alten Bäumen boten die Schatten Schutz und Deckung. Kurz bevor er den kleinen Platz mit dem

Kant-Denkmal erreichte, blieb er an einem Baum stehen. Wilhelm Kirchner war ihm gefolgt und sah ihn besorgt an.

»Was ist geschehen, Konrad? Was ist mit Emma?«

»Sie ist bestimmt in Sicherheit, keine Sorge. Hannah und sie sind auf dem Boot und bereits auf See. Doch es ging etwas schief«, begann Konrad seine Schilderung der Ereignisse in Rauschen.

»Und Otto Perlmann?«, fragte Kirchner.

»Ich weiß es nicht genau. Wir mussten fliehen und haben uns getrennt, damit wir sie besser abhängen können. Ich konnte sehen, dass sie ihn angeschossen haben. Ich-ich-ich weiß nicht, ob-ob-ob er noch le-le-lebt«, stotterte Konrad vor Aufregung.

»Mein Gott«, stammelte Kirchner, fasste sich ins Haar und sank am Baumstamm entlang auf den Boden. Konrad setzte sich neben ihn. Einen Moment lang starrten sie wortlos über den Platz. Dann hatte sich Kirchner gefasst.

»Ich werde morgen versuchen, etwas über Otto herauszubekommen. Aber Sie müssen hier weg, hier sind Sie nicht sicher«.

»I-I-Ich weiß, ich bin vorsichtig.«, sagte Konrad mit trauriger Stimme. Je öfter er an Otto dachte, um so sicherer war er, dass Otto keine Chance hatte und tot war.

»Ich gehe morgen nach Pillau. In Gotenhafen treffe ich Emma«, erklärte Konrad wieder völlig ruhig. Sie standen auf.

»Gut, dann bringen Sie die Frauen und sich in Sicherheit«, antwortete Kirchner und Konrads bedachte Schilderung seines Plans überzeugte ihn, dass Emma bei ihm auch in Zukunft gut aufgehoben war. Sie standen sich gegenüber und blickten sich an. Konrad hatte seinen Vater sehr früh verloren und in diesem Moment wurde ihm bewusst, dass Direktor Kirchner für ihn so etwas wie ein Vaterersatz geworden war. Stets hatte er ihn ermutigt und unterstützt. Auch als Konrad mit Emma angebandelt hatte, hatte er sich seiner Unterstützung sicher sein können, nie hatte Emmas Onkel ihn spüren lassen, dass sie von unterschiedlicher Herkunft waren. Er hatte ihm sehr viel zu verdanken. In Direktor Kirchners Blick sah er ein Gefühl von Wärme und Geborgenheit und gleichzeitig Angst und Wehmut, weil er, ebenso wie Konrad wusste, dass sie sich so schnell nicht wiedersehen würden. Kirchner umarmte Konrad fest, drückte ihn lange.

»Pass mir auf meine Emma auf«, murmelte er in Konrads Ohr und löste die Umarmung. Wie selbstverständlich duzte er ihn plötzlich.

»Natürlich!«, antwortete Konrad und ihm fiel ein, was er Emmas Onkel unbedingt noch sagen musste.

»Übrigens, wir bekommen ein Kind, Emma ist schwanger«, sagte er und lächelte. »Sobald wir in Amerika sind, werden wir heiraten.«

Kirchner sah ihn überrascht an und vor Freude schossen ihm Tränen in die Augen.

»Das ist ja wunderbar«, freute er sich, während ihm fast die Stimme versagte. »Ich wünsche euch alles Gute und hoffe, dass wir uns bald wiedersehen.«

»Ja, das hoffe ich auch«, sagte Konrad. »Wir werden einen Weg finden, ein Foto zu schicken.«

Sie nahmen sich noch mal kurz in den Arm. Dann verschwand Konrad zwischen den Bäumen in Richtung

Oper. Der Abschied fiel ihm schwer, aber er musste sich um Emma kümmern. Hätte er sich noch einmal umgedreht, hätte er gesehen, dass Kirchner ihm noch lange nachsah. Vielleicht hätte er dann auch den unheilvollen Schatten bemerkt, der sich dem Direktor von hinten näherte.

Weiter draußen war die Ostsee nicht mehr so flach und ruhig wie an der Samlandküste. Stampfend trieb der Schiffsdiesel das kleine Boot durch den Wellengang voran.

»Was ist mit Otto?«, fragte Hannah, während sie mit zitternden Händen die Tasse umklammerte. Sie hatte sich auf Schiffen noch nie wohlgefühlt. Ihr Magen krampfte und aus Sorge wurde ihr schlecht.

»Ich weiß es auch nicht«, antwortete Emma leise und traurig.

»Aber sicher sind sie entkommen. Sie sind ja rechtzeitig losgerannt«, versuchte Emma Hannah zu beruhigen und strich sich mit der Hand über ihren Bauch.

»In Gotenhafen werden sie zu uns stoßen, du wirst sehen«, sagte sie, auch um sich selbst davon zu überzeugen.

Als eine hohe Welle gegen die Bordwand krachte und das Boot sich neigte, sprang Hannah auf und stürzte aus der Kajüte nach oben, wo sie sich über die Reling übergab. Die Wellen wurden stetig höher, weshalb der Fischer damit beschäftigt war, das Boot für einen heftigen Kampf mit den Kräften der Natur vorzubereiten. Emma hörte ihn laut fluchen, als sie Hannah auf den Stufen nach oben nachfolgen wollte. Diese kam ihr mit giftgrünem Gesicht schon wieder entgegen. Nebeneinander ließen sie sich auf die Bank fallen und Hannah trank einen Schluck Tee.

»Das hat uns gerade noch gefehlt«, lächelte Emma aufmunternd und legte ihren Arm um Hannah. Im gleichen Moment krachten erneut schweren Wellen gegen das Boot und der Fischer kämpfte mit dem Ruder. Obwohl es mitten am Tag war, bedeckten schwarze Wolken den Himmel. Blitze zuckten herunter und es folgten laute Donner, die die Frauen jedes Mal zusammenschrecken ließen. Emma schaute durch das Bullauge in der Kajütentür nach oben. »Weltuntergangswetter«, hatte Konrads Großmutter immer dazu gesagt, wenn ein Sturm den Himmel schwarz gefärbt hatte. Auf hoher See sah es noch viel dramatischer aus als in der Stadt. Der nächste brutale Brecher traf das kleine Boot mit voller Wucht. Aus einem Hängeschrank über ihnen stürzte Blechgeschirr auf den Boden. Den beiden Frauen wurde es Angst und Bange und sie kauerten sich weinend auf der Bank zusammen.

Kirchner hatte Konrad schmerzerfüllt hinterhergesehen. Er war sich darüber im Klaren, dass er ihn und Emma vielleicht nie wieder sehen würde. Als er Schritte hinter sich wahrnahm und das Knacken kleiner Äste hörte, schreckte er aus seinen Gedanken hoch. Er wollte sich gerade umdrehen, als sich ein Arm um seinen Hals legte und gnadenlos zudrückte. Das Gesicht des Angreifers war direkt hinter Kirchners Schulter und er roch den alkoholgetränkten Atem. Kirchner wehrte sich, um sich aus der Umklammerung zu befreien. Er wand und drehte sich. Er versuchte, mit seinen Ellenbogen in den Magen des Angreifers zu schlagen, als er einen kalten, stechenden Schmerz in der Seite spürte. Kirchner schrie schockiert auf und seine Knie wurden weich.

Ein zweites Mal drang die Klinge unter dem Rippenbogen ein und er spürte, wie warmes Blut seine Kleidung tränkte. Er nahm all seine Kraft zusammen und schlug mit den Armen hinter sich. Sein Ellenbogen traf den Angreifer ins Gesicht, der ihn sofort losließ und offenbar ein paar Schritte zurücktaumelte. Kirchner spürte das höllische Brennen in der Seite, als er ein paar Schritte nach vorne torkelte und den beleuchteten Platz rund um das Denkmal erreichte. Er rief um Hilfe, doch die beiden Passanten liefen nur erschrocken davon. Sie sahen nicht nur den schwer verletzten Mann vor dem Denkmal, sondern auch die dahinter folgende Gestalt mit dem Messer. Von oben wollte dieser erneut auf Kirchner einstechen, verfehlte ihn jedoch und stürzte unkontrolliert zu Boden. Kirchner, dessen Kraft nachließ, ging in die Knie und versuchte auf allen vieren kriechend die Mitte des Platzes zu erreichen. Er rief röchelnd um Hilfe, doch niemand schien ihn zu hören. Sein Verfolger rappelte sich auf und kam ihm hinterher. Kirchner erreichte das Geländer, welches das Denkmal umgab und zog sich daran hoch. Er drehte sich zu seinem Angreifer um. Als dieser ihm mit Wucht das Messer in den Bauch rammte, erkannte Kirchner ihn.

»Sie?«, stieß er mit letzter Kraft aus und sackte in sich zusammen. Er blieb mit dem Rücken am Geländer sitzen. Sein Widersacher war offenbar zu betrunken, als dass er sich noch auf den Beinen halten konnte. Er trug keine Uniform, sondern sah in der Arbeiterhose und der Jacke aus wie ein heruntergekommener Vagabund. Sein Gesicht war vollkommen verdreckt und unrasiert. Sein Atem, aber auch sein ganzer Körper und die Kleidung stanken nach Alkohol, Schweiß und Dreck.

»Von Wehlau«, hauchte Kirchner.

Der ließ sich diabolisch lachend neben Kirchner fallen und lallte vor sich hin. Kirchner fielen langsam die Augen zu, doch er versuchte, weiter bei Bewusstsein zu bleiben. Für einen weiteren Hilferuf fehlte ihm bereits die Kraft. Er konnte nicht fassen, dass niemand sie entdeckte, niemand zu Hilfe kam, aber er gab die Hoffnung noch nicht auf. Dann verlor er das Bewusstsein. Als er wenige Minuten später noch einmal kurz zu sich kam, hörte er neben sich immer noch das diabolische, fast wahnsinnige Lachen seines Peinigers. Bevor ihn die letzten Kräfte verließen, hörte er noch den Schuss, aber er konnte nicht mehr realisieren, dass von Wehlau sich neben ihm sitzend erschossen hatte. Ein Mann, der den Knall gehört hatte und herbei geeilt kam, fand die beiden Kontrahenten nebeneinandersitzend zu Füßen Immanuel Kants.

39

Konrad spürte den Sand der Düne zwischen den Zehen. Als Kind war seine Großmutter oft mit ihm zur großen Wanderdüne bei Pillkoppen auf der kurischen Nehrung gefahren. Er berührte mit seiner Hand zärtlich Emmas nackten Fuß. Sie lag neben ihm, hatte ein luftiges, hellblaues Kleid mit weißen Punkten an. Die Sonne schien und der Sand war warm und weich. Sanft fuhr seine Hand an ihrem Bein entlang bis zum Knie. Dann wanderte sie auf zwei Fingern hüpfend von Punkt zu Punkt über das knielange Kleid bis zu ihrem Bauch. Konrad wunderte sich, wie groß der Bauch schon war. Fest und rund ragte er empor. Er konnte immer noch nicht glauben, dass darin ihr Kind heranwuchs. Ein gänzlich unvorstellbarer Gedanke, sofern man nicht Arzt oder Hebamme war, dachte Konrad. Für ihr war es einfach nur ein Wunder. Später würden sie es an den Händchen halten, am Strand von Long Island entlang laufen und »Engelchen, Engelchen flieg« mit ihm spielen. Er legte seine Hand flach auf den runden Bauch. Emma richtete sich auf. Wie schön sie war. Ihr Lachen und ihr blondes Haar, das im sanften Seewind wehte, begeisterten ihn immer wieder. Er drückte sein Ohr fest gegen ihre Bauchdecke. Das laute und feste Klopfen irritierte ihn. Das passte nicht!

»Konrad!«, hörte er plötzlich die Stimme seiner Großmutter und dann schreckte er aus dem Traum auf. Sie klopfte wohl schon eine ganze Weile laut an die Tür, um ihn zu wecken. Als Zeitungshändlerin war sie das frühe Aufstehen mitten in der Nacht gewöhnt. Sie liebte es, in den erwachenden Tag hineinzuarbeiten. Konrad konnte das nicht verstehen, ganz gefangen von dem schönen Traum, hätte er zu gerne einfach weitergeschlafen.

Nun war er wach, aber ließ sich noch mal zurück ins Kissen fallen.

»Ja, Großmutter, ich bin wach. Ich komme gleich. Danke!«, rief er und atmete tief durch. Noch immer sah er die Bilder aus seinem Traum vor sich. Er hoffte, dass die Flucht der beiden Frauen gelungen war und sie Gotenhafen sicher erreicht hatten. Die Gedanken an die dramatischen Ereignisse der letzten beiden Tage, an Otto, dessen Schicksal immer noch nicht geklärt war und an seine Verfolger drängte er zur Seite und freute sich darauf, dass er Emma schon morgen wieder in seinen Armen halten würde. Er konnte den Augenblick kaum erwarten. Zusammen würden sie an Bord der ›Prinzessin Auguste‹ gehen und nach Dublin fahren. Kurz darauf sollte die ›MS Traveller‹, ein kleineres Linienschiff unter irischer Flagge sie dann nach Amerika bringen.

»Die Einfahrt nach New York mit dem Schiff soll zu den schönsten der Welt gehören, an der Freiheitsstatue vorbei«, hatte Emma gesagt. Damit hatte sie Konrad und sich den Abschied von der Heimat erleichtern wollen. Auf Ellis Island, der Nachbarinsel vor Manhattan, würden sie sich dann als Einwanderer registrieren lassen. Emma hatte sich genau erkundigt. Und ihr Baby würde die amerikanische Staatsbürgerschaft erhalten. Weiter gingen ihre Zukunftspläne noch nicht. Sie hatten genug Geld für die ersten Wochen, um sich eine Bleibe zu suchen. Arbeit würden sie sicher finden, um die junge Familie zu ernähren. Natürlich mussten sie schnell ihre Sprachkenntnisse vertiefen. Das, was sie beide schon konnten, sollte für den Anfang aber reichen, um sich zurechtzufinden. Emma hatte schon darüber nachgedacht, ob sie selbst anfangen sollte zu schreiben, dann könnte sie das mit dem Baby besser schaffen. Einige deutsche Schriftsteller schrieben ja bereits aus dem Exil. Sie würden Königsberg erst mal hinter sich lassen und zurückkehren, sobald es in Deutschland wieder andere Umstände geben sollte. »Onkel Wilhelm und unser ›Haus der Bücher‹ werden auf uns warten«, hatte Emma hoffnungsvoll und voller Überzeugung gesagt.

Noch in Gedanken setzte sich Konrad erneut auf.

»Konrad!«, rief seine Großmutter plötzlich laut aus der Küche und er erkannte am Tonfall sofort, dass etwas Schlimmes passiert sein musste. Er schlüpfte in sein Unterhemd und stolperte über seine Schuhe, die mitten im Zimmer herumlagen.

»Großmutter, was ist passiert?«, fragte er besorgt, als er in die Küche kam. Sie saß am Küchentisch, Tränen liefen ihr über die Wangen und ihre Hände zitterten.

Konrad ging zu ihr, stellte sich hinter sie und umarmte sie.

»Großmutter, was ist denn?«

Sie wollte etwas sagen, doch ihre Stimme versagte. Sie zeigte auf die Zeitung.

Konrad beugte sich über sie und überflog die Überschriften der Seite, um zu entdecken, was seine

Großmutter so aus der Fassung brachte. Doch neben den üblichen und in Berlin aktuellen Themen aus Politik und Gesellschaft konnte er nichts finden. Sie begann mit den Fingern zu fuchteln und schluchzte weiter in ihr Taschentuch. Konrad schlug die Zeitung auf. Dann sprang ihm die Überschrift des unteren Artikels ins Auge und traf ihn bis ins Mark. Seine Beine verloren ihre Kraft und ihm wurde schwindelig. Langsam ging er in die Knie und setzte sich auf den gefliesten Küchenboden.

»Fünf Tote bei Festnahme in Rauschen«, stand dort in großen schwarzen Lettern. Darunter sah man ein Bild des Warmbades, vor dem sich ein Teil der Ereignisse abgespielt hatte.

Konrad versuchte, durch den Schleier vor seinen Augen zu lesen. In martialischen Worten berichtete der Artikel davon, dass vier Staatsverräter aus Königsberg am gestrigen Morgen in Rauschen aufgegriffen worden waren. Der Einsatzleiter der SA, Oskar Wegner wurde zitiert mit der Aussage, dass sich die Gesuchten bei der Festnahme vehement zur Wehr gesetzt hatten. Bei der Flucht sei es dann zu einem Schusswechsel gekommen, in dessen Verlauf der gesuchte Buchhändler Otto P. aus Königsberg und sein junger Begleiter getötet worden waren. Über Otto wurde berichtet, dass er früher ein Kind totgefahren hätte und angeblich seitdem gewalttätig und ein Säufer gewesen sei. Dies sei auch der Grund, warum er bei der Buchhandlung nur noch im Keller hatte arbeiten dürfen. Konrad ballte die Fäuste, holte tief Luft. Tränen liefen ihm über die Wangen.

»Begleiter?«, stammelte er. »Warum wurde nicht

erwähnt, dass es sich bei dem jungen Mann nicht um mich, sondern einen unschuldigen Passanten handelte? Warum nennt der Artikel Ottos Namen, aber nicht meinen?« Er vermutete, dass Wegner die Information bewusst so verfälscht an die Presse gegeben hatte und natürlich als Erfolgsmeldung verbreiten wollte.

»Unklar ist bisher noch«, so der Artikel weiter, »ob der Fund einer toten jungen Frau, die eine Stunde später in einer Villa im Lärchenpark gefunden wurde, auch in Zusammenhang mit den beiden Toten am Warmbad steht. Aufgrund der aufgebrochenen Eingangstür geht die örtliche Polizei von einem Überfall aus.«

»Maria«, rief Konrad entsetzt. Er begann am ganzen Körper zu zittern.

»Warum fünf Tote?« Panik ergriff ihn und mit zitternden Fingern folgte er den weiteren Zeilen des Artikels. Es wurde berichtet, dass zwei Frauen mit einem am Strand wartenden Fischerboot zunächst flüchten konnten, ein Zusammenhang mit den anderen Ereignissen aber noch nicht abschließend geklärt sei.

»Zunächst?« Das Wort lähmte Konrad alle Glieder. »Zunächst? Mein Gott, was soll das bedeuten?«, murmelte er.

Wegner sprach von einem großen Fahndungserfolg und einer erfolgreichen Säuberungsaktion der Straßen Ostpreußens von diesen kriminellen Elementen.

»Die beiden mit einem Boot über das Meer geflohenen Frauen sind in einen Sturm gekommen. Dabei kam es zu einer Katastrophe auf See. Drei Fischerkähne, die leichtsinnigerweise am Morgen trotz Sturmwarnung hinausgefahren waren, sanken. Verlustig gingen die ›Marianne‹ und ›Helene‹ aus Pillau, sowie die ›Freya‹ aus Rauschen. Eine sofort nach Abklingen des Sturms eingeleitete Suchaktion blieb erfolglos. Es gab keine Überlebenden.«

Konrad ließ die Zeitung fallen. »Freya«, stammelte er, »Freya! Freya!« Immer wieder wiederholte er den Namen der Liebesgöttin, den Namen des Schiffs, an deren Bordwand er Emma das letzte Mal gesehen hatte. Direkt neben dem mit weißer Farbe aufgemalten Schiffsnamen war sie mithilfe des Fischers hinter der Bordwand verschwunden. Immer wieder sah er das Bild vor sich, wie sie sich kurz zuvor noch einmal zu ihm umgedreht und ihn für einen winzigen Moment angelächelt hatte.

»Keine Überlebenden.« Er saß bewegungslos da, konnte sich nicht bewegen, nicht atmen. Das konnte einfach nicht sein! Das durfte nicht sein! Er kippte mit dem Oberkörper zur Seite auf den Küchenboden, krümmte sich zusammen wie ein Baby und weinte bitterlich. Seine Großmutter beugte sich zu ihm hinunter und versuchte erfolglos, ihn aufzurichten. Schließlich holte sie eine Decke, die sie sorgsam über ihn legte. Es gab nichts, was sie hätte sagen können, um ihn zu trösten. Sie setzte sich neben ihn und tätschelte ihm immer wieder die Schulter. Irgendwann setzte er sich auf und starrte einfach nur ins Leere. Er sah nichts, dachte nichts, spürte nichts. Sein Körper schien eine leere Hülle zu sein. Er reagierte auf nichts. Erst Stunden später schaffte es seine Großmutter, dass er sich in sein Zimmer schleppte. Dort verkroch er sich unter seiner Bettdecke und wollte einfach nur noch sterben, um bei Emma und ihrem ungeborenen Kind zu sein.

Es war später Nachmittag, als die Großmutter Konrad weckte und eine Schale mit warmer Suppe brachte. Er schob die Schale angeekelt weg. Doch er kannte seine resolute Großmutter. Sie würde nicht eher gehen, bevor er was gegessen hätte, also setzte er sich unter ihrem strengen Blick dann doch auf und löffelte die Suppe, ohne irgendetwas zu schmecken.

»Was hast du jetzt vor, mein Junge?«, fragte die Großmutter besorgt. »Sie bringen dich um, du musst weg!«

Er sah sie an. ›Was hatte das alles noch für einen Sinn?‹, dachte er. Schon von klein auf hatte seine Großmutter seine Gedanken erraten, bevor er sie ausgesprochen hatte. So auch dieses Mal.

»Du hast überlebt, das hat einen Sinn und du musst jetzt sehr gut auf dich Acht geben«, sagte sie und ergriff seine Hand. »Lass uns überlegen, was jetzt zu tun ist.«

Konrad würgte. Gerade hatte er alles verloren, wofür er gelebt hatte, seine Emma, das gemeinsame Kind, seine Zukunft, alles war dahin. Er konnte sich nicht vorstellen, dass dieser Schmerz jemals vergehen würde. Aber seine Großmutter ließ nicht locker.

»Ich denke, die Häfen werden streng kontrolliert und überwacht. Pillau können wir also vergessen«, überlegte sie laut.

»Nimm den Zug! Am Bahnhof kannst du ihnen leichter entkommen, da ist es unübersichtlich. Und sobald du die polnische Grenze überschritten hast, bist du erst mal sicher.

Auf den Suchlisten der Polizei landet dein Name frühestens in zwei, drei Tagen, also solltest du im Reich drüben erst mal nicht verfolgt werden.«

Konrad konnte nicht klar denken, auch wenn der Plan der Großmutter vernünftig klang.

»Geh zu meinem Cousin Ludwig nach Stralsund, hörst du?«, sprach sie weiter auf ihn ein, aber Konrad nahm sie nur wahr wie durch einen Schleier, hörte ihr nicht mehr zu.

Dann schlief er wieder ein. Der Schlaf machte seinen Schmerz erträglicher und ließ ihn wieder zu Kräften kommen. Als er am Abend erneut erwachte, dachte er über den Plan seiner Großmutter nach und dann kehrte ganz langsam sein Lebenswille zurück.

Ludwig Krause, der Buchhändler und Antiquar war eine gute Idee. Er kannte Ludwig von verschiedenen Besuchen in Stralsund. Einige Male war Ludwig auch zu Besuch bei seiner Großmutter in Königsberg gewesen. Voller Begeisterung hatte er Konrad damals gratuliert, als er hörte, dass der im ›Haus der Bücher‹ eine Lehre machen durfte. Er hatte ihm sogar angeboten, anschließend zu ihm nach Stralsund zu kommen und sein Kompagnon zu werden. Sie hielten immer noch Briefkontakt, auch wenn das in den letzten Jahren weniger geworden war. Konrad brauchte für die Antworten immer länger, weil er seine freie Zeit lieber mit Emma verbracht hatte.

»Großmutter hat recht«, dachte Konrad, während er in seinem Bett lag. Stralsund, die schöne Hafenstadt vor Rügen, könnte ein Ziel sein. Er würde bei Ludwig erst einmal unterkommen. Da er selbst keinen besseren Plan zustande brachte, beschloss er, am nächsten Morgen mit seiner Großmutter zu sprechen.

Um sechs Uhr klingelte der Wecker und riss Konrad aus dem Schlaf. Er wunderte sich, dass er so ruhig und tief geschlafen hatte. Nicht einmal geträumt hatte er, obwohl er sich wünschte, dass das alles nur ein schrecklicher Albtraum gewesen wäre. Seine Großmutter kam herein.

»Hast du gut geschlafen, mein Junge?«, fragte sie.

»Ja«, antwortete Konrad kurz und sah sie an. »Dann hat meine kleine Spezialsuppe also gut gewirkt«, lächelte sie ihn aufmunternd an. Eine Prise ihres Schlafmittels in der Suppe hatte wahre Wunder gewirkt und dafür gesorgte, dass sich ihr armer Junge wenigstens ein bisschen erholen konnte.

»Also davon brummt mir so der Schädel«, knurrte er und war ihr zugleich dafür dankbar. Doch schon im nächsten Moment kamen der unerträgliche Schmerz und die quälende Leere zurück.

Seine Großmutter ließ ihn gar nicht ins Grübeln verfallen, sondern drängte ihn aufzustehen und sich anzuziehen. Als er in die Küche kam, wartete eine heiße Tasse Kaffee und ein Butterbrot mit Tannenhonig auf ihn. Den Honig gab es bei seiner Großmutter, solange Konrad denken konnte. Neben dem Teller lagen liebevoll verpackt einige belegte Brote für die Reise und eine Thermoskanne mit Kaffee.

Nach dem Frühstück packte er lustlos ein paar Kleidungsstücke in seinen Rucksack. Sein Blick fiel auf das auf dem Nachtisch liegende gelbliche Büchlein. ›Schloss Gripsholm‹, die wundervolle Liebesgeschichte von Tucholsky in der gebundenen Erstausgabe von Rowohlt, die ihm Emma letztes Jahr zum Geburtstag geschenkt hatte. Er setzte sich auf die Bettkante, nahm das Buch und schlug die erste Seite auf.

»Meinem geliebten Konrad zu seinem dreiundzwanzigsten Geburtstag. Möge unsere wundervolle Liebe niemals enden! Deine Dich ewig liebende Emma« stand dort als Widmung. Er fuhr mit den Fingern die schöne Handschrift nach und Tränen schossen ihm in die Augen. Dann klappte er das Buch zu und steckte es zu den anderen Sachen. Bald darauf war alles gepackt. Er nahm seinen Mantel, die Kappe, den Rucksack und sah sich ein letztes Mal in seinem Zimmer um, bevor er wehmütig die Tür hinter sich schloss. Seine Großmutter kam mit roten, verheulten Augen und einem großen karierten Stofftaschentuch bereits auf ihn zu. Sie umarmte ihn und schluchzte.

»Pass gut auf dich auf, mein Junge«, sagte sie und heulte in ihr Taschentuch.

Würde er sie je wiedersehen? Er konnte immer noch nicht klar denken, seine Gefühle schienen wie abgeschaltet, aber das war im Moment auch besser für ihn.

In der großen Halle des Hauptbahnhofs herrschte reges Treiben. Viele Menschen mit Gepäck eilten zu den Schaltern oder den Gleisen. Aus dem Hintergrund des Bahnhofes hörte man das Quietschen der Bremsen ankommender Züge und das Stampfen der abfahrenden Lokomotiven. Normalerweise liebte Konrad dieses Leben auf dem Bahnhof. Als Kind war er oft hier gewesen. Er hatte stundenlang die Menschen beobachtet, diese besondere

Atmosphäre des Kommens und Gehens, des Begrüßens und des Abschiednehmens in sich aufgenommen. Die Hetze nach dem gleich abfahrenden Zug oder das langweilige Warten, bis der Zug eintraf, erschienen ihm interessante Gegensätze. An ihm liefen drei schreiende Kinder vorbei und er hörte einen schimpfenden Bahnschaffner, die sie zur Ordnung rief.

Irgendwo bellte ein Hund. Konrad zog seine Kappe etwas tiefer ins Gesicht, als er an den Durchgängen zu den Bahnsteigen SA-Männer stehen sah. Je zu zweit standen sie vor den dicken Säulen, die die Eingangshalle von den Gleisen trennte. Er ging an einen der Schalter und als er an der Reihe war, kaufte er eine Fahrkarte nach Berlin. Die Fahrkarte für die Weiterfahrt nach Stralsund wollte er aus Sicherheitsgründen erst dort kaufen. Konrad beobachtete die Patrouillen, während auf Gleis zwei sein Zug bereitgestellt wurde. Etwas weiter vorne lief eine Gruppe junger Leute, die mit Rucksäcken und Stöcken ausgerüstet offensichtlich einen Wanderausflug unternahmen. Alle trugen ein rotes Halstuch. Es herrschte eine ausgelassene Stimmung. Die Mädchen gackerten miteinander und die jungen Männer sahen auf eine Karte, planten wohl gerade ihre Route. Als der Zug nach Berlin aufgerufen und die Reisenden zum Einsteigen aufgefordert wurden, setzte sich die Gruppe in Bewegung. Konrad sah, wie eines der Mädchen ihr rotes Halstuch verlor. Er lief der Gruppe hinterher und hob es auf. Er legte sich das Halstuch um den Hals und verknotete es, dann schloss er sich unauffällig der Gruppe an, die von ihrem neuen Gruppenmitglied hinter sich keine Kenntnis nahm. Die Mädchen stimmten »Kein schöner Land« an und Konrad sang mit, während er an den SA-Männern vorbei lief. Im Zug angekommen nahm er das Tuch ab, tippte dem Mädchen auf die Schulter und gab es ihr zurück. Sie bedankte sich freundlich. Er suchte sich einen Platz im dritten Wagen hinter der Lokomotive. Dort war er weit genug weg von den Männern, die am Ende des Zuges standen. Gleichzeitig war er nicht zu nah hinter der Lok. Er mochte es nicht, wenn der schwarze Qualm durch die Wagen zog, sobald jemand ein Fenster aufmachte, um seinen Lieben zum Abschied zu winken. Er winkte niemandem zum Abschied. Traurig verfolgte er das Schienenpaar des Nebengleises, bis es am Ende des Bahnhofsvorfeldes in einer langen Kurve aus seinem Blickfeld verschwand. Ein letztes Mal sah er durch das Fenster in der Ferne die Silhouette Königsbergs mit dem Turm des Schlosses und den vielen ihm vertrauten Kirchtürmen. Bald darauf fielen ihm die Augen zu.

Kurz nach Marienhof schreckte er hoch, als der Zug wegen einer Kuh direkt neben dem Gleis heftig abbremste. Die Waggons wurden durchgeschüttelt und alles vibrierte. Einige Frauen schrien erschrocken auf. Die Bremsen pfiffen so laut und durchdringend, dass sich viele die Ohren zuhielten. Ihm gegenüber saßen zwischenzeitlich zwei ältere Frauen in schwarzen Kleidern. Die eine umklammerte einen Korb auf dem Schoß, während die andere eine Bibel in den Händen hielt. Konrad überlegte, wann er das letzte Mal in der Bibel gelesen hatte. Es war wohl das einzige Buch mit großer Auflage, mit dem er sich nicht wirklich ausführlich beschäftigt hatte.

Teilnahmslos beobachtete er die beiden Frauen, bis die eine ihn sehr streng taxierte.

»Fahrkartenkontrolle! Die Fahrkarten bitte!«, verschaffte sich der Kontrolleur schon an der Tür die notwendige Aufmerksamkeit und alle im Abteil kramten ihren Fahrschein hervor. Nachdem er die Karten der beiden Damen mit seiner Lochzange entwertet hatte, gab ihm Konrad seinen Fahrschein. Der Schaffner sah ihn prüfend an.

»Nach Berlin, ja?«, fragte er.

»Ja«, antwortete Konrad knapp. »So, Sie kommen aus Königsberg?«, ließ der Mann in der blauen Uniform nicht locker.

Konrad nickte wortlos und streckte ihm die Hand entgegen, damit er seine Fahrkarte zurückgab und weiterging. Der Kontrolleur knipste ein Loch in die kleine Pappkarte und gab sie Konrad zurück.

»Sie kommen aus Königsberg?«, sprach ihn eine der beiden Damen ihm gegenüber an und tippte mit ihrer Hand auf Konrads Knie.

»Ja«, antwortete Konrad höflich, aber kurz angebunden.

»Hach, das ist schlimm, was in der Stadt grad so alles passiert, Mord und Totschlag.« Ihre Nachbarin nickte und grunzte zustimmend.

Konrad wollte sich auf kein Gespräch mit den beiden Damen einlassen und schaute demonstrativ wieder aus dem Fenster.

»Grad gestern, Gertrud, mitten auf dem Paradeplatz unterm Kant. Zwei Tote! Sitzen nebeneinander ans Denkmal gelehnt.«

Konrad wandte sich sofort wieder den tratschenden Frauen zu und versuchte, neben den lauten Fahrgeräuschen zu verstehen, was sie sich erzählten.

»Ja, Helene, so tragisch. Ausgerechnet dieser nette Mann. Die Stadt hat ihm so viel zu verdanken. Weiß man denn schon, wer der Mörder war, der neben ihm gesessen und sich erschossen hat?«

»Ich habe gehört, dass es ein NSDAP-Mann gewesen sein soll, der in Ungnade gefallen ist und strafversetzt wurde. Irgend ein Adliger, der ...«

Konrad zuckte zusammen, auch wenn er den Rest nicht verstehen konnte. Sie sprachen zweifelsfrei über von Wehlau. Diese Beschreibung passte nur auf ihn. Er hatte sich erschossen? Das war eine gute Nachricht, aber wen hatte er ermordet? Konrad wurde heiß und kalt, seine Hände wurden feucht. Er lauschte angestrengt weiter.

»Immer, wenn ich in der Stadt bin, gehe ich in diese Buchhandlung und kaufe mir ein Buch. Manchmal habe ich ihn dann auch gesehen. Ein feiner Mensch war das.«

Konrad wurde schwindelig.

»Und jetzt? Was passiert denn jetzt mit dem ›Haus der Bücher‹, ohne den Direktor? Ich habe gehört, seine Nichte, die ihm nachfolgen sollte, ist vor zwei Tagen auch umgekommen.«

Konrad traf diese Nachricht mit voller Wucht und völlig unvorbereitet. Sie sprachen über Wilhelm Kirchner, seinen Direktor, den er just an diesem Abend noch am Denkmal getroffen hatte. Er spürte Panik in sich aufkommen.

›Nein, das nicht! Das nicht auch noch!‹, flehte er innerlich und hoffte immer noch, dass er etwas falsch verstanden hatte.

»Bitte entschuldigen Sie«, sprach er die Damen an, »ich habe eben zufällig mitgehört. Sprechen Sie etwa über Herrn Wilhelm Kirchner, den Direktor der Buchhandlung am Paradeplatz?«

Die beiden Damen sahen ihn vorwurfsvoll an.

»Ja, ja, genau der«, bestätigte eine der beiden großmütig. »Erst hat der andere ihn erstochen und dann sich selbst erschossen. Betrunken soll er gewesen sein. Ist das nicht grausam? Was für eine Tragödie.«

»Ja, ja, was für eine Tragödie«, wiederholte die zweite Witwe.

Konrad bebte am ganzen Körper, in seinen Ohren rauschte es und er konnte sich nicht mehr bewegen.

»Junger Mann? Geht es Ihnen nicht gut?«, fragte die Witwe nach.

Konrad sah sie mit aufgerissenen Augen an. Er konnte nichts antworten, sprang auf und stürzte zur Tür des Abteils. Er riss sie auf und schaffte es gerade noch auf die offene Plattform, bevor er sich auf die unter ihm hindurchrasenden Gleise übergab.

»Guten Tag, hier ist das ›Haus der Bücher‹. Wie kann ich helfen?«, meldete sich die junge, neu eingestellte Buchhandelsgehilfin. Sie ging nur deshalb ans Telefon, weil alle anderen Mitarbeiter im Kundengespräch waren, also hatte sie den Hörer entschlossen abgenommen, obwohl sie noch gar nicht Bescheid wusste.

»Ja, hier ist das ›Haus der Bücher‹ in Königsberg. Was kann ich für Sie tun?«

Die Stimme am anderen Ende der Leitung war undeutlich und verzerrt. Die junge Angestellte konnte kaum etwas verstehen.

»Von wo aus rufen Sie an?«, fragte sie etwas lauter. Einige der umstehenden Mitarbeiter und Kunden sahen sie missbilligend an.

»Ach, aus Übersee. Wen? Herrn Direktor Kirchner?« Die Angestellte stockte. »Das geht leider nicht«, sagte sie und wurde dabei wieder deutlich leiser. »Wissen Sie denn nicht, was passiert ist?« Sie hoffte sehr, dass ihr weitere Erklärungen erspart blieben. Ihrer Unerfahrenheit war es zuzurechnen, dass sie bereit war, am Telefon Auskunft zu geben, obwohl sie nicht wusste, mit wem sie sprach. Aber das Wort ›Übersee‹ hatte sie beeindruckt.

»Nein? Ach, herrje! Der Herr Direktor ist tot. Es ist so schrecklich. Zuerst wurden zwei Mitarbeiter in Rauschen erschossen und dann der Direktor ermordet.«

Am anderen Ende der Leitung hörte sie einen grellen Schrei, dann war nur noch Rauschen und Knacken zu hören.

»Hallo? Hallo? Hören Sie mich noch? Hallo?« Sie klopfte mit dem Finger auf die Gabel des Telefons, und legte schließlich auf, als sie keine Antwort mehr bekam.

Ein Kunde kam auf sie zu und fragte, ob seine Bestellung bereits eingegangen sei. Sie schickte ihn die Treppe hinauf in das erste Obergeschoss. Den sonderbaren Anruf hatte sie da bereits wieder vergessen.

40

Christian Heistermann nippte an seiner Tasse und sah in Gedanken versunken hinunter in den Hof. Ein Taxi bog von der Zufahrtsstraße ein und hielt vor dem Eingang des großen Bürogebäudes. Es dauerte einen Moment, bis der Fahrer ausstieg und um den Wagen herum lief. Er öffnete die hintere Tür und half einem alten Mann in einem braunen, zerknautschten Mantel beim Aussteigen. Der kämpfte sich mühsam aus dem Mercedes-Fond und stützte sich auf einen Stock. Der Chauffeur zog eine Plastiktüte und einen Hut aus dem Auto und reichte sie dem alten Mann. Dieser setzte den Hut auf, lupfte ihn kurz zum Dank, nahm die Tüte und schaute dem Taxi nach, bis es auf der Zufahrtsstraße zwischen den modernen Bürogebäuden verschwunden war.

Es roch nach grünem Tee in seinem Büro, obwohl der kleine Rest in der Tasse längst kalt geworden war. Christian Heistermann verzog das Gesicht, er konnte kalten Tee nicht ausstehen und stellte deshalb die Tasse auf dem kleinen Regal neben sich ab.

Dieser Tag war irgendwie merkwürdig, er war melancholisch gestimmt und konnte sich das nicht erklären. Das war sonst nicht seine Art und wenn doch, dann wusste er immer, warum das so war. Vielleicht war es das seit zwei Wochen anhaltende graue Wetter über München, das ihm auf sein Gemüt schlug. Mit dieser Erklärung hatte jedenfalls seine Frau beim Frühstück versucht, ihn aufzumuntern.

Er ging zu der kleinen Waschgelegenheit, die im Wandschrank hinter der Tür verborgen war und kippte den kalten Tee in das Waschbecken. Am Schreibtisch goss er sich neuen, heißen Tee ein. Er bereitete sich auf die anstehende ›große Runde‹ vor, die Redaktionskonferenz, die jeden ersten Montag im Monat stattfand. Bei dem erfolgreichen Ratgeberverlag standen in der Regel programmatische Themen zu Küche, Garten, Familie und Gesundheit auf der Tagesordnung. Manchmal stellte eine der Lektorinnen neue interessante Manuskripte vor. Heute würde zudem über die geplante Sushi-Reihe mit dem prominenten japanischen TV-Koch diskutiert werden. Die Marketingabteilung hatte ihr Konzept angekündigt, die von einem Privatsender geplante Sushi-TV-Show im Vorabendprogramm als Kooperationspartner zu begleiten. Christian hatte in seinem Filofax für den heutigen Morgen unter das Wort ›Sushi‹ nur noch das Wort ›Messe‹ gekritzelt und hinter beide ein gemeinsames Fragezeichen gemalt. Er verabscheute Sushi, hatte sich aber überzeugen lassen, dass es dafür auch in Deutschland einen großen Markt gibt. Er wollte sich zudem über den Stand der Vorbereitungen für die Buchmesse berichten lassen. Christian Heistermann liebte seinen Beruf. Er war Geschäftsführer, ein angestellter moderner Manager in einem Verlag, der längst zu einer Verlagsgruppe gehörte und er war dem Shareholder Value seiner Aktionäre verpflichtet. Aber statt alles dem Gewinnstreben und einer bestmöglichen Dividende unterzuordnen, standen für ihn am Ende doch die Bücher im Mittelpunkt. Gute Bücher zu machen verstand er als seine Hauptaufgabe. Daraus folgte für ihn der betriebswirtschaftliche Gewinn als logische Konsequenz. Bisher war das in allen von ihm zu verantwortenden Bilanzen aufgegangen. Er setzte sich auf die Lehne des frei im Raum stehenden Besprechungssofas und betrachtete das Bild an der Wand. Ein ungewöhnliches, zwei mal vier Meter großes, Schwarz-Weiß-Foto, eingerahmt in modernem Alu, hing gegenüber seines Schreibtischs. Mehrere in die Decke eingelassenen LED-Strahler setzten es gekonnt ins passende Licht und ließen es geheimnisvoll lebendig erscheinen. Er hatte es aufhängen lassen, als er vor acht Jahren die Verlagsleitung übernommen hatte. Es zeigte die Schaufensterfront einer alten Buchhandlung. Eine prachtvolle Fassade umgab die Schaufenster, in denen Bücher ausgestellt und angepriesen wurden. Jedes Mal, wenn er das Bild ansah, hatte er das Gefühl, es wäre ein Standbild aus einem alten Film und er könnte diesen einfach weiterlaufen lassen. Er sah in seiner Vorstellung die Passanten von links und rechts ins Bild laufen, wie sie vor den Schaufenstern stehen blieben, manche gingen hinein, andere kämen mit einem in Papier eingeschlagenen Buch unter dem Arm heraus. In seiner Fantasie hörte er das Rattern der Straßenbahn, die auf dem Platz vor dem Haus vorbeifuhr, das Knattern der Autos und das Rufen und Jauchzen der spielenden Kinder auf dem Platz.

Er drehte seinen Kopf und sah zu den bis zum Boden reichenden Fenstern. An dem Pfosten zwischen den beiden großen Glasscheiben hingen gerahmte alte Postkarten, wunderschöne Innenaufnahmen das früheren Stammhauses in Königsberg. Jedes Mal, wenn er die Bilder betrachtete, schienen sie voller Leben zu sein. Auch hier hatte er das Gefühl, dass die darauf abgebildeten Menschen in einem besonderen Moment abgelichtet worden waren und ihr Leben jederzeit weiter gehen könnte.

Mit seinem Amtsantritt hatte er die Pflege der Firmenhistorie zur Chefsache erklärt, weil der Hausjustiziar, der sich bis dahin eher halbherzig darum gekümmert hatte, in den Ruhestand gegangen war. Seine vier Semester ›neue Geschichte‹ kamen ihm hierbei zu Gute und das Stöbern in den alten Unterlagen hatte eine vergessene Leidenschaft in ihm wieder erweckt. Er hatte auf Drängen seines Vaters damals auf Germanistik und BWL gewechselt. Neben den Bildern in seinem Büro gab es im Flur eine Bildergalerie der Verleger seit der Gründung 1722, eine beeindruckende Reihe, an der seine Besucher vorbei gingen, wenn sie zu ihm ins Büro wollten. Er war bisher der Letzte in der Reihe. Im kleinen Konferenzraum im Erdgeschoss standen zwei Vitrinen, die er angelehnt an alte Zeiten ›Königsberger Kabinett‹ nannte, weil er sie mit alten Büchern und anderen historischen Artefakten bestückt hatte und hütete wie seinen Augapfel. In seinem Schreibtisch lagen Pläne, freie und nicht anderweitig benötigte Archivräume in ein richtiges, kleines Museum zu verwandeln, so wie es bis 1944 in Königsberg existiert hatte. Er betrachtete das unterste Bild an dem Pfosten. Es zeigte das alte Stammhaus als nackte Fassade, ohne Fenster, zerbombt und ausgebrannt. Das war der Untergang und das vorläufige Ende eines erfolgreichen und für damalige Zeiten sehr innovativen Unternehmens gewesen. Das ›Haus der Bücher‹ war in der Bombennacht Ende August 1944 völlig zerstört worden. Er blickte aus dem

Fenster hinunter in den Hof und sah dort immer noch den alten Mann stehen.

»Homb's Eahna des gsehn gestan Omd?«, fragte der Taxifahrer seinen Fahrgast auf der Rücksitzbank schon kurz nach der Abfahrt am Hauptbahnhof. Als er keine Antwort bekam, blickte er misstrauisch in den Rückspiegel. Offenbar hörte der alte Mann schlecht, schloss der Fahrer aus der fehlenden Reaktion seines Fahrgastes. Er war überzeugt, dass es nur daran liegen konnte. Für ihn war es keine Option, dass es womöglich an seinem starken Münchner Dialekt oder am Thema Fußball lag, nicht nach dem Abend, nach diesem Ereignis! Deshalb ließ er nicht locker.

»Des Goid'n Gool vo dem Bierhoff, ha?« Er schlug mit der Hand begeistert aufs Lenkrad seines Mercedes. »Jo sakra, woa des ned da Woansinn?«

Im Radio lief leise ›Macarena‹ und ein kleiner Bayern-München-Wimpel, der unter dem Rückspiegel schaukelte, ließ keine Zweifel an seiner Begeisterung für Fußball aufkommen, insbesondere dem bayerischen. Der Fahrgast im Fond nickte ihm freundlich, aber uninteressiert im Rückspiegel zu.

»Wissen Sie, ich bin siebenundachtzig und Fußball interessiert mich nicht«, kratzte die leise Stimme von der Rücksitzbank. »Sport insgesamt hat mich noch nie besonders begeistert«.

Der Chauffeur sackte enttäuscht in sich zusammen, angesichts der fehlenden Begeisterung für das besondere Tor, das Deutschland am Vorabend zum Europameister gemacht hatte. Er drehte mürrisch das Radio etwas lauter.

Nervös und etwas fahrig schaute sein Fahrgast immer wieder nach links und rechts aus dem Fenster. Nach der Abfuhr hatte der Fahrer keine Lust mehr, weiter freundliche Konversation zu betreiben. Der Alte mit der billigen Plastiktüte war ihm gleich merkwürdig vorgekommen. Ein klassischer Tourist war das nicht. Fußball interessierte ihn auch nicht und das ausgerechnet in München! Also fuhr er schweigend zu der angegebenen Adresse. Seinem ungewöhnlichen Fahrgast war das gerade recht.

Er knibbelte nervös mit seinen Fingern und seine Aufregung stieg. Die lange Zugfahrt von Stralsund über Berlin und Frankfurt nach München am Tag zuvor war sehr anstrengend für ihn gewesen. Zweimal hatte er umsteigen müssen. In dem kleinen und günstigen Hotel neben dem Hauptbahnhof war ihm aufgrund des ungewohnten Großstadtlärms keine ruhige und erholsame Nacht vergönnt gewesen. Er spürte eine eigenartige Furcht in sich. Viele Jahre hatte er einfach verdrängt, was da in einer Kiste auf seinem Speicher verpackt gelegen hatte. Seine Hände waren kalt und die Finger zitterten. Er hing seinen Gedanken nach und wunderte sich immer noch darüber, dass er das, was er in der Tüte bei sich trug, nicht längst verbrannt hatte. Immer wieder hatte er es vorgehabt. Nie wieder wollte er an die schrecklichen Ereignisse, die damit verbunden waren, erinnert werden. Und doch hatte er es all die Jahre in der alten Holzkiste aufbewahrt, nicht ins Feuer geworfen.

»Ausgerechnet ins Feuer werfen, verbrennen«, dachte er. Bilder aus lange verdrängter Zeit zogen vor seinen Augen vorbei wie der Großstadtverkehr um ihn herum.

Nun, in diesem Taxi, waren sie nach all den Jahren plötzlich wieder da. Sein ganzes Leben lief im Geiste an ihm vorüber. Das Taxi bog auf den Hof vor dem Bürogebäude ein und hielt an. Der Fahrer drehte sich zu seinem Fahrgast um.

»Bitt schee, d'Herr, do san mia.«

Als das Taxi schließlich verschwunden war, wandte der Alte sich dem Hauseingang zu, neben dem ein graues Schild mit mehreren Firmennamen stand. Gleich als Erstes sah er oben einen Schriftzug, der ihm einen leichten Stich ins Herz gab. Darunter ein modernes Logo in einer ihm gut in Erinnerung gebliebenen Farbe.

»Sie haben es also wirklich beibehalten«, murmelte er vor sich hin, »wie schön«. Er lächelte und blieb eine ganze Weile noch vor dem Gebäude stehen. Dann betrat er mit langsamen, kleinen Schritten das Gebäude von Gräfe und Unzer. Er spürte das aufgeregte Pochen seines alten, angeschlagenen Herzens, als er gegen die moderne, schmucklose Metalltür drückte. In seiner Vorstellung öffnete er eine prächtige, doppelflügelige Tür aus wertvollem Holz. Als er in die Eingangshalle trat, roch es nicht nach Büchern, Papier und Staub, sondern unangenehm nach den Resten eines Putzmittels.

Es klopfte an der Bürotür und Barbara, die attraktive, brünette Mittdreißigerin, streckte den Kopf zur Tür herein.

»Herr Dr. Heistermann, die große Runde! Fünf Minuten noch, heute in Konferenzraum Zwei«, erinnerte sie ihren Chef an den Termin. Er schreckte aus seinen Gedanken hoch. Immer noch am Fenster stehend, drehte er sich zu ihr herum und lächelte dankbar.

»Danke, Barbara.« Er wusste sehr genau, was er an seiner Chefsekretärin hatte. Sie war gewissenhaft, verlässlich, dachte mit, organisierte alles perfekt für ihren Chef und oft waren die Aufgaben bereits erledigt, bevor er sie überhaupt darum bat.

Als er zehn Minuten später sein Büro verließ, saß der alte Mann, den er zuvor unten im Hof beobachtet hatte, in einem der blauen Ledersessel vor seinem Büro. Die Plastiktüte hielt er auf dem Schoß mit beiden Armen fest umschlungen. Christian Heistermann blieb überrascht stehen und sah durch die Glaswand fragend Barbara an, die bereits aufgesprungen war und ihm entgegenkam.

»Will der Herr zu mir?«, flüsterte Heistermann, als er die Glastür irritiert geöffnet hatte und sie direkt vor ihm stand.

»Ja«, antwortete Barbara leise und zuckte mit den Schultern. »Er ließ sich unten nicht abwimmeln und sagte, es sei sehr wichtig und er könne es nur mit dem Geschäftsführer persönlich besprechen. Deshalb haben ihn die Empfangsdamen mit dem Aufzug zu mir hochgeschickt.« Sie sah ihn hilflos an. »Ich habe ihm gesagt, dass Sie keine Zeit haben«, entschuldigte sie sich.

»Schon gut, Barbara, danke«, beruhigte Heistermann sie. Diese Gelassenheit schrieb er dem melancholischen Tag zu. Normalerweise hätte ihn so eine unerwartete Störung verärgert.

»Was will er und wie heißt er denn?«

Barbara zuckte mit den Schultern. Er drehte sich zu dem alten Mann um und ging ein paar Schritte auf ihn zu.

»Guten Morgen! Mein Name ist Christian Heistermann, was kann ich für Sie tun?«, fragte er freundlich.

Der alte Mann sah zu ihm auf.

»Sind Sie der Direktor dieses Hauses?«, fragte er mit leiser Stimme.

»Ja, ich bin der Geschäftsführer.« Obwohl er ungeduldig war, spürte Christian Heistermann eine Wärme und Ruhe, die der alte Mann auf ihn übertrug. Seine Augen waren klein, wirkten traurig und zugleich warmherzig, waren von hängenden Lidern und Tränensäcken eingerahmt, die von einem schicksalhaften Leben erzählten.

»Ich habe jetzt eine Sitzung, Herr ...?«

»Gallinat, Konrad Gallinat«, stellte sich der Mann vor und erhob sich mühsam aus dem tiefen Sessel. Christian Heistermann stützte ihn am Arm, bis er sicher stand und sich auf seinen Stock stützte.

»Es tut mir sehr leid, dass ich Sie so überfalle, Herr Direktor. Aber ich bin extra aus Stralsund hierher gekommen, weil ich Ihnen etwas geben muss, was Ihnen gehört«, erklärte er.

»Mir geben?«, wunderte sich Heistermann. Das hörte sich sehr geheimnisvoll an. Und der alte Mann war quer durch Deutschland gereist, fast tausend Kilometer, um ihm etwas zu geben, was ihm gehörte? Er wurde neugierig.

»Gut. Dann kommen Sie bitte, Herr Gallinat.« Christian Heistermann deutete auf seine noch offen stehende Bürotür und Konrad ging in kleinen Schritten hinein.

»Fünf Minuten!«, signalisierte Christian seiner Sekretärin, die mit dem Zeigefinger ermahnend auf ihre Armbanduhr tippte, um ihren Chef an die anstehende

Sitzung zu erinnern.

Mit einem freundlichen »Bitte, nehmen Sie Platz« zeigte Christian auf eines der beiden Sofas, die sich gegenüberstanden. Doch Konrad blieb stehen, starrte auf das große Bild an der Wand. Christian ging um ihn herum und sah, dass seinem Besucher Tränen über die Wangen liefen.

Er reichte ihm wortlos ein Papiertaschentuch. Merkwürdigerweise hatte der alte Mann nun seine volle Aufmerksamkeit.

»Wie kann ich Ihnen helfen?«

Konrad legte die Tüte auf dem Sofa ab, näherte sich dem Bild und strich mit seiner Hand vorsichtig darüber, über die Hausfassade und die Schaufenster, dann entlang bis zur Eingangstür. Dort verweilte seine Hand.

»Wie oft bin ich wohl durch diese Tür gegangen?«, murmelte er kaum hörbar. Er schwankte etwas und der Geschäftsführer wollte ihn stützen.

»Es geht schon, Herr Direktor«, sagte er, atmete tief ein und setzte sich. Die Tüte nahm er auf seinen Schoß und den Stock lehnte er an die Lehne neben sich. Christian fiel der angelaufene Silberknauf des Stocks auf, der mit einer stilisierten Elchschaufel verziert war, dem Wappenbild Ostpreußens.

Konrad holte tief Luft. Sein Blick war immer noch auf das Bild gerichtet.

»Ich möchte Ihnen etwas geben«, begann Konrad mit zitternder Stimme. »Es ist etwas, das ich seit sehr langer Zeit aufbewahre. Es gehört mir nicht und ich wollte nie wieder daran erinnert werden. Deshalb habe ich wohl viele Jahre verdrängt, dass ich es noch habe. Doch dann fiel es mir plötzlich in die Hand, war wieder da. Und ich spürte, dass es an der Zeit ist. Vielleicht kann das Ganze jetzt ein gutes Ende finden. Wissen Sie, Herr Direktor, wissen Sie. Dieses Bild da sagt mir, dass es richtig war, hierher zu kommen.« Er zeigte auf das Bild.

Christian Heistermann wurde sehr neugierig. Jetzt wusste er, dass die angekündigten fünf Minuten nicht reichen würden. »Bitte entschuldigen Sie mich einen Augenblick«, sagte er und ging zum Schreibtisch. Er drückte den Knopf der Sprechanlage.

»Barbara? Sagen Sie bitte im Konferenzraum Bescheid. Ich brauche noch ein bisschen. Die Kollegen sollen schon mal anfangen.«

Es folgte eine kurze Pause, bevor Barbara mit »Ja, mache ich« konsterniert reagierte. Das hatte es seit Jahren nicht mehr gegeben. Die große Runde war heilig und zu spät zu kommen galt als Todsünde, selbst wenn es der Chef höchstpersönlich war.

Christian Heistermann setzte sich auf das Sofa unter dem wandfüllenden Bild und sah Konrad erwartungsvoll an. Dieser begann an der Tüte zu nesteln und holte ein Päckchen aus altem, speckigem, braunem Papier hervor. Er legte es behutsam und vorsichtig auf den Tisch vor sich. Er sagte nur ein Wort. »Hier.«

»Darf ich ...?«, fragte Christian behutsam und zeigte auf das Päckchen. Er war sich sicher, dass dies kein Manuskript war, welches er unbedingt veröffentlichen sollte. Es klopfte und die Tür ging einen Spalt auf.

Barbara streckte den Kopf herein. »Herr Heistermann?

Die ›große Runde‹ wartet.« Sie betonte es so deutlich, dass der ungebetene Besucher sicher verstehen würde, dass seine Zeit sehr begrenzt war.

»Danke, Barbara«, quittierte ihr Chef den Hinweis. »Ich brauche noch Zeit. Bitte keine Störungen, bis ich komme.« Die Sekretärin registrierte das unansehnliche Päckchen auf dem Tisch, wunderte sich sehr über ihren Chef und schloss beleidigt die Tür. Dann nahm Christian das Päckchen, löste vorsichtig die Kordel, mit der das Bündel verschnürt war, und entfaltete das alte Packpapier langsam und behutsam.

41

Barbara war ihrem Chef vorausgeeilt und öffnete die Tür zum Konferenzraum. Sofort verstummte das Gemurmel im Raum und dreißig fragende, erwartungsvolle Augen waren auf die Tür gerichtet, als der Geschäftsführer den Raum betrat. Normalerweise war er einer der ersten bei den Sitzungen, doch diesmal war er über dreißig Minuten zu spät. Er war ein Manager, der den Verlag mit viel Geschick und Gefühl erfolgreich leitete. Mitarbeiter waren für ihn noch nie nur ›Humankapital‹ oder ein ›Produktionsmittel‹ gewesen. Diese Ansicht mancher Managerkollegen lehnte er strikt ab und stand damit in einer Reihe mit seinen Vorgängern. Respekt, Gerechtigkeit und Freiraum für Kreativität waren für ihn die obersten Werte, mit denen er den Verlag führte, wofür seine Mitarbeiter ihn besonders zu schätzen wussten. Fuchsteufelswild konnte er nur werden, wenn er spürte, dass man ihn anlog oder hinterging. Ehrlichkeit und Loyalität waren für ihn Grundbedingungen für eine gute Zusammenarbeit.

Das Staunen der fünfzehn Redakteure und leitenden Angestellten nahm noch zu, als sie bemerkten, dass ihrem Chef ein alter Mann in einem braunen, halblangen Mantel mit mühsamen Schritten folgte und etwas ehrfürchtig lächelnd in die überraschte Menge schaute.

»Guten Morgen, meine Damen und Herren! Bitte entschuldigen Sie meine Verspätung. Rutschen Sie bitte einen Stuhl auf und machen Sie unserem Gast einen Platz frei«, begrüßte Heistermann die Runde und zeigte auf die rechte Seite des langen bootsförmigen Konferenztisches. »Bitte nehmen Sie hier Platz«, wandte er sich an Konrad und zeigte auf den freien Stuhl. Barbara nahm dem alten Mann den Mantel ab und schob ihm den Stuhl zurecht. Sie bot ihm Getränke an. Konrad dankte ihr und entschied sich für ein stilles Wasser. »Bitte nicht zu kalt, das verträgt mein Magen nicht mehr so gut. Vielen lieben Dank, Fräulein«, bedankte sich Konrad mit leiser, warmer Stimme und schaute sich um. Die neugierigen Blicke dieser Menschen im Konferenzraum schüchterten ihn ein wenig ein. Damit hatte er nicht gerechnet. Eigentlich hatte er nur das Paket abgeben und gleich wieder gehen wollen.

Alle Augen waren jetzt auf Christian Heistermann und den unerwarteten Gast gerichtet. Die heutige Tagesordnung war offensichtlich nicht mehr wichtig. Allen war klar, dass etwas Besonderes passiert sein musste.

Knisternde Spannung lag im Raum, nur ausgelöst durch die geheimnisvolle Anwesenheit des alten Mannes. Schließlich ergriff der Verleger das Wort.

»Liebe Kolleginnen und Kollegen. Ich habe Ihnen heute einen Gast mitgebracht. Darf ich Ihnen Herrn Konrad Gallinat vorstellen?« Er schaute kurz auf Konrad neben sich. »Sie wissen, dass ich unangekündigte Änderungen unserer Besprechungsordnung normalerweise nicht schätze, aber heute ist es eine besondere Situation. Ich bin überzeugt, dass Sie mir in Kürze beipflichten werden, dass es manchmal wichtigere Dinge gibt, denen wir Vorrang einräumen müssen.« Keiner der Anwesenden im Raum wusste, was

Christian Heistermann damit sagen wollte, aber er hatte die volle Aufmerksamkeit und man hätte die sprichwörtliche Stecknadel fallen hören können.

»Herr Gallinat hat bis zum Herbst 1933 im ›Haus der Bücher‹, unserem Stammhaus in Königsberg gearbeitet. Er ist vermutlich der älteste noch lebende Mitarbeiter unseres Verlags. Und er hat uns etwas sehr Außergewöhnliches mitgebracht, etwas Unfassbares.« Christian legte seine Hand auf Konrads Schulter und dieser öffnete erneut seine Tüte und holte das Päckchen heraus. Er faltete das Papier langsam und behutsam auf. Zum Vorschein kam das in braunes Leder gefasste Buch. Die Mitarbeiter betrachteten neugierig das Buch wie kleine Kinder ein Überraschungspaket unter dem Christbaum.

›Was soll das?‹, fragte sich der eine oder andere seiner Mitarbeiter. Vor allem diejenigen, die nichts mit der Geschichte des Hauses anzufangen wussten und die lange nach dem Krieg geboren waren, konnten oder wollten sich nicht weiter mit diesem Thema beschäftigen. Sie hatten das alles schon hundertmal gehört und sie konnten ja nichts dafür. Christian Heistermann bemerkte die Ungeduld seiner Mitarbeiter.

»Barbara, setzen Sie bitte für unsere Runde hier einen neuen Termin an. Jetzt hören wir uns die Geschichte von Herrn Gallinat an.« Christian zog die Augenbrauen nach oben und nickte dem alten Mann neben sich aufmunternd zu. »Herr Gallinat, wollen Sie meinen Kollegen nun vielleicht erzählen, was es mit diesem Buch auf sich hat?«

Konrad schaute in die Runde. Junge Redakteure, fremde Menschen, die er gerade zum ersten Mal sah, blickten ihn erwartungsvoll an. Konrad nickte, atmete tief ein und begann zu erzählen.

»Wissen Sie, dieses Jahr 1933 war ein ereignisreiches Jahr für Deutschland, und für mich auch ein schicksalhaftes«, begann der alte Mann mit ruhiger Stimme und schaute dabei zum Fenster hinaus. Im Raum war es mucksmäuschenstill. Konrads Blick wirkte nach innen gekehrt. Er nahm die anwesenden Zuhörer mit, als er mit lebhaften Bildern seine Geschichte erzählte.

Konrad schwieg, nachdem er alles erzählt hatte. Im Raum herrschte eine ergriffene, gespenstische Stille. Niemand mehr hatte trockene Augen, selbst einige der sonst immer sachlichen männlichen Kollegen wischten sich verstohlen die Augen. Keiner der Anwesenden würde diesen Tag jemals vergessen. Konrad Gallinat hatte ihnen seine Geschichte erzählt, aber es war auch ein bisschen ihre Eigene. Er hatte nicht sehr aufregend erzählt, doch sie hatten die Spannung, die Gefahr und die Angst förmlich spüren können. Und den tiefen Schmerz, den der alte Mann seit damals in sich trug.

Das Schweigen dauerte noch einige Minuten an, aber es war nicht unangenehm. Viel mehr war es ein Schweigen voller Betroffenheit, Anteilnahme und Respekt vor Konrad Gallinat und dem, was er erlebt hatte. Christian Heistermann ergriff als Erster das Wort.

»Herr Gallinat, ich danke Ihnen von Herzen dafür, dass Sie die weite Reise unternommen haben und zu uns gekommen sind. Ihre Geschichte, das darf ich sicher für alle sagen, hat uns sehr ergriffen.« Einige nickten, andere schnieften in ein Taschentuch oder trockneten ihre Augen.

»Ich möchte gerne, gerade für die jüngeren Kollegen hier, noch ergänzen, wie die Geschichte unseres Hauses weiterging.« Christian Heistermann räusperte sich. »Die Buchhandlung entwickelte sich unter einer neuen Führung und trotz der Restriktionen der Nazis sehr gut. Die Räume wurden erweitert und das ›Haus der Bücher‹ war eines der Aushängeschilder in Königsberg. Unser Verlag galt damals als Musterausbildungsbetrieb in Deutschland. Viele andere Buchhändler aus dem ganzen Land schickten ihre Mitarbeiter damals zu ›Gräfe und Unzer‹. Es gab kaum einen bedeutenden deutschen Autor, der nicht unser Haus besucht hatte. Mit vielen waren unsere Verleger eng verbunden. Das begann schon mit Immanuel Kant, der sogar einige Jahre im gleichen Haus unter dem Dach lebte. Zu Thomas Mann, Herr Gallinat hat davon eben berichtet, verband unseren damaligen Verleger eine besondere Freundschaft, bis Mann mit seiner Familie 1933 in die Schweiz und später in die USA emigrierte.«

»Wissen wir denn etwas über diese geheimnisvolle Sammlung, die in dieser geheimen Kammer versteckt sein soll?«, fragte eine junge Lektorin aus der Gartenbuchredaktion neugierig. »Gibt es Informationen, ob diese Sammlung den Krieg überstanden hat? Irgendeine Spur?«

»Nun ja«, antwortete Heistermann und die Redakteure folgten dem Dialog gespannt.

»In zwei Nächten Ende August 1944 bombardierten die

Briten mit rund dreihundert Langstreckenbombern erstmals Königsberg und zerstörten die gesamte Innenstadt. Die alte Albertina, der Dom und der Kneiphof, das Schloss und die Häuser rund um den Paradeplatz gingen in dieser Nacht im Bomben- und Phosphorregen in Flammen auf und waren hinterher nur noch Schutt und Asche. Zurück blieben nur Ruinen und einige Gerüchte. Nach der Zerstörung hat niemand mehr daran geglaubt, dass mehr als ein paar ausgelagerte Geschäftsunterlagen übrig waren und es gab ja keine Hinweise. Doch nun ... «, er machte eine kleine Pause, »vielleicht liegt ja sogar die Lösung hier vor uns auf dem Tisch. Darf ich?« Er schaute Konrad an und dieser nickte ihm zu.

Der alte Mann war erschöpft. Das alles noch einmal zu erzählen, mit all diesen Details, war für ihn grausam und schmerzhaft gewesen, fast so, als hätte er es eben noch einmal erlebt. Doch zugleich fühlte er sich erleichtert und befreit. Endlich hatte er diese Geschichte zu Ende gebracht. Ganz sicher hätten Emma, Otto und der Direktor das auch so gewollt.

Heistermann nahm das Buch und schlug es vorsichtig auf. Die erste Seite war mit schön verschnörkelter Schrift »Das ›Haus der Bücher‹« betitelt. Christian sah genauer hin und entdeckte darunter noch die zwei dazu gekritzelten Worte: »... wird überleben!«

Er blätterte weiter und murmelte dabei leise vor sich hin. Die Spannung im Raum war kaum zu ertragen und jeder wartete nur darauf, dass er endlich sagen würde, was in dem Buch stand.

»Herr Heistermann?«, unterbrach der Vertriebsleiter

schließlich das unerträgliche Warten.

»Entschuldigung. Das hier vor mir ist das Buch, von dem uns Herr Gallinat berichtet hat. Darin ist fein säuberlich aufgelistet, welche Bücher damals in Sicherheit gebracht wurden, vor der Verbrennung und den Nazis gerettet. Das sind die Originalnotizen von Otto Perlmann.« Konrad nickte ihm zu. Als er das Buch zuklappte, rutschte ein gefaltetes Blatt zwischen den Seiten heraus. Christian Heistermann nahm es und faltete es auf.

»Das ist ja unglaublich!«, rief er. »Das ist Wilhelm Kirchners Liste über diese Kassetten. Sehen Sie hier!« Er legte das Papier auf den Tisch und die Mitarbeiter drängten sich um den Tisch, um einen Blick darauf werfen zu können.

»Nr. 1, dahinter stehen die Initialen ›I. K.‹ und verschiedene Jahreszahlen, ab 1764 aufwärts! Auch Nr. 2 bis Nr. 5 tragen diese Kürzel. Es endet 1804«, las der Vertriebsleiter vor.

»Hier, ›I.K.‹, das ist zweifelsfrei Immanuel Kant!«, sagte Christian Heistermann voller Begeisterung über die überraschende Entdeckung. »Es hatte also Kassetten mit Originaldokumenten von Kant gegeben, die die Welt bisher nicht gesehen hat.«

»Schauen Sie hier«, fuhr der Vertriebsleiter fort, »Nr. 31 und 32, ›T. M.‹, 1929 bis 1933, das muss Thomas Mann sein!«

»Ja, genau!,« rief der Geschäftsführer begeistert. »Das ist ja fantastisch!« Aufgeregtes Gemurmel machte sich im Raum breit.

»Schauen Sie! ›E.T.A.‹, das ist Hoffmann, und hier, ›E.W. 1926 bis 1938‹, Ernst Wiechert, ›J.G.H.‹, mein Gott, Herder!«, rief Heistermann begeistert. »Und hier: ›A.M.‹, das dürfte Agnes Miegel sein, die Königsbergerin.« Die Begeisterung riss sie mit. Sie redeten alle durcheinander und konnten ihre Freude kaum fassen. Darüber vergaßen sie fast den alten Mann, der langsam immer mehr in sich zusammensackte.

Konrad fühlte sich, als hätte er seine große und einzige Liebe noch einmal verloren. Die Erzählung hatte ihn sehr mitgenommen.

»Ich möchte mich jetzt gerne verabschieden«, sagte Konrad leise zu Barbara, fast so, als wolle er sich davonschleichen.

»Natürlich, Herr Gallinat, bitte entschuldigen Sie unser Verhalten. Wir können Ihnen gar nicht genug danken. Was Sie uns heute erzählt und mitgebracht haben, ist so aufregend, dass wir uns wohl kaum angemessen erkenntlich zeigen können«, entschuldigte sich Christian Heistermann und stand auf. Noch bevor Konrad sich erheben konnte, standen fast gleichzeitig alle Mitarbeiter am Tisch auf und begannen, ihm als Zeichen ihres Dankes und Respekts, zu applaudieren. Konrad war sehr gerührt, stand mit Tränen in den Augen hinter seinem Stuhl und sah in die Runde. Damit hatte er nicht gerechnet.

»Vielen Dank für Ihre Freundlichkeit, aber ich habe nur meine Pflicht erfüllt. Ich wollte nie wieder an das Geschehene erinnert werden und das Buch verbrennen, aber dann wäre ich genauso gewesen. Bücher kann man nicht mit Feuer vernichten! Sie überdauern das!« Konrad war erschöpft. Er sah Christian Heistermann an und legte die Hand auf seinen Unterarm. »Schauen Sie, ob Sie damit noch was anfangen können, Herr Direktor. Ich bin alt und kann nichts mehr weiter tun.«

»Herr Gallinat, versprochen, das mache ich. Ich halte Sie gerne auf dem Laufenden, wenn Sie erlauben?«

Konrad nickte erschöpft.

»Barbara, bitte notieren Sie die Adresse und Telefonnummer von Herrn Gallinat und sorgen Sie dafür, dass er ins Hotel zurückgefahren wird.«

Christian Heistermann und Konrad Gallinat gaben sich die Hand und verabschiedeten sich herzlich voneinander. Barbara hakte den alten Mann unter, als er den Raum verließ, ohne sich dabei noch mal umzudrehen.

Christian Heistermann nahm das Buch an sich und verließ den Konferenzraum. Dieser Sache wollte er sofort nachgehen. ›nicht auszudenken, wenn ...‹, dachte er, während er in sein Büro zurückging.

42

Die Dash 8 des airberlin-Flugs 8160 landete pünktlich. Christian Heistermann sah auf die Uhr, als er den Bus bestieg, der ihn zum Flughafengebäude bringen sollte.

»16 Uhr 20«, murmelte er vor sich hin. »Bis ich meinen Koffer habe, in der Stadt bin und im Hotel eingecheckt habe, ist es locker sechs.« Er fischte seinen Koffer vom Band der Gepäckausgabe und brachte die Formalitäten der Pass- und Visumkontrolle hinter sich. Barbara hatte wie immer alles perfekt für ihn organisiert. Der Mietwagen, ein dunkelgrüner Renault älteren Baujahrs, war scheinbar in Ordnung und die Übernahme erstaunlich unkompliziert. Auf der Fahrt nach Kaliningrad bemerkte er, dass die Stoßdämpfer bereits längst ihren Dienst quittiert hatten. Das könnte durchaus an den oft noch aus deutschen Zeiten stammenden Kopfsteinpflasterstraßen liegen.

Das Raddisson war das einzige internationale Top-Hotel der Stadt und lag zentral in der Nähe der orthodoxen Christ-Erlöser-Kathedrale am Nordbahnhof. Nachdem er sich in seinem Zimmer eingerichtet hatte und kurz unter die Dusche gesprungen war, begab er sich auf den Weg in das Restaurant des Hotels. Am Eingang wartete bereits Alexej auf ihn, ein junger Student, den Barbara als Fahrer und Dolmetscher engagiert hatte. Er studierte Politikwissenschaft und interessierte sich sehr für die deutsche Geschichte. Alexej war im Rahmen eines

Austauschprogramms für zwei Semester in Jena gewesen. In seiner Bachelor-Arbeit hatte er sich mit der Geschichte deutscher Unternehmen in Kaliningrad vor und nach dem Krieg beschäftigt. Während seiner Recherchen hatte er sich damals auch an seinen Verlag gewandt. Jemand, der historisch interessiert war, ortskundig und gleichzeitig dolmetschen konnte, würde Christian als Assistent hilfreich sein.

Alexej kam Christian Heistermann in der Lobby des Hotels lächelnd entgegen. Nach einer freundlichen Begrüßung betraten sie zusammen das Restaurant und suchten sich einen ruhigen Tisch in einer Ecke. Christian gefielen die großen Schwarz-Weiß-Bilder des alten Königsbergs an den Wänden; das Schloss, der Münzplatz, die Ost-Messe und ein paar andere bekannte Motive.

Die Speisekarte war in Russisch und Englisch verfasst, bot internationale Küche, aber auch russische und sogar baltische Spezialitäten. Als Leiter eines erfolgreichen Kochbuchverlages hatte er schnell gelernt, sich beim Essen überraschen zu lassen.

Als die charmante Bedienung an den Tisch kam, bestellte Alexej auf Russisch.

»Und, was hast du ausgesucht?«, fragte Christian.

»Borschtsch als Vorspeise und hinterher Zeppelini mit gedünstetem Gemüse.«

Christian nutzte das Gespräch, um herauszufinden, ob er dem jungen Mann wirklich vertrauen konnte. Schließlich war seine Mission politisch außerordentlich heikel. Sollte es die Bücher und die Kassetten tatsächlich noch geben, müsste er sofort mit seinem Justiziar in München Kontakt aufnehmen, um zu beratschlagen, was man tun konnte. Einen möglichen Fund nach Deutschland mitzunehmen wäre unmöglich. Die Sache wäre gleichzeitig eine solche Sensation, dass dies eine nicht unbedeutende politische Dimension bekommen würde, gerade in Zeiten, in denen die Beziehungen Deutschlands und Russlands unter Spannungen litten. Christian hatte vor der Reise vorsichtshalber mit dem Kultusministerium in Berlin telefoniert und ohne genaue Angaben ganz allgemein angefragt, was mit kulturell wertvollen Funden in Russland geschehen würde. Der Staatssekretär war ratlos gewesen, hatte aber versprochen, dies im Ministerium zu besprechen und sich zu melden. Obwohl das Gespräch vier Wochen vor der Reise stattgefunden hatte, hatte Christian keine Rückmeldung mehr bekommen. Zuerst wollte er sehen, ob es überhaupt etwas zu finden gab, was nach so langer Zeit nicht sehr wahrscheinlich war.

Nach dem Essen bei einem weiteren Bier beschloss Christian, Alexej zu vertrauen und ihn in seine Mission einzuweihen. Alexej war sofort begeistert. Christian hatte einen aktuellen und einen historischen Stadtplan bei sich. Er zeigte Alexej, wo er die damalige Villa der Baronin von Strehlau vermutete. Falls sie nicht im Krieg zerstört worden war. Viele alte Villen im ehemaligen Stadtteil Maraunenhof waren erhalten geblieben, was Christian Hoffnung gab. Einige Häuser wurden heute als kleine Hotels, Gästehäuser oder von Rechtsanwälten und Wirtschaftsprüfern genutzt. Der Stadtteil war wieder eine feine Wohngegend, weil die Grundstücke direkt an den Oberteich grenzten.

Sie verabredeten sich für zehn Uhr am nächsten Morgen am Kant-Denkmal. In seinem Zimmer angekommen, faltete Christian noch einmal die beiden Stadtpläne auseinander und legte sie nebeneinander auf dem Bett aus. Mit dem Finger fuhr er die alten Straßen auf dem neuen Plan nach und suchte nach Orientierungspunkten. Er spürte eine unglaubliche Spannung und Unruhe in sich. Zu viel ging ihm durch den Kopf.

43

Christian hatte ein beklommenes Gefühl im Bauch, als er das erste Mal den Platz betrat. Das Gelände wirkte vernachlässigt und ungepflegt. Nichts an diesem Ort erinnerte mehr an vergangene Zeiten. Christian war schon eine Stunde vor der verabredeten Zeit gekommen, um die Atmosphäre auf dem Platz aufzunehmen. Die große dunkle Figur des Philosophen auf dem Steinsockel war eine 1992 von Gräfin von Dönhoff gestiftete Replik des im Verlauf des Zweiten Weltkrieges verlorenen Denkmals. Es gab wohl auch Pläne, die Universität Kaliningrad wieder nach dem großen deutschen Philosophen zu benennen. Christian schaute sich weiter um. Er entdeckte noch ein deutsches Artefakt, der Eingang hinab zum ›Lasch-Bunker‹, in dem die Russen ein kleines, kitschiges Museum zum Gedenken an die Kapitulation General Laschs am 09. April 1945 genau auf diesem Platz eingerichtet hatten. Er saß ziemlich genau an dem Platz, an dem Konrad Gallinat vor dreiundsechzig Jahren seine Emma im Arm gehalten hatte. Dann war er hinüber in die Buchhandlung zur Arbeit gegangen, zum ›Haus der Bücher‹, Paradeplatz 6. Er blickte zum Kant-Denkmal und sah vor seinen Augen seinen toten Vorgänger Wilhelm Kirchner und seinen Mörder sitzen. Es gruselte ihm.

Er wandte seinen Blick nach links, so als würde er dem jungen Konrad und seiner Emma hinterherschauen, wie sie hinüberliefen zur Buchhandlung. Wo früher das prachtvolle ›Haus der Bücher‹ gestanden hatte, säumte nun ein heruntergekommener, hässlich gelblicher Plattenbau die Südseite des Platzes. Dadurch war der Platz viel kleiner als früher. Die Oper gab es nicht mehr, und an der Stelle der damaligen Albertus-Universität stand auf deren Fundamenten die neue Universität als schmuckloser weißer Zweckbau.

Er ließ die Stimmung auf sich wirken, während er auf Alexej wartete.

»Christian, guten Morgen«, begrüßte Alexej ihn pünktlich um zehn Uhr.

»Hallo, Alexej, guten Morgen«

»Alles klar?« Der junge Mann sah ihn besorgt an.

»Ja, ja. Ich war nur in Gedanken«.

»Gut, dann lass uns fahren. Wo steht dein Auto?«

Christian zeigte auf den Renault am Rande des Platzes und stand auf. Sie liefen zum Wagen hinüber.

»Lass mich besser fahren«, schlug der junge Russe vor. »Ich kenne mich hier doch besser aus und der russische Fahrstil ist, sagen wir mal, anders als bei euch in Deutschland.« Er lachte. Christian warf ihm bereitwillig den Autoschlüssel zu.

»Ja, das habe ich auch schon gemerkt«.

Sie lachten, stiegen ein und fuhren den einstigen Schlossteich entlang stadtauswärts.

»Das ist die ulica Proletarskaya, sie führt uns direkt hinaus zu dem Viertel, das früher Maraunenhof hieß.«

»Mitteltragheim«, murmelte Christian den früheren Straßennamen. Er hatte sich den Stadtplan so zurecht gefaltet, dass er nur den Ausschnitt zwischen Paradeplatz und dem nördlichen Ende des Oberteichs sehen konnte. Alexej hatte er den neuen Plan gegeben und mit einem ›X‹ die alte Adresse am Oberteich markiert.

»Da, der Wrangel!«, rief er, als links von ihm einer der beiden erhaltenen alten runden Ziegelstein-Wehrtürme aus dem 19. Jahrhundert erschien.

»Ja, der Vrangel! Wir schreiben ihn mit V. Das halbe W ging wohl im Krieg verloren«, lachte Alexej. Sie erreichten über die ulica Temana einen großen runden Platz mit Kreisverkehr.

»Der frühere Bismarck-Platz«, bemerkte Christian und folgte ihrer Route mit dem Finger auf dem alten Plan. »Wir sind richtig, Alexej. Jetzt rechts!«

Drei Minuten später fuhr Alexej die Kopfsteinpflasterstraße entlang. »Langsam Alexej, das da vorne muss es sein«, steuerte Christian seinen Fahrer und zählte die Häuser, um das richtige Haus nach den alten Hausnummern lokalisieren zu können.

»Da, da!«, rief Christian. »Halt an, da ist es!« Alexej bremste und stellte den Wagen am Straßenrad ab.

»Phantastisch, es steht noch! Genau so hat der alte Mann mir das Haus beschrieben, den Eingang, die Fenster, alles passt. Kein Zweifel, das ist die Villa der Baronin von Strehlau.«

Christian atmete tief durch und steckte die Stadtpläne in seine Aktentasche. Sie gingen über die ruhige Seitenstraße und blieben vor dem kleinen rostigen Gartentor stehen. An einigen Stellen war noch zu erkennen, dass es einmal grün lackiert war, passend zu den Klappläden an den Fenstern.

Alexej öffnete das quietschende Tor. Ein unebener Weg führte durch den Vorgarten zur Eingangstreppe. Christian sah das hölzerne, etwas schief hängende, graue Garagentor und dachte an Hans und das Motorrad. Viele große prächtige Bäume rahmten das Haus ein. Das ursprüngliche vornehme Gelb des Hauses war an vielen Stellen abgeblättert oder hatte ein unschönes Grau angenommen. Auch der Putz hatte an einigen Stellen seinen Halt verloren und den Blick auf die Backsteinwand darunter freigegeben. Das Haus hatte ganz offensichtlich schon bessere Zeiten erlebt. In der Mitte der prächtigen Front führte eine Treppe, eingerahmt von steinernen Vasen, einige Stufen hinauf zu der ehemals prachtvollen Eingangstür.

»Was steht da auf dem Schild«, fragte Christian seinen russischen Helfer.

»Jurek und Nadeschda Nikolajew«, übersetzte dieser die kyrillischen Schriftzeichen.

Christian drückte mit pochendem Herzen auf den Klingelknopf. Sie hörten Schritte und sahen durch die matte, ovale Glasscheibe der Tür einen Schatten heran kommen. Die Tür öffnete sich langsam. Ein freundlich lächelnder, alter Mann mit einem leichten Buckel und kurzem, weißem Vollbart sah sie erwartungsvoll an. Das rechte Glas der runden Nickelbrille hatte einen Sprung und er trug einen langen, dunklen Hausmantel und abgewetzte Filzpantoffeln. Alexej entschuldigte sich für die Störung und erklärte dem Hausherrn den Grund ihres Besuchs, ohne zu viel zu verraten. Der Mann öffnete die Tür ganz, begrüßte ihn mit Handschlag und bat sie mit einer freundlichen Geste lächelnd herein.

»Alles gut, Christian«, beruhigte ihn Alexej. »Herr Nikolajew ist ein emeritierter Professor der Universität. Ich dachte gleich, dass ich den Namen schon mal gehört hatte. Das war aber lange vor meiner Studienzeit. Ich habe ihm erklärt, dass du aus Deutschland kommst und es um die Geschichte dieses Hauses geht«, erklärte Alexej, als sie dem alten Professor durch die imposante Eingangshalle folgten.

»Ach ja,« fiel Alexej ein, »seine Frau Nadeschda steht nur noch pro forma an der Tür. Sie ist vor einigen Jahren gestorben. Er lebt alleine hier.«

Christian schaute sich um und er erinnerte sich an Konrad Gallinasts Beschreibung: Die geschwungene Treppe ins Obergeschoss, die Wandverkleidungen rundum, der Kamin links, das große bunte Bleiglasfenster über der Treppe, das die Halle immer noch in dieses besondere Licht tauchte. Die Bilder an der Wand, die Standuhr, Christian erschien das alles fast vertraut, so als wäre er schon einmal in diesem Haus gewesen. Offensichtlich hatte sich nichts in den letzten Jahrzehnten verändert. Christian schöpfte Hoffnung. Kein Feuer! Kein Bombentreffer! Alles wirkte matt, heruntergekommen und ungepflegt, ließ aber erahnen, wie prachtvoll es wohl einmal gewesen war. Der Professor schlurfte ihnen voran in den Salon. In dem Erker, der wie ein Wintergarten mit seinen runden Bogenfenstern den Blick in den Garten hinter dem Haus freigab, standen sich zwei alte, schwere Sofas mit abgewetztem Bezug gegenüber. Dazwischen stand ein flacher Tisch mit ursprünglich sehr schönen Intarsienarbeiten als Verzierung, von denen aber mehrere Teile in den Jahren herausgefallen und nicht ersetzt worden waren. Auf dem Tisch stand eine gläserne Teekanne, daneben eine Flasche ohne Etikett, wahrscheinlich Wodka. Der Korken lag neben der Flasche.

Ihr Gastgeber deutete auf eines der Sofas und sprach mit Alexej.

»Ich habe ihm gesagt, dass wir gerne Tee möchten«, erklärte Alexej. »Das gehört hier zur Gastfreundschaft.« Alexej nickte zu der Flasche auf dem Tisch. »Also nur Mut!«, grinste er.

Professor Nikolajew kam mit zwei weiteren Tassen zurück, goss in Ruhe einen Schuss Tee ein und füllte den Rest aus der Flasche auf. Er lachte freundlich und hob seine Tasse. Christian und Alexej nahmen ihre Tassen und tranken. Während der Professor und Christians Assistent ihre Tassen regungslos wieder auf den Tisch stellten, dachte Christian, ihm würde der Hals explodieren, so sehr brannte der Alkohol. Er hustete keuchend und versuchte trotzdem, höflich zu lächeln. Die beiden Russen lachten und begannen ein Gespräch.

»Er möchte wissen, warum du von Deutschland extra hierher gekommen bist und ob deine Familie früher hier gelebt hat«, übersetzte Alexej.

Christian begann zu erklären, dass er auf der Suche nach einigen alten Büchern war und vermutete, dass eine frühere Besitzerin dieses Hauses diese hier versteckt haben könnte. Alexej übersetzte, während sich Christian langsam dem Kern seines Besuches näherte, ohne zu konkret zu werden. Er konnte schließlich nicht einschätzen, wie dieser alte Russe mit einer so spannenden Information umgehen würde. So ein Fund wäre für ihn unbezahlbar, seine

Altersversorgung.

Wieder setzte ein längerer Dialog zwischen Alexej und dem Professor ein.

»Alexej, frag ihn bitte, ob er etwas über die Baronin von Strehlau weiß!«

Der junge Student übersetzte und sein Gegenüber gab ihm bereitwillig Auskunft. Christian war fürchterlich ungeduldig und es kam ihm ewig vor, bis Alexej ihm die Worte des Russen übersetzte.

»Also«, begann Alexej, »er hat die Baronin nicht persönlich gekannt. Er weiß aber, dass sie die letzte Deutsche war, der das Haus gehört hat. Ein hochrangiger Offizier hat mit seiner Familie hier gewohnt, bevor er es dann mit seiner Frau in den sechziger Jahren bezogen hat.«

»Und«, fragte Christian ungeduldig nach, »was ist mit der Baronin? Weiß er, was aus ihr wurde?«

»Ja, das weiß er. Sie war in der Villa geblieben, als die Rote Armee die Stadt eroberte. Sie hatte die Situation wie viele der damaligen Stadthonoratioren dramatisch falsch eingeschätzt. Soldaten sind in das Haus eingefallen, haben sie über mehrere Wochen gefangen gehalten. Als sie ihren Zweck erfüllt hatte und sie sie nicht mehr brauchen konnten, haben die Soldaten sie eingesperrt und langsam verhungern lassen. Was genau die russischen Soldaten mit ihr davor gemacht haben, hat er mir nicht erzählt. Ich weiß nicht, ob er das nicht sagen kann oder will. Auf jeden Fall hat er die Informationen über die Baronin von dem Offizier, von dem er das Haus übernommen hat.« Christian schaute ihn erschüttert an. Die Hoffnung, über die Baronin oder Bekannte von ihr hier etwas zu erfahren, konnte er wohl aufgeben. So kam er also nicht weiter. Er musste die Lage neu taxieren und in Ruhe überlegen, wie er weiter vorgehen wollte.

»Komm, Alexej, lass uns gehen, hier kommen wir nicht weiter.« Christian lächelte den alten Herrn an und nickte, um seine Dankbarkeit auszudrücken. Professor Nikolajew nickte ebenfalls freundlich, stand auf und schlurfte vor ihnen her zur Haustür. Die Hand schon auf der Klinke, sagte Alexej etwas zu ihm. Daraufhin drehte sich Professor Nikolajew plötzlich um und ging schnellen Schrittes die Treppe hinauf, während er weiter auf Alexej einredete und winkte, dass sie ihm folgen sollten.

Christian schaute den jungen Russen fragend an.

»Was ist denn jetzt los? Was hast du zu ihm gesagt?«, fragte Christian überrascht. Alexej zuckte die Schultern.

»Ach, nur dass die Bücher, die du suchst, eigentlich noch im Haus sein müssten. Keine Ahnung! Komm Christian, hinterher, er will uns was zeigen. Er meint, er hat was für uns!«

Sie folgten dem alten Herrn die Treppe hinauf.

44

Der Flur im Obergeschoss wurde nur durch einige farbige Lichtstrahlen erhellt. Alle Türen waren geschlossen und ein großes Fenster am Ende des Ganges war mit Brettern zugenagelt. Es roch muffig und war deutlich kühler als im Erdgeschoss. Offensichtlich bewohnte der alte Herr dieses Stockwerk überhaupt nicht. Christian tastete sich hinter Alexej und dem Professor durch den dunklen Flur. Der Russe blieb vor einer der hinteren Türen stehen, kramte in der Tasche seines Hausmantels und holte einen Schlüssel hervor. Christian wunderte sich. ›Wer, um Gottes Willen, schloss denn Zimmer in seinem eigenen Haus ab, wenn er alleine darin wohnte?‹

Der Professor schaltete das Licht an und Christian stockte der Atem. In der Mitte des Raumes hing ein gewaltiger, zwölfarmiger Kristallkronleuchter voller Spinnweben. Nur drei der zwölf Birnen funktionierten, sodass der Raum nur schummrig beleuchtet wurde. Sie standen inmitten einer herrlichen Bibliothek. Rundherum waren alle Wände bis zur stuckverzierten Decke mit Bücherregalen verkleidet. Sie waren je paarweise mit geschwungenen Schnitzereien verziert und gaben dem Raum so etwas ungewöhnlich Schönes und Harmonisches.

Oberhalb ihrer Köpfe war rundherum eine Laufleiste aus angelaufenem Messing angebracht. Die schmale hölzerne Leiter mit Podest und schmalem Geländer konnte auf den Rollen entlang der Regale verschoben werden, damit auch die oberen Fächer problemlos erreicht werden konnten. Rechts und links war an jedem Regal ein verschnörkelter Kerzenhalter aus Messing angebracht.

»Das ist die Bibliothek!«, rief Christian begeistert aus und lächelte den alten Mann freundlich an. Er drehte sich um die eigene Achse, damit er den ganzen Raum betrachten konnte und bekam leuchtende Augen. Christian konnte beim Umschauen keinen einzigen freien Platz entdecken. Ihm blieb die Luft weg. In der Mitte des Raumes stand ein ovaler Tisch und vier grüne Ledersessel mit hohen Lehnen, ideal, um sich in ein Buch zu vertiefen. Die schweren, zugezogenen Vorhänge schützten die Bücher vor dem Einfluss der Sonnenstrahlen. Trotz des dämmrigen Lichts schätzte Christian, dass hier mehrere tausend Bücher aufgereiht standen.

Der Professor winkte Alexej herbei und bat ihn, die Vorhänge der Fenster aufzuziehen. Erst jetzt, nachdem der Raum hell erleuchtet war, konnte man die wahre Pracht dieser Bibliothek erkennen. Christian und Alexej waren sprachlos und gingen an den Regalen entlang. Die Regale waren voll mit russischer Literatur.

»Eine Sammlung vom Allerfeinsten«, sagte Christian beeindruckt. Der Professor nahm die Leiter und fuhr sie zu einem Regal in der rechten Ecke des Raumes. Dann ging er zu Christian, zog ihn am Ärmel und bedeutete ihm, er solle hinaufsteigen. Christian sah Alexej fragend an, doch der zuckte nur mit den Schultern. Der Professor sagte zu Alexej, dass er hoffe, dass sie finden würden, was sie suchten und ging hinaus. Ratlos sahen sich die beiden an, als der alte

Mann die Tür hinter sich zuzog. Er ließ zwei wildfremde Menschen mit diesen Schätzen einfach alleine.

Zunächst betrachtete Christian noch eine Weile die Regale und Bücher rundum. Dann erst stieg er die fahrbare Leiter vorsichtig hinauf. Das Knarzen des alten Holzes hörte sich nicht besonders vertrauenserweckend an und er beeilte sich, auf das kleine Podest zu kommen. Mit einer Hand hinter dem Rücken hielt er sich am Geländer fest und betrachtete Buch für Buch in dem Regal vor sich.

»Und«, rief Alexej nach einer Weile nach oben.

»Hm.« Christian versuchte, die kyrillischen Buchstaben zu deuten. »Alles russische Literatur. Hier stehen einige der wirklich großen Klassiker. Fjodor Dostojewski!« Jans Finger strich an den Büchern entlang. »Die Brüder Karamasow und hier: ›Schuld und Sühne‹. Großartige Literatur! Hast du das gelesen?«

»Natürlich«, antwortete Alexej fast etwas beleidigt und ließ sich in einen der Lehnsessel fallen. Eine Staubwolke wirbelte auf.

»Und sonst? «

»Hier, Leo Tolstoi, eine beeindruckende Sammlung. ›Anna Karenina‹ und zu guter Letzt hier in der Ecke die Bände von ›Krieg und Frieden‹! Eine ziemlich alte Ausgabe, sehr, sehr schön.«

»Auch gelesen, bevor du wieder fragst«, kam ihm Alexej zuvor. Christian lachte. Er war zwar von der Bibliothek sehr beeindruckt, aber auch enttäuscht, dass er die gesuchten Bücher nicht finden konnte. Er blieb noch eine Weile stehen, betrachtete die Meisterwerke vor sich und stieg dann ratlos die Stufen wieder runter.

»Was hat er gemeint damit: ›Er hoffe, dass wir finden, was wir suchen‹«? Christian ging zu einem der beiden Fenster und schaute in Gedanken versunken hinab auf die Straße. »Wenn hier nur russische Bücher stehen?« Dann wirbelte er herum. »Was hast du da eben gesagt?«

»Was?«, stammelte Alexej erschrocken.

»Na, was hast du da zuletzt gesagt?«, wiederholte Christian aufgeregt und sprang auf ihn zu.

»Na, dass hier nur russische Bücher stehen. Das ist ganz nett, aber er weiß doch, dass wir das nicht suchen.«

»Alexej!«, rief Christian begeistert aus, »du bist ein Genie!« Er nahm Alexejs Kopf zwischen seine Hände und drückte ihm einen Kuss auf die Stirn, dabei lachte er laut.

»Ausgerechnet Krieg und Frieden! Hans Zach, du raffinierter Hund!«

Alexej verstand kein Wort und begann, am Verstand des Deutschen zu zweifeln. Christian stieg die kleine Treppe wieder hoch.

»Hier schau, lauter russische Titel, in kyrillischer Schrift, oder?«, fragte Christian.

»Wie erstaunlich! Wir sind hier in Russland! «, antwortete er verwundert.

»Und hier, schau: ›Krieg und Frieden, Leo Tolstoi‹, das ist nicht russisch. Das einzige Buch weit und breit, das Deutsch ist! Das muss es sein!«

Alexej runzelte die Stirn. »Ich verstehe überhaupt nichts. Was ist damit?«

»Schau, hier weiter rechts steht der zweite Band.«

Immer noch verständnislos schaute Alexej nach oben zu

Christian.

Dieser versuchte, Band eins herauszuziehen, doch es ließ sich nicht bewegen, ebenso wenig wie Band zwei. Er zog, rüttelte, aber sie bewegten sich nicht, schienen wie festgenagelt.

»Hier stimmt was nicht.«

Mit beiden Händen drückte er gleichzeitig gegen die zwei Bücher und dann gaben diese plötzlich nach und ließen sich nach hinten schieben. Er spürte einen Widerstand und vernahm ein mechanisches Geräusch. Es ratterte in der Wand und die Leiter unter seinen Füßen mitsamt dem Regal bewegte sich. Christian sprang schnell von der Leiter und betrachtete sprachlos, was sich da vor seinen Augen abspielte. Die paarweise angeordneten Bücherregale waren in der Mitte wie Schranktüren, aufgesprungen. Christian spürte seinen Herzschlag von den Haar- bis in die Zehenspitzen. Beide Männer sahen auf den dunklen Spalt.

»Komm, hilf mir«!, forderte Christian seinen russischen Freund auf und jeder zog an einer der Regalhälften. Anfangs ging es noch ein bisschen schwer, aber letztlich schwenkten sie zur Seite und gaben den Blick frei. Sprachlos starrten die Männer auf die freigelegten einfachen Holzregale und konnten es nicht fassen. Sie hatten sie tatsächlich gefunden.

Hans Zach und der Gärtner hatten das wie bei einem doppelten Boden gehandhabt. Lediglich das raffinierte Schloss zeugte von der handwerklichen Geschicklichkeit der beiden. »Ich kann es kaum glauben, Alexej!«, sagte Christian, immer noch völlig ergriffen und ging an das Regal. Von oben nach unten ging er die Buchreihen durch.

»All das haben die Buchhändler damals vor dem Feuer gerettet; Brecht, Döblin, Feuchtwanger, Fink, Hasenclever, Hemingway, Kästner, Heinrich und Klaus Mann, Remarque, mein Gott, Alexej, sieh dir das an! Ringelnatz, Schnitzler, Tucholsky, hier schau, Stefan Zweig! So viele davon sind Erstausgaben und sie stehen hier. Unfassbar!« Christian war aufgeregt wie ein kleines Kind. »Und, hier!« Er wandte sich einem weiteren Doppelregal zu. Bald waren alle entriegelte Regale rundherum geöffnet und gaben den Blick auf die dahinter versteckten Bücher frei. Er hatte den Schatz von Konrad und Emma, Otto Perlmann, Wilhelm Kirchner und Hans Zach gefunden. Er sah sich um. Sie hatten damals tatsächlich jeden noch so kleinen Platz ausgenutzt, um so viele Bücher wie möglich verstecken zu können. Christian und Alexej setzen sich in die hohen Sessel und betrachteten andächtig ihren Fund.

»Was passiert jetzt damit?«, fragte der junge Russe.

»Die Kassetten sind nicht da«, murmelte Christian leise vor sich hin.

»Was für Kassetten?«

»Es gab ein paar Kassetten mit wertvollen Dokumenten«, sagte Christian, der bisher nicht mit Alexej darüber gesprochen hatte, weil er sich noch nicht ganz sicher gewesen war.

»Aber hier sind keine Kassetten«, bemerkte Alexej. »Bücher überall, vom Boden bis zur Decke!«

»Ja, so sieht es aus. Und ich denke, genau das war auch ihre Absicht.«

Christian stand auf, lief erneut an den Regalen entlang und sah sich alles noch einmal genau an. Er fuhr mit den

Fingerspitzen die Buchrücken entlang. Am ganzen Körper hatte er Gänsehaut. »Nichts ist so, wie es scheint, oder?«

Alexej verstand schon wieder nicht, was Christian meinte.

»Es muss ein weiteres Versteck geben«, sagte Christian in Gedanken. »Ich glaube nicht, dass sie es woanders versteckt haben. Ich bin sicher, es ist hier, direkt vor unserer Nase, aber ich kann es noch nicht sehen.« Christian tastete die Bücher ab, zog hin und wieder eins heraus, um zu prüfen, ob es einen weiteren Schließmechanismus gab, doch nichts geschah.

Plötzlich öffnete sich die Tür und der Professor schlurfte herein. Christian zuckte zusammen und wollte die Regaltüren schließen, aber das war natürlich sinnlos. Er fühlte sich wie ein Dieb, den man beim Stehlen erwischt hat.

Der Professor sah sich um, setzte sich ganz ruhig zu Alexej in einen der Sessel und begann ein Gespräch mit ihm.

»Was sagt er«?, unterbrach Christian ungeduldig.

»Er freut sich, dass wir die Bücher auch gefunden haben. Er selbst hat sie schon vor vielen Jahren entdeckt.«

Christian sah den alten Mann entgeistert an.

»Das verstehe ich nicht. Warum hat er die Bücher da gelassen?«

Alexej übersetzte für den Professor.

»Er sagt, er wollte warten, bis irgendwann der rechtmäßige Besitzer wieder danach suchen würde.«

»Hm«, brummte Christian, lächelte dem alten Mann freundlich zu. »Das ist ja ein merkwürdiger Kauz. Aber ich bin natürlich froh darüber.«

Christian dachte nach. »Alexej, frag ihn bitte, ob er außer den Regalen mit den Büchern noch etwas gefunden hat.«

Der Professor schüttelte auf Alexejs Frage hin den Kopf und zuckte mit den Schultern. Christian fand es schade, dass er die Kassetten nicht gefunden hatte, aber zuerst musste er nachdenken, wie es weitergehen sollte. Dazu musste er sowohl mit Berlin als auch mit seinem Büro in München telefonieren. Der Alte hatte bisher offensichtlich noch niemandem etwas gesagt, also sollten die Bücher auch noch ein paar Tage länger sicher sein.

»Alexej, lass uns hier wieder Ordnung machen und ins Hotel fahren. Ich muss nachdenken und dringend telefonieren. Bitte sag ihm, dass wir gerne morgen wiederkommen möchten.«

Er sah den alten Mann an, der ihn gutmütig anlächelte. Alexej sprach mit ihm, während er alle Regale wieder verschloss.

»Er passt darauf auf. Christian, keine Sorge. Er weiß sehr wohl, welchen Schatz er da in seinem Haus hütet. Wenn er ihn hätte verraten wollen, hätte er es längst getan.«

Christian nickte. Schließlich folgten sie dem Professor zur Tür. Christian warf noch einmal einen Blick über die Schulter, löschte das Licht und schloss die Tür.

Als sie die geschwungene Treppe hinuntergingen, redete der Professor auf Alexej ein. An der Haustür angekommen streckte der alte Mann Christian zum Abschied die Hand hin, während er weiter mit Alexej sprach.

»Er sagte, er freut sich, dass du gekommen bist und die

Bücher gefunden hast. Und somit das Geheimnis der beiden Buchhändler endlich gelüftet ist und zu einem guten Ende gefunden hat«, übersetzte Alexej für Christian.

Christian ließ die Hand des alten Mannes los.

»Was hast du da gesagt?«

Alexej sah Christian irritiert an.

»Was du gerade gesagt hast?«, wiederholte Christian.

»Dass er sich freut.«

»Nein, danach!«

»Na, dass das Geheimnis der beiden Buchhändler gelüftet ist«.

»Das ist es!«, sagte Christian laut und schlug sich mit der flachen Hand auf die Stirn. Der alte Mann erschrak und zuckte zusammen.

Christian rannte an Alexej und dem Professor vorbei die Treppe wieder hinauf.

»Drei, Alexej, drei!«, rief er, als er oben am Treppenabsatz angekommen war. Die zwei Russen sahen sich verwundert an.

»Wartet! Ich bin gleich zurück!«, sagte Christian noch und verschwand wieder in der Bibliothek.

Merkwürdigerweise folgten sie ihm nicht nach oben, sondern gingen wieder in den Salon, tranken weiter Tee mit Wodka und warteten auf Christian. Zwanzig Minuten später kam Christian wieder die Treppe herunter. Der Professor saß wie zuvor schon auf dem Sofa und lächelte ihn zufrieden an. Christian hatte den Eindruck, als hätte er schon eine oder zwei Tassen Tee zuviel und war deshalb sehr überrascht, als der Professor ihn völlig klar fragte: »Haben Sie gefunden, was Sie gesucht haben?«

»Sie sprechen Deutsch?«

»Ja, ein wenig. Bitte verzeihen Sie mir. Aber schließlich musste ich erst herausfinden, mit wem ich es zu tun habe und ob Sie derjenige sind, auf den dieser Schatz da oben die ganzen Jahre gewartet hat.«

»Ja, natürlich«, nickte Christian. Er hatte den alten Mann offensichtlich unterschätzt. Der Professor hatte sich raffiniert hinter seinem kauzigen Auftreten versteckt.

»Das ist tatsächlich ein unfassbarer Schatz«, fing sich Christian wieder.

»Können Sie mir sagen, ob ich die Kürzel auf den Kassetten richtig deute?«, wollte der Professor wissen.

»Ich gehe davon aus, ja,« antwortete Christian.

»Du hast die Kassetten gefunden?«, fragte Alexej, der von der Entwicklung dieses Treffens begeistert, aber auch etwas überfordert war.

»Du sprachst von zwei Buchhändlern. Es waren aber drei! Konrad, Emma und Otto. Wilhelm Kirchner war ja kein einfacher Buchhändler, er zählt also in diesem Fall nicht. Wir haben zwei Bände ›Krieg und Frieden‹ gefunden und konnten damit die Regale öffnen. Tolstois Werk wurde aber in dieser ersten Ausgabe in drei Bänden veröffentlicht! Es fehlte also ein Band. Verstehst du?«

Alexej verstand kein Wort und sah ihn mit großen Augen an.

»Na, der dritte Band öffnet ein weiteres Fach, noch mal hinter den Regalen versteckt. Und da sind die Kassetten. Eine doppelte Sicherung, ein Geheimfach im Geheimfach sozusagen. Wirklich genial.«

Der Professor nickte.

»Tolstoi. Krieg und Frieden. Eine deutsch-russische, eine ewige Geschichte, nicht wahr?«, sinnierte der Professor.

»Ja, tatsächlich«, bestätigte Christian, »so ist es. Hans Zach hatte offensichtlich einen Sinn für vorausschauende Symbolik.«

»Herr Heistermann, woher wissen Sie von den Büchern und wie kamen Sie auf dieses Haus? Und warum erst jetzt?«, wollte der Professor wissen.

Christian erzählte ihm von Konrad Gallinats Besuch in München, dem Notizbuch, von seinen Recherchen und den Beschreibungen, die ihn hergeführt hatten und endete mit der Frage »Warum haben Sie die Kassetten nicht geöffnet oder den Fund öffentlich gemacht?«

»Nun«, begann Nikolajew, »natürlich habe ich darüber nachgedacht. Doch ich ahnte, dass irgendwann jemand kommen wird, der diese Bibliothek sucht. Und wie Sie sehen, habe ich recht behalten.«

Der Professor nahm die Teekanne und füllte die Tassen erneut zu einem Drittel auf. Christian verdrehte die Augen, als er auch wieder den Korken aus der Flasche zog und seine Tasse auffüllte.

»Ich gehe davon aus, Sie bevorzugen Ihren Tee pur, oder?«, lachte der Professor und goss Alexejs Tasse voll.

»Herr Professor, was haben Sie mit den Büchern vor?«, griff Christian das Gespräch erneut auf.

»Sagen Sie es mir, Christian! Ich darf doch Christian sagen?«, lächelte der Professor. »Sagen Sie bitte Jurek zu mir.«

»Sehr gerne, Jurek«, antwortete Christian erfreut. »Ich weiß auch nicht. Ehrlich gesagt habe ich mich nicht getraut, soweit zu denken. Nach Deutschland können wir sie nicht bringen. Das wäre irgendwie nicht richtig, obwohl ich sie natürlich wahnsinnig gerne in unserem Hausmuseum ausstellen würde.«

»Wissen Sie«, begann der Professor, »die Bücher haben sich in den ganzen Jahren bei ihren russischen Kollegen da oben doch sehr wohl gefühlt. Und ich finde, sie gehören hierher nach Kaliningrad, oder besser gesagt, nach Königsberg.«

Christian nickte und Jurek fuhr fort.

»Wir könnten mit dieser Entdeckung ein gemeinsames deutsch-russisches Friedenszeichen setzen. Wir wollen beide nicht, dass diese Bücher in Moskau landen und auch nicht in Berlin oder München oder sonst wo. Diese Bücher gehören hierher, in diese von der Geschichte geschundene Stadt. Ich finde, sie gehören nach Kaliningrad, nach Königsberg«.

»Ich glaube, Sie haben recht, das wäre wunderbar«, stimmte ihm Christian zu. Obwohl er die Bücher natürlich gerne in Deutschland gesehen hätte, fand er, dass der Professor einen sehr weisen Vorschlag gemacht hatte.

»Sehr gut. Ich freue mich sehr, mein Freund«, schloss der Professor zufrieden. »Holen Sie mich morgen früh um zehn Uhr ab. Ich weiß, wer uns helfen kann. Ein guter Freund von mir hat vermutlich die passende Lösung für uns. Dann sehen wir weiter. Letztlich wird dann die Politik gefragt sein. Aber wir müssen uns absichern«.

»Das hört sich gut an. Vielen Dank, Jurek. Ich bin sehr dankbar, dass das Schicksal Sie hierher gebracht hat.«

»Ich weiß«, sagte der Professor und klopfte Christian freundschaftlich auf den Rücken. Sie verabschiedeten sich und Alexej fuhr Christian zum Hotel zurück. Unterwegs hing jeder stumm seinen Gedanken nach. Zu eindrucksvoll war, was sie gerade erlebt hatten. Alexej parkte den Renault vor dem Hotel.

»Alexej, zu niemandem ein Wort, ich kann mich doch auf dich verlassen, oder?«, redete Christian ihm ins Gewissen.

»Ich gebe dir mein Ehrenwort!«, versprach er und ein wenig wehmütig ergänzte er: »Ich hoffe, ich werde davon in den Nachrichten hören.«

Mit einem »Doswidanja und alles Gute« gingen sie auseinander.

Christian betrat die Lobby des Hotels und fuhr mit dem Aufzug nach oben. Von seinem Zimmer aus rief er zunächst seinen guten Freund, einen Journalisten in Hamburg, an. Danach wählte er eine Nummer in Berlin.

45

Christian Heistermann saß im Frühstücksraum des Hotels und dachte an das Telefonat am Vorabend mit Berlin. Politisch war sein Fund heikel. Der Staatssekretär hatte sich sogar mit dem Bundeskanzleramt abgestimmt. Zunächst sollte er sich im Gespräch mit dem von Professor Nikolajew angesprochenen Kontakt dessen Vorschlag anhören, dann würde man diese Option prüfen.

»Berlin begrüßt diesen überraschenden literarischen Fund von außerordentlicher Bedeutung für unser Land«, war das Statement des Chefs des Kanzleramtes. »Aber man wünscht keine diplomatischen Irritationen in der angespannten deutsch-russischen Beziehung«.

Kurz vor zehn Uhr hielt Christian vor der Villa. Jurek stand schon an dem rostigen Gartentor und winkte ihm entgegen. Christian fand ihn ja immer noch etwas schrullig, aber er würde ihn nicht noch einmal unterschätzen. Und das Wichtigste war, dass er ihm vertrauen konnte. Nun war er sehr gespannt auf Jureks Freund. In dieser Sache würde man es mit mächtigen Interessen zu tun bekommen und es galt vorrangig zu verhindern, dass die Bücher, aber vor allem die Kassetten, in irgendwelchen Moskauer Archiven verschwinden würden.

»Guten Morgen, Christian«, begrüßte der Professor ihn, als er auf der Rücksitzbank Platz nahm. Christian wunderte sich.

»Guten Morgen, Jurek. Wollen Sie sich nicht zu mir nach vorne setzen?«

»Nein, danke, da wird mir schlecht. Die Kaliningrader Straßen, verstehen Sie? Wir hätten sie damals nicht alle durchlöchern sollen«, lachte er. Jurek besaß einen komischen Humor.

»So sei es dann«, stimmte Christian in das Lachen mit ein. »Herr Professor, wohin darf ich Sie fahren?« Gerne spielte er dieses Spiel mit.

»Zur Universität bitte.«

»Sehr wohl, Herr Professor, wohin auch sonst«, quittierte Christian spaßhaft den Fahrauftrag. Ernst fuhr er fort: »Sind Sie sich sicher, dass Ihr Kontakt vertrauenswürdig ist? Uns ist wichtig, dass die Sammlung nicht in die falschen Hände gerät. Und dass die Sache einstweilen streng vertraulich bleibt.« Er berichtete kurz von seinem Telefonat mit Berlin.

»Machen Sie sich keine Sorgen«, antwortete Jurek beruhigend. »Wadim Kurkow ist Kant-Forscher, Philosoph und der Spezialist in der Stadt für alte Königsberger Bücher. Außerdem ist er mein bester Freund, wir können ihm absolut vertrauen. Er ist an der Universität verantwortlich für den Neuaufbau der ›Bibliotheca Albertina‹. Haben Sie davon schon gehört?«

»Ja, ich erinnere mich, es gab vor einem halben Jahr in der FAZ einen interessanten Artikel dazu. Die Universität möchte die alte Bibliothek wieder aufbauen und alte Bücher und Sammlungen, die nach dem Krieg als Beutekunst abtransportiert wurden oder verloren gingen, wieder hierher zurückholen, oder?«

»Ja, genau«, antwortete Jurek, während Christian bereits Ausschau nach einem Parkplatz hielt. »Alleine die Bände der berühmten Silberbibliothek müssten wieder zurück in die Stadt. Das sind historische Schätze von unermesslichem Wert. Und ein kulturelles Verbundstück dieser Stadt und ihrer Geschichte. Aber die Verhandlungen sind schwierig und politisch heikel. Viele Bücher liegen in Moskauer Archiven oder sind auf der ganzen Welt verteilt. Ebenso viele sind verschollen oder tatsächlich zerstört. Wenn wir überhaupt wissen, wo sich die Bücher befinden, ist der Transport und die Restaurierung sehr teuer. Das macht uns die meisten organisatorischen Probleme, wenn wir Bücher mal gefunden und eine Rückführung grundsätzlich vereinbaren konnten. Und Moskau rückt kaum einen Rubel dafür raus, eine kulturelle Katastrophe.«

»Sie haben tatsächlich noch nie mit diesem Wadim über den Schatz in Ihrem Haus gesprochen?«, fragte Christian ungläubig. »Das muss für ihn doch wie ein Hauptgewinn im Lotto sein.«

»Ja, eben deshalb. Ich kann doch das Thema hier aus Kaliningrad heraus alleine nicht bewegen. Da stehen doch die Limousinen aus der Hauptstadt gleich vor meiner Tür. Das ist zu gefährlich. Da wird man schnell als Separatist diffamiert. Das ist hier ein schwieriges Thema, wie Sie sich sicherlich denken können. Doch mit deutscher Unterstützung, dem Ursprung hier und der damaligen Bedeutung in der Stadt, gemeinsam mit der Universität können wir es vielleicht schaffen. Deshalb musste ich so lange warten.«

»Hm, wir werden sehen, ich bin wirklich sehr gespannt.«

Zwischenzeitlich waren sie zu Fuß an der Universität angekommen. Sie betraten die Eingangshalle und Christian war erschrocken über den schlechten Zustand des Gebäudes im Inneren.

»Ja, es ist eine Schande«, bemerkte Jurek. »Die Hörsäle sehen noch schlimmer aus. Es müsste so viel getan werden, aber es fehlt an Geld!«

Sie erreichten über eine große Treppe das erste Obergeschoss und liefen mehrere schlecht beleuchtete, schmucklose Gänge entlang. An der Tür, vor der sie letztlich stehen blieben, hing ein vergilbter, eingerissener Zettel, auf dem stand ›Bibliotheca Albertina‹ und darunter in kleinen handgeschriebenen Buchstaben ›Wadim Kurkow‹. Christian wunderte sich, dass die Aufschrift in Russisch und in Deutsch dort stand. Aber der Zettel zeigte wohl, dass sie hier richtig waren, auch wenn er Jans Vertrauen in das anstehende Gespräch nicht gerade stärkte.

»Da wollen wir wirklich rein?«, fragte Christian ungläubig und zeigte auf den Zettel.

»Aber ja!«, lachte Jurek, breitete die Arme aus, sah nach oben und drehte sich einmal um die eigene Achse. »Sie befinden sich hier im Kaliningrader Epizentrum der intellektuellen Elite zu Literatur- und Philosophiefragen! Und das ganz im Sinne Kants!«

Er tippte auf den Zettel. »Deshalb auch alles zweisprachig!« Ohne anzuklopfen, öffnete der Professor die Tür. Wadim Kurkow sprang auf und kam ihm erfreut entgegen. Sie umarmten und begrüßten sich herzlich.

Christian nickte höflich, als Jurek seinem Freund erklärte, wen er da mitgebracht hatte.

Zwei Stunden später verließen Jurek und Christian die Universität. Erst unter dem Kant-Denkmal blieben sie stehen.

»Glauben Sie, Sie bekommen das so hin? Ich glaube, der da oben wäre mit diesem Vorschlag sehr einverstanden.«, schmunzelte der alte Professor und zeigte auf den bronzenen Philosophen. Christian stimmte ihm zu.

Damit war erst einmal alles gesagt und sie blieben nebeneinander auf der Bank nahe dem Denkmal sitzen. Schließlich bot Christian dem Professor an, ihn noch nach Hause zu fahren, was der jedoch kategorisch ablehnte, also verabschiedeten sie sich auf diesem schmucklosen, aber ehemals so schönen Paradeplatz herzlich voneinander.

»Jurek, herzlichen Dank für alles. Ich melde mich bei Ihnen, sobald ich etwas Neues weiß.« Christian hatte seinen Flug von Barbara umbuchen lassen und flog noch am selben Abend nach Berlin. Staatssekretär Dr. Stenhagen erwartete ihn am folgenden Morgen im Café des Adlon.

46

Sechs Wochen später stampfte die Dampflok des ›Rasenden Roland‹ laut am Ortsschild von Sellin vorbei und fuhr quietschend in den Schmalspurbahnhof ein. Christian drehte dem Bahnhofsvorplatz den Rücken zu und betrat die Seniorenwohnanlage. Die Dame am Empfang schickte ihn zur Wohngruppe ›Kap Arkona‹ im Seitenflügel der Altersresidenz. Er lief den Flur entlang und las die Namensschilder neben den Zimmertüren.

Als er nicht fündig wurde, fragte er eine freundliche Pflegerin nach Konrad Gallinat.

»Zimmer 314, dort vorne rechts, die vierte Tür «, antwortete sie hilfsbereit. Christian sah auf ihr Namensschild.

»Entschuldigen Sie, ich habe noch eine Bitte!«

In kurzen Worten schilderte er sein Vorhaben und Aniela nickte freundlich. Sie versprach, das mit der Leitung des Hauses abzuklären. Christian bedankte sich mit einem Lächeln. Er war gespannt und sehr guter Laune.

Christian klopfte an die Tür mit der Nummer 314. Erst nachdem er das »Herein!« vernommen hatte, öffnete er die Tür und betrat das Zimmer. Konrad saß in einem gemütlichen Ohrensessel am Fenster und hielt ein Buch in der Hand. Er sah auf und lächelte, als er seinen Besucher erkannte.

»Im Westen nichts Neues, Remarque« Er tippte auf das

Buch. »Das müssen Sie unbedingt lesen! Ganz aktuell.«

»Das kenne ich natürlich. Stand auch mal auf so einer Liste«, lächelte Christian.

»Ach ja, natürlich. Entschuldigung. Ich kann das immer wieder lesen. Alle sollten das lesen, das ist immer noch so aktuell«, lächelte Konrad und legte das Buch zur Seite. Mit einer einladenden Geste forderte er Christian auf, sich zu ihm an den kleinen Tisch zu setzen.

»Gemütlich haben Sie es hier. Da möchte man doch gerne alt werden.«

»Na ja. Aber es stimmt. Das Konzept ist hier anders, was es sehr angenehm macht. Das Personal ist freundlich und hilfsbereit wie in einem Hotel. Und die Pflegerinnen sind alle sehr reizend. Heute Nachmittag ist Fräulein Aniela da. Sie ist Polin und der Name bedeutet Engel. Was will man als alter Mann also mehr?« Konrad schnalzte mit der Zunge und lachte.

Christian freute sich über seine gute Laune. Das würde es einfacher machen, seinen Plan umzusetzen.

»Sie sind gekommen, weil Sie etwas herausgefunden haben, das kann ich an Ihrem Gesicht sehen«, kam Konrad direkt zur Sache.

»Ja, das kann man so sagen. Aber ich bin eigentlich hier, weil ich eine Überraschung für Sie habe, ein Geschenk sozusagen, als Dankeschön.«

»Oh, ich liebe Überraschungen. Wissen Sie, in meinem Alter gibt es davon nicht mehr sehr viele«. Es klopfte an der Tür und die Pflegerin streckte den Kopf herein.

»Ich habe mit der Leitung gesprochen, sie sind einverstanden.«

Christian nickte ihr dankbar zu.

»Was geht klar?«, fragte Konrad neugierig.

»Na, die Überraschung, was sonst?«, lachte Christian. »Ich schlage vor, ich warte unten im Wagen.«

Christian stand auf und machte es sehr geheimnisvoll.

»Nur so viel: Mein Fahrer bringt uns nach Hamburg und Sie werden über Nacht wegbleiben. Unterwegs erzähle ich Ihnen, was in der Zwischenzeit alles passiert ist.«

»Normalerweise plane ich meine Reisen ja gerne ein bisschen im Voraus, aber bei Ihnen mache ich mal eine Ausnahme«, scherzte Konrad. Es ging ihm heute gut, auch wenn er auf einen Ausflug nicht eingestellt war. Eine halbe Stunde später waren sie mit der komfortablen Limousine auf der Autobahn unterwegs nach Hamburg. Christian erzählte von seinen Recherchen, die er gleich nach Konrads Besuch angestellt hatte und von seiner Reise nach Kaliningrad. Er berichtete, dass er die Villa gefunden hatte und erzählte lebhaft von seinem Treffen mit dem schrulligen russischen Professor, der zwischenzeitlich die Villa bewohnte, und der ihn zuerst so hinters Licht geführt hatte. Und am Ende natürlich auch, dass er tatsächlich die Bücher und die Kassetten gefunden hatte.

Konrad konnte es nicht fassen und sah nachdenklich aus dem Fenster. Nach einigen Minuten ging ein Zittern durch seinen Körper, man hätte fast meinen können, dass er die Vergangenheit abschüttelte, und dann fragte er: »Was ist aus der Baronin geworden? Konnten Sie das in Erfahrung bringen?«

»Ja,« log Christian, »sie konnte wohl gerade noch vor der russischen Armee entkommen. Mehr wusste der

Professor wohl auch nicht.«

»Komisch, dass sie das mit den Büchern nie öffentlich gemacht hat, all die Jahre nicht. Das ist doch sehr merkwürdig«, murmelte Konrad.

»Ja, merkwürdig«, wiederholte Christian.

Christian hoffte sehr, dass seine Notlüge nicht durch einen dummen Zufall aufflog. Die grausame Wahrheit wollte er Konrad ersparen.

»Und, was passiert nun mit den Büchern und den Silberkassetten?«, fragte Konrad, doch Christion regierte darauf nicht. Stattdessen erzählte Christian ihm davon, wie er am ersten Tag alleine unter dem Kant-Denkmal gesessen und an ihn und Emma im ›Haus der Bücher‹ gedacht hatte. Konrad wurde ganz ruhig, als Christian den Namen seiner großen Liebe genannt hatte. Christian hatte Mitleid mit dem alten Mann und ließ ihm die Zeit, die er brauchte.

»Wo fahren wir denn eigentlich hin?«, unterbrach Konrad die Stille.

»Wenn Sie nichts dagegen haben, fahren wir kurz am Flughafen vorbei, ich muss dort noch etwas erledigen und dann kümmern wir uns um Ihre Überraschung.«

Konrad wunderte sich, dass Christian Heistermann sich erst die Mühe machte, ihn auf Rügen abzuholen und dann doch noch einen Geschäftstermin eingeschoben hatte, aber schließlich hatte er ja nichts anderes vor. Er betrachtete die Landschaft, die an ihm vorbeigleitet.

»Werfen Sie doch solange noch einen Blick in die Zeitung. Manchmal stehen da ja doch ganz interessante Dinge drin«, grinste Christian.

Konrad sah in irritiert an und nahm das zusammengefaltete ›Hamburger Abendblatt‹ neben sich. Die große Headline beschäftigte sich mit irgendeinem politischen Skandal. Doch auf der unteren Seite entdeckte er eine kleine Meldung mit der Überschrift ›Sensationeller Bücherfund in Kaliningrad kommt in Museum‹. Konrad bekam Gänsehaut und seine Hände fingen leicht an zu zittern. Dann begann er zu lesen und blätterte dann auf Seite fünf weiter, wo der Artikel fortgesetzt wurde. Ein Bild des ›Haus der Bücher‹ war dort zu sehen, ein kleines Bild der Universität, in dem die ›Bibliotheca Albertina‹ angesiedelt werden sollte, und ein Bild, auf dem Christian einem älteren Herrn die Hand schüttelte. Konrad rutschte unruhig auf der Rücksitzbank hin und her.

Schon vor Wochen hatte die Presse groß über den Bücherfund berichtet. Mittlerweile waren die Gespräche auf politischer Ebene abgeschlossen und deren Schutz und Verbleib geklärt.

»Die Bücher kommen also zurück an den Paradeplatz.« Konrad schossen Tränen in die Augen. »Das ist so großartig ... so großartig.« Seine Stimme zitterte und er ließ die Zeitung auf seinen Schoß sinken.

»Ist das die Überraschung, Herr Direktor?«

»Das ist eine gute Nachricht, oder? Aber die Überraschung ist das nicht.«

Konrad war erneut irritiert, welchen Zweck diese Fahrt dann haben sollte.

»Und was ist aus den Kassetten geworden. Mein Gott! Dieser unermessliche Schatz.«

Christian lächelte.

»Auch die haben ihren sicheren Platz gefunden und das gute alte ›Haus der Bücher‹ passt wieder gut darauf auf.«

Konrad sah ihn zufrieden an. Jetzt wusste er, dass er richtig gehandelt hatte, als er damals nach München gefahren war und ihm das Buch gegeben hatte. Über den Gedanken fiel er in einen leichten Schlaf.

Bald darauf hielt der Wagen vor dem Terminal 2 des Hamburger Flughafens. Christian bat Konrad, ihn zu begleiten, da das Auto dort nicht stehen bleiben durfte.

»So ein Umstand«, brummte Konrad vor sich hin und stieg aus dem Wagen. Langsam verlor er den Spaß an der Überraschung. Er folgte Christian Heistermann durch die Menschenmenge in den Wartebereich des Gates 28, wo Christian ihn bat, sich kurz zu setzen.

»BA 7237 aus Philadelphia arrived«, konnte Konrad auf der großen Anzeigetafel erkennen.

Als die Schiebetüren sich öffneten, entschuldigte Christian sich kurz und ging nach vorne in den Empfangsbereich.

Konrad beobachtete die Menschen um ihn herum. Er hatte Christian Heistermann aus den Augen verloren. Die Menge vor ihm lichtete sich langsam, als plötzlich eine Dame um die Siebzig vor ihm stehen blieb. Er schaute auf und sah Christian, der zwei große Koffer hinter sich herzog und ein junges Mädchen. Konrad stand etwas schwerfällig aus dem Schalensitz auf. Er war verunsichert, er kannte die Frau nicht, aber sie lächelte ihn sehr freundlich an. Sein Blick richtete sich fragend auf Christian, der die junge Frau nach vorne schob und etwas zu ihr sagte. Konrad sah das Mädchen an. Plötzlich hatte er ein lautes Rauschen in den Ohren, ihm wurde heiß und kalt. Das konnte nicht sein, das war einfach unmöglich. Er sah, dass Christian mit dem Kind sprach, aber Konrad konnte kein Wort verstehen. Schockiert starrte er die junge Frau an und atmete schwer. Christian kam zu ihm und half ihm, sich wieder zu setzen.

»Ab-Ab-Ab-Aber«, stotterte Konrad und streckte seinen rechten Arm in Richtung des jungen Mädchens aus, als würde er versuchen, eine Fata Morgana zu berühren. Seit über fünfzig Jahren hatte er nicht mehr gestottert.

»Emma! Emma!«

Tränen liefen ihm über die Wangen. Er starrte sie an, als wäre ihm ein Geist erschienen. Dann sah er Christian verwirrt an.

»Das kann doch nicht sein! Das ist unmöglich! Nein! Das kann nicht Emma sein!«, schluchzte er und vergrub sein Gesicht in den zitternden Händen. Sein ganzer Körper bebte. Tatsächlich sah das Mädchen seiner Emma von damals verblüffend ähnlich, mit ihrem Engelsgesicht und den Goldlocken. »Urgroßvater?«, sprach das Mädchen ihn an. »Ich bin Emma.« Das Mädchen ging in die Knie, beugte sich über ihn und umarmte ihn.

»Urgroßvater?«, stammelte Konrad. Er musterte nun auch die ältere Begleiterin des Mädchens.

»Mein Name ist Leah. Ich bin deine Tochter«, sagte sie ruhig und streckte ihm ihre Hände entgegen. Konrad war völlig aufgelöst und Tränen liefen über seine Wangen. Er ergriff vorsichtig ihre Hände, so als hätte er Angst, dass sie sich wieder in Luft auflösen würden, sobald er danach fasste.

»Aber wie ist das möglich?«, fragte er und sah von einem zum anderen. »Herr Heistermann, stimmt das? Was haben Sie nur getan?«, fragte er mit zitternder Stimme.

»Das Richtige, lieber Herr Gallinat«, nickte ihm Christian zu, »das einzig Richtige!«, wiederholte er einfach, weil auch ihm die Worte im Hals stecken zu bleiben drohten. »Ich nehme schon mal das Gepäck mit und warte draußen im Wagen auf Sie. Lassen Sie sich Zeit und kommen Sie nach, wenn Sie soweit sind.« Er ging zum Ausgang. Dort drehte er sich noch mal um und sah die kleine Familie, die schon so lange zusammen gehörte und sich doch erst jetzt gefunden hatte.

»Wie ist das alles nur möglich«, fragte Konrad immer wieder. Er konnte es nicht fassen, dass er zwischen seiner Tochter und seiner Urenkelin im Wagen saß und deren Hände hielt.

»Emma Sittler und Hannah Perlmann sind nicht beim Sturm umgekommen«, erklärte Christian. »Der Fischer hielt es für sicherer, seine beiden Passagiere auf See in ein anderes Boot umsteigen zu lassen. Da der Fischer selbst leider tatsächlich während dieses Sturms ertrunken ist, konnte er niemandem mehr davon berichten. Die Überfahrt mit dem anderen Fischerboot dauerte länger, weil sie wegen des Sturms drei Tage auf Gotland einen Zwischenhalt machen mussten.

Durch diese Verspätung haben sie in Dublin das Schiff verpasst. Durch einen Glücksfall konnten sie aber noch zwei

Passagen auf einem anderen Schiff bekommen, das sie dann schließlich wie geplant nach Amerika gebracht hat.«

»Für Mutter war es sehr schlimm. Sie hat erst kurz vor ihrem Tod mit uns darüber gesprochen«, erklärte Leah.

»Aber warum hat sie mich nicht gesucht?«, fragte Konrad mit trauriger Stimme.

»Das hat sie wohl. Sie hat nach ihrer Ankunft in New York in der Buchhandlung angerufen und von einer Mitarbeiterin erfahren, dass du und Hannahs Mann in Rauschen auf der Flucht von SA-Leuten erschossen worden seid und dass ihr Onkel auch kurz darauf ermordet worden ist. Es war so furchtbar für sie, sie war ja dann ganz allein. Das hat sie sehr krank gemacht. Sie litt sehr lange unter Depressionen. Als ich klein war, konnte sie sich kaum um mich kümmern, das wurde erst besser, als ich zehn war. Ich weiß nicht, was es war, aber irgendwie ist ihr Lebenswille und ihr Humor wieder erwacht und ab da war es für uns beide eine sehr schöne Zeit.«

Konrad liefen die Tränen herunter.

»Ich hätte sie suchen müssen!«, warf er sich leise vor.

»Wie hättest du das wissen sollen? Herr Heistermann hat uns erzählt, dass in der Zeitung damals stand, dass das Boot im Sturm gesunken ist und alle ertrunken seien. Ihr musstet doch beide annehmen, dass der andere tot ist. Bitte hör auf, dir Vorwürfe zu machen, du hattest damals keine Chance.«

Leah trocknete mit einem Taschentuch zärtlich die Tränen ihres Vaters.

»Eine unfassbare Geschichte«, fuhr Christian fort. »Sechs Monate später kam Leah in New York zur Welt. Sie lebt jetzt mit ihrer Familie in Philadelphia«, ergänzte Christian weiter.

»Aber, woher wussten Sie das alles, Herr Heistermann? Wie haben sie meine Familie dann doch gefunden? Und was wurde aus meiner Emma?«, fragte Konrad mit erschöpfter Stimme.

»Hannah, Ottos Frau, starb 1959. Meine Mutter, Deine Emma vor acht Jahren. Sie hat nie geheiratet und immer nur von ihrer großen Liebe Konrad in Königsberg gesprochen. Kein anderer Mann ist je an sie herangekommen. Aber ich bin sicher, dass sie, nachdem sie ihre Krankheit und die Trauer um dich überwunden hatte, ein glückliches und zufriedenes Leben geführt hat«, erklärte Leah ihrem Vater.

»Ich habe einen jüdischen Kaufmann geheiratet. Meine Tochter Esther, deine Enkelin, konnte leider aus beruflichen Gründen nicht mitkommen. Und unsere Emma hier, deine Urenkelin, ist siebzehn. Sie sieht wirklich genauso aus wie Mama früher. Seit ich denken kann, stand auf Mutters Nachttisch eine Fotografie. Da war sie nicht viel älter als Emma jetzt und ihr beide paddelt in einem Boot auf einem See. Wir sind immer wieder erstaunt, welche Ähnlichkeit die beiden haben.«

Konrad zog ein abgegriffenes altes Foto aus der Innentasche seiner Jacke und reichte es an Leah weiter. Es zeigte ihn und Emma in einem Boot auf dem Schlossteich.

»Das ist das Foto, das Mutter auf dem Nachttisch stehen hatte« sagte Leah begeistert.

»Ja, es ist unglaublich, diese Ähnlichkeit, unverkennbar«, bestätigte Christian, als Leah ihm das Bild weiterreichte.

»Wisst ihr, ich trage dieses Bild seit damals immer bei mir, das ist das Einzige, was mir von ihr geblieben ist«, erklärte Konrad. Christian war glücklich, dass ihm diese Familienzusammenführung gelungen war.

»Eine Frage habe ich noch, Herr Heistermann«, sagte Konrad. »Wie haben Sie meine Tochter gefunden? Sie konnten doch auch nicht wissen, dass Emma überlebt hatte.«

»Sie haben recht, wissen konnte ich das nicht, aber heute weiß man, dass die Verantwortlichen damals gerne falsche Informationen gestreut haben. Und ich dachte, es wäre einen Versuch wert. Zum Zufall kam dann auch noch eine große Portion Glück dazu. Noch von Kaliningrad aus habe ich einen guten Freund in Hamburg angerufen. Er ist Journalist, arbeitet viel investigativ für Zeitungen und Fernsehmagazine. Ich kenne keinen besseren Spürhund als ihn. Er findet einfach alles heraus. Und er hat hervorragende internationale Kontakte. Er hat zuerst einmal in Dublin nachgeforscht. Dort konnte er in alten Passagierlisten des Nationalmuseums feststellen, dass Emma und Hannah lebend dort angekommen sind, aber nicht offiziell eingereist waren. Daraus schloss er, dass sie den Hafen gar nicht verlassen haben konnten. Also mussten sie wohl gleich weitergereist sein. Da viele Schiffe damals von Dublin jüdische Emigranten nach Amerika brachten, hat er diese Spur zuerst verfolgt. Und schließlich wurde er mithilfe eines amerikanischen Kollegen in den Archiven von Ellis Island fündig. Das ist eine kleine Insel vor Manhattan, gleich in der Nähe der Freiheitsstatue. Dort mussten sich damals die Einwanderer registrieren lassen, die mit dem Schiff anreisten. In den entsprechenden Passagierlisten fand er ihre

Namen, der Rest war dann ein Kinderspiel für ihn. Dank den heutigen Möglichkeiten brauchte er dafür gerade mal eine Woche und ist dafür nicht einmal von seinem Schreibtisch aufgestanden.«

Zwischenzeitlich waren sie vor dem Hotel Vier Jahreszeiten inmitten der Stadt angekommen. Der Fahrer parkte den Wagen direkt vor der Eingangstür und lud das Gepäck von allen auf einen bereitstehenden Gepäckwagen. Christian erfreute sich am Anblick der glückstrahlenden Gesichter von Konrad und seiner neuen Familie.

Als Konrad aus der Limousine ausstieg, sah er an der Fassade des Hotels hinauf.

»Sind wir hier richtig?«, fragte er ungläubig.

»Wenn Sie erlauben, möchte ich Sie gerne im Namen des Verlages ›Gräfe und Unzer‹ einladen«, bestätigte Christian.

»Ich bin sprachlos und überwältigt. Seit einer Stunde habe ich eine großartige Tochter und eine wunderschöne Urenkelin«, antwortete Konrad stolz und zeigte auf Emma.

»Schauen Sie sich das an, Herr Direktor!«

»Ich kann sehr gut verstehen, dass Sie sich in Emma verliebt haben. Und ich bin auch sehr glücklich, dass wir Ihnen ein klein wenig von dem zurückgeben können, was Sie früher und erst recht jetzt für unser Unternehmen getan haben.«

Sie betraten die Lobby und Christian lenkte sie zu einer gemütlichen Sitzgruppe. Konrad konnte den Blick nicht von Emma abwenden. Wenn er sie ansah, fühlte er sich wieder jung. Als der Kellner vier Sektflöten auf einem Tablett brachte, sah Emma ihre Großmutter fragend an.

»Ich habe mir erlaubt, eine Kleinigkeit vorzubereiten«, zuckte Christian mit den Schultern, «denn ich finde, das muss gefeiert werden. Übrigens für die junge Dame gibt es alkoholfreien Sekt«, fügte er hinzu.

Konrad war überwältigt. Er konnte sich kaum noch daran erinnern, wann er das letzte Mal so glücklich war. Vielleicht damals, als er sich in Emma verliebt hatte und in der Nacht in Rauschen, bevor das Desaster losbrach.

Sie saßen noch einige Zeit zusammen und erzählten sich von dem Leben in Amerika und von Konrads Leben, der die Buchhandlung seines Onkels in Stralsund übernommen hatte.

»Lieber Herr Gallinat, ich überlasse Sie jetzt diesen bezaubernden Damen. Ich bin sicher, Sie haben sich noch sehr viel zu erzählen«, sagte Christian. »Mein Flug geht morgen sehr früh wieder nach München. Die Zimmer und der Wagen zusammen mit dem Fahrer stehen Ihnen die nächsten drei Tage zur Verfügung. Bitte genießen Sie die Zeit. Ich habe mich sehr gefreut. Sie kennenzulernen, meine Damen, und ich hoffe, dass wir zukünftig in Kontakt bleiben. Mit dieser kleinen Ansprache verabschiedete sich Christian Heistermann von der neu zusammengefundenen Familie. Konrad stand auf, drückte ihn und wollte ihn überhaupt nicht mehr loslassen.

Christian ging zum Aufzug. Nachdem die Türen sich geschlossen hatten, brachte der Concierge Konrad und den Frauen die Zimmerkarten und legte einen Umschlag vor Konrad auf den Tisch. Darauf stand nur ein Wort: ›Danke!‹

Konrad sah ihn fragend an und der Hotelangestellte verwies mit einem Kopfnicken zum Aufzug. Konrad sah hinüber, aber da war schon niemand mehr. Konrad öffnete vorsichtig den Umschlag und fand darin drei Flugtickets: Hamburg-Kaliningrad und zurück. Dazu Hotelvoucher und einen gefalteten Briefbogen mit dem Briefkopf des Verlages. Er trug nur drei handgeschriebene Worte:

›Grüßen Sie Kant!‹

www.michael-paul.eu

Auf ein Wort

Liebe Leserinnen und Leser,
die aufregenden Erlebnisse von Konrad, Emma, Otto und Wilhelm Kirchner sind frei erfunden. Auch Wegner und von Wehlau sind von mir erdachte, aber in ihrer Art und ihrem Handeln realen Personen nachempfunden. Es tut mir leid, dass ich wieder nicht alle meine Protagonisten überleben lassen konnte. Ich werde im nächsten Roman vielleicht versuchen, mich zu bessern.

Real sind alle Orte, Straßen und Gebäude insbesondere in Königsberg (heute Kaliningrad) und in Rauschen (heute Svetlogorsk). Ebenso real ist die Beschreibung des ›Haus der Bücher‹, dem damaligen Stammhaus des Verlags ›Gräfe und Unzer‹. In Unterlagen des Verlagsarchivs fand ich heraus, dass der damalige Inhaber trotz Verbot weiter verbotene Bücher »unter dem Ladentisch« verkauft hat und sich gegen den Einfluss der Nazis auf sein Haus so gut wie möglich zur Wehr gesetzt hat. Unter anderem dieser Umstand war Motiv für meinen Roman.

Mein Dank gilt natürlich all denen, die mich bei der Arbeit an diesem Buch so großartig unterstützt und mitgearbeitet haben. Allen voran meiner Frau Evi für ihre Geduld und ihr Verständnis, ihre mir stets hilfreiche Inspiration und Meinung. Ihr und Bettina Wohlert gilt mein Dank auch für das Lektorat. Jan Wiesemann und dem Verlag Gräfe und

Unzer danke ich für die großartige Unterstützung bei der Recherche, Arno Surminski für sein Vorwort, Melanie Basler für die Covergestaltung, Ev Tschentschel für die wieder wundervolle Zeichnung, Thomas Hansmann für das Cover-Foto, Barbara Schlegge für das Schlusskorrektorat, sowie Bärbel, Bettina, Denise, Dietger, Ev und Jan dafür, mein Manuskript als Erste zu lesen und mir ein wertvolles und kritisches Feedback zu geben. Zuletzt gilt mein ganz besonderer Dank den unzähligen Zeitzeugen und Menschen in Kaliningrad, mit denen ich unvergessliche Gespräche führen und Momente erleben durfte. Ohne all diese großartige Unterstützung wäre mein Roman nicht möglich gewesen.

Sollte Ihnen der Roman gefallen haben, empfehlen und erzählen Sie es bitte möglichst vielen Menschen weiter! Schreiben Sie mir bitte eine kurze, hoffentlich gute Rezension bei einem bekannten großen Online-Shop. Dies geht auch, wenn man das Buch nicht dort, sondern bei bunte-hunde.de direkt oder anderweitig im Buchhandel gekauft hat!

Wer mehr über mich erfahren möchte, dem sei meine Website empfohlen. Ich freue mich auch über neue Freunde bei Facebook. Gerne verweise ich auch auf meinen Roman »Wimmerholz«, der begeistert von meiner Leserschaft aufgenommen wurde. Vielleicht sehen wir uns ja auch bei einer meiner Lesungen? Die Termine finden Sie auf Facebook und meiner Website. Bis dahin ...

Ihr Michael Paul

Das »echte« Haus der Bücher

Jan Wiesemann, Vertriebsleiter Buchhandel und ›Verlagshistoriker‹ im Verlag Gräfe und Unzer, München

Eine Büchersendung mit der Postkutsche braucht Anfang des 18. Jahrhunderts vom deutschen Buchhandelszentrum Leipzig nach Königsberg für 660 Kilometer 22 Tage. Die Kunden wollen ihr Buch aber sofort haben. Aus dieser – bis heute aktuellen – Situation heraus entwickelt Christoph Gottfried Eckart die innovative Idee einer Buchhandlung als „Vorratskammer der nützlichsten und brauchbarsten Bücher". [1] Auswahl und Verfügbarkeit – möglichst viele Titel vorrätig zu halten und nicht erst bestellen zu müssen – werden zum Grundstein seines Erfolgs. Innerhalb weniger Jahre wird Eckart zum führenden Buchhändler Königsbergs und bleibt bis 1745 ohne ernst zu nehmende Konkurrenz.
Mit seinem am 20. Juli 1722 durch königliches Privileg im Kneiphof an der Schmiedebrücke gegründeten Buchladen beginnt die Geschichte vom „Haus der Bücher", als das das spätere Unternehmen Gräfe und Unzer in den 1920er bis 1940er Jahren über die Landesgrenzen hinaus bekannt wird.

Von Beginn an ist die Buchhandlung Mittelpunkt des Königsberger Geisteslebens. Durch die Nähe zur Albertina gehören die Professoren und Studenten der Universität zu den Hauptkunden. 1787 übernimmt der spätere Inhaber

Gottlieb Lebrecht Hartung die Buchhandlung seines Konkurrenten Johann Jakob Kanter im ehemaligen Löbenicht'schen Rathaus. Hier soll Johann Gottfried Herder 1762 nach abgebrochenem Studium der Chirurgie zum Buchhändler ausgebildet werden, was allerdings am fehlenden kaufmännischen Instinkt des späteren Dichters und Denkers der Weimarer Klassik scheitert. Und hier wohnt 1766-69 der außerordentliche Vielleser und bedeutendste Philosoph der Aufklärung Immanuel Kant in der Mansarde unter dem Dach, stets an der Quelle der neuesten Lektüre. [2]

Bis zum Umzug 1867 in die Junkerstraße 17 in die Nähe der fünf Jahre zuvor am Paradeplatz neu errichteten Universität befindet sich die Buchhandlung im Löbenicht'schen Rathaus. In dieser Zeit werden auch die späteren Namensgeber des Unternehmens, der seit 1794 bei Hartung angestellte August Wilhelm Unzer und sein Schwiegersohn, der Hamburger Heinrich Eduard Gräfe, an den er das Geschäft am 2. Januar 1832 verkauft, zu Inhabern der Buchhandlung. Seit diesem Zeitpunkt führt das Unternehmen den Namen Gräfe und Unzer. Gräfe hat 1819-23 bei Unzer in Königsberg gearbeitet und dort seine spätere Frau Minna kennengelernt. Die von ihm 1825 in Leipzig gegründete Kommissionsbuchhandlung muss er zwei Jahre später an die Brüder Friedrich und Heinrich Brockhaus verkaufen, um dem ausdrücklichen Wunsch des Schwiegervaters nach seinem Eintritt in das Königsberger Geschäft nachzukommen.

Mit dem Umzug an den Paradeplatz residiert die

Buchhandlung „gegenüber der königlichen Universität". Nach dem Tod Gräfes 1867 und mehreren Besitzerwechseln beginnt 1902 mit dem Einstieg des einstigen Lehrlings Otto Paetsch als Teilhaber eine neue Zeit. Dank seiner Initiative und seines Organisationstalents entwickelt sich das Unternehmen zu Deutschlands größter und modernster Buchhandlung. 1915 wird mit dem Neubau am Paradeplatz 6 begonnen. Rechtzeitig zur Feier des 200-jährigen Bestehens im Juli 1922 werden die Verkaufsräume eingeweiht. Die Idee von Otto Paetsch, mit dem Neubau eine zeitgemäße „Musterorganisation" [3] in bester Lage der wachsenden Großstadt zu schaffen, folgt einem konsequenten „Denken vom Kunden her". Die gesamte Einrichtung ist zweckmäßig und kundenfreundlich. Es gibt keinen Ladentisch im alten Sinne mehr, sondern für jedermann „zur Auswahl und Betrachtung" frei zugängliche Fachabteilungen. Die umfangreichen Buchbestände mit über 200.000 Titeln werden in den über zwei Etagen verteilten Verkaufsräumen übersichtlich in Regalen und frontal auf Bücherbrettern oder Auslagen an den Wänden präsentiert. Interessierte Kunden können Titel an Lesetischen und in bequemen Lehnstühlen in Augenschein nehmen. Ziel ist es, alle lieferbaren Bücher in möglicher Vollständigkeit zu zeigen. Bereits unter den Zeitgenossen wird die Buchhandlung gerühmt: „Welche Kunst ein großstädtisches Sortiment hingegen aufwenden kann, um den Aufenthalt dem Publikum in den Geschäftsräumen anheimelnd zu machen, davon vermag etwa eine Innenansicht aus der über zweihundert Jahre bestehenden Königsberger Firma Gräfe & Unzer überzeugen, die in dieser Beziehung Vorbildliches geleistet hat.“ [4] Und die Retrospektive zur Geschichte des deutschen Buchhandels im 19. und 20. Jahrhundert urteilt: „Ein solch durchdachter und umfassender Geschäftsplan ist im Deutschen Reich nie wieder verwirklicht worden.“ [5]

Parallel zum Ausbau der Buchhandlung betätigt sich Paetsch auch als Verleger. Nach dem Ende des Ersten Weltkriegs intensiviert er diesen Geschäftsbereich mit dem Ziel, durch ostpreußische Heimatbücher Interesse und Verständnis für die durch den Versailler Vertrag isolierte deutsche Provinz zu wecken. Allein 1922 bis 1929 erscheinen 67 Werke, darunter erfolgreiche Titel wie der dreibändige Bildband „Das malerische Ostpreußen“. Zum Bestseller entwickelt sich das „Kochbuch der ostpreußischen Haushaltungsschule“, das erste große Familienkochbuch mit über 1.500 Rezepten.

Neben seinen beruflichen Verpflichtungen widmet sich Paetsch zahlreichen Ehrenämtern. 1917 wird er Vorstand des Börsenvereins des Deutschen Buchhandels, seit 1925 vertritt er zudem das Österreichische Konsulat in Königsberg. 1926/27 feiert Paetsch sein 25-jähriges Betriebsjubiläum und stiftet aus diesem Anlass ein Ferienheim im samländischen Seebad Rauschen an der Ostsee, das den Angestellten fortan zur Verfügung steht. Ein bereits 1922 eingerichtetes Reisestipendium, das pro Jahr zwei verdienten Mitarbeitern eine Urlaubsfahrt in die von ihm geliebten Alpen ermöglicht, wird um eine Person erweitert. Ebenfalls zum Jahreswechsel wird Paetsch nach dem Rückzug von Hugo Pollakowsky Alleininhaber der Buchhandlung.

Nach dem plötzlichen Tod Otto Paetschs am 14. September 1927 während einer Ferienreise in Tirol führt sein aus Nürnberg stammender Schwiegersohn Bernhard Koch Sortiment und Verlag im Geiste des Verstorbenen weiter. Innerhalb weniger Jahre wird aus der Buchhandlung Gräfe und Unzer auf fünf Etagen das „Haus der Bücher", mit rund 1.400 Quadratmetern Verkaufsraum die größte Sortimentsbuchhandlung auf dem europäischen Kontinent. Die Gesamtlänge der fast endlosen Bücherregale, auf denen mittlerweile rund 300.000 Bände präsentiert werden, beträgt 4.675 Meter. Obwohl von der Dimension her bereits ein „Buchkaufhaus", wird unverändert höchster Wert auf die fachliche Kompetenz der nahezu 160 Mitarbeiter gelegt. Entsprechend anspruchsvoll sind die Aus- und Weiterbildungsmaßnahmen des Hauses. Die Buchhandlung wird zum führenden Ausbildungsbetrieb im Deutschen Reich, zu einer Art Hochschule für junge Buchhändler, die aus allen Provinzen Deutschlands kommen, um hier zu arbeiten und einen Begriff von einer mustergültigen Organisation zu bekommen. [6]

Doch ab Mitte 1929 verschlechtern sich die politischen, wirtschaftlichen und sozialen Verhältnisse in Deutschland innerhalb weniger Monate dramatisch. Die politische Parteienlandschaft ändert sich in kurzer Zeit zugunsten der ideologischen Pole des links- und rechtsextremen Spektrums, was sich begünstigend auf die NSDAP auswirkt. Die Partei vertritt entschieden antidemokratische, völkischnationalistische und rassistische, vor allem antisemitische Positionen, ihre Mitglieder gehören von Beginn an zu den entschiedensten Gegnern der Weimarer Republik.

In diesen Tagen wurde Thomas Mann, leidenschaftlicher Gegner des Nationalsozialismus, vom Goethebund zu einer Lesung in der Stadthalle nach Königsberg eingeladen. Er beschließt, „einige Sommerwochen mit meiner Familie an Ihrer Küste, in Rauschen, zu verbringen.“ Und sein politisches Bekenntnis zu Ostpreußen formuliert er: „Es waren Ostpreußen, die mir Land und Stadt ihrer Heimat priesen. Unter abendlich geborenen Deutschen ist die Kenntnis Ihrer Provinz aus eigener Anschauung recht selten, wie mir scheint. Das ist nichts Besonderes. Der Deutsche kennt im Ganzen sein Deutschland schlecht. Es gibt viele, die Italien besser kennen. Aber mit der Unbereistheit Ostpreußens hat es doch seine besondere Bewandtnis. Es bestehen Vorurteile. Es besteht eine Neigung zu seelischer Fahrlässigkeit, zum sich abwenden, zum kulturellen Fallenlassen. Ein abgeschnürtes Gebiet, in das die geistigen Säfte Deutschlands nur spärlich dringen, ein leider wohl langsam verödendes deutsches Land. Ein deutsches, versteht sich – politisch ist man auf der Hut. Seelisch jedoch, gefühlsmäßig, liegt etwas in der Luft wie Unglaube, Gleichgültigkeit, Verzicht. Das ist nicht gut, das ist falsch.“ [7] Es wird sein erster Besuch in Deutschlands östlichster Provinz. Im Strandkorb entsteht die Novelle „Mario und der Zauberer“, eine Parabel über die politischen Veränderungen und den Geist der Verführer im Europa zur Zeit des aufziehenden Faschismus.

Gelangweilt über das „ziemlich triviale Ostseebad, wie es viele gibt“ [8] nimmt er beim Besuch im „Haus der Bücher“ gerne den Vorschlag des Sortimenters und Verlegers Bernhard Koch an, einen Ausflug zum 60 Kilometer entfernten Fischerdorf Nidden auf der Kurischen Nehrung zu unternehmen. [9] Am 23. August 1929 fahren sie mit dem Motorschiff von Cranzbeek über das Haff zur Niddener Künstlerkolonie, mit der klangvolle Namen wie die der Maler Lovis Corinth, Max Pechstein und Karl Schmidt-Rottluff verbunden sind. „Die so eigenartige Schönheit der Landschaft machte sogleich auf uns einen tiefen Eindruck. Der erste Besuch sollte nicht der letzte sein, das fühlten wir und suchten uns den schönsten Platz auf der Halbinsel für ein künftiges Landhaus aus, das wir uns träumten“, [10] schwärmt Katja Mann 1964 rückblickend. Einem spontanen Entschluss folgend, baut sich die Familie Mann in Nidden ihr Sommerhaus mit Blick über das weite Haff. Am 10. Dezember erhält Thomas Mann für die „Buddenbrooks“ den Literaturnobelpreis. Ein Teil des Preisgeldes von 200.000 Reichsmark dürfte in das Niddener Haus geflossen sein. Am 16. Juli 1930 bezieht die Familie ihr Sommerhaus und verbringt dort drei schöne Ferienaufenthalte. Hier entsteht die Tetralogie „Joseph und seine Brüder“.

Während in dem entlegenen Ostseeort eine fast unwirkliche Welt wieder erscheint, ändert sich die politische Situation in Deutschland durchaus greifbar. Bereits nach dem gewaltigen Stimmenzuwachs der NSDAP bei der Reichstagswahl 1930 präsentiert sich Thomas Mann mit der

Rede „Ein Appell an die Vernunft" am 17. Oktober im Berliner Beethovensaal als Gegner der Nationalsozialisten. Er fragte, ob das deutsch sei und ob „das Wunschbild einer primitiven, blutreinen, herzens- und verstandesschlichten, hackenzusammenschlagenden, blauäugig gehorsamen und strammen Biederkeit, diese vollkommene nationale Simplizität in einem reifen, vielerfahrenen Kulturvolk wie dem deutschen" [11] überhaupt verwirklicht werden könne. Der Beifall im Saal war groß, drang aber nicht nach draußen durch. Knapp zwei Jahre später, am 31. Juli 1932 wird neu gewählt. In Königsberg finden blutige Hetzjagden auf Gegner der NSDAP statt. Die Reaktion von Thomas Mann aus Nidden ist die scharfe Polemik gegen die Ausschreitungen der SA „Was wir verlangen müssen. [12] der Autor der „Buddenbrooks" erntet Hass und findet eines Morgens ein verkohltes Exemplar des Titels vor seinem Haus. Damit ist die Gegenwart in der Provinz angekommen. Das verhängnisvolle Schicksal Deutschlands, die Spaltung und Zerrissenheit des Volkes erzeugt in der Seele des Dichters Schmerz und Zwiespalt, was in so manchen gegensätzlichen pessimistischen Äußerungen offenbar wird. Unbeirrt verharrt er aber im Glauben an die Menschlichkeit. Am 4. September 1932 verlässt die Familie Mann das Dorf und geht am 11. Februar 1933 ins Schweizer Exil.

Wenige Tage zuvor wird Adolf Hitler vom Reichspräsident Paul von Hindenburg zum Reichskanzler ernannt. Der 30. Januar 1933 ist der Tag der „Machtergreifung", mit dem die parlamentarische Demokratie der Weimarer Republik in eine nach dem Führerprinzip agierende zentralistische

Diktatur umgewandelt wird. Bereits am 4. Februar werden in der „Verordnung des Reichpräsidenten zum Schutze des deutschen Volkes“ die KPD verboten und erste Notverordnungen erlassen, die vor allem gegen Kommunisten und Sozialisten gerichtet sind und die Presse-, Meinungs- sowie Versammlungsfreiheit einschränken. Nach dem Reichstagsbrand vom 27. Februar 1933 erlässt Hindenburg die „Verordnung des Reichspräsidenten zum Schutze von Volk und Staat“, mit der die Grundrechte der Weimarer Verfassung noch stärker beschnitten werden. Unmittelbar nach der Machtübernahme durch die NSDAP beginnt die „Gleichschaltung“, das heißt Unterwerfung, Selbst- unterwerfung und Angleichung aller gesellschaftlichen Organisationen und Institutionen unter das NS-Regime. Auch der Buchmarkt wird „gleichgeschaltet“, die Produktion und Distribution von Büchern wird zentral überwacht. Bücher von linksgerichteten, liberalen oder als „entartet“ angesehenen Autoren werden aus den Buchhandlungen und Bibliotheken entfernt. Literatur wird unter bestimmte Themenvorgaben gestellt, wie z. B. „Blut-und-Boden-Ideologie“, „Krieg und soldatisches Heldentum“ oder „Volksgemeinschaft“. Am 10. Mai 1933 werden in einer „Aktion wider den undeutschen Geist“ der Deutschen Studentenschaft zehntausende Bücher öffentlich verbrannt. Die indizierten Bücher werden von studentischen Stoßtrupps zusammengetragen und abtransportiert. Der Scheiterhaufen in Königsberg ist mit schwarz-rot-goldenem Fahnentuch überzogen. Damit soll „die enge Verbundenheit“ dieser Bücher mit dem verhassten Novemberstaat von 1918 dokumentiert werden.

Von dieser dunklen Zeit erzählt der Roman „Das Haus der Bücher“ von Michael Paul. Ein Roman voller historischer Wahrheit und erzählerischer Fiktion. Handlung und Personen sind frei erfunden, die Geschichte hinter der ergreifenden Geschichte aber ist erschreckend wahr. Es sind die Wochen nach der „Machtergreifung“ und vor der „Bücherverbrennung“. Auch für Bernhard Koch beginnt eine Zeit voller Schmerz und inneren Zwiespalts in der Verantwortung für die Freiheit der Literatur und der Verantwortung für das Unternehmen, in dem das geistige Leben eine Heimat hat. Es gelingt ihm, das „Haus der Bücher“ weitgehend von den Einflüssen der Nationalsozialisten freizuhalten. Nach Aussage des damaligen Verlagsleiters Otto Dikreiter kann er „allen Versuchen zu irgendeiner Art ›Gleichschaltung‹ parieren, auch dann, als es recht gefährlich wird“. Er leistet passiven Widerstand. Unter dem Ladentisch werden indizierte Titel an Stammkunden verkauft. Darüber hinaus wird berichtet, dass Koch „so manches freie Wort in seinen Räumen duldet.“ Um der Verfolgung durch die Nationalsozialisten zu entgehen, erscheinen im Verlag betont unpolitische, rein geisteswissenschaftliche Werke. [13]

Im Roman wird aus Bernhard Koch der Verleger Wilhelm Kirchner, der seinem Gewissen eine überzeugende Haltung gibt. Was der Roman nicht mehr erzählt: Noch vor Kriegsende kommt das endgültige Aus für das „Haus der Bücher“. In Bombennächten vom August 1944, die Königsberg vernichten, sinkt auch die Buchhandlung in Schutt und Asche. Nur noch die äußere Fassade bleibt erhalten. Und dann folgt der letzte Rest – das bittere Ende. Bernhard Koch steht am Morgen nach dem zweiten Bombenangriff vor den Trümmern der Buchhandlung. Sein Blick fällt auf ein angekohltes, auf dem Kopf liegendes Buch mit dem Titel „Aus Alt mach Neu". Dies wird das Motto für den Neuanfang. Im Januar 1945 wird Ostpreußen von der Sowjetunion besetzt. 1946 wird Königsberg in Kaliningrad umbenannt. Im April 1950 eröffnet Koch in Garmisch-Partenkirchen eine Buchhandlung. 1951 folgt in Bad Wiessee am Tegernsee die Neugründung des Verlags, der fünf Jahre später nach München zieht.

Mit großartigem Ideenreichtum und strategischer Planung baut der aus Wien stammende Kurt Prelinger, den Bernhard Koch 1955 in den Verlag holt und 1961 zu seinem Nachfolger bestimmt, Gräfe und Unzer mit Blick auf die unerschöpflichen Wachstumsfelder im Freizeit- und Hobbybereich konsequent zum Marktführer für Ratgeber und zu einem der erfolgreichsten Publikumsverlage Deutschlands aus. Als sein Credo könnte man wiederum die ursprüngliche Idee Christoph Eckarts von der „Vorratskammer der nützlichsten und brauchbarsten Bücher", [14] nun aber im übertragenen Sinne für die Ratgeberliteratur bezeichnen. Doch auch Otto Paetschs Leitsatz „Denken vom Kunden her" gilt ihm als Schlüssel für nachhaltigen Geschäftserfolg.

Fünf Jahre nach dem Tod Bernhard Kochs 1970 trennt sich das Unternehmen von der Buchhandlung in Garmisch-Partenkirchen und konzentriert sich fortan auf das

Verlagsgeschäft. Die alte Tradition vom „Haus der Bücher“ lebt jedoch heute in allen modernen Buchhandlungen fort. Bis auf die Rolltreppen sind im „Haus der Bücher“ ja bereits alle Eigenschaften eines modernen Großstadtsortiments entwickelt und erstmals umgesetzt. Und so folgt auch das 1979 am Münchner Marienplatz von Hugendubel auf über 2.000 Quadratmeter eröffnete „erste mehrstöckige Buchkaufhaus Deutschlands“ [15] unter dem etwas abgewandelten Anspruch „Die Welt der Bücher“ im Kern exakt dem Königsberger Geschäftsplan von Gräfe und Unzer. Die vermeintliche Erfindung von „Leseinseln und einem völlig ungehinderten Zugang zum Buch, womit Hugendubel die Bedürfnisse der Kunden erfasst und damit den Buchhandel nachhaltig verändert“ [16] gehört bis heute zu den populären Branchenirrtümern. [17] Sie ist aber mit einem Augenzwinkern der partnerschaftlichen Geschäftsverbindung beider Unternehmen und deren Inhaber Heinrich Hugendubel und Kurt Prelinger in den 1970er bis 1980er Jahren zu verdanken.

1990 verkaufen Kurt Prelinger und sein 1965 als Verkaufs- und Werbeleiter in den Verlag eingetretenen späteren Teilhaber Dieter Banzhaf Gräfe und Unzer an Thomas Ganske vom Hoffmann und Campe Verlag in Hamburg. Beim Ausscheiden Banzhafs im 275. Jubiläumsjahr 1997 erreicht das Unternehmen erstmals knapp die 100 Mio. DM-Umsatzschwelle. Heute ist die „Ratgeber-Maschine“ [18] der größte Ratgeberverlag in Deutschland und produziert pro Jahr rund 9 Millionen Bücher, darunter etwa 200 Neuerscheinungen.

Jan Wiesemann wurde in der Bücherstube am Dom in Köln zum Buchhändler ausgebildet, bevor er nach Stationen in verschiedenen Verlagen 1998 die Vertriebsleitung Buchhandel bei Gräfe und Unzer übernahm. Sein Interesse für Literatur und Geschichte hat ihn gleichzeitig zum leidenschaftlichen Verlagshistoriker werden lassen. In dieser Funktion ist er im Sommer 2015 gemeinsam mit Michael Paul auf den Spuren der Geschichte und Geschichten vom „Haus der Bücher" im ehemaligen Königsberg/Pr. gewesen.

(1) Archiv für Geschichte des deutschen Buchhandels, Verlag des Börsenvereins der deutschen Buchhändler, Leipzig 1896, S. 163

(2) Ebd. S. 186

(3) Deutsch. Buchhändler. 24 Lebensbilder führender Männer des Buchhandels, Dr. G. Menz, Verlag Werner Lehmann, Leipzig 1925, S. 309 ff.

(4) Schulze, Friedrich: Der deutsche Buchhandel und die geistigen Strömungen der letzten 100 Jahre, Verlag des Börsenvereins der deutschen Buchhändler, Leipzig 1925, S. 178

(5) Geschichte des deutschen Buchhandels im 19. u.20. Jh.., Verlag De Gruyter, München 2010, Tb 3, S. 147

(6) Dikreiter, Otto, Bernhard Koch zum 65. Geburtstag. Börsenblatt Frankfurter Ausgabe. Nr. 30 vom 15. August 1965, S. 710-712

(7) Mann, Thomas: Brief an die Königsberger Allgemeine Zeitung, 16.06.1929

(8) Mann, Thomas: Vortrag „Mein Sommerhaus", Rotary München, 1.12.1931

(9) Mann, Frido: Mein Nidden. Auf der Kurischen Nehrung, Mareverlag

(10) Stepanauskas, L.: Thomas Mann und Nidden. Versus Aureus, VilniusS. 114

(11) Mann, Thomas: Deutsche Ansprache. S. Fischer Verlag, Berlin 1930

(12) Mann, Thomas: Was wir verlangen müssen. Berliner Tagblatt, 8.8.1932

(13) Dikreiter, Otto, Bernhard Koch zum 65. Geburtstag. Börsenblatt Frankfurter Ausgabe. Nr. 30 vom 15. August 1965, S. 710-712

(14) s. (1)

(15) Süddeutsche Zeitung vom 26. März 2014

(16) hugendubel.com/historie/

(17) .buchmarkt.de

(18) Süddeutsche Zeitung vom 15. Oktober 2009

MICHAEL PAUL
Wimmerholz
Roman
tredition
Bunte Hunde